Cäcilia Balandat

MCE KRIMI

Das Buch

Im beschaulichen Jork im Alten Land vor den Toren Hamburgs ist die Welt eigentlich noch in Ordnung – ganz besonders die der Kirche. Doch die Idylle wird kräftig ins Wanken gebracht, als der Diakon und Jugendarbeiter Klaus Merz ermordet in seinem Haus aufgefunden wird. Gefesselt auf einen Stuhl und drapiert mit Sex-Utensilien deutet einiges darauf hin, dass der Mörder Rache nehmen wollte. Doch Rache wofür?

Die aus den beiden Krimis *Tatort Altes Land* und *Verratenes Dorf* (im MCE Verlag erschienen) bekannte Ermittlerin Celia Dörfer mit ihrem Assistenten Thorsten Brandt tappt zunächst im Dunkeln. Hatte der unauffällige Merz ein Verhältnis mit einer Buchhändlerin und hat dessen Mann Rache genommen? Oder führt die Spur in das jugendliche Umfeld des Getöteten? Am Ende kommt es wieder zur großen Überraschung und auch noch zu einem zweiten Mord …

Die Autorin

Cäcilia Balandat, Jahrgang 1963, lebt im Alten Land. Wie ihre Protagonistin Celia Dörfer ist Balandat gebürtige Kölnerin. Nach Abitur, einigen Semestern Jura-Studium und einer Ausbildung zur Reiseverkehrskauffrau, hat sie sich Familie und Kindern gewidmet. Balandat hat als passionierte Krimileserin vor einigen Jahren selbst mit dem Schreiben begonnen. Mit dem vorliegenden Buch veröffentlicht die Autorin ihren dritten Krimi beim MCE Verlag.

Cäcilia Balandat

Wort Gottes

Celia Dörfers dritter Fall im Alten Land

Kriminalroman

Impressum:

(MCE Verlagsgesellschaft mbH & Co. KG – Medien Contor Elbe)
Sietwender Straße 73, D-21706 Drochtersen
Tel. 04143/435, Fax 04143/6782
Internet: www.mce-verlag.de, Mail: info@mce-verlag.de
1. Auflage November 2010

Titel, Gestaltung und Satz: Digiscreen – Herwig Baak, Stade
Druck: CPI – Clausen & Bosse, Leck
ISBN: 978-3-938097-21-2

Kapitel 1

„Wir wollen die Vorstandssitzung eröffnen." Um den großen Tisch im Gemeindehaus der evangelischen Kirche Jorks wurde es andächtig still. Die Stille trog. Unter ihr lauerten Spannungen. Carsten Peters konnte sich nicht auf das Gebet konzentrieren. Nichts von dem, was er sich unter Vorstandsarbeit innerhalb einer Kirchengemeinde vorgestellt hatte, entsprach der Realität. Im Grunde, so dachte Peters, ging es hier nicht anders zu als in einem Wirtschaftsunternehmen. Machtgerangel, Neid und Korruption herrschten hier genau wie dort. Es lief ihm kalt über den Rücken, als ihm die abschließenden Worte des Pastors bewusst wurden.

„Ich will dich segnen ... und du sollst ein Segen sein, erstes Buch Mose, Kapitel 12,2." Die aktuelle Sitzung hatte nichts mit einer Segnung zu tun. Es ging um Entlassungen. Sparpläne wurden von der Landeskirche in Hannover vorgegeben und der Kirchenvorstand hatte sie umzusetzen. Heute war es ein Diakon, morgen würde es womöglich eine ganze Pastorenstelle sein, die sie einzusparen hatten. Verstohlen schaute er in die Gesichter seiner Vorstandskollegen und -kolleginnen. Ihm war bewusst, dass sein Unwohlsein nur wenige in der Runde teilten. Die Wortmeldung seines Mitstreiters Dieter Peschel holte ihn in die Sitzung zurück: „Es muss aber doch eine Möglichkeit geben, beide Diakone zu halten. Wir sind schließlich eine Kirche. Da kann es doch nicht zugehen wie in der freien Wirtschaft."

Vielsagend wies er mit dem Zeigefinger vor die Tür. In der Runde gab es einzelne Lacher. Sie klangen überheblich und zynisch. Ausgerechnet eine der Frauen ergriff

Partei für die Entlassung. Peters fühlte sich in seiner Ansicht bestätigt, dass Frauen in Führungspositionen härter waren als so mancher Mann. „Vielleicht solltest du mal die Augen aufmachen!“, forderte sie in zickigem Ton. „Seit Jahren laufen den Kirchen die Gläubigen weg. Die Einnahmen fehlen. Je mehr Arbeitslose, desto weniger Steuern. Das gilt in gleichem Maße für die Kirchen wie für die Kommunen. Und ...“, Ellen holte tief Luft, „die Aufdeckung der ganzen Missbrauchsgeschichten in der katholischen Kirche gehen auch an uns nicht spurlos vorbei. Obwohl offensichtlich wir weit weniger Pädophile in unseren Reihen haben – auch in der evangelischen Kirche gibt es seit den ersten Skandalen vermehrt Austritte. Da bleibt eben nichts, als zu sparen.“

Carsten Peters war übel. „Du musst es ja wissen, Ellen. Du hast in deiner Firma ja schon vor einiger Zeit geübt.“

Gelangweilt und unangefochten zuckte Ellen Roper die Schultern. Hätte sie ihr Äußeres nicht so betont männlich gestaltet, hätte man sie durchaus als hübsch bezeichnen können. Ein schmales Gesicht und hohe Wangenknochen gaben ihr einen exotischen Anstrich, der durch die blauen Augen und schwarzen Haare unterstrichen wurde. Allerdings waren die Haare millimeterkurz geschoren, die Augen oft kalt und berechnend. Da passte das graue Kostüm mit weißer Bluse und Schlips gut ins Bild. „Ich habe mich den Gegebenheiten am Markt angepasst. Und falls du auf die Entlassung deiner Schwester anspielst“, sie machte eine vielsagende Pause, „die hat ja noch einen Mann, der in Lohn und Brot steht.“ Überheblich und desinteressiert benutzte sie den altmodischen Ausdruck und zuckte mit den Schultern. Für sie war dies kein Thema, das ihr Gewissen berührt hätte. Carsten Peters dagegen kochte vor Wut. Im letzten

Moment hielt er eine bissige Antwort zurück. Es würde sich eine bessere Gelegenheit bieten. Hier war nicht der Rahmen, um darüber zu diskutieren, dass seine Schwester und ihr Mann jeden Cent brauchten, um ihr Haus und die drei Kinder zu finanzieren. Carsten Peters wusste gut, dass er selbst, mit der finanziellen Rückendeckung seiner Schwiegereltern, auf der ganzen Linie Glück hatte. Er hatte sich nicht nur für den richtigen Job entschieden, als er damals Schiffsmakler wurde, auch die Firma erwies sich als genau die richtige. Dort fand er seine Frau, die zufällig die Tochter des Inhabers war. Auch wenn viele Freunde es lächelnd als Volltreffer bezeichneten und unterschwellig Berechnung unterstellten – Carsten und Enya führten eine ausgesprochen glückliche Beziehung. Peters lächelte bei dem Gedanken daran, wie er seine Frau kennengelernt hatte. Die wenigsten seiner Freunde, geschweige denn Außenstehende, wussten, dass Enya lange Zeit ihre Herkunft verschwiegen hatte. Als sie es Peters endlich gestand, hätte er beinahe Reißaus genommen.

Er zwang sich gedanklich in die Sitzung zurück. Der Pastor saß wie so häufig salbungsvoll in der Runde und lächelte, als ginge ihn die Geschichte nichts an. Im Grunde hatte er sogar recht. Der Kirchenvorstand entschied. Er war Arbeitgeber, nicht nur für den Pastor, sondern auch für die Erzieherinnen der zwei Kindergärten, die Putzfrauen, den Organisten und den Küster. Und damit war die Macht des Kirchenvorstandes lange nicht beendet. Er entschied über Gelder, Grundstücke und Immobilien. Peters musste immer noch über seine Naivität lachen. Vor vier Jahren war er in den Vorstand der Jorker Kirchengemeinde gewählt worden. Erst nach und nach war ihm die Dimension seiner Verantwortung klar geworden. Dass er sich die Aufgaben mit Menschen teilen musste, die offensichtlich weniger aus christlichen denn aus machthungrigen Motiven heraus handelten, ließ sich leider nicht ändern. Er wusste, wie es bei der Wahl zum Kirchenvorstand zuging. Auch in einem so kleinen Ort wie Jork ging es mehr um Namen als um wirkliche Befähigung.

Celia öffnete die Tür zu ihrem Haus. Lehnte sich dann erschöpft von innen dagegen. Anders als sonst belebte sie der Essensgeruch, der ihr in die Nase stieg, nicht. Ihr Lebensgefährte Jaron Karloff hatte als Staatsanwalt geregeltere Arbeitszeiten als sie. In ihrem Beamtenjob bei der Kripo Buxtehude war es nicht ungewöhnlich, dass sie so wie heute den Samstag im Büro zubrachte, um liegen gebliebene Schreibarbeiten zu erledigen, während Jaron zu Hause das Wochenende genoss. Auch in der Woche war er häufig vor ihr zu Hause und so hatte es sich eingespielt, dass meistens Jaron sich um die warmen Mahlzeiten am Abend kümmerte. Als er jetzt aus der Küche trat, in der Celia ihn dem Geruch nach schon vermutet hatte, erschrak er beim Anblick seiner Freundin. Celia, sonst ein Ausbund an Energie und Gesundheit, war bleich. Die brünetten, langen Locken hatte sie zu einem losen Zopf nach hinten gebunden. Es ließ ihr Gesicht noch schmaler erscheinen. Jaron nahm Celia liebevoll in den Arm. Sie erschien ihm, selbst unter ihrem dicken Winterpullover, dünner als sonst.

„Alles klar?“ Celia schüttelte den Kopf. „Ich glaube, ich werde krank. Irgendwas mit dem Magen.“

„Komm“, Jaron führte sie ins Wohnzimmer aufs Sofa, legte eine Decke über sie und bereitete ihr eine Wärmflasche.

„Ich geh mal davon aus, dass dir nicht nach Essen ist, oder?“

Celia lächelte matt. „Wie bist du denn darauf gekommen?“, blitzte ihr Humor schwach durch. „Männliche Intuition?“

Sie schloss die Augen. Vorsichtig setzte Jaron sich neben sie und streichelte ihr Gesicht. Nur wenige Augenblicke später erkannte er an ihren regelmäßigen Atemzügen, dass sie eingeschlafen war. Das Lächeln, das er bis eben für Celia aufgesetzt hatte, erstarb. An seine Stelle trat eine Sorgenfalte auf seine Stirn. In all den Monaten, seit sie sich kannten, auch schon vor ihrem Umzug von Köln ins Alte Land, hatte seine Freundin die Starke gespielt. Aber die letzten Fälle an ihrer neuen Wirkungsstätte hatten viel von ihrer Kraft geraubt. Dass ausgerechnet er, in ihrem wohlverdienten Urlaub, dafür gesorgt hatte, dass sie sich um einen Fall kümmerte, der nicht in ihre Zuständigkeit fiel, hatte zum größten Konflikt ihrer bisherigen Beziehung geführt. Gleichzeitig hatte es eine der größten Kränkungen nach sich gezogen, die Celia je erlebt hatte. Ihre Rolle brachte es oft genug mit sich, dass man versuchte, sie hinters Licht zu führen. Dass aber jemand Freundschaft bewusst ausnutzte, um Ermittlungen zu beeinflussen, hatte sie noch nicht erlebt.

Celia wurde unruhig. Jaron fühlte ihre Stirn. Obwohl sie nicht heiß war, spürte er einen Schweißfilm auf ihr. Er holte einen kalten Waschlappen aus dem Badezimmer und legte ihn Celia auf die Stirn. Dann ging er in die Küche und schaltete den Herd ab. Für ihn alleine reichte ein Brot. Er setzte sich erneut neben Celia ins Wohnzimmer. Ihr Schlaf war nun wieder ruhiger. Obwohl Celia ihm, wie sie versicherte, nichts nachtrug, hatte der Stein des schlechten Gewissens in seinem Magen an Größe kaum verloren. Ihre Erkrankung machte es nicht besser. Dass die Geschichte ihn auch seinen langjährigen Freund

und ehemaligen Studienkollegen gekostet hatte, erschien ihm dagegen beinahe wie eine Lappalie.

„Darf ich eure privaten Zwistigkeiten kurz unterbrechen?“ Theo Heitmann konnte und wollte den Beruf des Lehrers nicht verheimlichen. Er ließ es jeden spüren. „Es wird Zeit zur Sache zu kommen! Wir haben lange genug geredet. Wir sollten nun abstimmen.“

So wenig Sympathien sich einige der fünf anderen gewählten Kirchenvorstandsmitglieder auch entgegen brachten – die Antipathie gegenüber Theo Heitmann einte sie. Ein Stöhnen kam unisono von allen Seiten. Lediglich der Sechste in der Runde, Pastor Stechmann, hielt sich mit seiner Reaktion bedeckt. Unbeirrt fuhr Heitmann in belehrendem Ton fort.

„Die Vorgabe unserer Landeskirche ist eindeutig, wie ihr alle wisst. Und wir haben einen zeitlichen Rahmen, in welchem wir zu handeln haben. Wir sind am Limit. Daher erwarte ich am heutigen Abend eine Entscheidung. Bevor wir jedoch zur Abstimmung kommen, möchte ich noch mal das Für und Wider der beiden Diakone abwägen.“

Unbewusst hatte er sich erhoben und die übliche Lehrerpose eingenommen. Er dozierte. Es dauerte einen Moment, bevor die Gruppe reagierte. Meta Hauschildt, mit sechzehn Jahren Zugehörigkeit ein Urgestein im Kirchenvorstand, fasste sich als Erste.

„Ich glaube Theo, wir sind alle in der Lage, ohne deine Belehrung eine Entscheidung zu treffen. Wie du dich erinnern kannst, haben wir bereits in der letzten Sitzung detailliert das Für und Wider dieses Themas behandelt.“

Meta Hauschildt hatte die Worte „Für“ und „Wider“ ironisch betont. Alle in der Runde waren sich darüber im Klaren, dass hinter Heitmanns Vortrag die Intention stand, seinem Freund Kurt Hermann die Diakonenstelle zu erhalten.

„Es gibt kein ‚Für' mehr für deinen Freund!" Meta Hauschildt verzichtete darauf, erneut die Gründe aufzuzählen. Das hatte der Kirchenvorstand in der letzten und auch in der vorletzten Sitzung bis zur Erschöpfung getan.

Nach und nach hatte sich Diakon Kurt Hermann alle Sympathien verscherzt, die ihm anfänglich entgegengebracht wurden. Tatsächlich war er lange Jahre ausgesprochen beliebt. Die Kinder und Jugendlichen strömten in Scharen zu seinen Veranstaltungen und in ihrem Gefolge kamen die Erwachsenen. Es hatte einen richtigen Boom in ihrer Kirchengemeinde gegeben. Aber vor zwei Jahren war seine Frau Dorothea in einer Nacht- und Nebelaktion mitsamt den Kindern auf und davon. Niemand hatte es Kurt verübelt, dass er seinen Job vernachlässigte. Stillschweigend hatten sie die Aufgaben an Klaus Merz, den zweiten Diakon, delegiert. Als aber die Monate vergingen, konnte und wollte keiner mehr Rücksicht nehmen. Man erwartete volle Leistung. Aber die kam weder in der Arbeit mit den Konfirmanden noch in der Kinderkirche. Den Chor, den Hermann lange geleitet hatte, versuchte er erst gar nicht wieder zu übernehmen.

„Verdammt noch mal! So könnt ihr nicht mit dem Mann umgehen! Wenn wir als Kirche nicht mit gutem Beispiel vorangehen, was erwarten wir dann von anderen?"

„Segnet, und fluchet nicht, Römer, Kapitel 12,14", zitierte Pastor Stechmann die Bibel. Seine Standardreaktion in Krisen. In Carsten Peters' Augen eine geschickte Form, sich um jede Diskussion zu drücken. Peters konnte sich nicht beherrschen:

„Merkst du eigentlich gar nicht, wie verlogen du bist? Es geht dir doch gar nicht um die Erhaltung beider Stellen. Du willst deinem Freund helfen. Vielleicht solltest du wenigstens so fair sein und es zugeben. Und nicht so tun, als hättest du die christliche Nächstenliebe gerade erfunden."

Theo Heitmann plusterte sich auf. Peters konnte sich gut vorstellen, dass die Pose Eindruck bei den Schülern machte. In dieser Runde, Erwachsenen gegenüber, wirkte sie lächerlich. Er ließ es seinen Kollegen wissen. Der wechselte die Farbe. Sie erinnerte verdächtig an eine reife Tomate. Bei dem Vergleich musste Peters lächeln. Unangemessen, wie er sich selbst eingestand. Aber es ließ sich nicht mehr zurücknehmen. Heitmann hatte es gesehen. Meta Hauschildt ebenfalls. Sie griff ein. Und niemand wagte, ihr zu widersprechen. Alle hatten Respekt vor ihr. Sicher wegen ihrer langjährigen Zugehörigkeit zum Kirchenvorstand, aber auch wegen ihrer unverblümten Art, offen die Wahrheit anzusprechen, auch wenn sie unangenehm war.

„Erwachsene Menschen, die sich so benehmen, sind eher peinlich, finde ich. Ich bin auch nicht sicher, ob man es Männern durchgehen lassen muss, nur damit sie ihre Eitelkeiten pflegen können. Wenn ihr dies hinten anstellen oder zumindest vor der Tür austragen könntet, können wir anderen in der Zwischenzeit angemessen mit der Sitzung fortfahren."

„Celia, kann ich dir helfen?"

Hilflos stand Jaron vor dem Sofa, auf dem seine Freundin sich vor Schmerzen krümmte. War er eben noch beunruhigt, machte sich nun ein Gefühl der Panik in ihm breit. Die Celia, die vor ihm auf dem Sofa lag, hatte wenig Ähnlichkeit mit der, die er kannte. Ein erneuter Griff zu ihrer Stirn zeigte immer noch kein Fieber, aber mehr Schweiß als vorhin.

„Ich hole dir was, warte!“ Sie hielt ihn zurück. „Jaron, ich brauche keine Medizin. Das Beste ist, wenn es rauskommt. Dann bin ich es los.“

Er kannte den Unwillen seiner Lebensgefährtin gegen jede Form von Medizin.

„Gut, dann koche ich dir einen Tee“, lenkte er ein. Es hatte keinen Zweck zu versuchen, sie zu überreden. Celia konnte man nicht überreden. Aber sie hob wenigstens ergeben die Arme, als wollte sie sagen: „In Gottes Namen, wenn ich dich nicht abhalten kann.“

„Celia, es tut mir so leid, dich so zu sehen. Ich habe echt ein schlechtes Gewissen. Unser Urlaub hat dir die letzten Kräfte geraubt.“

„Sag mal, spinnst du? Kannst du jetzt endlich wieder normal werden?“ Jaron schrak zusammen. Mit dieser Wendung hatte er nicht gerechnet. Celia hatte sich aufgesetzt und ihr Gesicht war vor Zorn rot angelaufen.

„Inzwischen habe ich dir so oft gesagt, dass die Sache erledigt ist, dass ich keine Lust habe, es noch einmal zu wiederholen. Der Urlaub ist abgehakt. Ich habe einen simplen Magen- und Darmvirus. Und den hätte ich mit oder ohne die Geschichte im Urlaub bekommen.“ Sie sackte in sich zusammen. Sie war erschöpft. Ihr Freund setzte sich zu ihr und nahm ihre Hand.

„’tschuldige!“, setzte er an und wurde erneut unterbrochen.

„Wenn du dich noch einmal entschuldigst, rede ich kein Wort mehr mit dir.“

Jaron lächelte. Die Worte klangen versöhnlich.

„Okay“, hob er beschwichtigend beide Hände. „Ich war in meinem Leben noch nie so verunsichert.“

Erstaunt schaute Celia ihn an.

„Unsere Geschichte – nein falsch“, korrigierte er sich, „unsere Beziehung hat mich einfach erwischt. Die Gefühle, die ich dir gegenüber empfinde, sind mir völlig fremd. Und genau in dem Moment, als ich das festgestellt habe, setzte ich alles das wieder aufs Spiel. Ich bin nicht sicher, ob es nicht einfach eine Form von Flucht war. Der Versuch, meine Gefühle auf ein Maß zurückzufahren, mit dem ich umgehen kann. Aber ich will es nicht verlieren“, er stockte, „dich nicht verlieren!“

Celia schüttelte den Kopf. Eine liebevolle Geste. Sie kniete sich aufs Sofa vor Jaron, nahm sein Gesicht in ihre Hände. Sie küsste ihn sanft: „Auf die Gefahr, dass ich dich jetzt anstecke“, flüsterte sie. „Es ist nichts passiert, was meine Gefühle zu dir verändert hätte. Ich habe mich ja auch nicht gerade mit Ruhm bekleckert. Ich finde, ich war eine ziemlich arrogante Zicke und könnte hier mit dem gleichen schlechten Gewissen sitzen wie du. Aber für mich ist die Geschichte erledigt. Sie hat dich deinen Freund gekostet und mich auf den Boden der Tatsachen zurückgeholt. Das ist doch Strafe genug. Da müssen wir uns doch nicht auch noch gegenseitig das Leben schwer machen.“

Sie küsste ihn erneut. Vorsichtig löste er sich von ihren Lippen.

„Wie meinst du das, wenn du sagst, es hat dich auf den Boden der Tatsachen zurückgeholt?“ Er blieb mit seinem Gesicht dicht bei ihr. Er genoss die Nähe. Celia zuckte die Schultern:

„Ich war unglaublich überheblich. Durch die Erfolge in den letzten Fällen fühlte ich mich so sicher, ich dachte, ich weiß alles, mir kann man nichts mehr vormachen.“ Erneut zuckte sie die Schultern. „Ich bin zu Recht auf die Nase gefallen!“

So groß ihr Verständnis für andere Menschen und deren Schwächen war – sich selbst gegenüber war sie oft überkritisch und unnachgiebig.

„Celia, dafür konntest du doch nichts. Es war schließlich nicht dein Fehler!"

„Nein", bestätigte Celia, „aber ich habe geglaubt, ich kenne die Menschen. Und das ist ein fataler Irrtum. Menschenkenntnis hat man nie wirklich. Dafür sind sie zu verschieden."

Ihre Worte waren eine schlichte Feststellung. Sie trugen nichts Selbstmitleidiges in sich.

„Bereust du es, dass wir an die Ostsee in Urlaub gefahren sind?", wollte sie nun von Jaron wissen.

Er schüttelte den Kopf. „Nein, nur wie es sich entwickelt hat, tut mir leid. Das hatte ich mir anders vorgestellt."

Celia lächelte und wuschelte in seinen ohnehin immer wild abstehenden Haaren. Es verlieh ihm ein jugendliches Aussehen.

„Ich weiß, was du dir vorgestellt hattest. Aber das lässt sich auch an anderer Stelle nachholen!" Celias Ton war kokett.

Obwohl es ihn elektrisierte, gemahnte er sich zur Rücksicht: „Ich denke, es geht dir nicht gut?"

„Vergiss es", flüsterte sie ihm ins Ohr.

Carsten Peters entspannte sich, als er seine Frau vor dem Kamin sitzen sah. Ein Glas Rotwein glänzte im Widerschein des offenen Feuers. Genau das, was er brauchte. Als Enya jedoch aufsah, schwand die Hoffnung auf einen entspannten Abend. Sie hatte geweint. Wie so oft in den letzten zwei Jahren. Obwohl er die Antwort wusste, fragte er dennoch: „ Ist was mit Jan-Phillip?"

Ihr fünfzehnjähriger Sohn war das Paradebeispiel

dafür, dass Liebe allein Kindern beim Großwerden nicht half. Er lief aus dem Ruder und sie konnten ihn nicht zurückholen. Immer wieder rastete er aus, wurde handgreiflich. Bisher hatte er sich auf Gegenstände beschränkt. Unausgesprochen stand aber immer die Angst im Raum, wann sich das ändern würde. All ihre Bemühungen, mit ihm zu reden – Sanktionen, Angebote für eine Therapie, Drohungen –, waren am Ende alle ins Leere gelaufen.

Manchmal hatten sie eine kleine Hoffnung verspürt, wenn er sich für eine Weile zusammenriss. Aber jede Zuversicht war so schnell zerstoben, wie sie aufgekommen war. Ihr Familienleben war inzwischen völlig von dem Verhalten des Sohnes bestimmt. Ihre gemeinsame, zwölf Jahre alte Tochter Louise brachte keine Freundinnen mehr mit nach Hause. Sie fürchtete sich zu sehr vor der Blamage, wenn ihr Bruder einmal wieder ausflippte. Jede gemeinsame Mahlzeit war ein Eiertanz, bei dem jeder bemüht war, möglichen Unmut seitens des Jungen zu vermeiden. Ihr letzter Ausweg war, die Hilfe einer Therapeutin in Anspruch zu nehmen. Zu lange hatten sie alleine versucht, der Veränderung, die seit dem dreizehnten Lebensjahr mit ihrem Sohn stattfand, Herr zu werden.

Die Tränen auf dem Gesicht seiner hübschen Frau bekräftigten die Richtigkeit ihres Entschlusses. Ohne Worte ging er auf sie zu und nahm sie in den Arm. Er war dankbar, dass wenigstens sie wieder miteinander im Reinen waren. Eine Zeit lang sah es so aus, als würde ihre Ehe an den Problemen scheitern. Sie hatten sich gegenseitig die Schuld am Verhalten ihres Sohnes gegeben. Als Enya an einer schweren Lungenentzündung erkrankte, brachte dies Carsten zur Besinnung. Die Bedrohung durch die Erkrankung zeigte ihm, wie wichtig ihm seine

Frau war und wie sehr er sie liebte. Ohne dass es zwischen ihnen zum Thema wurde, zogen sie in Zukunft an einem Strang. Die gegenseitigen Vorwürfe gehörten der Vergangenheit an.

„Ist er oben?"

Für andere Eltern eines Teenagers mochte die Frage unglaublich erscheinen. Fünfzehnjährige gehörten abends um zehn Uhr, wenn schon nicht ins Bett, so doch wenigstens ins Haus. Jan-Phillip hielt sich nicht an solche Regeln. Nicht, wenn er wütend war. Früher waren sie ihm in solchen Situationen hinterhergelaufen, hatten ihn stundenlang gesucht. In den letzten drei Monaten hatten sie es sich abgewöhnt. Normalerweise erschien er nach zwei, drei Stunden wieder und verschwand ohne Entschuldigung in seinem Zimmer. Am nächsten Tag war er gewöhnlich wie ausgewechselt. Die Wut war verraucht. Er war wieder der liebenswerte Junge, der er mit zwölf Jahren noch gewesen war. Das waren kurze Momente, um Luft zu holen, um ein wenig Kraft für die nächsten Schübe zu sammeln. Aber inzwischen wurden die Erholungsphasen kürzer. Gerade gestern hatten Carsten und Enya sich eingestanden, wie dankbar sie dafür waren, morgens in die Firma fahren zu können und ein paar Stunden am Stück nicht an die Probleme denken zu müssen, weil sie von den alltäglichen Problemen des Geschäftslebens überdeckt wurden. Luise billigten sie aus den gleichen Gründen häufig Übernachtungen bei ihren Freundinnen zu. Auch mitten in der Woche. Früher undenkbar, heute eine hilflose Geste der Liebe zu ihrer Tochter und der Versuch, ihr die Situation zu erleichtern. Jetzt endlich holten sie sich professionelle Hilfe. Sie hatten lange gezögert. Es erschien ihnen unsinnig, ohne Jan-Phillip hinzugehen. Doch er weigerte sich nachhaltig.

Dann hatte Enya die Initiative ergriffen und einfach für Carsten und sich einen Termin vereinbart. Es hatte in ihm beinahe ein Gefühl der Erleichterung ausgelöst.

„Willst du erzählen?"

Enya schüttelte die kastanienfarbenen Haare und hob schützend die Hände. „Erzähl du lieber, wie es war." Sie wollte abgelenkt werden. Bereitwillig ging er auf ihren Wunsch ein.

„Du kennst ja Theo Heitmann. Er hat tatsächlich wieder versucht, Hermann zu unterstützen. Ich bin mir nicht sicher, ob er uns alle für blöd hält. Aber er wollte eine Abstimmung. Dabei hätte er sich das Ergebnis an zwei Fingern abzählen können." Er machte eine kurze Pause. „Er hat verloren. Es bleibt dabei, wir werden Kurt Hermanns Stelle streichen. Zum nächstmöglichen Termin wird ihm gekündigt." Bevor er weitersprach, zögerte er erneut. „Vielleicht tun wir ihm damit auch einen Gefallen. Es könnte die Gelegenheit für einen Neuanfang sein." Aber Carsten Peters bezweifelte es.

Zufrieden öffnete Kommissar Thorsten Brandt seine Flasche Bier und stieß mit Mona Müller an. Der letzte Umzugskarton war ausgepackt und seine neue Wohnung konnte schon als nahezu wohnlich bezeichnet werden. Mona, bei der er einige Wochen wohnte, nachdem er sich von seiner Freundin Eva getrennt hatte, war allem Anschein nach ebenfalls zufrieden. Thorsten hatte zwar in der Vergangenheit mehrfach erlebt, dass sie trotz ihrer körperlichen Fülle über ungewöhnlich viel Beweglichkeit verfügte und mehr Energien hatte als so mancher Sportler, aber was sie beim Umzug geleistet hatte, beeindruckte ihn noch mehr.

„So, Jung", ließ sie ihren rheinischen Dialekt durchschimmern, „für mich widd et jetz Zick, in meine Kneipe zu kommen." Genau dort, im Jorker „Marktschreier", hatten Celia, Jaron und Thorsten sie kennengelernt. Ihre Stammgäste hatten wertvolle Hinweise zu Celias erstem Fall beigetragen. Und Mona war eine Freundin für sie geworden. „Soll ich dir heute in der Kneipe helfen? Du musst doch völlig im Eimer sein?", schloss Thorsten von seiner körperlichen Verfassung auf ihre.

Mona winkte ab. „Drapier du mal lieber deine Möbel."

Ratlos schaute sich Thorsten um. „Wieso? Die stehen doch alle!"

Mona tippte mit dem Zeigefinger gegen ihre Stirn. „Soll dat etwa so stonn blieve?"

„Nicht?" Thorsten spielte nicht den Ratlosen – er war es.

In seiner ersten eigenen Wohnung hatte seine Mutter Hand angelegt, um sie einzurichten. Er hatte in den drei Jahren, in denen er sie bewohnte, nichts daran geändert. Dann war er mit Eva zusammengezogen, die sich der Renovierung angenommen hatte. Er hätte ihr ebenfalls nie reingeredet, wenn sie nicht so vehement versucht hätte, ihn in den Neukauf von Möbeln einzubeziehen. Natürlich war der gescheiterte Bettenkauf nicht der wirkliche Grund für das Ende ihrer Beziehung. Er hatte es nur beschleunigt.

Mona blickte gottergeben gen Himmel. „Du musst dich in die Wohnung einfühlen. Setz dich gleich, wenn ich weg bin, hin und dann schaust de dich e mal um. Nach und nach wirst du sehen und fühlen, wo welche Möbel am besten wirken. Und da schiebst de se dann hin!"

Thorsten Brandt nickte, wirkte allerdings wenig überzeugt. Mona winkte ab und überließ ihn seinem Schicksal. Als er die Tür hinter ihr zuschlagen hörte, zuckte er ein wenig zusammen. Nach der Zeit als Untermieter bei der Kneipenwirtin und den gemeinsamen Jahren mit Eva, war das Alleinsein für ihn ungewohnt.

Mehr um sich abzulenken denn aus Überzeugung, befolgte er Monas Rat. Statt auf einen der Küchenstühle in der offenen, modernen Wohnküche, hievte er sich auf die Arbeitsplatte, die an drei Wänden des Raumes entlang angebracht war. Erneut nahm er einen Schluck aus der Bierflasche. Er rutschte ein wenig nach links, um an der Dunstabzugshaube, die mitten im Raum über dem Herd hing, vorbei ins Wohnzimmer sehen zu können. Er bedauerte die noch anhaltende Winterzeit. Doch bald, wenn die Uhren auf Sommerzeit umgestellt würden, könnte er nach Feierabend nicht nur auf eine breite Fensterfront, die bis auf den Boden ging, schauen, sondern durch die Fenster auf die Elbe blicken. Er freute sich schon jetzt darauf. Neben dem freistehenden Herd hatte der Ausblick den Ausschlag zum Kauf der Eigentumswohnung gegeben. Nicht ganz risikofrei, wie er zugeben musste. Sollte die viel diskutierte Anpassung der Fahrrinne, im Volksmund schlicht Elbvertiefung genannt, tatsächlich vorgenommen werden und die Auswirkungen so sein, wie viele Gutachter vermuteten, würde er irgendwann nasse Füße bekommen. Da nutzte es ihm auch nicht viel, wenn er in der vierten Etage wohnte. „Schauen wir mal!“, beruhigte er sich, „kann ja zur Not wieder verkaufen.“

Er lachte über sich und sein Selbstgespräch. Entschlossen sprang er von der Arbeitsplatte.

Mona hatte recht. Das Sofa stand falsch. So säße er mit dem Rücken zum Fenster und zum tollen Ausblick. Es musste an die andere Seite.

Kapitel 2

Der Täter kam in der Dunkelheit. Dass er sich auskannte, erleichterte es ihm, sich dennoch zurechtzufinden. Das Haus lag abseits und einsam. Wenn um Mitternacht die Straßenbeleuchtung abgeschaltet wurde, war es finster.

Er überwand den kleinen Gartenzaun ohne Probleme. Er hätte ebenso gut durch die Pforte gehen können und wäre auch dann nicht gesehen worden. Aber er hatte es so geplant und hielt sich daran. Das Kellerfenster war gerade so groß, dass er hindurchpasste. Auch das hatte er ausgekundschaftet. Er griff in einen mitgebrachten Rucksack und entnahm ihm einen Glasschneider. Es war kein Problem, dieses Werkzeug für sein Vorhaben zu besorgen. Man bekam es in jedem Baumarkt. Dann zögerte er. Er hatte einen Denkfehler in der Vorbereitung gemacht. Als er ein Loch ins Fenster schnitt und das Glas ins Innere des Hauses fiel, bestätigte sich dieser. Er hätte die Scheibe auch einwerfen können. Es hätte den gleichen Lärm verursacht. Angespannt blieb er vor dem Kellerfenster in der Hocke. Als sich im Haus nichts rührte, stieg er ein. Von da an lief alles reibungslos. Er hatte es sich genau überlegt. Der Täter bewegte sich leise und zielstrebig, auch wenn es keine Zeugen geben würde. Er wusste, was zu tun war. Das Opfer war allein, seine Frau zu einer Fortbildung, die zwei Kinder bei der Oma. Er hatte alles in Erfahrung gebracht und lange auf den richtigen Augenblick gewartet. Die Kinder sollten nicht mit hineingezogen werden. Die Frau auch nicht. Der Mann war vor dem Fernseher eingeschlafen. Leise holte der Täter alles, was nötig war, aus dem Rucksack. Er grinste unter seiner Sturmhaube. Es ging schnell.

Jaron schrak hoch und sank dann erleichtert zurück. Der Lärm kam aus der Küche und wurde von Celia verursacht. Kurz darauf erschien sie strahlend, als wäre es ihr nie schlecht gegangen, in der Tür.

„Was ist das, die wundersame Heilung der Celia D.?" Man konnte seiner Stimme die Erleichterung anhören.

Sie lächelte zurück. „Ich habe dir doch gesagt, ich brauche keine Medizin!"

Gut gelaunt stellte sie das mitgebrachte Tablett auf Jarons Knien ab. „Hm, Kaffee und frische Brötchen? Wie hast du das denn hinbekommen, ohne dass ich wach geworden bin?"

In der Tat war es sonst Celia, die wie ein Murmeltier schlief und nichts von dem mitbekam, was um sie herum passierte. Jaron dagegen wurde leicht und schnell wach.

„Verrat ich dir nicht", sie beugte sich herab und küsste ihn.

Er griff nach der Tasse und trank einen ersten Schluck Kaffee. Celia nahm sich ein Brötchen und biss herzhaft hinein. Dann wechselte sie die Farbe. Jaron stellte schnell Tasse und Tablett auf den Boden neben das Bett. Er griff nach ihrer Hand. Ein wenig verstört blickte sie zu ihm und hob hilflos die Schultern.

„So schnell geht es anscheinend doch nicht." Jaron lächelte sie liebevoll an und nahm ihr das Brötchen aus der Hand.

„Ich zieh mich schnell an und dann fahre ich dich zum Arzt!"

Celia zeigte ihm einen Vogel. „Glaubst du, ich mache mich lächerlich? Mit einer Magenverstimmung geht man nicht zum Arzt. Die geht, wie sie gekommen ist – von selbst. Das braucht halt nur ein bisschen. Und im Übrigen haben wir heute nicht nur Sonntag, sondern sind zudem bei den Dammanns zur Taufe eingeladen. You remember?“

Die Freundschaft zu Familie Dammann resultierte ebenso aus Celias erstem Fall wie die zu Mona, der Wirtin. Im Gegensatz zu dieser, die nichts direkt mit dem Fall zu tun hatte, waren Dammanns die Opfer des Verbrechens gewesen. Gemessen an anderen Fällen, die Celia in ihren Jahren bei der Kripo behandelt hatte, war es glimpflich für sie verlaufen und die Familie war Celia, Jaron und Thorsten nachhaltig dankbar. Die Einladung zur Taufe der älteren Tochter war ein Zeichen dafür.

„Hast du nicht das Gefühl, dass es trotzdem vernünftiger wäre, zum Arzt zu gehen? Es gibt bestimmt einen Notdienst.“ Bevor er weiter sprechen konnte, baute Celia sich vor ihm auf. Er hatte verloren. Mit ihr über Medizin und Arztbesuche zu diskutieren, war so, als würde man versuchen, der Weltkugel zu erklären, sie hätte sich nun andersherum zu drehen. Er winkte ab und ließ sie gewähren. Celia lachte und sah in der Tat wieder ganz frisch aus.

Thorsten war ein wenig enttäuscht. Den ersten Morgen in seiner neuen Wohnung hatte er sich anders vorgestellt. Allerdings auch den Abend. Er war auf dem umgestellten Sofa eingeschlafen und hatte den Weg in sein Bett auch später nicht mehr gefunden. Dennoch fühlte er sich ausgesprochen frisch und erholt. Ein Gefühl, das ihm in den letzten Wochen abhandengekommen war. Ehrlich mit sich ins Gericht gehend, gestand er sich ein, dass es nicht unwesentlich mit seinem Verhalten in der letzten Zeit zu tun hatte. Er hatte die Tatsache ausgenutzt, abends nach der Arbeit Mona in der Kneipe Gesellschaft zu leisten, bevor er eine Etage höher in die Wohnung ging. Und selten war es bei kurzen Besuchen, bei einem Bier geblieben.

Mit einem Blick auf die Flasche stellte er fest, dass er gestern nicht mal die eine geleert hatte. Obwohl er schon bald in der Kirche sein musste, gönnte er sich noch einen schnellen Kaffee in seiner neuen Küche. Bei dem Gedanken an den Kirchenbesuch war ihm nicht wohl. Aber er hatte keine Möglichkeit gesehen, die Einladung, auch zur anschließenden Feier, abzulehnen, ohne die Familie vor den Kopf zu stoßen.

Wie jeden Morgen hatte Theo Heitmann sich auch heute hinter seiner Zeitung verschanzt. Seine Frau und sein Sohn tauschten Blicke. Die Versuche der Vergangenheit, den Vater und Mann hinter der Zeitung hervorzulocken, waren gescheitert. Inzwischen war es ihnen beinahe recht. Wenn er sich auf seine Zeitung konzentrierte, belehrte er weder seine Frau noch seinen Sohn. Nicht nur in den Kirchenvorstandssitzungen rutschte er unangebracht immer wieder in das Verhalten eines Lehrers. Tim strafte ihn bereits seit geraumer Zeit mit Missachtung. Zu lange hatte er die Hoffnung genährt, sein Vater würde eines Tages in der Lage sein, ihn wie einen Sohn zu behandeln. Als er alt genug war zu verstehen, dass weder er, noch seine Mutter mit Zuneigung bedacht wurden, keimte Wut in ihm auf. Theo Heitmann bemerkte es nicht. Unangefochten lebte er sein Leben und erwartete, dass seine Familie es in seinem Sinne mit ihm teilte. So wie er, seine Geschwister und seine Mutter es mit seinem Vater gehalten hatten. Theo Heitmann war der älteste Sohn eines Lehrers. Er war in Jork geboren und aufgewachsen, sein Vater hatte an der hiesigen Schule unterrichtet. Theo Heitmann war nur so lange aus dem Alten Land fortgegangen, wie er brauchte, um seine Ausbildung zu beenden und in die Fußstapfen seines Vaters zu treten. Zu Beginn seiner Laufbahn hatte er noch unter seinem Vater, der zum Direktor des Schulzentrums aufgestiegen war, unterrichtet. Immer auf der Suche nach dessen Anerkennung, ohne sie jemals zu erhalten. Inzwischen war sein Vater seit beinahe vier Jahren tot und er selbst der Schulleiter. Anders als seinem Vater begegnete man ihm jedoch mit wenig Respekt. Es kam ihm nie in den Sinn, den Grund dafür bei sich selbst zu suchen. Vielmehr schob er die Ursache einer Entwicklung in die Schuhe, die er seit Jahren mit Besorgnis zur Kenntnis nahm. Niemand hatte mehr Respekt vor dem Alter und der Erfahrung.

Langsam ließ er die Zeitung sinken, faltete sie ordentlich zusammen, damit er die noch fehlenden Artikel am Abend vor der Tagesschau lesen konnte. Seine Frau und seinen Sohn sah er mit prüfenden Blicken an.

„Der Kaffee war wieder kalt." Er wischte sich den Mund mit einer frischen Stoffserviette ab. Er bestand darauf, täglich eine neue neben seinem Teller vorzufinden. Tim rollte die Augen. Jeden Morgen der gleiche Spruch, die gleiche Kritik. Ilse Heitmann widersprach nicht, verteidigte sich nicht. Sie hatte den Kampf aufgegeben.

Die prachtvolle alte Kirche Jorks war ungewöhnlich voll. Obwohl sie zu einer der größeren der Region zählte, war kein Sitzplatz mehr zu finden. Das war nicht bei jeder Taufe der Fall. Aber die Dammanns waren beliebt. Und weil sie Opfer einer Straftat geworden waren, sogar den letzten Bürgern Jorks bekannt. Sie alle wollten sehen, wie die Familie mit der Situation fertig geworden war. Dabei war nicht jedes Interesse von Anteilnahme geprägt.

Jaron bemerkte die vielsagenden, schnellen, suchenden Blicke der Kirchenbesucher.

Celia entgingen die Feinheiten an diesem Morgen. Sie bewunderte einmal mehr die Kirche, die sich so gravierend von den ihr bekannten katholischen unterschied. Diese prunkten häufig in Gold, wirkten mitunter beinahe überladen. Jorks evangelisches Gotteshaus nahm sich dagegen fast bescheiden aus. Hier und da war nur ein wenig Blattgold am Altarbild aufgetragen worden, zu wenig, um protzig oder gar überladen zu wirken.

Das hölzerne Himmelsgewölbe der Kirche war in einem dunklen Blau gestrichen, an dem goldene Sterne leuchteten. Die zahlreichen Bankreihen waren im gleichen Blau gehalten und wurden durch halbhohe Türen zum Gang abgeschirmt. Auf den Türen prunkten fein ausgearbeitete Blumenbilder neben den Namen der Familien, denen diese Bank früher vorbehalten war, und auf denen von Hand gefertigte, bestickte Kissen lagen.

Beim Blick auf die Kissen fiel Celia eine Kurzmitteilung aus der Tageszeitung ein. Dort wurde gemeldet, dass die Kirchengemeinden die Möglichkeit prüften, Heizkosten durch Nutzung beheizbarer Sitzkissen einzusparen.

Der Zwang, selbst in Kirchengemeinden zu sparen, da ihnen die Gelder ausgingen, hatte Celia bereits beim Lesen nachdenklich gestimmt. Hier an diesem beschaulichen Ort bekam die Tatsache einen bitteren Beigeschmack. Sie lenkte ihre Aufmerksamkeit zurück zum aktuellen Geschehen.

Von ihrem Stehplatz direkt vor dem Ausgang konnten Celia und Jaron sie nicht sehen, aber sie wussten, dass sich über ihnen eine großartige und gut erhaltene, berühmte Arp-Schnittger-Orgel befand. Der Organist wählte diesen Moment, um feierlich auf ihr zu spielen. Überrascht bemerkte Celia, wie Tränen der Rührung in ihren Augen aufstiegen. Für einen kurzen Augenblick drang die Erkenntnis in ihr Bewusstsein, dass sie in letzter Zeit empfänglicher für bewegende Empfindungen war. Mit einem innerlichen Schulterzucken schob sie es auf die Liebe zu Jaron, der Türen ihrer Seele geöffnet hatte, die sie nach den Erfahrungen ihrer letzten Beziehung für immer verschlossen gewähnt hatte. Sie lächelte bei dem Gedanken. Jaron bemerkte es – auch, dass ihr Lächeln ihm galt. Er drückte ihre Hand. Obwohl er kein praktizierender Jude war, saß der anerzogene Respekt vor Gottesdiensten tief.

Die anrührende Stimmung in der Kirche wurde jäh durch einen heftigen Schlag der Schwingtür unterbrochen. Ein empörter Blick über die Schulter traf Thorsten Brandt – wie so häufig kam er gerade noch pünktlich.

„Verdammt noch mal!", Theresa Lücken wurde laut wie sonst selten, „ich will nicht mehr die heimliche Geliebte sein. Wir leben im Jahr 2010 und du benimmst dich, als hätten wir 1810. Was glaubst du, was passiert?"

Die Frage war rhetorisch. Sie würde auch diesmal keine Antwort bekommen. Ellen Roper hatte ihr den Rücken zugedreht und schaute aus dem Fenster der Hamburger Wohnung, die sie zur Hälfte mitfinanzierte, obwohl sie nicht hier wohnte. Sie konnte nicht umhin, die Gefühle ihrer Freundin zu verstehen. In der Tat verhielt sie sich nicht besser als ein verheirateter Mann seiner heimlichen Geliebten gegenüber. Und das ohne offensichtliche Not. Sie war nicht verheiratet! Dennoch konnte sie sich nicht dazu durchringen, zu ihrer Freundin und ihrer gemeinsamen Beziehung zu stehen. Auch wenn ihr Äußeres es anders vermuten ließ – sie war eine empfindliche Seele. Theresa hatte es drastischer ausgedrückt, als sie sie als Feigling bezeichnete. Sie konnte sich nicht dagegen wehren.

„Ich will dir mal was sagen: Wenn dir das, was ich bereit bin, dir zu geben, nicht reicht, dann musst du die Konsequenzen ziehen. Mehr als das hier", mit einer theatralischen Geste umfasste sie den Raum, „ wird es nicht geben. Nicht jetzt und auch nicht in Zukunft."

Ihr Gesicht war wutverzerrt. In ihrem Verteidigungseifer übersah sie dabei die Veränderung in Theresas Blick. Vergleichbare Situationen hatten mit viel Tränen, aber am Ende stets mit einem Rückzieher Theresas geendet. Die Angst vor dem Verlust ihrer „großen Liebe" war mächtiger, als der Wunsch, eben diese Liebe auch in der Öffentlichkeit leben zu können. In angespannten Momenten warf Ellen Theresa vor, dass sie weniger Angst davor hatte, ihre Liebe zu verlieren, als vielmehr davor, den Luxus, den die Beziehung ihr brachte, aufgeben zu müssen. Vielleicht hatte sie es einmal zu oft gesagt. Mit den nächsten Worten beendete Theresa die Beziehung. Den wunderschönen Alsterblick im Rücken stand Ellen Roper erstaunt und mit offenem Mund vor ihr.

Sie schüttelte den Kopf: „Das meinst du nicht ernst. Bevor ich aus der Wohnung bin, tut es dir leid und du kommst mir hinterher gekrochen!"

Ihr kamen die zahlreichen Schulungen zugute, die man Managern angedeihen lässt, um in Verhandlungen zu taktieren und selbst in der Deckung zu bleiben – ohne Gefühl. Theresa kannte sie zu gut. Sie warf die langen, braunen Locken zurück und fing tatsächlich an zu lachen. Dabei liefen ihr Tränen aus den ebenfalls braunen Augen. Aber es war nicht das Weinen, das Ellen aus dem Konzept brachte. Es war das Lachen. Es gehörte nicht zum gewohnten Reaktionsmuster ihrer Freundin. Einmal mehr zeigte sich, dass eine homosexuelle Beziehung sich in nichts von der einer heterosexuellen unterschied.

Versöhnung, Streit, Worte und Reaktionen hatten sich im Laufe ihrer fast dreijährigen Beziehung eingespielt und waren bisher vorhersehbar. Nur hielt sich Theresa heute nicht an das Schema.

„Auch wenn du es nicht glaubst. Es bricht mir zwar das Herz, aber nein, ich werde dir nicht mehr hinterherkommen. Nicht gelaufen und schon gar nicht gekrochen. Ich möchte, dass du jetzt gehst."

Ellen Roper hatte keine Kontrolle über ihre Augen, die sich zunächst vor Entsetzen weiteten, bevor sie sich zu Schlitzen verengten. Sie war noch nie rausgeworfen worden. Nicht beruflich und schon gar nicht von einer Liebhaberin.

„Du kleine, miese Schlampe, was bildest du dir eigentlich ein? Glaubst du tatsächlich, du kannst mich aus der Wohnung schmeißen?"

Ohne sich dessen bewusst geworden zu sein, hatte sie die Hand zum Schlag erhoben. Theresa duckte sich nicht einmal weg.

Sie nickte: „Ja, das glaube ich. Und wenn du glaubst, mich zu schlagen würde etwas ändern ...", sie schüttelte bedächtig den Kopf. „Nein, das wird nichts mehr ändern."

Sie machte eine kurze Pause, bevor sie weitersprach. Ellen war so geschockt über die Wandlung im Verhalten ihrer Freundin, dass sie diesen Moment ungenutzt verstreichen ließ.

„Ich bin sicher, du kannst dich daran erinnern, dass die Wohnung auf meinen Namen läuft. Und ich habe immer die Hälfte der Miete selbst bezahlt. Die zweite Hälfte wird in Zukunft jemand anderes übernehmen. Pack deine Sachen und geh. Du hast es so gewollt."

Ohne sie eines weiteren Blickes zu würdigen, stand sie gelassen auf. Der Anblick der schönen Gestalt ihrer

Freundin machte Ellen Roper wütender als die Worte. Unkontrolliert stürzte sie sich auf Theresa. Für die war es zu spät, um die Hände schützend nach oben zu nehmen.

Während die letzten Klänge der Orgel im Dach der Kirche widerhallten, straffte sich Pastor Stechmann. Wie immer saß er in der ersten Reihe des Gotteshauses mit dem Rücken zur Gemeinde. Dennoch war ihm nicht entgangen, dass seine Kirche heute für einen einfachen, normalen Sonntag ungewöhnlich voll war. Damit hatte er nicht gerechnet. Alltägliche Dinge des Lebens blieben ihm häufig verborgen. So hatte er zunächst keinen Zusammenhang zwischen der hohen Anzahl Kirchengänger am heutigen Sonntag und Marlin Dammanns Taufe hergestellt. Seine Frau hätte ihm das sicher sofort sagen können. Aber sie war nicht in der Kirche.

Sie hatte sich immer schon aus seinem Berufsleben herausgehalten. Das stellte kein Problem dar, solange sie in Hannover lebten. Die Landeshauptstadt war groß genug, dass niemand darauf achtete, ob „Frau Pastor" sich an der Gemeindearbeit beteiligte oder nicht. Aber diesen Umstand hatten weder er noch seine Frau berücksichtigt, als er um Versetzung in die evangelisch-lutherische Kirchengemeinde Jorks bat.

Anfänglich konnte die Landeskirche, wo er in der Vermögensverwaltung tätig war, der Idee wenig abgewinnen. Pastor Stechmann wurde von allen Kollegen hoch geschätzt – weniger wegen seinen Befähigungen in der Gemeindearbeit als vielmehr wegen seiner Leistungen bezogen auf Haushaltspläne und Konsolidierungskurse. Als seine Vorgesetzten jedoch merkten, dass Stechmann sein Ansinnen ernst meinte, wurden ihnen die Vorzüge einer solchen Versetzung immer deutlicher. Die Kirchen hatten finanzielle Probleme. Wo früher jede noch so kleine Gemeinde über einen eigenen Pastor verfügte, würden in Zukunft Kirchspiele zusammengefasst und von nur einem Pastor betreut werden müssen. Eine solche Sparmaßnahme einzuleiten und durchzuführen, diese Befähigung hatte Pastor Stechmann in all den Jahren mit Bravour bewiesen.

Die Aufgaben des Gemeindepastors verlangten ihm jedoch eine Menge ab und sein Einsatz war hier und da weit weniger schneidig, als man es sich von einem Seelsorger wünschen würde. Bisher hatten seine Vorgesetzten davon nichts mitbekommen. Sowohl die Gemeindemitglieder, der Kirchenvorstand als auch sein direkter Arbeitgeber hatten Geduld mit ihm bewiesen. In den letzten Wochen hatte jedoch selbst er deutliche Anzeichen dafür bemerkt, dass die Geduld an einigen Stellen zu bröckeln anfing. Dazu gehörte auch, dass er in nur einer Woche gleich zwei Mal kritisch auf die mangelnde Mitarbeit seiner Frau angesprochen worden war.

Innerlich schüttelte er den Kopf über die rückständige Einstellung der Gemeinde. Immerhin waren er und seine Frau Annette in den 1960er-Jahren geboren – sie waren die Kinder der Generation, die unter anderem mit Eifer für die Gleichberechtigung der Frauen und gegen die starren gesellschaftlichen Regeln auf die Straßen gegangen war. Folgerichtig teilten sie sich nicht nur die Hausarbeit und die Erziehung der zwei Kinder, sondern gehörte Annette zu den Frauen, die nach der Elternzeit wieder in ihren alten Beruf als Lektorin zurückgekehrt war. Nur galt dies in einem Ort wie Jork nicht. Schon deshalb nicht, weil sie nicht täglich für alle Nachbarn sichtbar ins Büro fuhr, sondern es eine einvernehmliche Regelung mit dem Buchverlag ihr ermöglichte, von zu Hause aus zu arbeiten.

Pastor Stechmann schrak zusammen, als er bemerkte, dass die letzten Töne der Orgel verklungen waren, ohne dass er reagiert hätte. Er schritt zügig zum Altar und blieb dort mit dem Rücken zur Gemeinde stehen. Die Einleitung des Gottesdienstes war der leichteste Teil. Sie war mit der Gottesdienstordnung vorgegeben. Schwieriger wurde es nach dem Glaubensbekenntnis, wenn er selbst gefragt war. Zu spät hatte er begriffen, dass er sich damals nicht ohne Grund für die Arbeit in der Verwaltung der Kirche entschieden hatte. Als er es erkannte, hatten sie den Umzug vollzogen und er seine neue Stelle in Jork bereits angetreten. Ihm fehlte das Einfühlungsvermögen für die Menschen und im Speziellen das für die jüngere Generation. Ihm graute jetzt schon wie jeden Sonntag vor der Predigt. Er sah sich erneut den rollenden, rügenden Augen der Kirchgänger ausgesetzt und die unweigerlich folgende Diskussion in der nächsten Kirchenvorstandssitzung. Zu abgehoben, nicht verständlich – so lautete üblicherweise der Grundtenor der Kritik. Er konnte nicht einmal widersprechen.

Obwohl er sich noch im Halbschlaf befand, wusste Carsten Peters, dass es Sonntag war. Früher einmal der Tag, der seiner Familie gewidmet war. Kanutouren, Wanderungen oder aber Städtebesichtigungen – jeden Sonntag hatten sie ein neues, mit den Kindern gemeinsam geplantes Programm. Es war eine Zeit der Unbeschwertheit, die ihnen damals nicht bewusst war. Wie es einem häufig mit Dingen geht, deren Wert man erst zu schätzen lernt, wenn man sie verloren hat. Carsten und Enya versuchten, sich ein ums andere Mal damit zu trösten, dass diese Zeit unwiderrufliche Spuren in den Seelen ihrer Kinder hinterlassen hatte, auch wenn sie heute noch nicht sichtbar waren. Sie hofften auf die Zukunft.

Dabei zweifelte Carsten Peters in letzter Zeit immer häufiger an der Zukunft seines Sohnes. In angstbesetzten Tag- und Nachtträumen sah er ihn nach irgendwelchen kriminellen Aktivitäten im Gefängnis und in den schlimmsten Alpdrücken lag Jan-Phillip nach einer Schlägerei mit den falschen Leuten tot im Rinnstein.

Resigniert öffnete er die Augen. Er wollte einen erholsamen Sonntag mit seinen beiden „Frauen" verbringen. Das jedenfalls hatten Enya und er sich vorgenommen. Sie waren es Louise schuldig.

Jan-Phillip beteiligte sich schon lange nicht mehr an solchen Unternehmungen. Die anfängliche Kränkung und spätere Verärgerung darüber war inzwischen einer Erleichterung gewichen, derer sie sich schämten und sich daher auch nicht eingestanden. Leise, da sie meinte ihr Mann schliefe noch, kam Enya ins Schlafzimmer geschlichen. Ein Blick auf ihr Gesicht erklärte Carsten Peters den Grund für ihr frühes Aufstehen. Sie hatte sich vergewissert, dass ihr Sohn in seinem Bett lag und von seiner nächtlichen Tour unbeschadet zurückgekehrt war. Peters konnte nicht sagen, wie oft sie sich in den letzten drei Monaten damit versuchten zu trösten, dass, wenn etwas passiert wäre, sie es früh genug erfahren würden. Diese Erkenntnis nahm, anders als oft behauptet, keine Sekunde die Sorge und Angst.

„Du bist ja schon wach!" Enya Peters hatte die offenen, auf sie gerichteten Augen ihres Mannes erst jetzt bemerkt. Er ging nicht darauf ein.

„Ist Jan-Phillip da?", stellte er die naheliegende Frage. Bevor sie es in Worte fassen konnte, erkannte er an der Haltung seiner Frau, dass es so war. Ihre Erleichterung war nicht zu übersehen. Er ließ seinen Kopf auf das Kissen zurücksinken und schloss für einen Moment die Augen.

„Möchtest du noch ein bisschen schlafen?"

Er schüttelte den Kopf. „Kann ich ja doch nicht. Du weißt, wie es bei mir ist, wenn ich einmal wach bin, dann bin ich wach."

Entschlossen schwang er die Beine aus dem Bett. Die Erleichterung über die Anwesenheit ihres Sohnes weckte neue Energien in ihm. „Ich mache uns einen Kaffee und den trinken wir ganz in Ruhe hier im Bett."

Er unterstrich seine Worte, indem er die Decke liebevoll um seine Frau legte. Sie ließ sich gerne auf den selten gewordenen Verwöhnmoment ein. Sie warf es ihrem Mann nicht vor. Als sie sich kennenlernten, hatte Carsten sie oft mit seinem Hang zur Romantik überrascht. Romantische Momente gab es auch noch häufig während der ersten Ehejahre mit den Kindern. Dann waren sie nicht, wie in vielen anderen Ehen, den beruflichen Anforderungen zum Opfer gefallen, sondern den Eskapaden ihres Sohnes. Carsten zwang sich wenigstens für zwei Stunden, die Gedanken an Jan-Phillip zur Seite zu schieben.

Für einen guten Diakon wäre es angemessen, wenn nicht schon vorher, dann doch spätestens vom Läuten der Kirchenglocken wach zu werden. Doch selbst das konnte Kurt Hermann nicht mehr von sich behaupten. Ein Blick auf seine Uhr am Handgelenk zeigte ihm deutlich, dass der Gottesdienst bereits in vollem Gang war. Bis vor einer Woche hätte der Gedanke an die verpasste Taufe ihm wenigstens den Hauch eines schlechten Gewissens entlockt. Nach dem Anruf seines Freundes am gestrigen, späten Abend konnte er sich jedoch auch dazu nicht mehr durchringen. Zynisch schnaubte er bei dem Gedanken an die Worte Theo Heitmanns. Dieser hatte keinen Zweifel an seiner anstehenden Kündigung gelassen. Nicht, dass er es nicht bereits geahnt hätte. So wenig Elan Kurt Hermann an den Tag legte, wusste er dennoch, was in der Gemeinde vor sich ging. Nachdem er die volle Blase, die ihn geweckt hatte, geleert hatte, ließ er sich erneut in sein Bett fallen. Obwohl der Drang danach groß war, unterließ er den Griff zur Wodkaflasche. Selbst bei der subjektivsten Betrachtung konnte man ihn nicht als Alkoholiker bezeichnen. Dabei gab es genug Menschen in seinem Umfeld, die ihm das gerne angehängt hätten. Den Blick zur Decke gerichtet, die Arme unter dem Kopf verschränkt, verzog der Diakon den Mund zu einem schiefen Grinsen.

Sein Niedergang war selbst verschuldet. Er hatte sich gehen lassen, sich eingerichtet im Leid, vor allem im Selbstmitleid. Das Mitgefühl der anderen hatte ihm in den ersten Wochen nach dem Auszug seiner Frau gut getan. Und weil es ihm gefiel, forderte er durch sein Verhalten immer mehr davon. Dabei hatte er nicht bedacht, dass die Menschen nur einen geringen Vorrat an Anteilnahme aufzubringen in der Lage waren. Irgendwann erwarteten sie, dass alles zur Normalität zurückkehrte. Als dies nicht passierte, hatten sie ihm ihr Mitleid entzogen. Die einen früher, die anderen ein wenig später. Heute war keiner mehr übrig – allenfalls Theo Heitmann.

Der Diakon schnaubte erneut verächtlich. Er hielt so wenig von Heitmann wie die anderen. Dass die Freundschaft, die Heitmann zwischen ihnen sah, einseitig war, versuchte er nie aufzuklären. Es kostete ihn nichts, Heitmann erwartete nichts. Nur dass man ihm zuhörte, wenn er dozierte. Ein geringer Preis.

„Geholfen hat es aber auch nichts“, murmelte er. Er griff jetzt doch zur Flasche. Als der erste Schluck Wodka seine Lippen berührte, spuckte er ihn in die Flasche zurück. Über den Flaschenhals hinaus besah er sich das Schlafzimmer. Ein Granateneinschlag hätte keine schlimmere Verwüstung anrichten können. Auch die restliche Wohnung sah nicht besser aus. Mühsam zwang er sich aus dem Bett und wanderte durch die Räume. Seit ihn seine Frau mit den Kindern verlassen hatte, war der Rundgang ein festes Ritual geworden. Anfangs um sich zu vergewissern, dass er nicht in einem Alptraum gefangen war, aus dem er gleich aufwachen würde, später aus bewusstem Selbstmitleid. Von der Wohnung, wie sie einmal war, war nichts mehr zu erkennen. Überall lagen dreckige Wäsche, Müll, Zeitschriften und Zeitungen. Wenn es Erinnerungen an seine Kinder und seine Frau gab, dann waren sie seit langem nicht mehr sichtbar. Tränen traten ihm in die Augen. Er ließ sie zu.

Es hatte Zeiten gegeben, in denen seine Frau ihn geliebt hatte, gerade wegen seiner Fähigkeit auch mal Schwäche zu zeigen. Dann hatte sie ihn genau aus diesem Grund verlassen. Wegen seiner Schwäche. So lautete seine Erklärung heute. Sie war geschönt. Eine verklärte Version seiner Eifersucht auf die eigenen Kinder! Darauf, dass er die Liebe seiner Frau nicht teilen wollte und konnte. Es war eine freundliche Umschreibung für unzählige hässliche Auseinandersetzungen zwischen ihm und Dorothea, die zum Schluss sogar in Handgreiflichkeiten ausgeartet waren. Keiner wusste davon. Theo Heitmann so wenig wie jeder andere im Ort. Nach außen war er der fürsorgliche und bewundernswerte Vater, der liebevolle und aufmerksame Ehemann, den viele Frauen sich insgeheim an ihrer Seite gewünscht hätten. Dorothea hatte so wenig mit jemandem darüber gesprochen wie er. Sie war einfach gegangen. Kurt Hermann bezweifelte, dass sie dabei beabsichtigte, ihn und seinen Ruf zu schonen. Aber auch das war eine Aussage, die eher seinem Mitleid als der Realität geschuldet war. Als er das ehemalige Kinderzimmer verlassen wollte, klebte etwas unter seinem Fuß. Beim Abnehmen bemerkte er, dass es ein Foto Dorotheas war. Eins aus der Zeit vor den Kindern. Es entlockte ihm ein Lächeln. Urlaub auf Rhodos. Dorothea braun gebrannt, unbekümmert und unbeschwert. Sie gehörte nicht zu den Frauen, die man spontan als Schönheit bezeichnen würde. Dafür waren ihr Gesicht und ihre Figur für die knappen ein Meter achtundsechzig zu rund. Die Menschen erlagen Dorothea aufgrund ihres Wesens. Sie strahlte von innen. Niemand im Ort hatte verstanden, dass sie gegangen war, ohne dass man vorher etwas bemerkt hatte. Dorothea hatte ihr Verhalten nicht geändert. Nicht nach außen. Kurt Hermann hätte gerne vergessen, wie er sich verändert hatte. Ebenfalls unbemerkt von der Gemeinde. In sein Gedächtnis hatte es sich jedoch nachhaltig eingebrannt. Auch heute noch überkam ihn Scham, wenn er daran dachte, wie ihm immer wieder die Hand ausgerutscht war. Anfänglich nur Dorothea gegenüber. Später, als sie keine Säuglinge mehr waren, schlug er auch die Kinder. In den seltenen ehrlichen Momenten wusste er, dass dies der ausschlaggebende Grund für ihr Fortgehen gewesen war. Sie konnte alles ertragen. Oder zumindest sehr viel. Bei den Kindern waren ihre Grenzen dagegen eng gesteckt. Als er es realisierte, war sie bereits weg.

Der heutige Tag gehörte nicht zu seinen ehrlichen. Wütend zerriss er das Foto in seiner Hand in kleine Fetzen. „Miststück!", murmelte er und ließ sie zu Boden rieseln. Ein erneuter Blick auf die Uhr zeigte ihm, dass der Gottesdienst sich seinem Ende näherte. Er musste einen Entschluss fassen. Wie so oft in den vergangenen Jahren fühlte er sich dabei überfordert. Er schwankte, ob er sich bei der Tauffeier blicken lassen oder sie trotzig boykottieren sollte. Dammanns hatten ihn ungeachtet der kritischen Diskussion um seine Person eingeladen. Typisch für sie. Zynisch belächelte Hermann die Gutmütigkeit der Familie. Lustlos schlurfte er ins Badezimmer. Dann griff er entschlossen zum Rasierer. Sein Erscheinen würde ihnen allen ein schlechtes Gewissen bereiten. Grund genug sich zu überwinden.

Kapitel 3

Theresa kam langsam wieder zu Bewusstsein. Zunächst fiel es ihr schwer, sich zu erinnern. Aber die Sanitäter und der Notarzt bedrängten sie immer wieder. Versuchten ihr zu entlocken, was passiert war. Allerdings fühlte sie sich noch völlig benommen. Auch die Anwesenheit der Rettungsleute konnte sie sich zunächst nicht erklären. Als ihr endlich wieder alles einfiel, lief ihr ein Schauer über den Rücken. Eva musste die Ambulanz selbst informiert haben. Dabei handelte es sich jedoch nicht um einen besonders mutigen Akt. Sie war nicht geblieben und hatte sich ohne Namen gemeldet. Das konnte Theresa den Erklärungen des Notarztes entnehmen. Es kostete sie nur wenige Augenblicke zu entscheiden, ob sie der Anonymität ein Ende bereiten wollte. Sie beließ es dabei. Den Blicken der Rettungsleute konnte sie ablesen, wie wenig sie der Geschichte des Sturzes vom Sofa im betrunkenen Zustand Glauben schenkten. Abgesehen von der Tatsache, dass nichts für übermäßigen Genuss von Alkohol sprach, waren die Verletzungen eindeutig nicht das Resultat eines Sturzes. Schließlich hatten sie mehrmals täglich mit solchen Verletzungen zu tun. Sie wussten jedoch, wie wenig Einfluss sie auf die Aussage hatten. Dennoch machte der Notarzt noch einen Anlauf, indem er sie auf die Möglichkeit einer Anzeige im Falle von häuslicher Gewalt hinwies. Ganz offensichtlich ging er, trotz des weiblichen Anrufs, von einem Mann als Verursacher ihrer Verletzungen aus.

Meta Hauschildt schaute sich zufrieden am Esstisch um. Wie jede Woche war ihre Tochter mit Mann und Enkelkindern auch heute zum Sonntagsfrühstück erschienen. Vor Jahren hatte sie es eingeführt und beibehalten. Auch wenn sie beinahe zwei Jahrzehnte zum Kirchenvorstand gehörte, war sie nicht allzu oft in den Gottesdiensten anzutreffen. Ihr ausgeprägter Glaube spiegelte sich mehr im alltäglichen Leben wieder als in frommem, häufigem Kirchgang.

Als ihr Blick auf ihren ältesten Enkel fiel, wurde ihr mit einem Mal bewusst, dass die gemeinsamen Sonntage gezählt waren. Mit fünfzehn Jahren fing Malte an, dagegen zu rebellieren. Hatte er als Säugling nie schlafen wollen, und seine Eltern damit schier zur Verzweiflung gebracht, gehörte er nun zu den Jugendlichen, die kaum aus dem Bett zu kriegen waren. Nicht in der Woche, wenn sie in die Schule mussten und noch viel weniger an den Wochenenden. Dass ihre Tochter Dörte und ihr Schwiegersohn die Anstrengung des Weckens und des immer wiederkehrenden Beschimpfens für dieses Frühstück auf sich nahmen, rechnete Meta ihnen hoch an. Sie kam gar nicht auf die Idee, es sich selbst zuzuschreiben. Obwohl durchaus selbstbewusst, gehörte sie nicht zu den Frauen, die häufig Nabelschau betrieben und ihren Wert betrachteten. Dafür war sie immer bereit, die positiven Werte anderer Menschen zu sehen und gebührend hervorzuheben.

Meta schaute zu ihrem Mann Horst. Er war in ein liebevolles Geplänkel mit seiner Enkelin verstrickt. Die zwölfjährige Nora befand sich gerade an der Grenze zwischen Kindsein und beginnender Pubertät. Meta hatte in unbeobachtet geglaubten Momenten weibliches Kokettieren mit Jungen bemerkt. Aber beim Opa war sie weiterhin das Kind. Meta fing einen unruhigen Blick zwischen ihrer Tochter und ihrem Schwiegersohn Jens auf.

Dieser Moment verursachte einen Stich in Metas Herz. Jens und Dörte führten keine durchweg glückliche Beziehung. Das wusste sie, nicht weil Dörte sie eingeweiht hätte, sondern Jens ihr sein Leid geklagt hatte. Dass dabei ein Glas Wein die Zunge löste, ließ Meta nicht an der Glaubwürdigkeit der Worte zweifeln. Dörte genoss eigentlich alle Vorzüge, die das Leben erleichterten. Sie war groß und schlank. Sie war auch noch nach der Geburt der Kinder und nun im fortschreitenden Alter, das sich langsam der fünfundvierzig näherte, durchaus als hübsch zu bezeichnen. Sie war gebildet, hatte ihren eigenen, kleinen Buchladen, der gut lief und reichlich abwarf. Sie hatte einen Mann, der sie liebte, der ihr treu war. Aber all das reichte ihr scheinbar nicht aus. So jedenfalls beschrieb es Jens. Dörte suchte immer noch nach mehr. So wie sie es in ihrer Pubertät getan hatte. Bis heute wusste sie jedoch offenbar selbst nicht, was dieses „mehr" eigentlich war. Nur dass die Unwissenheit zu Unzufriedenheit führte, das wusste sie, und sie ließ es die anderen merken – vor allem Jens. Sie hatte offensichtlich mehrere Ausbrüche aus der Ehe versucht, dabei es aber nie zum Letzten kommen lassen. Sie hatte Jens am Ende nie betrogen. Dennoch beschrieb sie die Eskapaden immer als Verliebtheit. Meta war sich nicht sicher, wie oft Jens die Kränkungen noch hinnehmen und entschuldigen würde. Ein anderer Mann, da machte Meta sich nichts vor, wäre wohl schon lange weg. Vielleicht hatte Dörte sich deshalb für ihn entschieden. Jens ging die Familie über alles. Er selbst hatte als Kind nie eine. Seine Mutter hatte ihn kurz nach der Geburt ausgesetzt. Immerhin nicht irgendwo, sondern vor den Türen eines Krankenhauses. Aber es hatte ihm das Aufwachsen in einem Waisenhaus nicht erspart. Dass er nicht adoptiert worden war, lag nicht an ihm. Er hatte keine körperlichen Gebrechen und auch sonst keine Merkmale, die Adoptionswillige abgehalten hätten. Er hatte einfach nur Pech. Er gehörte zu den Kindern, die gebraucht wurden, um die Quote zu erfüllen. Die Quote, die nötig war, um den Säuglingsschwestern im Heim die Zukunft zu sichern. Später war er dann zu alt.

Meta war immer noch der Meinung, dass ihr Schwiegersohn erstaunlich wenige Macken hatte, wenn man bedachte, dass er seine gesamte Kindheit im Heim verbracht hatte. Vielleicht war das beharrliche Festhalten an der Ehe die einzige Macke, die er hatte. Meta war ihm dankbar dafür. Und seine Kinder sicher auch. Er liebte sie von ganzem Herzen. An ihnen machte er gut, was man an ihm versäumt hatte. Dennoch bemerkte Meta, dass Malte sich von seinen Eltern distanzierte. Sicher nicht ungewöhnlich in der Pubertät. Meta hatte drei Kinder großgezogen und konnte ein Lied davon singen. Trotzdem erschien ihr das Verhalten ihres Enkels oft als extrem. Sie seufzte leise. Sie nahm sich vor, mit ihrer Tochter Lore zu reden, die ebenfalls einen Sohn in Maltes Alter hatte. Da sie vor Jahren nach München gezogen waren, hatte Meta keine direkten Vergleichsmöglichkeiten. Die wenigen Male, die sie sich zu Weihnachten oder runden Geburtstagen sahen, gaben ihr keinen Einblick. Aber Lore würde es ihr erzählen. Im Gegensatz zu ihrer Schwester trug sie das Herz auf der Zunge. Sie war eindeutig das Kind ihrer Mutter. Auch äußerlich hatte sie die vollschlanken Gene der Mutter geerbt. Dörte hänselte sie gerne damit. Aber Lore focht es nicht an. Und ihren Mann schon gar nicht. Vielleicht, so dachte Meta, lag es an seiner bayrischen Herkunft, dass er nichts gegen ein wenig Fülle bei Frauen einzuwenden hatte. Ein Dirndl musste schließlich gefüllt werden.

Als Lore damals mit ihrem Mann gegangen war, war Meta beinahe ein wenig ungehalten, dass ausgerechnet die Tochter fortzog, zu der sie das nähere Verhältnis hatte. Bei ihrem Sohn dagegen hatte sie gar nicht erwartet, dass er blieb. Ihn hatte es immer schon weggezogen. Und so war es gekommen. Zurzeit lebte er in Saudi-Arabien. Aber es war nur eine Station von vielen, die er in den vergangenen Jahren gemacht hatte. Es würde sicher auch nicht die letzte sein. Meta war sich über die Gefühle ihres Sohnes nie ganz sicher. Bei all dem Geld, das er verdiente, vermutete sie, dass ihm über kurz oder lang doch eine Beziehung und vielleicht auch Kinder fehlen würden. Aber bisher hatte sich keine Partnerin gefunden, die sein unstetes Leben mit ihm teilen wollte.

Meta wandte ihre Aufmerksamkeit an die Runde am Frühstückstisch zurück. Nora plapperte immer noch vertrauensvoll mit ihrem Opa. Meta schnappte die letzten Worte des Kindes auf. Sie verstärkten ihr Unwohlsein. Wenn Malte, wie Nora mit offenkundiger Schadenfreude erzählte, Streit mit Mama und Papa hatte, weil er einfach nicht nach Hause gekommen war, dann war das für sie mehr als nur ein wenig beunruhigend. Vielleicht würde es nicht reichen, mit Lore zu reden. Es war an der Zeit, direkt mit ihrer Tochter Dörte das Gespräch zu suchen. Horst würde ihr dabei sicher keine Hilfe sein. Ihr Mann war in all den Jahren ein liebevoller Vater für die drei Kinder gewesen. Sie hatten von ihm nie ein lautes Wort gehört. Immer war er ihnen mit Geduld und einem offenen Ohr für ihre Sorgen und Kümmernisse begegnet. Aber eingemischt hatte er sich nie. Wenn die Kinder zu ihm gekommen waren, war er für sie da. Nur wäre er nie von sich aus zu ihnen gegangen. Und von diesem Weg würde er jetzt im Alter nicht abweichen.

„Lass man min Deern, datt löppt schon. Wenn sie uns braucht, kommt sie schon zu uns“, würde er zuversichtlich sagen. Dabei hatte Meta das unbestimmte Gefühl, dass das diesmal zu wenig sein könnte.

Mona öffnete mühselig die Augen. Bevor sie den Anruf entgegen nahm, warf sie einen Blick auf den Wecker und stöhnte. Ihr Gefühl hatte sie nicht getrogen. Es war entschieden zu früh, um einen Sonntag zu beginnen. Jedenfalls für eine Kneipenwirtin, deren Hauptgeschäft die Samstagabende waren, an denen die Leute gerne mal einen trinken gingen, in dem Bewusstsein, am nächsten Morgen ausschlafen zu können. Ihr letzter Gast hatte es bis um vier Uhr ausgehalten. Zehn Uhr war in diesem Fall keine gute Zeit. Entsprechend kurz angebunden meldete sie sich. Als sie die rauchige Stimme am anderen Ende vernahm, besänftigte sie dies ein wenig. Sie gehörte zu Alec Snyder, einer rassigen, dunkelhäutigen Kollegin der Spurensicherung. Jaron und Celia hatten sie mit in die Kneipe gebracht, um ihr den Anfang in ihrem neuen Job zu erleichtern. Der gute Wille der beiden war allerdings auf eine harte Probe gestellt worden, als sie versuchte, sich Celia zu nähern. Als Alec Snyder merkte, dass diese sich nicht zu Frauen hingezogen fühlte und zudem mit Jaron liiert war, reagierte sie ohne Feingefühl. Mona rechnete ihr allerdings hoch an, dass sie den Rüffel, den sie ihr daraufhin verpasste, mit Anstand und Würde hingenommen hatte. Danach hatten sich die beiden ungleichen Frauen angefreundet. Mona mochte solche Bekanntschaften. Sie gehörte nicht zu denen, die lange mit ihrer Meinung hinterm Berg hielten. Was ausgesprochen werden musste, wurde gesagt. Und wenn andere damit nicht klar kamen, war es nicht ihr Problem. Wer es überstand, hatte in ihr für immer eine treue Seele gefunden.

Die burschikose Art kam ihr als Kneipenwirtin zugute. Es gab nur wenige Männer, die es wagten, sich mit ihr anzulegen. Die, die es versucht hatten, bereuten es nachhaltig.

„Habe ich dich geweckt?“ Mona erwiderte nichts. „Ich habe extra lange gewartet!“

Mona lachte laut. „Nicht lange genug – würde ich sagen.“ Es klang nicht unfreundlich.

„Ich brauche jemanden, der heute etwas mit mir unternimmt. Ich langweile mich zu Tode.“

„Hm, mal ein interessanter Aspekt bei deinem Job!“ Alec lachte ebenfalls. „Komm schon, du hast doch frei bis heute Nachmittag.“

„Klar, und die Kneipe räumt sich von alleine auf, weil heute Sonntag ist!“

Alec Snyder stöhnte theatralisch in den Hörer. „Mona, keiner hat Zeit. Richie ist mit seiner Flocke unterwegs und Jaron, Celia und Thorsten sind zu einer Taufe eingeladen. Sonst kenne ich hier noch niemanden.“

Mona war nun endgültig wach. „Vorschlag zur Güte. Du kommst nach Jork und wir frühstücken zusammen, dafür hilfst du mir, die Kneipe vorzubereiten!“

In gespieltem Entsetzen tat Alec, als wäre der Vorschlag unannehmbar – was er nicht war. Sie war dankbar. „Du bist ein Schatz!“

„Lass mal gut sein“, sagte Mona. „Bild dir bloß keine Schwachheiten ein. Ich bin nicht zu haben.“

Es versetzte der Frau von der Spurensicherung einen Stich, so unverblümt abgewiesen zu werden, bevor sie überhaupt versucht hatte, ihr nahe zu kommen. „Hattest du eigentlich schon jemals ein Liebesleben?“

„Mit einer Frau?“

„Überhaupt! Egal, ob Männlein oder Weiblein. Du scheinst für keinerlei Geschlecht empfänglich zu sein. Und mal nebenbei – du hättest mich nicht so ruppig abweisen brauchen.“

Mona entschuldigte sich, aber es war deutlich spürbar, wie sie sich verschloss. Keiner der Freunde wusste, wie und warum es sie aus dem Rheinland ins Alte Land verschlagen hatte. Ihr Vorleben war tabu. Bisher hatten es alle respektiert. Alec war die Erste, die einen Vorstoß gewagt hatte.

„Willst du jetzt beleidigt sein oder Gesellschaft für den heutigen Tag haben? Dann beweg deinen hübschen Hintern hierher“, verwies Mona sie sanft in ihre Schranken.

Alec lachte und legte auf.

Mona sprang aus dem Bett, was bei ihrer Körperfülle eine olympiaverdächtige Leistung darstellte. Auch wenn die meisten Menschen es sich nicht vorstellen konnten – Mona war mit sich und ihrer Figur durchaus zufrieden. Es war ja auch nicht so, dass Männer immer nur die schlanken, dürren Gestelle bevorzugten. Mona wusste, wovon sie sprach! Denn sie hatte mehr als genug eindeutige Angebote abgelehnt. Auf dem Weg ins Bad schaltete sie das Radio ein. Über Satellit war sie ihrem Sender im Rheinland treu geblieben. Obwohl sie nun schon fünf Jahre im Alten Land wohnte, konnte sie eine latente Sehnsucht nach der Heimat nicht ablegen. Dass ausgerechnet Celia, die ebenfalls Rheinländerin war, sich mit ihr angefreundet hatte, belustigte die Kneipenwirtin immer noch. Mona hörte nur mit halbem Ohr auf den Radiosender, während sie sich im Badezimmer fertig machte. Mit Verzögerung erkannte sie einen Schlager aus ihrer Jugend. So wie es manchmal mit Gerüchen geht, die in die Vergangenheit zurückbringen, erlebte es Mona mit diesem Musikstück. Sie hatten es damals bei ihrer Hochzeit gespielt. Mona verzog das Gesicht, als sie daran dachte, wie ihre neuen Freunde wohl auf die Geschichte ihrer Vergangenheit reagieren würden: dass gerade sie, die taffe Mona, auf einen Heiratsschwindler hereingefallen war.

Toni hatte ihr jeden Wunsch von den Augen abgelesen. Dass er alle mit ihrem Geld bezahlte, hatte sie erst viel zu spät realisiert. Sie schwebte auf Wolke sieben und glaubte, alles erreicht zu haben. Sie führte die In–Kneipe in Düsseldorfs bester Gegend und war stolz auf ihren attraktiven Mann, der sich nur für sie interessierte. Entschlossen schob sie die Erinnerungen zur Seite. Ihre neuen Freunde würden die Geschichte nicht zu hören bekommen. Da war sie sicher. Der Sender spielte ein neues Stück. Mona war wieder in der Gegenwart angekommen.

Anders als Theresa vermutete, war Ellen nicht einfach gefahren. Zunächst hatte sie den Rettungsdienst angerufen, dann im Auto auf seine Ankunft gewartet. Sie hatte beobachtet, wie die Sanitäter aus dem Rettungswagen gesprungen waren, der Notarzt kurz danach ebenfalls eintraf und in Theresas Wohnung eilte. Jetzt wartete sie auf die Ankunft der Polizei. Es konnte nicht mehr lange dauern. Ellen rechnete nicht mit der Verschwiegenheit Theresas. Nicht nach dem, was sie ihr angetan hatte. Sie versuchte, Entsetzen zu verspüren. Was sie stattdessen empfand, war Kälte. Sie hatte zu lange gebraucht, um sich ihre Position im Leben zu erarbeiten. Nicht noch einmal würde sie von unten anfangen. Auch nicht wegen einer Geliebten. Es war schwer genug, als Frau an der Spitze einer Firma zu stehen. Den Ruf der Lesbe konnte sie sich am allerwenigsten leisten. Theresa hatte es nicht verstanden. Ellen schnaubte. Ihre Freundin machte es sich leicht. In ihrem angesagten Job als Fotografin focht es sie nicht an. Leute neben der Spur waren da eher die interessanten. Überrascht stellte Ellen fest, dass inzwischen eine halbe Stunde seit dem Eintreffen der Rettungsleute vergangen war, ohne dass die Polizei aufkreuzte. Sie atmete tief durch, als ihr zu Bewusstsein kam, dass Theresa geschwiegen haben musste.

„Die Liebe halt!“

Es klang zynisch und selbstgefällig. Eigenschaften, die sie in den letzten Jahren einsam gemacht hatten. Aber das entging ihr.

Carsten Peters’ Anfeindung in der Kirchenvorstandssitzung hätte ihr vielleicht auffallen sollen. Aber sie ignorierte Situationen wie diese, so wie sie es mit vielen Gefühlen machte, die sie am weiteren Aufstieg zu hindern drohten. Entschlossen drehte sie den Zündschlüssel. Theresa würde sich wieder bei ihr melden. So war es immer gewesen – so würde es auch diesmal sein.

„Wohin des Wegs?“ Ilse Heitmann kam schmunzelnd aus der Küche, wo sie die Reste des Frühstücks beseitigte. Tim fühlte sich überrascht, man sah es seinem Gesicht immer an. Sie lächelte nachsichtig. Sie hatten ein gutes Verhältnis zueinander. Ilse Heitmann hatte immer das Gespräch zu Tim gesucht. Anders als ihr Mann befahl sie nicht und erwartete auch nicht, dass man ihr bedingungslos Folge leistete. Auch sie war durch ihre Kindheit geprägt, nur dass diese in der Familie eines Gewerkschafters stattgefunden hatte. Nichts wurde dort als gegeben hingenommen, alles wurde besprochen und ausdiskutiert. Noch lange, bis zu deren Tod, führte sie intensive

Gespräche mit ihren Eltern – nur nicht über ihre Ehe. Da gab es nichts zu erzählen.

Mit Tim hatte sie es so gehalten wie ihre Eltern mit ihr und ihren zwei Schwestern. Manchmal, das merkte sie, wurde es Tim zu viel. Es gab Situationen, in denen wollte er nicht reden. Aber am Ende öffnete er sich meistens doch und sie hatten ein gutes Gespräch.

Mit leicht geröteten Wangen gestand er ihr jetzt, dass er eine Verabredung hatte.

„Du meinst richtig? Mit einem Mädel?"

Ilse Heitmann war erstaunt, dass ihr Sohn eine solche Formulierung benutzte. Es musste mehr zu bedeuten haben. Sein Gesicht färbte sich noch ein paar Nuancen dunkler. Er nickte.

„Darf ich wissen, wer sie ist?"

Tim grinste frech und doch liebenswert. „Du würdest ja doch keine Ruhe geben, bis du es weißt! Marike Peschel!"

Ilse Heitmann war erstaunt. „Ist sie in deiner Klasse?", sie wusste es wirklich nicht.

Tim schüttelte den Kopf. „Nein, seit diesem Schuljahr, nur in ein paar Kursen!"

Seine Antworten waren knapp, ein deutliches Zeichen dafür, dass er der Meinung war, genug Fragen beantwortet zu haben. Gerne hätte Ilse ihm noch schnell durch die Haare gewuschelt, so wie sie es früher immer gemacht hatte. Aber sie war sich bewusst, dass die Zeit solcher mütterlichen Gesten vorbei war.

Stattdessen betrachtete sie ihn, als müsste sie sich das Bild genau einprägen.

Ihr Sohn hatte wenig Ähnlichkeit mit seinem Vater. Weder im Verhalten noch in seinem Äußeren. Er hatte ihre schwarzen Haare und ihre braunen Augen. Trüge sie ihre Haare kürzer, würden sie sich ebenso kräuseln wie seine. Bei ihr fiel es in sanften Wellen auf die Schultern. Seine Gesichtszüge waren markant und schmal. Obwohl sie einander so sehr ähnelten, hatte ihr Sohn eindeutig männliche Züge. Auf sein Wesen traf das nicht zu. Da war er oft zu sanft für seine Geschlechtsgenossen. In dem Alter galt nur, wer raufen und pöbeln konnte. Eine Eigenschaft, die Tim nicht besaß. Dass er aus diesem Grund einen Schlag bei den Mädchen hatte, machte ihn bei den anderen Jungen auch nicht beliebter. Er hatte nur wenige Freunde.

„Wann kommst du wieder?" Tim fühlte sich weder kontrolliert noch beengt durch diese Frage. Sie gehörte zu ihrem gegenseitigen Respekt. Stellte sein Vater die gleiche Frage, hätte er unwirsch reagiert, Misstrauen und Kontrolle dahinter vermutet. Ilse Heitmann ließ ihren Sohn ziehen, ohne ihm viel Spaß zu wünschen. Sie wusste, es wäre ihm peinlich.

Celia kämpfte immer noch mit Tränen der Rührung, als sie das Haus der Familie Dammann betraten. Auslöser dieses Gefühlsausbruchs war der Auftritt des Kinderchors. Der Eifer und die Überzeugung, mit denen die Kinder das Tauflied „Mein Schutzengel" intoniert hatten, waren ihr durch und durch gegangen. Celia summte noch die Melodie, sang im Geist den Refrain: „Geh mit Gottes Segen!"

„Na, dich hat es ja erwischt. Demnächst heulst du womöglich schon, wenn du „Bauer sucht Frau" siehst!" Thorsten betonte mitunter seine derbe Seite.

Dammanns lebten in einem wunderschönen, alten Fachwerkhaus. Das Dach war in der ursprünglichen

Bauweise mit Reet gedeckt – inzwischen eine Rarität in einer Gegend, in der es früher üblich war, diese Art Dächer zu bauen. Als die Versicherungen eine gute Verdienstmöglichkeit darin entdeckten, Policen auszustellen, die eine erhöhte Brandgefahr absicherten, und sich diese ordentlich bezahlen ließen, rüsteten die Bauern ihre Häuser nach und nach um. Inzwischen gab es Untersuchungen darüber, dass die Reetdächer in der gleichen Häufigkeit Feuer fingen wie andere Häuser. Aber nun war es zu spät.

Die Jorker Familie pflegte nicht nur in dieser Hinsicht die Tradition. Kurt Dammann führte in der dritten Generation einen Obsthof und seine Frau Karin unterstützte ihn. Mit ihrem Hofladen, in dem eigene Produkte und Erzeugnisse der Region verkauft wurden, hatten sie einen neuen Absatzmarkt aufgetan, seit die Touristen busseweise ins Alte Land gebracht wurden. Inzwischen war der Fremdenverkehr für viele Bauern zu einem zweiten Standbein geworden. Durch den Absatz des Obstes alleine konnten viele nicht mehr bestehen. Dafür war die Konkurrenz aus dem Osten zu groß, die Preise, die sie für ihr Obst erhielten, zu niedrig.

Schon während der Ermittlungen, die sie ins Haus der Dammanns geführt hatten, hatte Celia ein ums andere Mal die stilvollen, alten Möbel der Familie bewundert. Auch jetzt hatte sie wieder einen Blick darauf geworfen. Jaron lenkte sie ab, als er mit einem Begrüßungstrunk auf sie und Thorsten zutrat.

„Ich bin davon ausgegangen, dass dein angeschlagener Magen nicht scharf auf einen Sekt ist, oder?“

Er reichte das zweite Glas an Thorsten weiter.

„Bist du krank?“

Celia winkte ab. „Nicht der Rede wert. Bisschen der

Magen." Thorsten verfolgte das Thema nicht weiter. Ihm lag daran, den beiden von seiner neuen Wohnung vorzuschwärmen.

„Anfangs habe ich gedacht, Mona spinnt. Aber als sie weg war, habe ich es ausprobiert."

Er zuckte die Schultern und setzte sein jungenhaft, gewinnendes Lächeln auf.

„Sie hatte recht! Jetzt sieht es richtig geil aus. Vor allem, wenn es hell ist, und man vom Sofa direkt auf die Elbe sehen kann. Das hat was!" Seine Lobeshymne wurde unterbrochen. Die getaufte Marlin kam, um sie zu begrüßen. Für Celia war es das erste Mal, dass sie an einer Taufe einer bereits Jugendlichen teilnahm. Das Mädchen war dreizehn. Die Eltern hatten es ihren Kindern überlassen, sich zur Kirche und zum Glauben zu bekennen, obwohl sie beide gläubige Christen waren. Marlin war ihrem Beispiel gefolgt und wollte nun kurz vor der Konfirmation in der christlichen Gemeinschaft aufgenommen werden.

„Hallo, schön, dass Sie gekommen sind!", begrüßte sie die Beamten. Alle drei waren ihr gut bekannt. Immerhin hatten sie den Mann überführt, der sie überfallen und schwer verletzt hatte. „Erzähl mal, wie ist eine Taufe in deinem Alter?"

Jaron beherrschte die Kunst, mit Jugendlichen ins Gespräch zu kommen. Marlin lächelte ihn gewitzt an:

„Ziemlich gut. Stellen Sie sich vor, die armen anderen haben von ihrer Taufe doch überhaupt nichts gehabt. Die waren alle noch Babys. Aber jetzt kriegen nicht meine Eltern die Geschenke, sondern ich selbst. Und bei der Konfirmation gleich noch mal. Das ist klasse, oder?"

„Ganz schön clever für dein Alter!"

Die Bemerkung brachte Thorsten einen strafenden

Blick ein. Dreizehnjährige mochten es nicht, wenn man sie als jung bezeichnete. Marlin bildete keine Ausnahme. Sie kam nicht mehr dazu, ihn auch verbal zu maßregeln.

„Oh nein, mein Direktor! Ich glaube, ich nehme, was ich eben gesagt habe, wieder zurück. Bei Babys kommen wenigstens die Lehrer nicht zur Taufe."

Theo Heitmann hatte sich der Gruppe zielstrebig genähert.

„Nun Marlin, mit wem plauderst du denn hier so angeregt? Wäre schön, wenn du in der Schule auch einmal so gesprächig am Unterricht teilnehmen würdest!"

Celia und Jaron wechselten einen kurzen Blick. Er sagte alles über den Eindruck, den der Mann bei ihnen erweckte.

Die Schülerin stellte sie gut erzogen vor. Theo Heitmann war sichtlich beeindruckt, machte aber den Fehler, den so viele vor ihm bereits begangen hatten. Er schob Celia die untergeordnete und den Männern die führenden Positionen zu. Wie so häufig war es auch diesmal Jaron, der den Mann auf seinen Fehler aufmerksam machte. Theo Heitmann überging den Einwand, drehte der Kommissarin den Rücken zu und konzentrierte sich auf ein Gespräch mit Jaron. Thorsten und seine Vorgesetzte zwinkerten sich zu. Celia, mit Leib und Seele Polizistin, war nicht auf die Anerkennung ihrer Position von außen angewiesen. Wichtig war ihr der Respekt ihrer Kollegen. Und den hatte sie. Ihre Erfolge sprachen eine eigene Sprache. Jaron überragte den Schuldirektor um einige Zentimeter. Er nutzte sie, um an dessen Kopf vorbei einen lächelnden Blick auf Celia zu werfen. Sie verstand den Wink und umrundete den Mann. Jaron streckte die Hand nach ihr aus und zog sie an seine Seite. Den Arm ließ er vertrauensvoll um sie gelegt.

Kapitel 4

Carsten und Enya Peters hatten es tatsächlich geschafft, ihren Kaffee ungestört im Bett zu trinken. Bis vor zwei Jahren hätten sie diesen Moment genutzt und ein besonderes Nachspiel folgen lassen. Seit ihre Kinder die Pubertät erreicht hatten, kamen solche spontanen Begegnungen kaum noch vor. Es bestand zu sehr die Gefahr, von Jan-Phillip und Louise überrascht zu werden und nicht nur sich selbst, sondern vor allem die Kinder in Verlegenheit zu bringen. Das Ehepaar hatte festgestellt, dass es für alle Jugendlichen unvorstellbar war, dass die eigenen Eltern intim miteinander waren, egal, wie offen die Erziehung der Kinder verlaufen war. Carsten und Enya lächelten oft darüber. Aber es gab auch Zeiten, in denen sie sich nach der Möglichkeit zurücksehnten, miteinander zu schlafen, wenn ihnen danach war und nicht, wenn die Kinder den Spielraum boten. Es änderte jedoch nichts an der Vertrautheit der beiden. Das konnten sicher nicht viele Paare von sich behaupten. Vielleicht lag es daran, dass sie durch die Probleme mit ihrem Sohn zu einer Nähe gefunden hatten, die fernab bloßer Körperlichkeit lag. Überrascht horchten sie auf, als sich die Zimmertür ihres Sohnes öffnete. Ein Blick auf die Uhr bestätigte die ungewohnte Zeit für ihn, zumal es Sonntag war.

Carsten Peters fühlte, wie sich sein Magen zusammenzog und hoffte, es vor seiner Frau verbergen zu können. Dabei war ihm bewusst, dass ihre Gefühle seinen durchaus ähnlich waren. Dennoch wollte er sie nicht zusätzlich belasten. Er unternahm einen hilflosen Versuch, sie abzulenken, indem er betont munter über Marlin Dammanns heutige Taufe plauderte. Ihre Reaktion zeigte, dass sie den Small Talk als das erkannte, was er war. Lächelnd winkte sie ab. „Ist schon gut!“

Angespannt blieben sie in Erwartung dessen, was nun folgen würde, auf dem Bett sitzen. Als es dann zaghaft an der Schlafzimmertür klopfte, steigerte sich ihre Überraschung.

„Ja?“, fasste sich Carsten als Erster. So zaghaft, wie das Anklopfen geklungen hatte, öffnete sich nun die Tür. Jan-Phillip steckte den Kopf dazwischen, ohne das Zimmer zu betreten.

„Morgen, Junge!“, schlug Enya einen betont fröhlichen Ton an. Carsten, der spürte, dass seine Frau gerne mehr gesagt hätte, legte vorsichtig seine Hand auf ihren Arm, um sie davon abzuhalten. Sie verstand die Geste und beließ es bei einem aufmunternden Lächeln. Jan-Phillip zögerte einen Moment, dann schien er sich durchgerungen zu haben.

„Ich wollte nur fragen, ob ihr heute irgendwas vorhabt?“

Carsten und Enya wechselten erneut einen schnellen Blick.

„Wir haben noch nichts Konkretes geplant, kein Ziel bisher. Aber wir wollten auf jeden Fall etwas unternehmen.“

Bewusst beließ Carsten Peters es bei der vagen Formulierung. Er befürchtete, dass sich sein Sohn ausgegrenzt fühlen könnte, wenn er Louise mit ins Spiel bringen würde.

„Darf ich mitkommen?“

Es war erkennbar, dass ihm die Frage schwerfiel. Dass er sie dennoch stellte, rührte seine Mutter beinahe zu Tränen. Sie schluckte sie ungeweint hinunter.

„Klar kannst du mitkommen. Das weißt du doch. Wir freuen uns!"

Carsten Peters wusste, dass die Aussage nur bedingt zutraf. Die Freude darüber, dass ihr Sohn an ihren Unternehmungen teilhaben wollte, wurde durch die Angst gemindert, er könnte einen seiner regelmäßigen Wutanfälle erleiden und nicht nur ihnen, sondern Louise den Ausflug verderben. Es war ein Drahtseilakt, ihnen beiden gerecht zu werden. In der Regel gelang er nicht und sie stürzten ohne Netz zu einer oder der anderen Seite ab. Mit mehr Elan, als ihm wirklich zumute war, setzte Carsten seine Kaffeetasse ab und schwang die Beine aus dem Bett.

„Dann sollten wir uns vielleicht in einer Viertelstunde in der Küche treffen und besprechen, wo es heute hingeht, oder?"

Die erste Ernüchterung folgte unerwartet schnell:

„Ist mir egal, wo ihr hinfahrt. Sagt mir einfach Bescheid, wenn ihr so weit seid. Ich bin in meinem Zimmer!"

Jan-Phillip schloss die Tür und war weg. Betroffen ließ sich Enya Peters auf das Bett zurücksinken.

„Haben wir einen Fehler gemacht? Warum hat er sich wieder in sein Schneckenhaus verkrochen?"

Die Tränen brannten jetzt offen in ihren Augen. Sie hielt sie nicht länger zurück.

Langsam schlenderte Tim Heitmann über holpriges, altes Kopfsteinpflaster auf den Borsteler Friedhof zu. Für ihn hatte dieser Ort nichts Trauriges oder gar Gruseliges. Er bot ihm das, was sein Name beinhaltete: Frieden. Ganz besonders dieser kleine Friedhof in der Nachbargemeinde Jorks. Er lag direkt neben der dazugehörigen Kirche, die ein wenig abseits der Straße malerisch am Fleet zwischen hohen, alten Bäumen stand, und wie die kleine Schwester der großen Kirche Jorks wirkte. Lediglich zweihundert Menschen konnte dieses Gotteshaus fassen. Das war betulich, verglichen mit den sechshundert Plätzen in der Jorker Kirche. Tim schlenderte, den Blick auf den Boden geheftet, an den Gräbern entlang. Die Geräusche, die zu hören waren, verursachte die Natur.

Bis zum vereinbarten Zeitpunkt ihres Treffens blieben Tim noch mindestens fünfzehn Minuten. Vor dem Grab seiner Oma blieb er stehen. Als sie starb, war er gerade neun gewesen. Auch wenn er bewusst ihre Krankheit und ihr langsames Siechtum erlebt hatte, war er wütend, als sie starb. Er fühlte sich alleine gelassen, zurückgewiesen in seiner Liebe zu ihr. Natürlich konnte er es damals nicht so ausdrücken, und auch heute fiel es ihm noch schwer, die Gefühle von damals zu beschreiben. Dagegen konnte er die heutigen klar und deutlich benennen. Seine Oma hatte Zeit, sich auf ihren Tod vorzubereiten. Und sie hatte sie genutzt. Dem Zufall hatte sie nichts überlassen und auch nicht den Hinterbliebenen. Das glaubte sie zumindest.

„Mien Jung", hatte sie zu ihm gesagt, „alles, was ich geregelt habe, kann hinterher nicht zum Streit führen. Das wäre das Schlimmste für mich, wenn sie sich nach meinem Tod wegen mir in de Plünnen kriegen."

Wenn er zurückdachte, war der Tod seiner Oma vielleicht der Zeitpunkt, als er begann, seinen Vater so zu sehen, wie er war. Ungefärbt von Hoffnungen, die nie in Erfüllung gehen würden. Seine Mutter und ihre zwei Schwestern, wollten die Beisetzung im Sinne seiner Oma gestalten. Sie hatte alles schriftlich festgehalten. Aber dann hatte sich sein Vater eingeschaltet. Auch heute noch, vier Jahre später, fühlte Tim die Ohnmacht und

Wut, die damals in ihm hochgekommen war, als sein Vater alle überfahren und die Bestattung in die Hände genommen hatte.

„Nur zu eurem Besten. Ihr macht euch ja zum Gespött des ganzen Ortes!", lautete das Argument. Dass er eigentlich sich damit meinte, Angst um seinen Ruf hatte, brauchte er nicht zu erwähnen. Selbst ihm, einem Jungen von gerade mal neun Jahren, waren die Beweggründe offensichtlich. Dabei waren die letzten Wünsche seiner Oma nicht so ungewöhnlich. Sie wollte Chorgesang, nur die nächsten Verwandten und auch nur die, die sich zu Lebzeiten bei ihr hatten blicken lassen. Sie wollte ein pflegeleichtes Grab mit weißen Steinen und ohne Blumen, damit später keiner Arbeit damit hätte. Am Ende konnten sich die Schwestern nur mit der gewünschten Inschrift gegen den Vater durchsetzen.

„Es wird dir kein Übel begegnen, und keine Plage wird zu deiner Hütte sich nahen. Denn er hat seinen Engeln befohlen über dir, dass sie dich behüten auf allen deinen Wegen, Psalm 91."

Die Inschrift zog Tim wieder und wieder zum Grab. Sie gab ihm Trost und Hoffnung. So, als sei seine Oma auch nach ihrem Tod doch noch für ihn da.

Wie jedes Mal legte er auch heute wieder einige weiße Steine, die er gefunden hatte, auf ihr Grab. Wo immer er welche sah, nahm er sie mit und bewahrte sie für seinen nächsten Friedhofsbesuch auf. Inzwischen war die Oberfläche des Grabes zu zwei Drittel bedeckt. Alle ließen ihn gewähren. Seine Mutter und Tanten, weil sie die Geste tröstete. Sein Vater, weil er es nicht bemerkte. Er hatte das Grab seiner Schwiegermutter seit der Beerdigung nicht wieder besucht.

„Hallo, Tim!"

Obwohl sie ihn behutsam angesprochen hatte, zuckte Tim erschrocken zusammen. Marike entschuldigte sich wortreich. Im Gegensatz zu ihm war ihr auf dem Friedhof etwas unheimlich zumute. Dass sie ihren Schulfreund so erschreckt hatte, verstärkte ihr Unwohlsein. Innerlich fluchte sie über ihre Unsicherheit und noch viel mehr darüber, dass man das deutlich an ihrem Stottern erkennen konnte. Allerdings gehörte Tim nicht zu denen, die sich über ihr Sprachproblem lustig machten. Im Gegenteil – er hörte ihr mit so viel Geduld zu, dass ihre Nervosität sich schnell verflüchtigte und sie flüssig sprechen konnte. Tim hatte sich gefangen und erhob sich.

„Hey, Marike. War nicht deine Schuld! Wenn ich hier bin, vergesse ich immer die Umgebung. Es ist hier so ruhig und friedlich, dass ich gar nicht damit rechne, dass jemand anderes hier sein könnte. War mein Fehler."

Unterbewusst nahm er in der Ferne das Martinshorn eines sich nähernden Rettungswagens wahr.

„Nein, du musst nicht immer die Schuld auf dich nehmen!"

Marike war eine gute Beobachterin. Durch ihren Sprachfehler hörte sie eher zu, als wild draufloszuplappern wie ihre Altersgenossinnen. Sie nahm Feinheiten wahr, die ihnen verborgen blieben. Für eine Vierzehnjährige dennoch eine beachtliche Fähigkeit. Die beiden passten wegen ihrer ungewöhnlichen Beobachtungsgabe nicht nur vom Wesen her gut zusammen, auch äußerlich gaben sie ein nettes Bild ab. Marike war so blond, wie Tim schwarzhaarig war. Ihre Haare, die ihr als Säugling lockig vom Kopf abgestanden hatten, fielen jetzt in leichten Wellen den Rücken hinunter. Aber das bekamen nur wenige zu sehen, sie hielt sie oft durch einen Zopf im Zaum. Ihre dunkelblauen Augen nahmen die Umwelt wach auf.

„Warum wolltest du mich treffen?“, ignorierte Tim ihren Einwand und kam zum Wesentlichen. Marikes sonst gesunde Gesichtsfarbe rötete sich auffällig. Tim blickte auf das Grab seiner Oma, um ihr die peinliche Situation zu erleichtern. Er ahnte, was nun kommen würde. Und es war auch ihm unangenehm. Seine Antwort würde ihr nicht gefallen. Ihre nächsten Worte bestätigten seine Vermutung.

„Ich wollte dir den hier geben. Aber es sollte keiner mitbekommen!“ Sie hielt ihm einen Brief hin. Zögerlich nahm Tim ihn entgegen. Er hätte es gerne gelassen, sah aber keine Chance dazu, ohne sie noch mehr zu verletzen, als er es ohnehin würde tun müssen. „Danke!“, murmelte er, während er den Brief öffnete. Er überflog den Inhalt und fluchte innerlich. Er wollte sie nicht kränken, er mochte sie. Aber das, was alle als miteinander gehen bezeichneten, wollte er nicht. Nicht mit Marike und auch nicht mit einem anderen Mädchen. Er suchte nach Worten, die es ihr leichter machen sollten, seine Abweisung zu verstehen.

„Ich kann noch nicht“, zögerte er, suchte nach der richtigen Formulierung. „Ich will dir nichts vormachen. Ich glaube, es ist einfach so, dass ich noch nicht so weit bin wie du. Ich kann es mir einfach nicht vorstellen, mit dir zu gehen. Ich finde dich nett. Netter als die anderen“, fügte er hinzu und musste dafür nicht mal eine Lüge vorbringen. „Aber trotzdem nicht auf die Art, wie du es dir wünschst. Verstehst du?“

Er hoffte ernsthaft, sie würde es verstehen. Erst jetzt hob er seine Augen und blickte ihr ins Gesicht. Überrascht sah er ein Lächeln darauf.

„Du bist nicht sauer?“

Das Mädchen lachte jetzt richtig.

„Wie könnte ich? Bei der Erklärung müsste ich ein Arsch sein, um auf dich sauer sein zu können! Ich habe auch nicht wirklich damit gerechnet, dass du mit mir gehen würdest. Ich meine ...", sie zögerte einen Moment, „es ist ja nicht so, als würden wir zu Hause keinen Spiegel haben. Und na ja, wer will schon mit jemandem zusammen sein, der nicht mal einen Satz ohne sich zu verheddern rausbringt!" Tim schüttelte sich beinahe vor Lachen, was teils die Erleichterung auf ihre Reaktion, aber gleichzeitig auch Belustigung wegen ihrer Selbstdarstellung war.

„Marike, mal ganz ehrlich. Du hast nicht mal mitbekommen, dass du die ganze Zeit nicht gestottert hast. Und wenn du schon von eurem Spiegel sprichst, dann muss mit dem was nicht stimmen. Ich finde, du bist auf jeden Fall hübsch. Ich habe es ernst gemeint. Es geht nicht um dich. Wenn ich mit einem Mädchen gehen würde, dann mit dir. Aber ich glaube, da gehört einfach mehr zu."

Theo Heitmann bedachte die drei telefonierenden Beamten mit tadelnden Blicken und ließ sofort eine mündliche Ermahnung folgen. Kurt Dammann rettete die Situation, als er zur Begrüßung an sie herantrat.

„Es ist wirklich schade, aber wir müssen los. Dienstlich!", klärte Jaron den Gastgeber auf.

„Oh, ...", setzte Theo Heitmann zu einer Entschuldigung an.

Sowohl die Beamten als auch Kurt Dammann übergingen ihn.

„Hier im Ort ist ein Mord begangen worden." Celia nickte Dammann um Verständnis bittend zu.

„Wo?", verlangte Heitmann, informiert zu werden.

„Tut mir leid", kanzelte die Kommissarin ihn ab, „das ist nicht öffentlich."

Sie streckte Dammann die Hand zum Abschied entgegen. Jaron und Thorsten folgten ihrem Beispiel.

„Mein Gott, wenn du den zum Direktor hast, bist du ja für dein Leben gestraft. Das sind genau die Lehrer, die man Schülern in der Schule nicht wünscht."

Celia erschauderte, was Jaron und Thorsten zum Lachen brachte. „Fahren wir zusammen?"

Jaron schüttelte den Kopf:

„Denke, lieber nicht!"

„Wer weiß, was uns erwartet. Dann brauchen wir unter Umständen zwei Autos vor Ort!", ergänzte Celia die Gedanken ihres Freundes.

„Dann treffen wir uns dort!"

Jarons Volvo stand auf dem großen Parkplatz des Obsthofes, der sonst den Kunden und Touristen vorbehalten war. Heute hatte der Hofladen wegen der Festlichkeiten geschlossen.

Gerade an den Wochenenden machten die Bauern mit den Touristen ein gutes Geschäft. Allerdings hatte die Apfel- und Kirschblüte noch nicht begonnen. Sie fand in Jahren ohne Wetterkapriolen um die erste Maiwoche herum statt. Wenn es so weit war, würden die Touristen wieder in Scharen kommen und Jork belagern. Auch wenn der eine oder andere Obstbauer darüber klagte, dass kein Durchkommen sei und die Touristen die Straßen blockierten und das normale Leben zum Erliegen brächten, sie verdienten so gut an den Besuchern, dass sie diese nicht mehr missen wollten. Und auch nicht mehr konnten.

Die Blütezeit verwandelte die ganze Gegend in eine einzige Pracht. Bei Sonnenschein wurde man durch die kilometerlangen Blütenreihen schier geblendet. Celia freute sich schon jetzt auf die schönste Zeit des Jahres.

„Weißt du mehr?“ Celia hoffte, Jaron wäre umfangreicher informiert worden als sie. Es erleichterte die Situation mitunter, zu wissen, was einen am Tatort erwartete. In diesem Fall hatten sie beide die gleichen Informationen erhalten. Ihr Weg zum Tatort war denkbar kurz.

Annette Stechmann stellte gerade ihre Kaffeetasse in die Spülmaschine, als ihr Mann vom Gottesdienst nach Hause kam. Wenn andere Familien ein Sonntagsfrühstück einnahmen, hatte ihr Mann Dienst. So nannte sie es. Natürlich nicht öffentlich! Um ebenfalls ein Mal in der Woche gemeinsam und ausgedehnt zu frühstücken, hatten sie den Samstagmorgen gewählt. Im Anschluss fuhren sie zusammen in die Altstadt nach Stade auf den Wochenmarkt. Diese Gewohnheit hatten sie aus Hannover mitgebracht. Dort kauften sie allerdings für sonntagmorgens ein. In der Kirchenverwaltung wurde dann so wenig gearbeitet wie in jeder anderen Verwaltung.

Erst nach ihrem Umzug ins Alte Land musste sich Annette Stechmann an die veränderten Arbeitszeiten ihres Mannes gewöhnen, die durchweg wenig geregelt waren. Die Gemeindearbeit verlangte einem Pastor deutlich mehr Zeitaufwand ab, als sie sich ausgemalt hatte. Es hatte an ihrem gesamten Beziehungsgerüst gerüttelt. Eigentlich sollte der Umzug eine Erleichterung sein. Ihre Kinder, mit nur sechzehn Monaten Altersunterschied, waren fast wie Zwillinge – auch was die Anforderungen an die Eltern betraf. Natürlich wollten Annette und ihr Mann den Kindern auch ein gesundes Aufwachsen in einer möglichst ländlichen Umgebung bieten. Heute machte Annette Stechmann sich hin und wieder ihre eigene Naivität zum Vorwurf. Äußerlich hatten sie bekommen, was ihnen vorschwebte. Das Pfarrhaus stand sehr idyllisch auf einem großen, mit altem Baumbestand bewachsenen Grundstück. Der Garten hatte eine Dimension, von der Stadtbewohner nur träumen konnten. Hier hatten ihre Kinder, Jan und Frederike, mehr als genug Platz, sich auszutoben. Der Rest war Traum geblieben. Die Seelsorge der Gemeinde war dabei noch das Geringste.

Sie schüttelte ungläubig den Kopf über ihre wirklichkeitsferne Vorstellung. Alleine die Vorbereitung einer Predigt kostete ihren Mann jede Woche Stunden. Und obwohl er sich so schwer damit tat, sie immer und immer wieder überarbeitete, blieb negative Kritik nie aus. Sie wusste es – auch wenn sie inzwischen nicht mehr darüber sprachen. Ihr Mann hatte darauf keine Antworten mehr.

Heute interessierte sie sich jedoch für die Taufe. Die Dorfbewohner, die ihre mangelnde Mitarbeit in der Gemeinde und ihre seltenen Besuche in der Kirche kritisierten, hätten sich gewundert, wie viel sie von den Gemeindemitgliedern wusste und wie sehr sie sich für sie interessierte.

„Es ist alles glattgegangen. Du weißt ja, wie die Menschen sind – lass Kinder irgendwo auftreten und die Show ist gerettet. Der Kinderchor hat gesungen. Rührend, ich habe etliche Taschentücher entdeckt, die heimlich Tränen getrocknet haben."

„Lasset die Kinder zu mir kommen! So heißt es doch in der Bibel, oder?"

Annette Stechmann brauchte die Bestätigung ihrer Worte durch ihren Mann nicht. Sie war bibelsicher. Sicherer, als so manch regelmäßiger Kirchgänger von sich behaupten konnte. Mathias Stechmann lächelte seine Frau liebevoll an. Er wusste, was er an ihr hatte. Sie waren sich eine wunderbare Ergänzung.

Von Beginn ihrer Beziehung an war es Annette, die ihn immer wieder auf den Boden holte, wenn er drohte, in den höheren Sphären des Glaubens verloren zu gehen. Und er war es, der ihr zu einem neuen Urvertrauen in die Existenz und Liebe Gottes verhalf.

„Wirst du zu den Dammanns mitkommen?"

Auch das war ein Teil seiner Arbeit, die sie nicht bedacht hatten. In einem so kleinen Ort, wie Jork nun einmal war, gehörte es zum Aufgabengebiet des ansässigen Pastors, dass er nach den Gottesdiensten den Privateinladungen folgte. Beerdigungskaffees, Hochzeiten, Konfirmationen und nicht zu vergessen die Geburtstage der Verdienstvollen des Ortes und den betagten Jubilaren. Und die Krönung war, so empfand es Annette Stechmann, die erforderliche Anwesenheit bei den Königsbällen des Schützenvereins. Ihr Mann war Kriegsdienstverweigerer aus tiefster Überzeugung, was niemanden scherte, außer Annette, die einen Verrat an sich selbst fühlte, wenn sie erfuhr, wie ihr Mann den Schützen den Segen erteilte. Mathias Stechmann konnte das sehr viel entspannter tun, als sie es akzeptierte.

„Gott gibt den Menschen den Segen, den sie von ihm erbitten. Er macht keinen Unterschied. Wir sind es, die in Gut und Böse einteilen und versuchen zu ermitteln, wer den Segen verdient hat und wer nicht. Aber unsere Maßstäbe sind sicher nicht die Seinen."

In solchen Momenten fühlte Annette sich beinahe klein.

Kurz bevor sie Mathias kennenlernte, war sie entschlossen, aus der Kirche auszutreten. Nichts, was auf der Welt passierte, ließ die Existenz Gottes in ihren Augen auch nur wahrscheinlich erscheinen. Im Gegenteil – wie konnte es einen Gott geben, der es zuließ, dass Kriege geführt und Kinder vergewaltigt wurden und Männer ihre Frauen misshandelten. Die Liste war endlos.

Sie hatte sich damals in der kleinen Studentenkneipe so richtig in Rage geredet. Mit Gegenargumenten hatte sie nicht gerechnet. Mathias war von einem ihrer Kommilitonen mitgebracht worden. Und er brachte den einzigen Widerspruch in die Runde:

„Gott hat uns nach seinem Ebenbild geschaffen. Das bedeutet, dass wir von ihm auch mit einem freien, eigenen Willen ausgestattet wurden. Und kein Mensch kann annehmen, dass Gott dort oben", er zeigte tatsächlich mit dem Finger in den Himmel, „sitzt und unseren freien Willen je nach Lust und Laune, ob ihm unsere Entscheidungen passen oder nicht, abschaltet und selbst das Regiment führt. Das ist geradezu absurd. Und es ist zu simpel. Wer die Bibel liest, erkennt genau das. Wir entscheiden selber, ob wir Krieg führen oder nicht. Wir entscheiden, ob wir lügen und betrügen. Doch wir müssen dafür mit unserem Gewissen leben. Gott verurteilt nicht. Gott liebt uns!"

Heute konnte Annette die Situation entspannt sehen. Damals wäre sie ihm am liebsten an die Gurgel gegangen. Erst nach und nach hatte sie die Wahrheit in seinen Worten erkennen können. Erst nach vielen, immer wieder neu geführten Diskussionen mit ihm. Anfänglich hatte es sie gereizt, ihn herauszufordern. Einige Zeit später hatte sie ihre Verliebtheit zu ihm bemerkt. Für ihn stand sein Gefühl schon lange fest. Er hatte sie als die Frau erkannt, die in seinem Leben und in seinem Herzen fehlte.

„Klar, ich komme mit!"

Seinem Gesicht war deutlich die Erleichterung über ihre Zusage anzuerkennen.

„Ist es so schlimm?"

Er zuckte mit den Schultern. „Die Leute munkeln mehr als sonst. Sie wollen eine stärkere Beteiligung von dir an meiner Arbeit sehen. Durch die Sparmaßnahmen haben wir ihnen das Argument an die Hand geliefert. Wenn Leute eingespart werden müssen, ...", er ließ den Rest des Satzes unvollendet im Raum stehen. Er brauchte die fehlenden Worte nicht zu formulieren. Annette kannte sie auch so.

„Ich ziehe mich um."

Theo Heitmann spähte im Raum nach seinem nächsten Opfer. Er liebte diese Gesellschaften. Im Gegensatz zu den Kirchenvorstandssitzungen begegnete man ihm hier mit Respekt. Niemand wagte es, sich über ihn lustig zu machen. Viele der hier anwesenden Gäste hatten Kinder in seiner Schule. Und wer verscherzte seinem Nachwuchs schon gerne die Zukunft. Aus dem Augenwinkel entdeckte er Trude Mathies, die Nachbarin der Dammanns, und beste Freundin trotz der Geschichte, die ihr Mann der Familie angetan hatte. Zielstrebig durchquerte er die große Stube, auch wenn sie nur zweite Wahl in Heitmanns Augen war, weil sie keine Kinder hatte. Dann blieb er abrupt stehen.

In der Tür stand Kurt Hermann. Sein Anblick war unerfreulich, auch für Menschen, die weniger Anspruch hegten als Heitmann. Er änderte seine Zielrichtung.

„Was soll das, wie siehst du aus?", zischte er dem bald arbeitslosen Diakon ins Ohr. Die Diskretion, die er damit hatte walten lassen wollen, ignorierte der Angesprochene.

„Familie Dammann hatte den Anstand, mich trotz der Kündigung einzuladen. Es wäre wohl nicht sehr höflich von mir gewesen, nicht zu erscheinen, oder?"

Mit seiner Stimme hatte er alle Gespräche im Raum

übertönt. Für einen Moment hatten alle ihre Unterhaltungen unterbrochen. Als es ihnen auffiel, verfielen sie in hastige, oberflächliche Gespräche. Bemüht, kein Wort zwischen den beiden zu verpassen.

Kurt Dammann reagierte schnell und überlegt. Er trennte die beiden Männer. Während er den Diakon begrüßte, zog er ihn von Heitmann weg zum Buffet, das im angrenzenden Esszimmer aufgebaut war. Willkürlich füllte er einen Teller mit diversen Kleinigkeiten und drückte sie dem Mann in die Hand.

„Zu trinken brauchst du ja offensichtlich nichts mehr. Davon hattest du schon genug, oder? Essen bekommt dir bestimmt besser!"

Kurt Dammann gehörte nicht zu den Menschen, die sich in Gesellschaft gerne in den Mittelpunkt stellen. Er hielt sich eher zurück. Kam es darauf an, war er jedoch durchaus in der Lage, deutlich seine Meinung zu sagen. Heitmann hatte er seine Schranken aufgezeigt. Dem Diakon ebenso. Der fügte sich in die vorgegebene Rolle. Vielleicht hätte er es dabei belassen. Aber Theo Heitmann war nicht bereit, die aufgezeigten Grenzen einzuhalten. Hermann war ein zu gutes Opfer für seine Maßregelungen.

Kaum hatte Dammann sich entfernt, näherte er sich dem Diakon. Kurt Hermann war jedoch schon über das Stadium der Scham hinaus. Es machte ihm nichts aus, um Mitleid zu buhlen. Hier und jetzt bot Heitmann ihm die Gelegenheit, es in aller Öffentlichkeit zu tun. Und er ergriff die Chance mit beiden Händen. Theo Heitmann bemerkte seinen Fehler zu spät.

„Warum sollte ich mir keinen antrinken gehen? Immerhin hast du mir gestern mitgeteilt, dass sie mir den Gnadenstoß versetzt haben! Aber was will ich eigentlich?

Ihr habt ja recht. Wenn man nicht mal der Käßmann ihre Fahrt im trunkenen Zustand verzeiht und sie einfach gehen lässt, wie sollte es bei mir anders sein?" Provokant blickte er sich im Raum um, dann setzte er ein gehässiges Lächeln auf. „Wäre es nicht ein Super-GAU, wenn sie obendrein auch noch bei einem Techtelmechtel mit unserem Altbundeskanzler Schröder erwischt worden wäre?" Herrschte bei der Begrüßung neugierige Ruhe, legte sich jetzt peinliches Schweigen über den Raum, wie es oft auftritt, wenn die Leute sich für jemanden schämen. Kurt Dammann blickte hilflos zu seiner Frau Katrin. Die zuckte mit den Schultern.

„Vielleicht wäre es besser, du gingest nach Hause und schliefest deinen Rausch aus!"

Heitmann versuchte so viel Nachdruck in den Satz zu legen, wie ihm die peinliche Betroffenheit möglich machte. So gerne er im Mittelpunkt stand – diese Art der Aufmerksamkeit hätte er gerne jemand anderem überlassen.

„Ich bin mir nicht sicher, ob ich aus dem Rausch überhaupt wieder raus will. Schließlich habt ihr mich gerade abgeschossen."

„Du wiederholst dich", bemühte sich Theo Heitmann, so leise wie möglich zu sprechen. Die Stille im Raum hielt jedoch nach wie vor an und machte jede Zurückhaltung unmöglich.

„Ist ja auch zum Wiederholen gut, findest du nicht? Die Kirchengemeinde, die noch weniger christlich ist als Siemens! Bei denen rechnet wenigstens niemand mit Menschlichkeit."

Kurt Hermann war keineswegs dumm. Und er war nicht betrunken genug, um dummes Zeug zu reden. Er hatte sich, ganz im Gegenteil, seinen Auftritt in der Runde wohl überlegt.

„Wisst ihr es noch nicht?“ Er drehte sich einmal um die eigene Achse, um jedem anwesenden Gast in die Augen sehen zu können. „Ihr wart doch brav heute in der Kirche. Hat der Pastor in den Abkündigungen meine Entlassung nicht erwähnt?“

Er tat überrascht. Bemerkte aber sehr wohl die Betroffenheit in einigen Gesichtern. Der Kirchenvorstand hatte seine Entscheidung noch nicht öffentlich gemacht. Das konnte Hermann den Reaktionen entnehmen.

„So ist das. Auch die Christen schrecken nicht davor zurück, Unliebsames über Bord zu werfen. Vorbei die Zeit der Menschenfänger. Jesus hat versucht, Anhänger hinter sich zu scharen. Heute schmeißt man sie raus.“

Katrin Dammann war links neben Hermann getreten. Ihr Mann kam von rechts. Gemeinsam dirigierten sie ihn nachdrücklich zur Haustür.

Kapitel 5

„Was sagt dein Magen?“, Jaron war nicht wohl bei dem Gedanken, Celias angegriffenen Zustand nun auch noch mit einer Leiche zu konfrontieren.

Celia winkte ab. Sie wollte nichts von seiner Besorgnis wissen.

„Alles im Griff! Sag mir lieber, wo die Kleine Seite ist?“

„Ist das nicht die Verlängerung der Borsteler Reihe?“

Celia fluchte in ihrer unnachahmlich unfeinen Art. „Na super! Und wie kommen wir an die Häuser ran? Da geht doch nur ein Fußweg vorbei?“

Ihre Sorge war unbegründet. Kurz vor ihrem Ziel wurden sie von einem Streifenpolizisten eingewiesen.

„Sie müssen hier links über den Struckweg fahren. Dann kommen Sie zum Tatort!“

Den Nachsatz hätte er sich sparen können. Das Großaufgebot an offiziellen Fahrzeugen ließ keinen Zweifel daran, dass sie ihr Ziel erreicht hatten. Thorsten war wenige Minuten vor ihnen eingetroffen.

„Darf ich bitten?“, hielt er vor Jaron und Celia das Absperrband in die Höhe.

Die Kommissarin schaute sich um. Der idyllische Eindruck der Umgebung trog wie in so vielen Fällen, die sie bearbeitet hatte.

Ein weißer Lattenzaun sperrte das Grundstück von der Straße ab. Der Garten gehörte zu den wenigen in Jork und Umgebung, die Celia gesehen hatte, die nicht in erster Linie gut aussahen, sondern vielmehr Kindern eine gute Spielmöglichkeit boten.

Im Vorbeigehen vermerkte Celia, dass das linke Grundstück, verwildert und verlassen, von einem Maschenzaun begrenzt wurde, das rechts angrenzende dagegen nur durch eine Kirschlorbeerhecke. Statt eines Gartens gab es hier eine gepflasterte Auffahrt.

Celia legte einen Schritt zu, um ihren Kollegen und Jaron einzuholen, die schon vorgegangen waren.

„Egal, wie man es dreht und wendet. Natürliche Todesursachen scheiden in jedem Fall aus." Celia hörte die letzten Worte des Chefs der Spurensicherung. Richie Saalmann schob sich seine schwarzen Locken aus den Augen, bevor er ihr einen formlosen Gruß zuwarf.

„Wie kannst du dir so schnell so sicher sein?" Sie hatte noch keinen Blick auf die Leiche werfen können.

Richie zuckte mit den Schultern und trat einen Schritt zur Seite.

„Oh!", entfuhr es Thorsten.

„Na klasse!", ergänzte Celia.

„Autoerotische Spielchen, die danebengegangen sind?" Jaron war noch nicht überzeugt.

Aber Richie schüttelte lächelnd den Kopf.

„Kann schon sein. Der äußere Schein legt die Vermutung immerhin nahe. Aber es muss jemand dabei gewesen sein. Denn auch wenn er sich die Tüte selbst über den Kopf gezogen hat, an den Stuhl kann er sich schlecht selbst gefesselt haben."

Von ihrem Standpunkt aus hatten sie es nicht sehen können. Celia ging näher heran.

Richie hatte den Toten belassen, wie er war. Mitunter war es für die Ermittler hilfreich, sich persönlich ein Bild von dem Opfer bei der Auffindung zu machen.

„Weiß man schon, wer er ist?", informierte sich Celia, während sie langsam um den Toten herum ging.

Ein Streifenpolizist, der bisher regungslos neben der Tür zum Wohnzimmer stand, hatte seine Hausaufgaben gemacht: „Klaus Merz, verheiratet, zwei Kinder, die allem Anschein nach jedoch verreist sind. Herr Merz ist Diakon hier im Ort."

Celia entfuhr ein Pfiff.

„Für welche Kirche? Borstel?"

Auch bei dieser Frage Jarons zeigte sich der Beamte gut informiert.

„Ne, Jork."

„Ein Diakon mit offener Hose und Tüte über dem Kopf!", stöhnte Celia und brachte damit die Brisanz auf den Punkt.

„Es könnte aber dennoch ein Unfall gewesen sein, oder?" Thorsten wollte mehr wissen, als Richie in der Lage war zu sagen.

„Du kennst die Antwort, oder?", Richies Blick schüchterte Thorsten nicht ein.

„Schon gut, alles Weitere muss der Gerichtsmediziner klären, wenn er den Mann auf dem Tisch hatte. Ich weiß", leierte Thorsten den bekannten und verhassten Satz herunter.

„Ich sehe mich mal um", informierte Celia ihren Lebensgefährten und Thorsten, als im gleichen Moment das Telefon läutete. Mit einem Nicken instruierte Celia Thorsten, den Anruf entgegenzunehmen.

Ellen Roper schloss die Tür zu ihrer Wohnung in Jork auf. Im Vergleich zu der Wohnung, die sie sich bisher mit Theresa in Hamburg geteilt hatte, war diese beinahe bescheiden. Es gehörte mit zu dem Image, das sie sich versuchte aufzubauen. Bloß keinen Anlass zum Klatsch bieten. Der gedieh in Jork sonst prächtig und schnell. Der Pastor hatte mal den Satz geprägt: „Wenn man ein typisches Merkmal der Jorker nennen muss, dann ist es das, dass sie immer und gerne übereinander, aber nie miteinander reden."

So wenig Sympathien Ellen Roper für den gottesfürchtigen Mann übrig hatte, seiner Einschätzung stimmte sie unumwunden zu.

Ihre Wohnung lag im Neubaugebiet am Westfeld. Als sie das Apartment gekauft hatte, konnte sie von ihrem Wohnzimmerfenster im ersten Stock weit in Apfelplantagen schauen. Nachdem man das Baugebiet erweitert hatte, war die Aussicht durch Neubauten getrübt.

Die Geschäftsfrau lehnte den Kopf gegen die kühle Scheibe des Fensters und schloss für einen Moment die Augen. Sie war hin- und hergerissen zwischen dem Gefühl der Erleichterung, dass Theresa nicht die Polizei gerufen hatte und dem Gefühl der Herablassung aus dem gleichen Grund. Als nun ihr Telefon läutete, war sie sicher, dass es nur Theresa sein konnte.

„Wir brauchen eine außerordentliche Sitzung, jetzt und sofort."

Theo Heitmann war in seinem Element. Er konnte Anweisungen geben. Sie brauchte geraume Zeit, bis sie die Stimme zuordnen konnte.

„Spinnst du? Wir haben Sonntag, und ich werde nicht ...!"

Theo Heitmann ließ sie nicht ausreden. „Du wirst dir die Zeit nehmen! Klaus Merz ist tot!"

„Wie tot?", sie merkte, wie lächerlich ihre Frage war. Sie versuchte, sich zu sammeln. „Theo, was ist passiert?"

Jetzt klang sie wieder nach der Ellen Roper, die alle kannten.

„Wir treffen uns in einer halben Stunde beim Pastor!", ignorierte er die Frage. „Wer informiert die anderen?" Sie ließ ihm die Unverschämtheit diesmal durchgehen.

„Die sind schon im Bilde!"

Die Kränkung, die Letzte zu sein, die informiert wurde, traf sie unvorbereitet.

Carsten Peters warf seiner Frau einen entschuldigenden Blick zu. Sie zuckte mit den Schultern.

„Kannst ja nichts dafür!" Die Worte klangen selbst in ihren Ohren ein wenig lahm. Zu sehr hatte sie sich darüber gefreut und Hoffnungen darin gesetzt, dass ihr Sohn wieder einmal den Wunsch äußerte, am Familienleben teilnehmen zu wollen. Der Anruf Heitmanns hatte sie in der Küche erreicht.

„Was ist denn passiert?", wollte seine Enya Peters nun doch wissen.

Diesmal war es Carsten Peters, der mit den Schultern zuckte.

„Keine Ahnung. Heitmann hat nur gesagt, dass Merz tot ist und wir eine Sitzung haben."

Enya Peters versuchte, Gründe für den plötzlichen Tod zu finden. „War er krank?"

Ihr Mann schüttelte den Kopf und zog gleichzeitig die Schultern nach oben. „Nicht, dass ich wüsste."

„Wir müssen mit den Kindern sprechen, dass der Ausflug ausfällt." Auch wenn sie es anders formuliert hatte, wusste Peters, dass es seine Aufgabe war, die Kinder in Kenntnis zu setzen. Er rief sie in die Küche.

Louise, die schon seit zwei Stunden wach war, wirbelte in die Küche. Einmal mehr musste Peters die verblüffende Ähnlichkeit mit seiner hübschen Frau feststellen. Ihr Wesen war jedoch sehr von den Genen des Vaters geprägt. Immer in Bewegung, immer einen im Sinn, wie man hier im Alten Land sagte. Louise war offenherzig und munter.

„Na, habt ihr schon ein Ziel?"

Bevor ihr Vater zu einer Antwort anheben konnte, betrat Jan-Phillip die Küche. Er hatte eigentlich mehr den Charakter seiner Mutter geerbt – ihre stille, zugewandte Art. Die wurde allerdings häufig durch seinen nach außen getragenen Missmut überdeckt. Ansonsten glich er seinem Vater. Was ihn nicht hässlich machte. Der Junge war auf eine andere Art als seine Schwester hübsch.

„Setzt euch. Wir – ich", verbesserte er sich, „muss euch etwas sagen!" „Wow, das klingt ja ernst!" Louise ließ sich die gute Laune nicht so schnell verderben.

„Unser Ausflug kann heute nicht stattfinden!", Carsten Peters räusperte sich. Louise hatte ihren Mund bereits geöffnet, um zu protestieren. Ihr Bruder kam ihr zuvor.

„Das ist ja mal wieder typisch. Wenn ich mich mal entschließe, mitzukommen ..." Er ließ den Vorwurf im Raum stehen. Peters winkte ab.

„Vergiss alles, was du denkst, Jan-Phillip. Diakon Merz ist gestorben und der Kirchenvorstand hat eine außerordentliche Sitzung einberufen. Ihr drei", wandte er sich an seine Frau, „könnt ja ..." Weiter kam er nicht. Sein Sohn war vom Stuhl, der mit lautem Getöse umkippte, aufgesprungen.

„Das ist nicht dein Ernst!"

Seine Gesichtsfarbe näherte sich bedenklich der seines weißen T-Shirts. Carsten Peters machte einen Schritt auf seinen Sohn zu.

„Alles okay? Ich wusste nicht, dass du ihn magst – mochtest!", verbesserte er sich.

„Ich?", Jan-Phillips Stimme überschlug sich. „Den Arsch – mögen?"

Der Ausbruch verschlug den drei anderen die Sprache. Seine Mutter fasste sich als Erste und versuchte zu beruhigen.

„Du bist geschockt. Das ist normal. Keiner hat mit seinem Tod gerechnet."

Ohne Warnung trat Jan-Phillip mit voller Wucht gegen den umgestürzten Stuhl. Krachend flog dieser gegen den Kühlschrank, an dem er eine Beule hinterließ. Enya Carstens sog hörbar die Luft ein, Louise schrie erschreckt auf. Carsten Peters war nun beinahe ebenso bleich wie sein Sohn. Dennoch ging er versöhnlich auf ihn zu, während seine Frau Louise in den Arm nahm.

„Lass mich los! Fass mich nicht an!", wehrte Jan-Phillip sich gegen den Kontakt seines Vaters. Überstürzt verließ er die Küche, die Tür lautstark hinter sich zuschlagend.

„Meta, kann ich dich mal kurz sprechen?" Meta Hauschildt rutschte beim Ansinnen ihres Schwiegersohns das Herz in die Hose. Tapfer riss sie sich zusammen.

„Klar, worum geht es?"

Jens druckste, bevor er sich einen Ruck gab. „Ich glaube, wir haben ein Problem mit Malte. Dörte sieht es zwar gelassener und glaubt, es ist nur wegen der Pubertät. Aber ich bin mir nicht sicher und wollte hören, was du dazu meinst. Du hast drei Kinder großgezogen."

„Na ja", seine Schwiegermutter fühlte sich geschmeichelt, lehnte das Lob aber ab, „mit mäßigem Erfolg, wenn ich mir die drei so ansehe."

Jens winkte ab!

Dörte war mit ihrem Vater und den Kindern in den Garten gegangen. Im Schuppen lagen noch alte Tennisschläger, die seine Enkelin für ihr erstes Training haben sollte. Malte, der sich langweilte, war mitgegangen.

„Na, wo drückt denn der Schuh?" Meta beobachtete ihren Mann und die Kinder durch die Wohnzimmerscheibe.

„Um ehrlich zu sein, weiß ich es nicht! Es ist nur so ein vages Gefühl. Malte zieht sich immer weiter zurück. Er lässt uns überhaupt nicht mehr an sich ran. Und wenn wir versuchen, mit ihm zu reden, blockt er ab. Gleichzeitig macht er oft genau das Gegenteil von dem, was wir vorher vereinbart haben."

„Du meinst, er kommt nicht nach Hause!"

„Du weißt davon?" Ihr Schwiegersohn war irritiert.

„Nein, nicht von Dörte, wenn du das meinst! Nora hat es eben Horst erzählt. Ich habe es zufällig aufgeschnappt!"

Gegen ihren Willen musste sie erneut lächeln, als sie an die Genugtuung dachte, die Nora ganz offensichtlich empfunden hatte, als sie ihren Bruder anschwärzen konnte. Ihr Schwiegersohn missverstand ihr Lächeln.

„Du findest es auch nicht schlimm?"

Meta Hauschildt schüttelte den Kopf heftiger, als sie beabsichtigt hatte. „Oh doch, ich finde es schlimm. Ich musste nur an Nora denken. Malte gefällt mir auch schon seit einiger Zeit nicht so richtig. Aber ich habe wie Dörte bis heute immer gedacht, dass es normal ist, wenn er sich ein wenig von der Familie distanziert. Jugendliche brauchen das. Aber die Geschichte geht einen Schritt zu weit. Dafür ist er noch zu jung. Was willst du tun?"

Jens war unschlüssig. „Weil Dörte das Problem nicht sieht, kann ich auch nicht viel machen. Sie nimmt ihn immer in Schutz. Am Ende stehe ich als der überspannte Vater da, der dem Kind seine eigene Entwicklung nicht gönnt."

Meta wusste, dass seine Sorge nicht unbegründet war. Ihre Tochter konnte drastisch sein, wenn es nicht nach ihren Vorstellungen lief.

Meta verfluchte das Telefon, das ausgerechnet jetzt klingelte. Dörte, die mit den anderen gerade aus dem

Garten zurückkehrte, nahm den Anruf wie selbstverständlich entgegen. Ihr Gesichtsausdruck ließ die anderen erstarren. Meta befürchtete, es sei mit einem ihrer anderen Kinder etwas passiert. Behutsam steckte Dörte den Hörer in die Ladestation zurück.

„Du sollst zum Pastor kommen. Eine Sitzung! Merz ist tot!", brachte sie stockend die notwendigen Informationen heraus.

„Hatte er einen Autounfall?" Jens kannte und mochte Merz. Sie hatten sich hin und wieder zusammengetan, um die Jugendarbeit ein wenig voranzutreiben. Erstaunt stellte er fest, dass Dörte Tränen übers Gesicht liefen. Er nahm sie in den Arm.

„Hey, was ist denn da los?", Marike hatte das Blaulicht entdeckt. Das dritte in der Zeit, in der sie mit Tim auf dem Friedhof war. Sie fröstelte. Nicht nur wegen der Temperatur. Tim zuckte mit den Schultern.

„Komm, wir gehen mal vorne an die Straße. Vielleicht können wir etwas sehen!"

Er war nicht undankbar für die Ablenkung. So brauchte er sich nicht länger zu rechtfertigen. Er griff nach ihrem Arm. Als ihm bewusst wurde, welchen Schluss sie nach ihrem Gespräch aus der Geste ziehen konnte, zögerte er. Dann griff er entschlossen nach ihrer Hand. Sie ließ es unkommentiert geschehen. Schon an der Kirche konnten sie über das Fleet hinweg die geparkten Polizei- und Rettungsfahrzeuge sehen.

„Die sind bei Merz, nicht im Struckweg!"

Marike deutete auf die Leute der Spurensicherung, die an der hölzernen Vorderveranda des schönen Backsteinhauses ihre Arbeit verrichteten.

„Was machen die da?"

Tim war ebenso ratlos wie sie. „Die sehen aus wie die Leute aus den Krimis. Die, die einen Tatort untersuchen."

Das Mädchen nickte. „Aber was wollen die hier?"

Inzwischen hatte sich eine größere Menschentraube um den Struckweg und die Kleine Seite versammelt. Tim und Marike mischten sich unter sie.

„Ist das nicht furchtbar?", wandte sich eine kleine, dickliche Frau an die beiden. Tim wollte Marike fortziehen. Sie wollte nicht unhöflich sein.

„Was meinen Sie denn?"

„Na, dass sie den Merz tot gefunden haben. Und jetzt ist sogar die Kripo da. Vielleicht ist er ermordet worden!" Offensichtlich genoss die Alte die Möglichkeit, ihr Wissen und ihre Vermutungen an die beiden Jugendlichen weiterzugeben.

Marike zitterte am ganzen Körper. Tim ließ ihre Hand los und legte den Arm um sie. Gleichzeitig zog er sie von der Alten weg. Auch er fühlte sich nicht mehr ganz sicher auf den Beinen.

„Komm, wir gehen. Ich glaube, wir haben genug gehört." Keiner der beiden dachte daran, die Fahrräder am Friedhof abzuholen. Tim nahm Marike mit zu sich, ohne sich dessen bewusst zu sein.

Celia wanderte langsam von Raum zu Raum. Nicht nur um sich ein Bild des Hauses zu machen, sondern auch um ihre Gefühle zu beruhigen. Das Telefongespräch mit der Ehefrau des Opfers war ihr an die Nieren gegangen. Sie hatte es geführt, nachdem Thorsten abgewinkt hatte, als hätte er geahnt, wer am anderen Ende war. Dafür hatte Celia einmal mehr gespürt, dass es für solche Situationen nie Routine geben würde.

Jetzt warteten sie darauf, dass Kollegen Susanne Merz

abholten und nach Hause brachten. Sie leitete in Bad Bederkesa, in einer evangelischen Bildungseinrichtung, ein Seminar für ehrenamtliche Helfer in Kirchengemeinden. Das Moorheilbad lag im Cuxland, die Fahrt nach Jork würde ungefähr eine Stunde dauern. Sie hatten also Zeit, sich das Haus anzusehen.

„Frau Dörfer, könnten Sie mal mitkommen?"

Ein junger Beamter der Spurensicherung war an sie herangetreten. Celia folgte ihm in den ersten Stock des Hauses.

Die weiße Holztreppe führte in einen hellen Flur, von dem vier Türen abgingen. Selbstgetöpferte Schilder verrieten, welches Zimmer sich hinter welcher Tür verbarg. Der Beamte führte Celia zu einer Ecke im Flur. Dort wurde der freie Platz unter einem Fenster zwischen zwei Gaubenwänden für eine Arbeitsecke genutzt.

An den Dingen, die dort lagen und standen, war unschwer zu erkennen, dass es sich um den Schreibtisch des Diakons handeln musste.

„Werfen Sie mal einen Blick unter den Schreibtisch!", forderte der Mann sie auf. Obwohl sie solche Spielchen nicht besonders mochte, fügte sie sich.

„Ja, großartig, ich sehe einen Wandschrank." Der Beamte ließ sich nicht irritieren. „Greifen Sie rein." Celia folgte seiner Aufforderung.

„Wenn wir nun vollständig sind, wollen wir beten." Pastor Stechmann senkte den Kopf und faltete die Hände zum Gebet. Ellen Roper fuhr dazwischen:

„Das ist nicht Ihr Ernst, oder? Wollen Sie jetzt hier irgendein salbungsvolles Getue veranstalten? Es ist Sonntag und mein einziger freier Tag in der Woche. Können wir also zum Thema kommen?"

Die Kirchenvorsteher schnappten hörbar nach Luft. Auch wenn viele nicht mit dem Pastor einverstanden waren – keiner hatte bisher den offenen Disput gesucht. Sie hätten es in dieser Situation auch bestimmt nicht getan.

Meta Hauschildt fasste die Gefühle der anderen in Worte:

„Was ist in dich gefahren? Klaus ist tot, und dir ist ein Gebet zu viel? Vielleicht solltest du darüber nachdenken, ob du in einem Kirchenvorstand richtig bist. Es gibt sicher genug Posten im Vorstand von Wirtschaftsunternehmen, in denen du besser aufgehoben wärst."

Beifälliges Gemurmel begleitete Pastor Stechmanns dankbaren Blick.

Die Geschäftsfrau hob zu einer Erwiderung an. Der Blick, der sie erneut von Meta Hauschildt traf, ließ sie innehalten. Ohne ein weiteres Wort zu verlieren, begann der Pastor mit seinem Gebet.

„Gottes Geist hat mich erschaffen, der Atem des Allmächtigen hat mir das Leben gegeben. Hiob, Kapitel 33, Vers 4. Wir beugen uns, allmächtiger Vater, Deiner Entscheidung, Klaus Merz zu Dir zu berufen, Deiner Weisheit, den rechten Weg und Zeitpunkt für uns zu bestimmen. Nimm Klaus Merz auf in Deinen Gnaden und tröste uns, die wir bleiben müssen! Amen!"

Wie bei der gestrigen Sitzung fühlte Carsten Peters sich auch diesmal nicht von den Worten des Pastors angesprochen. Er behielt seine Meinung jedoch für sich.

Theo Heitmann schwang sich zum Sprecher der einberufenen Sitzung auf:

„Wie die meisten von uns mitbekommen haben, ist Klaus Merz von uns gegangen." Er machte eine tragende, vielsagende Pause. Die meisten empfanden sie nur als theatralisch.

„Da wir damit den Diakon verloren haben, den wir eigentlich zukünftig mit allen anfallenden Aufgaben betrauen wollten, stehen wir nun vor einem Dilemma. Daher beantrage ich mit sofortiger Wirkung, die Entscheidung des gestrigen Tages rückgängig zu machen und Kurt Herrmann wieder ins Amt aufzunehmen!"

Die Versammelten, einschließlich des Pastors, waren sprachlos. Sie hatten nicht mit einem solchen Vorstoß gerechnet.

Ellen Roper hatte ihre Sprache und ihre Selbstsicherheit schnell wiedergewonnen: „Das glaubst du doch jetzt selber nicht? An den Gründen für seine Entlassung hat sich doch nichts geändert!"

Heitmann setzte ein überlegenes Lächeln auf: „Selbstverständlich hat sich die Situation geändert. Es ging nicht um die Befähigung unseres Diakons, es ging um die Einsparung einer Stelle." Er machte erneut eine bedeutungsschwere Pause. Alle wussten, wie es weitergehen würde. Er ließ sich nicht daran hindern.

„Nun, wir haben eine freie Stelle!"

Ellen Roper war in ihrem Metier: „Und du findest, die sollten wir mit einem Versager und Säufer besetzen? Entschuldige bitte, ich habe zwar selbst keine Kinder, aber ich kann mir gut vorstellen, wie die Eltern der Kinder, die er in der Zukunft betreuen würde, das finden werden. Du kannst sie doch nicht mehr alle haben!"

„Ellen, darf ich dich bitten, deine Wortwahl zu überdenken! Wir wollen nicht persönlich werden."

Dieter Peschel gehörte zu denen, die sich eher selten in die Sitzungen einbrachten, allerdings immer vorne dabei war, wenn aktive Beiträge gefragt waren.

„So leid es mir tut, Dieter. Ich stehe nicht oft auf Ellens Seite, aber in dem Fall hat sie recht!"

Obwohl Carsten Peters mit sich haderte, hatte er sich am Ende für diese Stellungnahme entschieden. Er hielt es für fair.

„Jetzt ist es aber genug hier!“ Meta Hauschildt war aufgesprungen. „Ich schäme mich abgrundtief dafür, Mitglied in diesem Kirchenvorstand zu sein. Merkt ihr überhaupt, was ihr hier veranstaltet? Keiner von euch hat es bisher für wert gehalten, ein bedauerndes Wort zum Tod unseres Diakons zu äußern. Wir wissen noch nicht einmal, wie er gestorben ist und ihr wollt seine Stelle neu besetzen. Schlimmer kann es nicht kommen.“

Noch mehr als ihre Worte trafen die Ausschussmitglieder die Tränen, die ihr bei ihren Worten über das Gesicht liefen. Betretenes Schweigen senkte sich über die zerstrittene Gruppe. Keiner wagte es, den anderen anzusehen.

Carsten Peters hatte in den letzten Jahren gelernt, Fehler einzugestehen. Er tat es auch jetzt.

„Du hast recht, Meta. Ich bin nicht sicher, ob ich mein schlechtes Benehmen mit dem Schock über Klaus’ plötzlichen Tod erklären kann oder soll. Die Tatsache, dass es keinen Anstand hat, bleibt bestehen. Ich entschuldige mich.“

Ellen Roper stieß einen abfälligen Laut aus, bevor sie ihre Meinung kundtat: „Bevor ihr hier anfangt, vor Reue alle zu Kreuze zu kriechen ... Es ist vielleicht nicht die feine Art, sich gleich über die Neubesetzung der Stelle zu unterhalten, aber letztlich“, sie sandte einen höhnischen Blick zum Pastor, „verstehe ich die Kirche so, dass der Tod doch eine Belohnung ist – das Höchste, was uns Gläubigen widerfahren kann. Warum sollten wir also jammern und lamentieren?“

„Warum tust du das?“ Dieter Peschel konnte ihr Verhalten nicht begreifen. „Ich meine, du bist eine gebildete

Frau, jedenfalls habe ich dich bisher immer dafür gehalten. Was ist in dich gefahren, dir alle Sympathien auf einen Schlag zu verscherzen?"

Ellen Roper blickte ihn für einen Moment sprachlos an, die Worte sickerten nach und nach in ihr Bewusstsein. Die anderen in der Runde konnten es förmlich sehen. Dann brach sie in Tränen aus.

„Was ist passiert, Tim, Marike?" Ilse Heitmann war erschrocken, als sie die beiden Jugendlichen vor der Tür sah. Bleich und verstört hielten sie sich nach wie vor an den Händen. Sie führte sie in die Küche. Ohne weitere Fragen zu stellen, setzte sie Wasser für einen Tee und einen Topf mit Milch für Kakao auf. Dann setzte sie sich neben die Freunde an den Tisch. Tim fasste sich als Erster:

„Klaus Merz ist tot! Die Polizei ist in seinem Haus, und die Leute haben es erzählt. Eine Frau meinte, dass er vielleicht ermordet wurde!"

Das Mädchen brach in Tränen aus. Tim standen sie ebenfalls in den Augen. Ilse Heitmann versuchte, sich zu fassen:

„Das verstehe ich nicht. Bis gestern war er doch noch gesund und munter. Ich habe ihn beim Einkaufen getroffen."

Sie stockte, als ihr die Unsinnigkeit ihrer eigenen Worte auffiel.

„Das mit der Ermordung muss nicht stimmen. Wenn er diese Nacht alleine gestorben ist, dann würde die Polizei auch da sein. Macht euch mal nicht so viele Gedanken."

„Es ist doch völlig egal, wieso er tot ist!" Marike klang fast böse. „Er ist tot und das ist schrecklich. Er hat doch zwei Kinder, die müssen jetzt ohne Vater aufwachsen."

Sie schluchzte laut auf. Ilse Heitmann konnte die eigenen Tränen ebenfalls nicht länger zurückhalten.

Behutsam nahm sie die beiden fassungslosen Teenager in die Arme. Selbst Marike wehrte sich nicht dagegen.

„Soll ich deine Mutter anrufen, dann kann sie dich abholen?"

Das Mädchen versteifte sich. „Nein, ist schon gut!", brachte sie mühsam unter Stottern hervor. Sie erhob sich vom Küchenstuhl.

„Bleib noch", forderte Tim, „trink wenigstens zuerst den Kakao."

Er kam einer Ablehnung zuvor: „Komm, wir gehen in mein Zimmer. Nimm die Tasse mit!"

Er wechselte einen verschwörerischen Blick mit seiner Mutter. Sie hatte verstanden.

„Gute Idee, Tim! Wenn ihr was braucht, sagt Bescheid, ich bin im Haus!"

Erneut griff er nach Marikes Hand. In der Tür zu seinem Zimmer blieb sie stehen.

„Das ist dein Zimmer?" Sie war beeindruckt.

Im Gegensatz zu Tim kam sie aus bescheidenen Verhältnissen. Ihr Vater hatte das Pech, der drittgeborene Sohn zu sein. Der große Hof in Estebrügge war an den Ältesten gegangen. Aber bevor dieser dem Anspruch seiner Brüder auf Auszahlung nachkommen konnte, brauchte er das Geld, um den Hof überhaupt zusammenhalten zu können, um neue Landmaschinen zu erwerben und dann war es zu spät, das Geld war weg. Und mit ihm der Hof.

Heute lebte Dieter Peschels ältester Bruder von Hartz IV, der zweite hatte das Abitur nachgemacht und war beim Zoll gelandet. Und Dieter selbst war seit Jahr und Tag Polier im Baugeschäft des Ortes. Marikes Eltern kümmerten sich sehr um sie, legten sich krumm, um ihr alles zu ermöglichen. Aber zu einem eigenen Haus würden die Eltern es ebenso wenig bringen wie sie zu einem großen, eigenen Zimmer mit einem Hochbett darin.

Tim winkte ab. „Darauf kommt es doch nicht an, oder?", stellte er fest, als hätte er ihre Gedanken erraten. Marike lächelte ihn dankbar an. Der Junge legte eine CD auf. Als die ersten Töne von Herbert Grönemeyers Single „Glück" erklangen, zuckte er zusammen. Die Musik war zu traurig für die Situation. Marike hinderte ihn daran, seinen Fehler wieder gut zu machen.

„Lass mal. Vielleicht hilft weinen", gestand sie unter neuerlichen Tränen.

Kapitel 6

Kalkweiß im Gesicht warf Celia in Merz' Esszimmer eine Plastiktüte auf den Tisch. „Falls ihr euch langweilt! Ich muss mal an die frische Luft!", wandte sie sich ab und verließ das Haus.

Thorsten warf Jaron einen fragenden Blick zu. Celia war sonst nicht empfindlich. Der Staatsanwalt zuckte die Schultern.

„Ich befürchte, es ist immer noch der Magen." Er griff nach der Tüte.

„Vielleicht aber auch nicht", hielt er Thorsten die Öffnung entgegen, damit er hineinsehen konnte.

Der atmete hörbar ein und wieder aus. „Das hat uns ja gerade noch gefehlt!"

Jaron ließ Thorsten stehen und ging zu Celia. Sie hatte das Haus nicht verlassen, sondern stand auf der hölzernen Veranda. Er war froh, dass ihre Gesichtsfarbe schon wieder lebhafter war. Sanft legte er eine Hand auf ihre Schulter. Sie drehte ihr Gesicht zu ihm.

„Nette Wohnlage hier, oder?"

„Ja, der Blick auf das Fleet, die alten Bäume und die Kirche, das hat schon was", bestätigte Jaron und ließ sich auf Celias Gesprächsvorgabe ein.

„Ich halte es unter den gegebenen Umständen für vernünftig, wenn wir uns die Arbeit teilen. Kannst du mit Thorsten Frau Merz abwarten und erste Fragen stellen? Ich fahre in der Zeit zum Pastor und werde ihn mal mit den Einzelheiten konfrontieren. Sie wartete nicht auf ein Okay, sie setzte es einfach voraus. Mit einem kurzen Kuss auf seine Wange verließ sie das Haus.

Die Stimmung im Kirchenvorstand war umgeschlagen. Die Feindseligkeit, wenigstens für den Augenblick, überwunden.

„Es erscheint mir so unwirklich! Egal, wie oft man behauptet, der Tod sei Teil des Lebens und irgendwann ereilt er einen selbst auch – wenn er dann in unmittelbarer Nähe auftritt, ist man immer geschockt. Gehört er dann doch nicht dazu? Jedenfalls jetzt nicht! Er erscheint immer unpassend, zur falschen Zeit, in der falschen Form."

Keiner in der Runde hätte Peschel so tief greifende Gedanken zugetraut. Für alle war er der Pragmatiker, derjenige, der zupacken konnte. Sie waren froh, ihn in der Gruppe zu haben. Er scheute sich vor keiner Arbeit. Ob es ein Einsatz im Kindergarten war, wo Bäume gefällt werden mussten, um die Kinder nicht zu gefährden, der jährliche Kirchenmarkt aufgebaut oder an den Maiwochenenden das Spendencafé geführt wurden, um den Unterhalt für das Gemeindehaus und andere Extras der Kirche zu finanzieren – Peschel war immer dabei, wurde nie müde oder maulte. Was man über die anderen nicht durchgängig sagen konnte. Leute wie Theo Heitmann waren lieber mit dem Mund dabei und kommandierten die anderen herum, statt selbst anzufassen.

Carsten Peters warf seinem Kollegen einen freundlichen Blick zu. „Ja, du hast recht. Ich glaube, man kann sich nicht darauf einstellen. Und egal, was viele versuchen zu erzählen, leider fördert der Tod nicht immer das Beste in uns zutage und zu Heiligen werden wir auch nicht, wenn wir mit ihm konfrontiert sind!" Seine Worte waren durchaus selbstkritisch gemeint.

Ellen Roper entging das. Sie fühlte sich angesprochen.

„Findest du nicht, du solltest vor der eigenen Haustür kehren?", zischte sie wütend.

Bevor die Stimmung wieder vollends in Feindseligkeit umschlagen konnte, öffnete Elke Stechmann die Tür zum Wohnzimmer, in dem sie sich alle versammelt hatten. Sie räusperte sich.

„Ich will nicht stören, aber eine Hauptkommissarin möchte mit dir sprechen", forderte sie ihren Mann auf. Mathias Stechmann erhob sich ein wenig schwerfällig, als hätte der Tod des Diakons auch ihm Kräfte abgezogen. Ohne ein Wort verließ er den Raum.

„Ich habe sie in dein Arbeitszimmer geführt", vorsichtig berührte sie seinen Arm. Dankbar lächelte er ihr zu.

In der Tür zu seinem Büro stutzte er einen Moment überrascht. Er hatte nicht mir einer jungen, hübschen Frau gerechnet. Dabei hätte er sie eigentlich kennen müssen. Immerhin gehörte sie schon beinahe ein Jahr zu seiner Gemeinde.

Das Lächeln, das er ihr zur Begrüßung bot, wirkte gequält. Celia konnte es ihm nicht verübeln und vermutete, dass es bald ganz von seinem Gesicht verschwunden sein würde. Nach der Begrüßung und nachdem sie beide auf schweren ledernen Sesseln Platz genommen hatten, kam sie schnell zur Sache.

„Sie haben mitbekommen, dass Klaus Merz tot ist", stellte Celia kurz fest. Stechmann nickte und schwieg.

„Er starb keines natürlichen Todes."

Celia machte eine Pause, um ihn die Information verdauen zu lassen. Dann legte sie nach.

„Wir haben ihn mit einer Tüte über dem Kopf, an einen Stuhl gefesselt und mit geöffneter Hose gefunden!"

Der Pastor wechselte die Farbe. Celia fürchtete, er würde sich übergeben müssen. Doch er fing sich.

„Oh Gott!", waren seine ersten Worte – angemessen für einen Pastor. „Erzählen Sie mir etwas über Ihren Diakon."

Stechmann zögerte. Celia ließ ihm Zeit, sich zu sammeln. Als er so weit war, räusperte er sich.

„Was soll ich über ihn sagen? Er war ein engagierter Mann. Er arbeitete seit vier Jahren in dieser Gemeinde. Ich glaube, man kann sagen, dass er beliebt war. Bei den Kindern genauso wie bei den Erwachsenen."

„Sicher?"

„Natürlich! Wieso fragen Sie?"

„Na, Sie machen mir Spaß! Schließlich ist er ermordet worden. Das deutet zumindest darauf hin, dass eine Person ihn schon mal nicht leiden konnte."

„Sie wollen damit aber nicht sagen, dass er von jemandem aus der Gemeinde ermordet wurde, oder?"

Celia schüttelte lächelnd den Kopf.

„Ich will gar nichts sagen. Ich versuche nur herauszufinden, was für ein Mensch Klaus Merz war. Sie als Arbeitgeber müssten ihn doch gekannt haben und etwas über ihn sagen können. Gab es nie Beschwerden?"

Stechmann wich ihrem Blick aus, bevor er verneinend den Kopf schüttelte. „Nicht, dass ich wüsste", betonte er. Er war ein schlechter Lügner. Was ihm, wie Celia fand, als Gottesmann gut zu Gesicht stand.

„Gibt es nicht ein Gebot, das in etwa lautet: Du sollst nicht lügen?", forderte Celia ihn heraus.

Dass Theo Heitmann just diesen Moment wählte, um in das Arbeitszimmer zu stürmen als sei es sein eigenes, entlockte der Kommissarin einen unverhohlenen Fluch. Heitmann ließ sie aber nicht zu Wort kommen.

„Pastor Stechmann, ich will nicht drängeln, aber wir opfern alle unseren Sonntag wegen der Geschichte. Vielleicht könnten Sie uns wieder mit Ihrer Anwesenheit beehren?"

Celia hatte im Laufe der Jahre viele Formen der

Unverschämtheiten erlebt – diese machte selbst sie für einen Augenblick mundtot. Stechmann schien es ebenfalls die Sprache verschlagen zu haben.

„Seien Sie doch bitte so freundlich und sagen mir, wer noch alles so aufopferungsvoll ist?"

Der Sarkasmus in ihrer Stimme war unüberhörbar, focht den Schuldirektor jedoch kaum an.

„Was erwarten Sie? Der gesamte Kirchenvorstand natürlich!"

Celia hob eine Augenbraue. Heitmann wusste nicht, dass darin eine Warnung enthalten war.

„Welche Geschichte führt Sie denn hier zusammen? Eben waren Sie doch noch bei der Tauffeier!"

„Frau Kommissarin ...", begann er.

„Hauptkommissarin Dörfer!", verbesserte sie ihn.

„Oder so, wir haben uns versammelt, um gemeinsam um den Tod unseres armen Diakons zu trauern und um zu reden", überging er ihren Einwurf. Selbst dem Pastor war anzusehen, wie sehr ihm die aufgesetzten Worte des Vorstandsmitgliedes missfielen. Dennoch ließ er sie unkommentiert.

Celia verließ den Raum. Zielsicher steuerte sie das Wohnzimmer an. Das vielstimmige Gemurmel aus dem Raum wies ihr den Weg. Als sie die Tür öffnete, setzte augenblicklich Stille ein. Theo Heitmann drängelte sich an ihr vorbei und übernahm erneut die Wortführung.

„Die Kommissarin", er wies mit dem Kinn auf Celia, „ist wegen des armen Klaus' hier!"

Ellen Roper, ohnehin am Ende mit ihren Nerven, wollte die Situation beschleunigen.

„Seit wann kommt die Kripo, wenn jemand stirbt?"

Celia ließ sich Zeit mit der Antwort, beobachtete die im Raum Anwesenden.

„Ganz einfach", lächelte sie in die Runde, „wir kommen immer dann, wenn jemand keines natürlichen Todes gestorben ist. Und um es mit den Worten ihres Kollegen zu sagen – der arme Klaus Merz hatte nicht das Vergnügen eines natürlichen Todes!"

„Wo ist mein Mann?"

Jaron und Thorsten fehlte die Erfahrung Celias. Der Staatsanwalt bekam die Angehörigen zumeist erst im Gerichtssaal zu Gesicht. Zu einem Zeitpunkt, an dem die Trauer schon ein wenig gemildert, die schlimmsten und bittersten Tränen bereits versiegt waren – auch wenn sie im Laufe der Verhandlung häufig noch einmal aufbrachen. Dem Kripobeamten fehlte die Praxis. Obwohl er einige Jahre in Hamburg gearbeitet hatte – die Zeit hatte ihn nicht vorbereitet.

Jaron übernahm die Führungsrolle, ohne dass Thorsten es ihm verübelt hätte.

„Es tut uns leid, Frau Merz. Aber Ihr Mann ist bereits in die Gerichtsmedizin überstellt. Wir fahren gleich gemeinsam hin und dann können Sie Ihren Mann noch einmal sehen."

Im Grunde war er froh um die Konstellation. Der Schock des plötzlichen Todes war sicher groß genug, ohne dass die Frau auch noch das Bild im Kopf haben musste, dass ihr Mann zuletzt abgegeben hatte. Sie würde genug mit dem zu tun haben, was man ihr über die Umstände erzählen würde.

Einfühlsam führte Jaron die hübsche Frau in ihrem eigenen Esszimmer zu einem Stuhl. Vom Schock ermattet, ließ sie sich darauf nieder. Erst jetzt drängten sich ihr die ersten Fragen auf.

„Was ist eigentlich passiert? War etwas mit seinem Herzen nicht in Ordnung?“

Der Staatsanwalt schüttelte den Kopf. Bevor er antworten konnte, stellte sie weitere Fragen.

Er hob abwehrend die Hände in die Höhe.

„Bitte, Frau Merz, ich teile Ihnen das nicht gerne mit, aber offensichtlich ist Ihr Mann ermordet worden.“

Die braunen Augen der Frau zeigten nur noch Entsetzen, als ihr die Bedeutung der Worte klar wurde. Sie schluckte schwer. Aber der Tränenfluss stockte. Ungläubig schüttelte sie den Kopf mit den kurzen, schwarzen Locken.

„Das ist absurd. Kein Mensch würde Klaus ermorden. Sie kennen ihn nicht. Er ist überall ausgesprochen beliebt. Er ist so zuvorkommend, höflich. Immer gut gelaunt. Klaus?“

Bei jedem Wort, mit dem sie ihren Mann beschrieb, wurde Thorsten übler. Mit Handzeichen gab er Jaron zu verstehen, dass er in der Küche einen Tee bereiten würde. Er würde ihnen allen guttun.

In der Küche lehnte er den Kopf für einen kurzen Augenblick gegen einen der kühlen Hängeschränke. Er hasste die Aufgabe, den Angehörigen ihr Bild eines Verwandten zu zerstören. Es würde diesmal nicht anders sein. Oft genug musste die Familie neben der Trauer mit der Situation fertig werden, den Menschen, den sie geliebt und mit dem sie zusammengelebt hatten, nicht wirklich gekannt zu haben. Aus dem Esszimmer hörte er einen Aufschrei der Frau. Jaron hatte allem Anschein nach den ersten Schritt in diese Richtung unternommen.

Er schaute sich in der Küche um. Wie der Rest des Hauses war auch sie nicht mehr neu. Die Front aus hellem Kiefernholz zeigte deutlich Abnutzungserscheinungen, die Elektrogeräte hatten mindestens zehn Jahre auf dem Buckel. Dennoch wirkte sie wohnlich und einladend.

Obwohl die Spurensicherung auch in diesem Raum nach Hinweisen gesucht hatte, konnte man nicht viel davon spüren. Thorsten suchte und fand den Tee. Er hätte den Moment der Rückkehr gerne hinausgezögert. Er wusste jedoch, dass Jaron eigentlich gerade seine Aufgabe erledigte.

„Wie meinen Sie das?" Meta Hauschildt war ehrlich erschüttert.

„Klaus Merz wurde ermordet!" Celia bemerkte, wie der eine oder andere tief einatmete.

Aus den Augenwinkeln registrierte Celia, dass der Pastor zu einer Erklärung anhob. Durch ein Handzeichen gebot sie ihm, zu schweigen.

„Wer könnte einen Grund haben, ihn zu ermorden?", fragte sie in die Runde, ohne jemanden direkt anzusprechen. Wie nicht anders erwartet, reagierte die Gruppe mit Empörung.

Ellen Roper fasste sie in Worte: „Das ist geradezu absurd. Klaus Merz war ein ungemein beliebter Mann. Quer durch alle Altersstufen und alle Geschlechter!"

„Die Tatsachen sprechen eine andere Sprache!", warf Celia ein. Wieder erntete sie empörte Ausrufe.

Sie lehnte sich gegen den Türrahmen und ließ die Szene auf sich wirken.

„War einer von Ihnen besonders gut mit Herrn Merz befreundet?"

„Mein Schwiegersohn hat sich gelegentlich mit ihm getroffen. Auch mal zu einem Bier. Aber ich weiß nicht, ob es Freundschaft war." Meta Hauschildt war bemüht zu helfen. Celia ließ sich Namen und Anschrift geben.

„Meine Tochter hat hier im Ort den Buchladen. Sie hat sich auch schon mal mit Klaus getroffen. Vielleicht können die beiden Ihnen weiterhelfen."

„Das ist Ihre Tochter? Hübscher kleiner Laden. Ich war schon ein paar Mal dort", Celia versuchte, die Situation zu normalisieren. Theo Heitmann hatte offensichtlich etwas dagegen.

„Wie kommen Sie darauf, dass einer von uns Ihnen weiterhelfen könnte. Das können doch nur Einbrecher gewesen sein, die von Merz überrascht worden sind!" Sein Ton war wie immer schulmeisterlich.

„Es gibt keinerlei Hinweise auf einen klassischen Einbruch. Die Auffindsituation deutet eher auf einen Racheakt hin."

„Auffindsituation?"

Pastor Stechmann konnte nicht mehr an sich halten. Er platzte mit der Information heraus, die Celia gerne noch ein wenig hinausgezögert hätte. Sie schlug ein wie eine Bombe.

Meta Hauschildt schlug sich vor Entsetzen mit der Hand vor den Mund. Die anderen schauten Stechmann an, als wäre ihnen gerade der Teufel persönlich erschienen. Dann wechselten sie den Blick fragend zu Celia. Sie nickte, um seine Aussage zu bestätigen.

„Welche Schlussfolgerungen ziehen Sie daraus?"

Celia ignorierte Theo Heitmanns Frage.

„Ich stelle Ihnen nun die gleiche Frage wie vorhin bereits Herrn Stechmann. Wer hatte etwas gegen Merz, gab es Beschwerden, ist er mal auffällig geworden oder hatte einer von Ihnen Anlass, eine besondere sexuelle Neigung bei ihm zu vermuten?" Absichtlich bombardierte sie die Anwesenden mit Fragen. Sie wollte sie auseinanderdividieren, die Front aufweichen.

„Na, aus unserem Kreis hatte nur einer etwas gegen Merz, nicht wahr?“ Mit einem süffisanten Lächeln wandte Ellen Roper sich an Heitmann. Der wechselte die Farbe gleich zwei Mal. Nachdem er zunächst blass geworden war, lief er gleich darauf puterrot an. Celia ließ dem aufkeimenden Disput freien Lauf.

„Was für eine unglaubliche Unterstellung“, empörte er sich. „Nur weil ich mich für den Erhalt von Kurts Stelle starkgemacht habe, kannst du nicht einfach behaupten, ich hätte etwas gegen Merz.“

„Wer ist Kurt?“

„Kurt Hermann ist unser bisheriger, zweiter Diakon. Wir haben gestern beschlossen, ihm zu kündigen, nachdem die Landeskirche die Einsparung einer Stelle gefordert hatte. Es gab keine persönlichen Gründe!“

Heitmann quittierte die sachliche Information Peters’ mit einem höhnischen Auflachen!

„Das hättet ihr wohl gerne, dass ihr das so darstellen könnt. Aber da mache ich nicht mit.“

Heitmann wandte sich direkt an Celia. „Hermann war zu unbequem. Menschen mit Sorgen – dafür ist hier kein Platz. Ihm ist die Frau mitsamt Kindern weggelaufen. Er hat sich schwer damit getan, das zu überwinden. Aber die Herrschaften hier haben über ihn gerichtet.“

Celia schritt ein, als sich die Emotionen zu überschlagen drohten.

„Ich brauche seine Adresse!“

„Das ist aber nett, dass Richie mich nicht dazu gerufen hat“, konstatierte Alec, als sie erfuhr, dass sie einen neuen Fall zu bearbeiten hatten.

Celia, Jaron, Thorsten und Alec saßen gemeinsam bei Mona in der Kneipe. Sie brauchten alle eine

Verschnaufpause. Es traf sich daher gut, dass ihre Lieblingskneipe in Jork, dem Ort des Mordes, lag.

„Ihr seht alle aus, als könntet ihr einen starken Kaffee gebrauchen." Mona wartete nicht auf Zustimmung. Sie goss drei Becher voll.

„Um wat jeet et?", versuchte die Wirtin die Stimmung aufzuheitern. Celia zögerte nur einen Augenblick. Es gab keinen Anlass, ihr die Informationen vorzuenthalten, die morgen sowieso die Runde gemacht haben würden. Mit knappen Worten erläuterte sie die Tatumstände.

„Ach du Heiliger!", lautete ihr trockener Kommentar.

„Kennst du Merz?" Jaron hoffte, ihr als Kneipenwirtin würde vielleicht das eine oder andere zu Ohren gekommen sein. Was viele für Gerede hielten, hatte in so manchem Fall schon entscheidende Aufschlüsse gebracht.

Mona schüttelte den Kopf. „Er gehörte nicht gerade zu meinen Stammkunden. Der Diakon war hin und wieder mal mit seiner Frau zum Essen hier." Sie zögerte, bevor sie weiter sprach. „Letzte Woche bin ich nur stutzig geworden – da war er gleich zweimal mit einer anderen Frau hier!"

Celia horchte auf. „Kennst du sie auch?"

Es war Mona anzumerken, dass es ihr schwerfiel, den Namen zu offenbaren.

„Ich will niemanden in Schwulitäten bringen", versuchte sie, um genaue Angaben herumzukommen.

Celia schüttelte den Kopf. „Komm, Butter bei de Fische!"

„Ach Mensch, die Frau ist verheiratet und wahrscheinlich ist auch gar nichts dabei. Das war sicher nur beruflich!"

„Mona!", klang es dreistimmig aus den Kehlen Jarons, Thorstens und Celias.

Die Wirtin gab nach: „Dörte Buchmann, die Inhaberin des Buchladens!“

Celia pfiff durch die Zähne.

„Vielleicht war ihr Gatte doch nicht ganz so gut mit Merz befreundet, wie seine Schwiegermutter eben behauptet hat!“ Celia klärte die anderen auf.

Jaron lehnte sich auf seinem Stuhl zurück.

„Es ist mir im Moment egal, um ehrlich zu sein. Mir knurrt der Magen. Eigentlich hatte ich mich auf ein leckeres Buffet bei der Tauffeier gefreut. Und jetzt sitze ich mit leerem Magen hier.“

„Danke, mir geht es genauso. Ich habe mich nur nicht getraut, es zu sagen. Ich bekomme dann immer einen strafenden Blick deiner Lebensgefährtin ab.“

Jaron lachte: „Na, wenn es nach der ginge, würden wir ja auch ohne Mahlzeiten auskommen. Wundert mich sowieso, dass sie bei der NASA noch kein Astronautenessen bestellt hat.“

„War das jetzt eine Aufforderung an mich, in die Küche zu verschwinden?“, witzelte Mona, die auf ihrer Speisekarte lediglich etwas für den schnellen Hunger hatte.

„Der Italiener nebenan hat schon auf!“ Alec schaffte gerne Tatsachen. „Wechseln wir doch einfach das Etablissement.“

„Sag mal, hast du ‚nen Knall? Wieso hast du Ellen nicht angezeigt? Man eh, du hast dir schon die ganzen Jahre viel zu viel von ihr bieten lassen. Aber jetzt hat sie endgültig den Bogen überspannt. Wenn du sie nicht anzeigst, dann ...!“

Theresa hob mühsam die Hand, um ihren Bruder in seiner Rage zu stoppen.

„Lass gut sein Freddy, meine Zeit wird kommen. Auch

wenn du es nicht nachvollziehen kannst, aber für mich war es wichtig, es so zu spüren. Eigentlich war es schon lange zu Ende. Aber ich habe es einfach nicht wahrhaben wollen. Jetzt musste ich es begreifen." Sie zögerte einen Moment, dann sprach sie weiter.

„Und ich war froh, mit dir argumentieren zu können. Ellen glaubt zwar, es zieht eine neue Freundin bei mir ein. Aber das war mir egal. Du bist also gerade rechtzeitig aus der großen, weiten Welt zurück!"

Sie versuchte zu lächeln. Es wurde nur eine Grimasse. Zu sehr schmerzten die Blessuren in ihrem Gesicht.

Frederick Lücken streichelte seiner Schwester liebevoll eine Haarsträhne aus den Augen und lagerte den rechten, bandagierten Arm auf ein Sofakissen.

Seine Rückkehr nach Deutschland hatte er sich anders vorgestellt. Obwohl er in den letzten Jahren ein gutes Verhältnis zu seiner jüngeren Schwester hatte, wäre er nicht im Traum auf die Idee gekommen, bei ihr einzuziehen. Von Neuseeland aus hatte er sie beauftragt, nach einer Wohnung für ihn Ausschau zu halten. Geld spielte keine Rolle. Selbst, wenn sein Gehalt, in seinem neuen Job als Manager einer großen Fruchtfirma, kleiner ausgefallen wäre, in Neuseeland hatte er genug Geld gespart, um sich eine Wohnung in der gehobenen Preisklasse leisten zu können.

Als Theresa ihm in einer E-Mail die Idee unterbreitete, bei ihr einzuziehen, hatte er zunächst kategorisch abgelehnt. Dabei spielte Ellen eine entscheidende Rolle. Er hätte es nicht ertragen, ihr permanent über den Weg laufen zu müssen. Dabei hatte er bisher noch nie Probleme mit den Partnerinnen seiner Schwester. Mit allen war er gut ausgekommen. Aber Ellen hatte von Anfang an versucht, Theresa und ihn zu entzweien. Sie beanspruchte sie für sich. Selbst in den kurzen Urlaubsbesuchen, die er in Deutschland absolvierte, ließ sie die beiden keine Sekunde alleine. Als er nach und nach mitbekam, dass sie auch vor Handgreiflichkeiten nicht zurückschreckte, um ihren Willen durchzusetzen, war dies lediglich das letzte Ausrufezeichen hinter seiner Antipathie.

„Die Wohnung ist wirklich genial“, ließ er sich auf Theresas Beruhigung ein. „Und es macht dir wirklich nichts aus, wenn ich die obere Etage nehme?“

Über drei Etagen gehend, mit zwei Badezimmern und einem zusätzlichen Gäste-WC, war das Apartment perfekt für Wohngemeinschaften.

Theresa winkte ab: „Kein Problem, ganz im Gegenteil. Ich habe die oberen Räume überhaupt nicht so sehr genutzt. Da ich hier unten auch einen Balkon habe und das Badezimmer, gab es für mich keinen Grund nach oben zu gehen. Ich glaube, ich habe damals nur eingewilligt, die Wohnung zu mieten, weil ich immer noch gehofft hatte, Ellen würde irgendwann doch mit hier wohnen.“

Zu Beginn der Heimfahrt hatte Jens noch versucht, ein Gespräch mit Dörte in Gang zu bringen. Das war gründlich misslungen. Sie hatte hartnäckig geschwiegen. Wären die Kinder im Fond des Wagens nicht wie immer laut und lebhaft gewesen, wäre ihm die Fahrt von Osterjork ins Westfeld, wo sie ihr Haus hatten, endlos vorgekommen. Beinahe war er erleichtert, als er das Auto endlich auf die Einfahrt lenken konnte.

„Du brauchst nicht abzuschließen. Ich komme nicht mit rein. Ich fahre noch in den Laden!“

„Das ist doch nicht dein Ernst, Dörte! Hast du nicht das Gefühl, es wäre wichtiger, einmal miteinander zu reden?“

Die Buchhändlerin rollte genervt die Augen.

„Schon wieder? Worüber willst du denn diesmal reden?“

Obwohl es offensichtlich war, dass sie keine Antwort hören wollte, gab er sie ihr.

„Wenn schon nicht über Malte und schon gar nicht über unsere Ehe, dann dachte ich, vielleicht über deine Reaktion auf Merz’ Tod!“

Er beobachtete seine Frau genau bei seinen Worten. Sie hielt seinem Blick stand. Regungslos! Dann schüttelte sie den Kopf.

„Seit wann muss man jetzt darüber reden, wenn jemand über den Tod eines anderen Menschen trauert. Was ist daran auszusetzen?“

Sie konnte den Zynismus nicht durchhalten, mit dem sie den Satz begonnen hatte. Tränen erstickten einen Teil ihrer Worte.

Resigniert winkte Jens ab: „War nur eine Idee von mir. Schon gut. Viel Spaß in deinem Laden!“

Dörte wollte etwas Boshaftes erwidern, stattdessen setzte sie sich grußlos in den Wagen und fuhr los. Dabei hätte sie beinahe Celias Wagen gerammt, der gerade vorfuhr. Dörte Buchmann ignorierte den Beinahe-Zusammenstoß ebenso wie die fremde Person, die offensichtlich zu ihnen wollte.

„Da hat es aber jemand eilig!“, begrüßte Celia Jens Buchmann, der in der Auffahrt stehen geblieben war. Der hob entschuldigend die Schultern.

„Wollen Sie zu uns?“

Celia nickte. Dann stellte sie sich vor.

„Womit kann ich Ihnen helfen?“, reagierte er ungewöhnlich gelassen auf ihre Funktion.

„Ihre Schwiegermutter erzählte, dass Sie ganz gut mit Klaus Merz befreundet waren. Deshalb bin ich hier!“

„Ja, stimmt! Aber was hat die Kripo mit dem Tod des Mannes zu tun?“

Obwohl es nicht das erste Mal war, dass sie ihre Anwesenheit in dem Fall erklären musste, antwortete sie höflich und nachsichtig.

„Wir müssen ermitteln. Klaus Merz ist keinen natürlichen Tod gestorben. Er fällt also leider in unsere Zuständigkeit.“

„Hatte er einen Unfall?“

Celia verneinte. Erst jetzt bemerkte Jens Buchmann, wie unhöflich er war. Er entschuldigte sich mehrfach, bevor er Celia ins Haus bat.

Das Haus der Buchmanns gehörte zu den zahlreichen Einfamilienhäusern, die in den letzten Jahren im Westfeld Jorks entstanden waren. Entgegen aller Wirtschaftsprognosen boomte das Baugeschäft in dem kleinen Ort.

Wie in vielen anderen Neubaugebieten glichen sich auch hier viele Häuser in Bauweise und Gestaltung. Es war der Wunsch nach einem Eigenheim, der erfüllt wurde, auch wenn die finanziellen Mittel begrenzt waren, und so nahm man das Haus von der Stange in Kauf.

Dennoch hatten die Buchmanns ihrem Haus einen eigenen Stempel aufgedrückt. Die Einrichtung glich einem liebevoll zusammengetragenen Ensemble alter Möbel vom Flohmarkt. Gekonnt restauriert und aufgearbeitet. Jens Buchmann nahm das Kompliment entgegen.

„Das ist, sozusagen, mein Job. Ich bin Tischler und habe mich spezialisiert.“ Er wies auf die Möbel.

„Schöner Beruf!“

Er zuckte wieder mit den Schultern.

„Nichts mehr wert in der heutigen Zeit. Heute zählt man nur, wenn man saubere Hände bei der Arbeit behält!“

„Klingt aber ganz schön resigniert und bissig. Ist das immer so oder hat es etwas mit dem schnellen Abgang Ihrer Frau zu tun?"

Der plötzliche Umschwung des Gesprächs brachte Buchmann für einen Augenblick aus dem Konzept. Die Kinder halfen ihm, seine Fassung wieder zu finden. Sie stritten lautstark im oberen Stockwerk und er musste eingreifen.

Ohne einen Platz angeboten bekommen zu haben, ließ Celia sich auf einem großen, alten Ohrensessel nieder. Sie hatte durch die große Panoramascheibe des Wohnzimmers einen guten Blick in den Garten und auch die Tür zur Diele im Blick, durch die Buchmann jetzt zurückkehrte.

„Möchten Sie etwas trinken?"

Celia lehnte ab. Sie wollte zum Thema kommen. Buchmann setzte sich auf den zweiten Sessel im Raum. Er wirkte ein wenig deplatziert darin, so als säße er selten hier.

„Sie haben mir noch keine Antwort gegeben!"

Buchmann dachte einen Moment über die Frage nach.

„Wahrscheinlich hat es mit dem Streit mit meiner Frau zu tun. Eigentlich mag ich meine Arbeit ganz gerne. Obwohl es zugegebenermaßen in der heutigen Zeit wenig Menschen gibt, die Handwerk noch zu schätzen wissen."

„Was war der Grund für Ihren Streit?"

Er schüttelte den Kopf.

„Nichts, was Sie interessieren könnte. Es hatte bestimmt nichts mit Klaus' Tod zu tun!"

Celias Gefühl sagte etwas anderes. Dennoch ließ sie es auf sich beruhen.

„Waren Sie sehr eng mit Herrn Merz befreundet?"

„Zumindest hätte es dazu kommen können. Wir haben in letzter Zeit häufiger zusammen an Projekten für die Kirche gearbeitet. Vor kurzem haben wir den Dachboden im Gemeindehaus ausgebaut. Für die Kinder und Jugendlichen. Dabei kommt man sich zwangsläufig näher. Wir hatten einen guten Draht zueinander."

„Haben Sie bei Ihren Treffen auch über persönliche Dinge gesprochen?"

„Wenn Sie damit unsere Ehen meinen, dann, nein. Es waren eher politische Themen oder Kirchenbelange."

„Hatten Sie den Eindruck, dass Merz unzufrieden mit seinem Leben war?"

„Nein, hatte ich nicht! Wie gesagt, so persönlich waren unsere Gespräche nicht!"

Er zögerte: „Aber wie ist er denn nun ums Leben gekommen?"

Celia überging seine Frage.

„Gab es Menschen, die ihn nicht leiden konnten? Sind Sie mal Zeuge einer Auseinandersetzung geworden?"

Jens Buchmann schüttelte vehement den Kopf.

„Wo finde ich Ihre Frau?"

Er antwortete ohne Zögern.

„Im Buchladen und bevor Sie fragen ... Ja, meine Frau kannte Merz auch gut. Vielleicht besser als ich!"

Celia horchte auf. „Wie kommen Sie darauf?"

Er zuckte einmal mehr die Schultern. Celia beließ es dabei.

Kapitel 7

„Was ist denn mit der los?"

Mona strafte Alec mit einem wütenden Blick. Bevor Jaron dazu kam, seine Lebensgefährtin zu entschuldigen, sprang Thorsten in die Bresche.

„Eine Magenverstimmung. Dürfte selbst dir nicht unbekannt sein."

Alec hatte sich, wie sie selbst wusste, die wenig freundliche Reaktion selbst zuzuschreiben. Ihren Einstand als Richies neue Kollegin der Spurensicherung hatte sie gründlich versaut. Statt sich auf den freundlichen Empfang einzulassen und darüber zu freuen, hatte sie zunächst Jaron und kurz darauf Celia und die beiden als Paar gegen sich aufgebracht. Nicht nur die zwei und Mona, sondern auch Thorsten hatten ihr das übelgenommen. Alle hatten ihr eine neue Chance gegeben. Mit Äußerungen wie der vorherigen, würde sie auch diese bald verspielt haben. Alec trat den Rückzug an.

„Ich habe das nicht so gemeint! Ehrlich nicht!"

Bei dem Versuch eines Lächelns blitzten ihre ebenmäßig, weißen Zähne in ihrem dunkelhäutigen Gesicht. Sie hatte es von ihrem afroamerikanischen Vater.

Jaron schien von dem Geschehen nichts mitbekommen zu haben. Er war in Gedanken bei Celia gewesen. Auch wenn seine Freundin nach wie vor versuchte, die Beschwerden abzutun, machte er sich Sorgen. Er befürchtete ein beginnendes Magengeschwür. Obwohl sie es sich nie äußerlich anmerken ließ, die Fälle berührten sie sehr. Dass der ums Leben gekommene Kollege Falk immer noch nicht ersetzt worden war und Celia mit Thorsten seine Arbeit zusätzlich übernehmen musste, erschwerte die Situation außerdem. Ohne Aufheben hatte Jaron aus diesem Grund die eine oder andere Ermittlung mehr begleitet, als es seine Rolle als Staatsanwalt erfordern würde. Als das Essen serviert wurde, wandte er seine Aufmerksamkeit wieder den anderen zu.

„Ist euch schon mal aufgefallen, dass auf dem Namen Theo hier im Alten Land ein Fluch zu liegen scheint?" Thorsten lachte bei den irritierten Blicken, die er erntete.

„Na, ist doch so! Könnt ihr euch an den durchgeknallten Apotheker Theo Husen erinnern? Der war doch auch so ein Unsympath! Und jetzt Theo Heitmann. Den siehst du und weißt sofort, der geht gar nicht!"

„Stimmt! Wenn er der Inbegriff der Schuldirektoren Deutschlands ist, dann braucht man sich über Pisa keine Gedanken mehr zu machen!", bestätigte Jaron. „Kennst du den auch?", wandte er sich an Mona. Durch ihren "Marktschreier" hatte sie oft Informationen über Leute, die anderen sonst verwehrt blieben. Eine Kneipe war häufig Umschlagplatz für so manchen Klatsch, gerade in einem kleinen Ort wie Jork.

Diesmal musste Mona allerdings passen. „Nur aus Erzählungen! Mitunter verlaufen sich schon mal Schüler aus der zehnten Klasse hier. Wenn man denen glaubt, liegst du mit deiner Einschätzung wohl richtig. Aber persönlich kenn ich ihn nicht!"

Die Unterhaltung stockte, während sie sich ihr Essen schmecken ließen.

„Celia wollte ursprünglich doch mit dem geschassten Diakon reden, bevor sie sich entschlossen hat, die Buchmanns zu besuchen. Das könntest du doch eigentlich übernehmen!"

Thorsten war durchaus bewusst, dass es sich nicht um eine Bitte Jarons, sondern um eine Anweisung handelte.

Es dauerte geraume Zeit, bis Dörte Buchmann an der Ladentür erschien, um sie Celia zu öffnen. Ihr Gesicht zeigte deutliche Spuren von Tränen. Und ihr Unwille die Tür zu öffnen, war mindestens ebenso deutlich erkennbar. Doch der Ausweis verfehlte auch bei ihr seine Wirkung nicht.

Ein leises Klingeln ertönte, als Celia durch die Tür ins Innere trat. Der Buchladen war ihr nicht fremd. Im Ortskern Jorks gelegen, gegenüber der einzigen unabhängigen Fleischerei und einer Traditionsdrogerie, hatte auch der Buchladen eine unangefochtene, konkurrenzlose Stellung. Ergänzt wurden die drei Geschäfte durch einen Modeladen, ein Hotel mit Restaurant und die Bücherei. Sie alle waren in alten, denkmalgeschützten Gebäuden untergebracht. Nur die Fleischerei machte eine Ausnahme. Aber immerhin hatte man sich die Mühe gemacht und das Gebäude, in Anlehnung an die historischen Bauten, in Fachwerk erstellt. Den Fehler, den man beim Bau der Bank begangen hatte, wollte man nicht noch einmal machen.

„Das Büchereckchen", wie Dörte ihren Laden getauft hatte, beschränkte sich nicht auf den Verkauf von Büchern. Schreibwaren und kleine Geschenkartikel gehörten ebenso zum Angebot. Celia mochte den Laden.

„Sie hatten es eben sehr eilig, von zu Hause weg zu kommen."

Dörte Buchmann lachte. Es klang nicht besonders fröhlich.

„Waren Sie das?" Beide wussten, was sie damit meinte.

„Nicht besonders rücksichtsvoll, es zu bemerken und dennoch weiterzufahren." Celia konnte sich den Seitenhieb nicht verkneifen.

„Entschuldigung", bekannte die junge Frau.

„Der Tod des Diakons geht Ihnen ausgesprochen nahe."

An ihrer Reaktion erkannte Celia, dass die Frau die dahinterliegende Frage sehr wohl verstanden hatte. Ihre Haltung versteifte sich.

„Was ist daran verwerflich?", versuchte sie auszuweichen.

Celia schüttelte den Kopf: „Nichts. Es wundert mich nur. Und Ihren Mann ebenfalls."

„Der hört mal wieder die Flöhe husten. Jens ist einfach übersensibel, wenn es um seine Familie geht", versuchte sie die abfällige Reaktion abzumildern. „Jens ist im Heim aufgewachsen. Und egal, was es sein mag, früher, als die Kinder Windpocken hatten, oder heute, wenn Malte ohne Absprache nicht nach Hause kommt, oder ich in Tränen ausbreche über den Tod des Diakons – Jens wittert Gefahr!"

Sie lachte erneut hart und wenig herzlich auf. Celia lief ein Schauer über den Rücken. Dörte Buchmann wirkte kalt und überheblich, bei dem, was sie sagte.

„Wie alt ist Ihr Sohn?"

„Fünfzehn. Seit zwei Monaten ist er fünfzehn!"

„Um ehrlich zu sein, würde es mich dann auch beunruhigen, wenn er nicht nach Hause käme. Mit fünfzehn ist man noch nicht alt genug für solche Touren!"

Celia hatte klare Vorstellungen von Erziehung. Nicht nur, weil ihr die Gefahren durch ihre Arbeit in besonderer Weise bewusst waren. Ihre eigenen Eltern hatten sie liebevoll, aber mit klaren Grenzen erzogen. Auch wenn sie sich in der Jugend oft dagegen gewehrt und gesträubt hatte, heute wusste sie genau das sehr zu schätzen.

Die Mutter reagierte herablassend: „Sind Sie Expertin? Haben Sie eigene Kinder?" Als wüsste sie die Antwort, fuhr sie fort! „Was glauben Sie, wie das heute abgeht? Es ist doch eine Farce anzunehmen, nur weil wir hier auf dem Land leben, wären die Jugendlichen besser als die gleichaltrigen, städtischen Teenies. Was wollen Sie tun, wenn ihr Kind nicht nach Hause kommt? Anzeigen, einsperren, oder was? Jugendschutzgesetze", sie lachte bitter. „Ist doch alles Hohn. Hält sich doch kein Mensch dran. Wenn die Alkohol trinken wollen, dann machen sie das. Und wenn sie in die Disco wollen, dann beschaffen sie sich eine Genehmigung. So sieht es aus." Sie hatte sich in Rage geredet. Celia ließ sich weder ablenken noch täuschen.

„Ich persönlich finde, Sie machen es sich ein bisschen einfach mit Ihrer Haltung. Aber ich bin nicht hier, um die Einhaltung von Jugendschutzbestimmungen zu überprüfen. Ich muss einen Mord aufklären."

Dörte Buchmann zuckte zusammen und wechselte die Farbe. Celia ließ ihr keine Zeit nachzudenken und ihrerseits Fragen zu stellen. Sie hakte sofort nach.

„Wie eng war Ihr Verhältnis zu Merz?" War sie eben noch kreidebleich, wurde sie nun scharlachrot.

„Was ist das für eine Frage? Was wollen Sie damit andeuten?"

„Beantworten Sie doch einfach meine Frage!"

Celia musterte die Frau, die man durchaus als hübsch bezeichnen konnte. Im Gegensatz zu ihrem Mann, der lässig in Jeans und Seemannstroyer gekleidet war, wählte sie eher die klassische Kleidungsform. Obwohl die Temperaturen nach wie vor winterlich waren, trug sie ein Kostüm, einen enggeschnittenen Rock mit Bluse und dazugehöriger Jacke, die Füße in modischen Pumps. Die Kommissarin, heute ebenfalls in Rock wegen der Taufe – wenn auch mit Pullover und Stiefeln – tendierte normalerweise zu Jens Buchmanns legerem Stil.

„Wir hatten kein Verhältnis miteinander, wenn Sie

danach gefragt haben." Die Aussage klang trotzig und wenig souverän.

„Habe ich nicht. Beschreiben Sie die Beziehung, die Sie hatten!"

„Wir hatten keine Beziehung", schrie sie unbeherrscht. Celia zuckte mit einer Augenbraue.

„Erklären Sie mir, wie Ihre Mutter dann zu der Aussage kommt, dass Sie Herrn Merz ganz gut kannten!"

Mit Anstrengung öffnete Dörte Buchmann die zu Fäusten geballten Hände.

„Weil wir uns hin und wieder getroffen haben. Freundschaftlich. Wir wollten die Jugendlichen und Kinder zurück zum Lesen bringen", antwortete sie betont leise. Überzeugend wirkte sie dabei nicht auf Celia.

„Und dafür sind sie gemeinsam zum Mittagessen gegangen?"

„Hat das auch meine Mutter behauptet? Oder war es Jens, der mir nachspioniert hat?"

Ihre Reaktion war der Beamtin Antwort genug. „Hatte Merz Probleme in seiner Ehe oder mit jemand anderem?"

Die Buchhändlerin zuckte mit den Schultern. „Weiß ich nicht. Wenn, dann hat er mit mir nicht darüber gesprochen. Unsere Gespräche waren rein sachlich, auf die Kinder bezogen."

Celia konnte sich ein Grinsen nicht verkneifen, ließ die Worte jedoch unkommentiert.

„Was für ein Mensch war Merz?"

Diesmal kam die Antwort spontan und überzeugend.

„Super nett. Unkompliziert. Überall beliebt, ein netter Vater, guter Ehemann. Brauchen Sie noch mehr? Jedenfalls niemand, den man ermordet. Das muss eine Verwechslung sein. Vielleicht hat er Einbrecher überrascht?"

Celia zuckte mit den Schultern. „Möglich. Aber für

meine Begriffe nicht sehr wahrscheinlich." Den brisanten Rest behielt sie für sich. Dörte Buchmann würde ihn früh genug erfahren.

Oberflächlich betrachtet, konnte man in Jork leicht den Eindruck gewinnen, es gäbe keine Mehrfamilienhäuser. Der Schein trog auf sympathische Weise. Es gab sie wie überall anders auch. Zumeist waren sie jedoch recht gut platziert, dass sie nicht direkt ins Auge fielen. Häufig waren sie auch so geschickt gebaut, dass man nicht auf Anhieb Etagenwohnungen erkennen konnte.

Vor einem solchen Haus stand Thorsten nun. Der H.-P.-Siemens-Weg gehörte zu den etwas älteren Baugebieten Jorks. Hinter dem hässlichen Betonbankgebäude und dem unbelebten Marktplatz erstreckten sich die Häuser. Eine Mischung aus modernen Reihen- und den geschickt gebauten Mehrfamilienhäusern. Die Zielgruppe waren eindeutig Familien mit Kindern. Um ihnen gerecht zu werden, hatte man das Schulzentrum mit Haupt- und Realschule und einen Kindergarten in der Nähe errichtet. Die Architektur des Schulgebäudes legte die Vermutung nahe, dass der Bauherr der Bank auch hier seine Hände im Spiel hatte. Es gab zu viel Beton und zu wenig Abstimmung auf die historischen Fachwerkhäuser. Zum Charakter Theo Heitmanns, so fand Thorsten, passte das Schulgebäude allerdings prima.

Es dauerte geraume Zeit, bis ihm auf sein Klingeln geöffnet wurde. Mit dem Anblick, den der Diakon bot, hatte Thorsten nicht gerechnet. Derangiert war eine milde Umschreibung seines äußeren Zustandes.

Als Thorsten ihm seinen Ausweis hinhielt, strengte der Diakon sich an, ihn zu entziffern, ohne den Halt am Türrahmen zu verlieren.

„Kann ich reinkommen?“

„Ja klar!“ Die Worte, so kurz sie waren, klangen überraschend deutlich. Kurt Hermann führte seinen Besucher in das ehemalige Wohnzimmer. Auf dem Weg warf Thorsten einen Blick in die anderen Zimmer. Keines sah besser aus als der Raum, den Hermann ihm nun offerierte. Wahllos, einige Sachen vom nächsten Sessel auf den Boden schiebend, bot er dem Beamten einen Platz an.

„Wie kann ich Ihnen helfen?“

„Wir untersuchen den Tod Ihres Kollegen und brauchen ein paar Auskünfte!“

Hermann brauchte eine Weile, bis die Bedeutung der Information zu ihm durchgedrungen war.

„Sie meinen Merz? Merz ist tot?“

Unvermittelt begann er lauthals zu lachen. Er konnte sich vor Vergnügen nicht mehr einkriegen. Erst als Thorsten ihn mit erhobener Stimme ansprach, setzte das Lachen abrupt aus. Er japste nach Luft.

„Wie ist es dazu gekommen?“, wollte er wissen, als er endlich wieder Luft zum Sprechen gefunden hatte.

Thorsten winkte ab.

„Fragen sind mein Part! Sie waren nicht so gut mit Merz befreundet, oder?“

Thorsten befürchtete einen weiteren Heiterkeitsausbruch. Hermann begnügte sich jedoch mit einem aufgesetzten Grinsen.

„Wundert Sie das? Der hat meine Situation volle Elle ausgenutzt. Als hätte er darauf gewartet, dass meine Frau sich davonmacht, macht er sich über meine Arbeit her und nimmt mir auch noch den Rest.“

Obwohl Thorsten die Geschichte nicht kannte, stieß ihn das deutlich spürbare, überzogene Selbstmitleid ab. Er reagierte nicht darauf.

„Wo waren Sie gestern am späten Abend und in der Nacht?"

Diesmal kam die Erkenntnis schneller.

„Moment, Merz ist nicht einfach gestorben! Sie fragen mich nach einem Alibi! Das habe ich richtig verstanden, oder? Das heißt, er wurde ermordet?"

Nun brach er wieder in das beinahe hysterische Gelächter aus. Thorsten hätte ihn gerne geschüttelt, beherrschte sich jedoch.

„Herr Hermann, ganz so witzig ist die Situation nun wirklich nicht. Vielleicht beruhigen Sie sich langsam mal wieder. Ich hätte gerne eine Antwort auf meine Frage."

Hermann brach das Lachen ab, als hätte er einen Knopf gedrückt.

„Ich komme Ihnen so richtig gelegen, oder? Wer hat Sie zu mir geschickt? Ellen Roper? Das passt zu der Emanze. Die war doch froh, einen Grund gefunden zu haben, mich los zu sein. Die Lesbe. Versucht immer noch, allen etwas vorzumachen. Als wenn das heute noch irgendjemanden stören würde. Die Augen von der hätten Sie mal sehen müssen, als ich sie Arm in Arm mit ihrer Freundin an der Alster getroffen habe."

Hermann lachte hart auf. „Seither hat sie mich auf dem Kieker. Von wegen Sparmaßnahmen! Die hat einen Grund gesucht und einen gefunden!"

Thorsten Brandt stöhnte innerlich, obwohl er die Information über Ellen Roper registriert hatte.

„Können wir zur Frage zurückkommen? Wo waren Sie gestern Abend und in der Nacht?"

Hermann, der die ganze Zeit in der Tür stehen geblieben war, lockte Thorsten mit dem Finger in den Flur hinaus. Er führte ihn in sein Schlafzimmer.

„Hier!", er zeigte auf das Bett und die drum herum

verstreuten Alkoholflaschen. Dann schmiss er sich auf das Bett und drehte dem Beamten den Rücken zu. Für ihn war die Unterredung beendet.

Obwohl es ihn überraschte, war Peters froh, dass seine Familie noch nicht zurück war, als er das Haus betrat. Er war dankbar für eine Verschnaufpause. Ohnehin durch den Sohn emotional erschöpft, hatte die Situation im Kirchenvorstand ihm den Rest gegeben. Klaus Merz' Tod löste dabei überraschenderweise die geringste Erschütterung in ihm aus. Die Geschichte verwunderte ihn mehr. Vor allem die Umstände seines Todes. Vielleicht hätten ihm seine Gefühle – oder eben der Mangel an genau diesen – ein schlechtes Gewissen machen sollen. Aber auch das plagte ihn nicht. Er versuchte, Gründe dafür zu finden. Sowohl für das eine wie auch das andere. Am Ende kam er immer wieder zu dem gleichen Schluss. Er kannte Merz nicht gut genug, um tiefe Trauer über seinen Tod zu empfinden. Und genau das machte auch ein schlechtes Gewissen überflüssig.

Es gab wenig Berührungspunkte zwischen Merz und ihm. Enya war diejenige, die immer zu den Elternabenden für die Konfirmanden gegangen war. Und zu den Veranstaltungen, die er für die Jugendlichen organisierte, gingen Jan-Phillip und Louise allein. Peters Kontakte beschränkten sich auf die wenigen Augenblicke, in denen Merz an den Sitzungen teilgenommen hatte, weil es um die Belange der Kinder- und Jugendarbeit gegangen war.

Bevor er ins Wohnzimmer ging, machte er einen Abstecher in den Keller. Es störte ihn wenig, dass es erst früher Abend war und vielleicht noch ein wenig zeitig für Wein. Er wählte den Bordeaux mit Bedacht.

Schwer und dunkel, so schien es ihm, war er der Situation angemessen.

Ein Weinglas in der Hand, stand er mit dem Rücken gegen den Küchentresen gelehnt. Das Wohnzimmer wirkte trotz seiner Größe und der Offenheit zur Küche warm und einladend. Enya hatte ein Gespür für solche Dinge. Geschickt hatte sie alte und moderne Möbel miteinander kombiniert. Accessoires in warmen, freundlichen Tönen taten ihr Übriges.

Als sie ihm damals vorgeschlagen hatte, hier nach Jork zu ziehen, hatte sich in ihm, dem eingefleischten Großstädter, alles gesträubt. Dass er sich dennoch darauf einließ, lag auch an diesem Haus. Wer konnte schon widerstehen, wenn ihm die Möglichkeit geboten wurde, ein Haus nach eigenen Vorstellungen und Planungen zu bauen? Enyas Eltern hatten ihnen diese Gelegenheit geboten. Ihnen gehörte das Eckgrundstück auf dem Morellenweg, abseits der Hauptstraße, groß genug, um drei Häuser darauf zu bauen. Sie überschrieben es ihrer Tochter und ihrem Schwiegersohn und schenkten ihnen zur Hochzeit das nötige Eigenkapital obendrauf.

Peters spürte, wie sich die gewünschte Entspannung einstellte. Er zündete das Holz im Kamin an, dann ließ er sich auf dem Sofa davor nieder.

Er schreckte hoch, als seine Frau am Sofa stand und ihm liebevoll über die Schulter streichelte. Er musste eingeschlafen sein. „Wo sind die Kinder?“

„Louise wollte gerne zu meinen Eltern. Und Jan-Phillip hat sich angeschlossen.“

„Wow, zuerst will er mit uns einen Ausflug machen und dann mit zu deinen Eltern? Was ist los?“

Enya legte den Finger auf den Mund, als Zeichen dafür, dass sie es nicht verschreien wollte. Aber auch in ihr keimte die Hoffnung einer Wende. Wie so oft. Aber vielleicht hörten Eltern nie auf, darauf zu bauen.

Sie griff nach dem Rotweinglas ihres Mannes und trank einen Schluck daraus, bevor sie sich neben ihn auf das Sofa setzte.

„Wie hast du ihn denn beruhigt?"

„Gar nicht, um ehrlich zu sein. Kurz nachdem du weg warst, ist er aus seinem Zimmer gekommen und war wie ausgewechselt. Wir haben aber auch nicht weiter über Merz' Tod gesprochen. Wir sind zusammen ins Kino gefahren."

Carsten Peters hinterfragte es nicht weiter, er war zu froh über den Moment der Erholung, als dass er ihn zerreden wollte.

„Und Klaus Merz?"

Er schnaubte.

„Das ist echt ein Ding!"

Sie verstand nicht.

„Merz ist nicht einfach gestorben. Er ist ermordet worden. Das vermutet jedenfalls die Kripo. Die ermitteln."

Enya war bleich geworden.

„Wie schrecklich."

Peters nickte. „Stimmt, aber das ist leider noch nicht alles: Er saß auf einem Stuhl, an dem die Hände festgebunden waren, hatte eine Tüte über den Kopf gezogen und sein Hosenstall war offen. Und jetzt kommst du."

„Das glaube ich nicht." Enya war die Fassungslosigkeit ins Gesicht geschrieben.

„Was sagt die Polizei denn dazu?"

Peters zuckte mit den Schultern.

„Noch nicht viel. Die Kripobeamtin hat zunächst mit Pastor Stechmann gesprochen, dann mit uns zusammen. Ellen hat sie dabei mit der Nase auf Heitmann und

Herrmann gestoßen, als sie wissen wollte, wer was gegen Merz gehabt haben könnte."

„Was für eine miese Nummer!"

„Ja, stimmt! Aber es passt zu ihr. Ich denke die Polizei wird sicher noch einzeln mit uns reden. Aber jetzt ist sie zuerst mal bei Herrmann!"

Enya hätte noch zahlreiche Fragen gehabt. Sie stellte sie nicht, weil die Erschöpfung ihres Mannes deutlich spürbar war.

Zum Ausklang des Tages gönnten sie sich den Genuss einer DVD, die sie endlich einmal nicht vom Geschmack der Kinder abhängig machen mussten.

Kapitel 8

Noch nie hatte Thorsten sich so auf eine Heimkehr in seine Wohnung gefreut wie heute. Nicht mal in der Zeit, als er frisch verliebt in Eva, seine letzte Freundin, war. Er ließ sich auf das Sofa fallen, das er gestern noch umgestellt hatte und von dem er nun einen unverstellten Blick auf den Deich und die Elbe hatte. Majestätisch schwamm gerade ein Riesencontainerschiff vorbei. Einmal mehr beglückwünschte er sich zu seiner Entscheidung, sein Geld in diese Wohnung zu investieren. Als es an seiner Wohnungstür läutete, war er überrascht. Es gab nicht viele Menschen, die seine neue Adresse besaßen. Und von ihnen erwartete er niemanden. Dennoch öffnete er.

„Hey, ich bin Seyda. Ich glaube, wir sind Nachbarn! Du bist doch gestern hier eingezogen, oder?"

Thorsten hatte nicht mit Besuch gerechnet, und schon gar nicht mit einer attraktiven jungen Frau.

Als er die Wohnung besichtigte, hatte der Makler von einer Nachbarin gesprochen. Thorsten hatte nicht darauf geachtet.

„Äh", stotterte er verlegen, „ja!" Er merkte, wie unsinnig seine gestammelte Begrüßung klingen musste.

„Entschuldigung, ja, ich bin der neue Nachbar!", versuchte er, den unsicheren Eindruck auszumerzen.

Seyda, nicht nur dem Namen nach türkischer Herkunft, lachte fröhlich.

„Einen Namen hast du aber auch, oder?"

„Brandt, Thorsten Brandt!", er streckte ihr die Hand zur Begrüßung hin.

Langsam etwas ruhiger werdend, betrachtete er seine Nachbarin ein wenig genauer. Im dunklen Licht des

Türrahmens ließ sich nicht erkennen, ob die Augenfarbe tatsächlich schwarz war. Dass diese Augen ihn jedoch herausfordernd anfunkelten, konnte er sehr wohl erkennen.

„Was für einen schrecklichen Job hast du denn, dass du sonntags arbeitest? Du warst doch arbeiten?“

„So wie du Fragen stellst, könnten wir Kollegen sein. Ich bin bei der Polizei. Willst du reinkommen oder lieber im Eingang stehen bleiben?“, stellte er selbst endlich eine Frage.

Ohne zu antworten, ging sie schnurstracks an ihm vorbei in sein Wohnzimmer.

„Toll, du hast das Potential des Wohnzimmers ja echt gut ausgeschöpft!“, anerkennend wies sie auf das Sofa vor der großen Panoramascheibe. „Meine Wohnung geht nach hinten raus. Die hier konnte ich mir nicht leisten. Ich wusste gar nicht, dass man bei der Polizei so gut verdient.“

„Kommt drauf an. Im gehobenen Dienst ist es schon ganz ansehnlich!“

„Aber dann bist du kein Streifenbeamter?“

Thorsten lachte: „Nein, bin ich nicht. Ich bin bei der Kripo, ohne Streifen und Uniform. Ich hoffe, du bleibst trotzdem zu einem Begrüßungstrunk“

Seyda war offensichtlich beeindruckt.

„Oh, das hat gut getan!“ Entspannt lehnte Celia sich auf dem Küchenstuhl zurück und streckte ihre langen, schlanken Beine unter dem Tisch aus. Beruhigt nahm Jaron zur Kenntnis, dass Celias Magenverstimmung abgeklungen zu sein schien. Sie hatte mit Appetit die von ihm vorbereitete Mahlzeit gegessen. Der Magen hatte sich auch im Anschluss, anders als am Morgen, nicht gemeldet.

„Möchtest du einen Kaffee oder Tee oder Wein?" Jaron erhob sich und räumte das Geschirr in die Spülmaschine. Ohne schlechtes Gewissen ließ Celia ihn gewähren.

„Tee ist gut."

„Wie war deine Begegnung mit den Buchmanns?"

Es war die erste Frage, die Jaron zum aktuellen Fall stellte, seit Celia das Haus betreten hatte. Irgendwann hatte es sich so eingespielt, dass Celia erst in Ruhe ankommen konnte, bevor sie über die Arbeit sprachen. Wenn überhaupt. Oft genug war sie froh, die Ermittlungen hinter sich lassen zu können. Jaron hatte genug eigene Erfahrung, was Mordfälle anbelangte, um ein solches Verhalten zu verstehen und zu respektieren.

„Weißt du, ich bin jedes Mal erschrocken, wenn ich mitkriege, wie wenige Beziehungen wirklich in Ordnung sind. Jens Buchmann glaubt, seine Frau hatte ein Verhältnis mit Merz. Dörte Buchmann zieht das Ganze ins Lächerliche und wirkt dabei total überheblich. So, als sei ihr Mann ein bisschen schwachsinnig! Aber beide sagen übereinstimmend, dass Merz ein netter Zeitgenosse war. Weit und breit scheint nichts in seiner Person begründet, was einen Mord an ihm rechtfertigen würde!"

Jaron lachte: „Ist ja mal was Neues. Sonst zeichnen die Leute ja oft ein so schlechtes Bild von den Opfern, dass man sich wundern muss, dass sie nicht schon viel früher ermordet wurden!"

Auch Celia musste lachen.

„Vielleicht sollte uns das stutzig machen." Sie winkte ab. „Aber heute mache ich mir darüber keine Gedanken mehr. Schlimm genug, dass wir den Sonntag damit verbringen mussten. Lass uns vor die Glotze gehen. Es gibt bestimmt einen Tatort."

Obwohl Celia Tag für Tag mit Mord und Totschlag

konfrontiert wurde, liebte sie die TV-Reihe. Überboten wurde die Begeisterung nur von alten Heinz-Rühmann-Filmen, in denen er als Pfarrer Detektivarbeiten übernahm.

Mit zwei Tassen in der Hand ging sie ins Wohnzimmer vor. Jaron folgte mit dem Tee. Sie klopfte mit der Hand neben sich auf das Sofa, als Zeichen, dass sie ihn neben sich sitzen haben wollte. Dem kam er gerne nach. Kaum saß er, schwang seine Freundin ihre Beine auf seinen Schoß.

„Das ist bestimmt ein diskreter Hinweis darauf, dass gnädiger Frau nach einer kleinen Fußmassage gelüstet!"

„Och, wenn du mich so fragst? Bevor ich mich schlagen lasse."

Celia erfuhr nicht, wer der Täter im Tatort war. Sie schlief noch während der Massage ein. Mit Mühe schaffte Jaron es, sie am Ende zu wecken und sie in ihr Bett zu bringen.

„Wenn die auf mich gehört hätten, ständen wir jetzt nicht so blöd da! Jetzt müssen sie es eben ausbaden. Aber eins ist sicher, ich werde ihnen das Leben nicht leicht machen."

Gegen seinen Willen musste Tim lachen. Sein Vater machte es nie irgendjemandem leicht, seine Aussage belustigte den Jungen daher umso mehr.

„Darf ich mitlachen?", wollte er von seinem Sohn wissen.

„Nee, würdest du eh nicht verstehen!"

Frau Heitmann versuchte ihrem Sohn versteckte, begütigende Blicke zuzuwerfen. Sie wusste, es würde sonst auf einen Streit hinauslaufen. Nicht den ersten in letzter Zeit. Tim hatte den Respekt vor seinem Vater verloren. Sie spürte es in vielen, kleinen Reaktionen, aber eben auch daran, dass er nicht mehr länger schwieg, um einem aufkeimenden Streit aus dem Weg zu gehen.

„Wie soll ich deine Äußerung verstehen?"

„So, wie ich sie gesagt habe. Du als Lehrer müsstest Worte doch deuten können."

Er warf seiner Mutter einen entschuldigenden Blick zu. Er wusste, sie litt unter den ewigen Streitereien. Aber Tim hatte das Gefühl, schon viel zu lange Rücksicht genommen zu haben.

„Du bist unverschämt! Und ich werde mir das nicht gefallen lassen. Deine Mutter scheint dein Verhalten zu billigen. Ich nicht! Du hast Stubenarrest. Erst mal für die nächsten drei Tage, dann sehen wir weiter!"

„Stubenarrest? Drei Tage? Super, dann gehe ich jetzt wieder ins Bett. Du kannst mich ja in der Schule entschuldigen."

Tim erhob sich grinsend. Theo Heitmann traute seinen Ohren nicht.

„Du bleibst hier!", schrie er seinem Sohn hinterher. „Sofort kommst du her und gehst in die Schule!" Seine Stimme überschlug sich.

An der Tür drehte Tim sich lächelnd um. „Wie war das noch? Wer schreit, hat unrecht?"

Er ließ seinen Vater stehen. Im Flur griff er sich seinen Rucksack. Dabei konnte er sich nicht gegen das aufkommende Triumphgefühl wehren.

Heitmann suchte sich ein neues Opfer.

„Das ist dein Verdienst", wütete er gegen seine Frau.

Wortlos erhob sie sich und verließ ebenfalls den Raum.

Dass Carsten und Enya Peters in getrennten Autos in die Firma fuhren, rührte noch aus der Zeit, als die Kinder klein waren und Enya nur Teilzeit gearbeitet hatte. Jetzt nutzte sie die Fahrt, um sich auf die Arbeit oder abends auf den Feierabend einzustimmen. Vor Jahren, als sie die Firma von ihrem Vater übernahmen, hatten sie darüber nachgedacht, den Sitz nach Jork zu verlegen. Sie war dankbar, es nicht getan zu haben.

Der Morgen war wie immer hektisch gewesen. Jan-Phillip stand nie rechtzeitig auf, um noch zu frühstücken. Er schaffte es mit Ach und Krach, pünktlich am Schulbus nach Buxtehude zu sein. Bis vor einem halben Jahr hatte Enya ihm die Brotdosen hinterhergetragen, damit er wenigstens in den Pausen etwas in den Magen bekam. Aber irgendwann war sie mit ihrem Mann darin übereingekommen, dass die Zeiten für solche Extravaganzen vorbei seien. Auch weil es ungerecht ihrer Tochter gegenüber war, die pünktlich und alleine aus dem Bett fand und sich Frühstücks- und Pausenbrote selber schmierte. Bis heute wussten sie nicht, ob es Jan-Phillip aufgefallen war und wenn, was er dachte oder fühlte.

Als ihr Handy klingelte, warf sie zuerst einen erschreckten Blick auf das Display, bevor sie den Anruf entgegennahm. Alle Versuche, nicht permanent das Schlimmste zu befürchten, eine neue Hiobsbotschaft über ihren Sohn zu erhalten, waren bisher fehlgeschlagen.

Erleichtert sah sie die Nummer ihres Mannes aufleuchten.

„Bist du schon auf dem Weg?"

„Ja, ich brauch noch eine Viertelstunde!"

„Schade! Ich habe gerade darüber nachgedacht, ob es nicht eine nette Geste wäre, wenn du auf einen Sprung zu Susanne Merz fahren würdest!"

Enya zögerte mit der Antwort. Der Gedanke behagte ihr nicht. Carsten bemerkte es und wiegelte ab.

„War nur eine Idee. Ich glaube, ich fahre heute Abend nach der Arbeit selber vorbei. Ist ja auch naheliegender. Immerhin bin ich im Kirchenvorstand und nicht du!“

„Tut mir leid, Carsten. Aber ich kenne Susanne ja auch nicht wirklich. Und ich fühle mich ein bisschen hilflos. Es ist schon schlimm genug, wenn jemand stirbt und man muss einen Kondolenzbesuch machen. Aber sag mir, was man sagt, wenn jemand ermordet wurde und dann noch so!“

„Ehrlich, Enya, ich habe auch keine Ahnung. Aber wir können die Frau doch nicht alleine lassen. Sie kann ja nun am wenigsten dafür. Und die Kinder auch nicht.“

Celia kam verschlafen in die Küche, in der Jaron schon über der Zeitung beim ersten Kaffee saß. Seine anfänglichen Bemühungen auf sie zu warten und mit ihr gemeinsam zu frühstücken, hatte er inzwischen aufgegeben. Celia war der Inbegriff des Morgenmuffels und außer an Wochenenden selten zum Frühstücken zu bewegen. Häufig trank sie sogar den Kaffee schnell im Stehen, bevor sie auf den letzten Drücker das Haus verließ.

Heute war sie zeitig aus dem Bett gekommen. Auch ihre Laune war für ihre Verhältnisse beinahe fröhlich.

„Steht schon was über den Mord in der Zeitung?“, wollte sie von Jaron wissen, während sie ihm einen herzlichen Kuss auf die Wange drückte. Er drehte den Kopf schnell zur Seite, so dass er ihren Mund traf. Mit der rechten Hand fasste er sie um die Hüfte und zog sie zu sich.

„So einfach kommst du mir nicht davon. Ich muss schließlich den ganzen Tag auf dich verzichten, da brauche ich morgens wenigstens einen Kuss, an den ich mich den Rest des Tages erinnern kann!“

Celia wehrte sich nicht. Dann setzte sie sich mit einem

Kaffee ihm gegenüber an den Tisch. Jaron wurde ebenfalls sachlich.

„Bisher scheinen wir Glück zu haben. In der Presse ist noch nichts. Ich gehe aber davon aus, dass sie es morgen bringen."

„Könnte sein! Thorsten und ich werden übrigens gleich hier bleiben. Es gibt noch etliche Leute, die wir befragen müssen. Es hat keinen Sinn, erst ins Präsidium nach Buxtehude zu fahren und dann doch wieder zurück nach Jork. Thorsten wollte mich abholen. Er müsste eigentlich gleich da sein", bemerkte sie mit einem Blick auf die Uhr. Im gleichen Augenblick klopfte ihr Kollege gegen das Küchenfenster.

Auch wenn Thorsten nicht zu den trübsinnigen Naturen gehörte, war in den letzten Monaten, nach der Trennung von seiner Freundin, seine Stimmung häufig auf dem Nullpunkt. Heute Morgen sprühte er vor Frohsinn.

„Ihr habt ja keine Vorstellung, wie geil meine neue Wohnung ist. Und es gehört auch noch frei Haus eine wunderschöne, junge Nachbarin dazu."

Mit kurzen Worten berichtete er von der Begegnung mit Seyda Özil am gestrigen Abend.

„Na, die ist ja sehr europäisiert", lachte Celia über Seydas Vorstellung.

Thorsten lachte mit: „Kann man so sagen. Aber es war überhaupt nicht aufdringlich oder unangenehm. Wenn ich heute nicht arbeiten müsste, hätten wir wahrscheinlich die ganze Nacht da gesessen und geklönt!"

„Klönen nennt man das also heute?", flachste Jaron.

„Es ist nichts passiert!", versicherte der junge Beamte. Dabei war ihm deutlich anzumerken, dass er nichts dagegen gehabt hätte, wenn es anders gewesen wäre.

„Dein Magen ist wieder okay?", versuchte er abzulenken.

Jaron hatte die Frage absichtlich nicht gestellt, war aber mindestens genauso an der Antwort interessiert. Celia machte zwar einen deutlich frischeren Eindruck als gestern, aber für seinen Geschmack war sie nach wie vor eine Spur zu blass. Sie bestätigte seinen Eindruck mit ihrer Antwort.

„Geht so! Mir ist immer ein bisschen flau. Aber egal. Das wird schon wieder. Es ist nichts, was man nicht aushalten könnte."

Um ihre Worte zu unterstreichen, erhob sie sich.

„Möchtest du einen Kaffee?", bot sie Thorsten an.

„Wie war es denn gestern bei dem Diakon?"

Während er seinen Kaffee trank, gab er einen kurzen Überblick. „Also wenn du mich fragst, ruht der sich ganz schön darauf aus, dass seine Frau weg ist. Und ansonsten ist er eher der Typ, der machen lässt. Der ist wenig initiativ, außer beim Saufen. Der würde sich in der Rolle des zu Unrecht Verdächtigten gut gefallen. Der fühlt sich wohl in der Opferrolle."

Die Kommissarin brachte nun auch ihn auf den neuesten Stand.

„Tja, mal wieder eine kaputte Beziehung?", lautete sein Kommentar, nachdem sie geendet hatte. Jaron lachte.

„Celia hat es fast genauso ausgedrückt. Ihr passt ja richtig gut zusammen." Er hatte sich erhoben und war auf dem Weg nach Buxtehude.

„Heute Morgen bin ich beim Gericht. Aber heute Nachmittag bin ich im Büro. Wenn es was Neues gibt, könnt ihr mich ja informieren."

„Du willst doch nur, dass Celia bei dir vorbeikommt!", stichelte Thorsten. Keiner nahm es ihm übel.

Der Bus nach Buxtehude war wie immer überfüllt.

Obwohl der Verkehrsbetrieb Jahr für Jahr die genauen Schülerzahlen geliefert bekam, schaffte er es nicht, eine entsprechende Anzahl Busse, die von Jork nach Buxtehude zum Gymnasium fuhren, einzusetzen. Schon an der zweiten Haltestelle gab es keine freien Sitzplätze mehr. Immer wieder kam es zu Handgreiflichkeiten, versuchten ältere Schüler, ihre Macht gegenüber den jüngeren auszuspielen. Jan-Phillip, Malte, Tim und Marike half es, dass sie sich als Gruppe zusammengeschlossen hatten. Es machte sie weniger angreifbar.

„Habt ihr das mit Merz gehört?" Malte schlug einen betont flapsigen Ton an. Jan-Phillip bekam davon nichts mit. Er hatte Kopfhörer in den Ohren und die Augen geschlossen. Er war immer noch nicht wach. Marike, die den Tod des Diakons noch nicht verdaut hatte, wurde blass. Tim bemerkte es. „Lass das Malte, das ist nicht zum Lachen."

„Hab ich ja auch nicht gesagt. Aber Mord an einem Kirchenfuzzi ist doch mal was echt Spektakuläres, hier in dem verpennten Nest."

Tim stöhnte. Malte hatte heute seinen obercoolen Tag. Tim wusste, was es bedeutete. Maltes Eltern hatten sich mal wieder gestritten. In letzter Zeit kam das häufiger vor. Irgendwann hatte er es Tim erzählt. Auch dabei hatte er lässig getan, als würde es ihn nicht kümmern. Die Tränen in seinen Augen hatten ihn Lügen gestraft und Tim hatte sie gesehen. Er war nicht darauf eingegangen, sondern hatte versucht, ihm die Vorteile einer Trennung klarzumachen. Zum Schluss konnte Malte sogar wieder lachen.

Anders als Tim hing Malte sehr an seinem Vater. Von Geburt an hatte Jens Buchmann eine intensive Beziehung zu seinen Kindern aufgebaut. Er war es, der ihnen den emotionalen Halt gab, den sie brauchten.

Tim hätte Marike gerne die Hand gedrückt, um sie ein wenig zu beruhigen. Aber vor den Augen der Freunde traute er sich nicht. Er zwinkerte ihr zu. Sie lächelte.

Malte schubste Jan-Phillip an. Bei ihm erhoffte er sich mehr Unterstützung. Verschlafen zog der die Stöpsel aus den Ohren.

„Was sagt denn dein Alter über den Tod von Merz?", wollte Malte wissen. Er selber war enttäuscht gewesen, dass seine Eltern ihn nicht einweihten.

Jan-Phillip zuckte gleichgültig mit den Schultern. „Was soll er schon sagen. Das Übliche in solchen Situationen. Wie schrecklich und furchtbar. Blabla!"

„Weißt du denn, wie er ums Leben gekommen ist?" Malte gab nicht auf.

„Kannst du nicht aufhören?" Marike war über sich selbst erstaunt. Die anderen nicht weniger. Sie gehörte nicht zu den Mädchen, die sich für sich selber einsetzten.

„Was ist mit dir? Mochtest du Merz etwa?" Jan-Phillip war angewidert.

„Was dagegen? Er war nicht der schlimmste Erwachsene, den ich kennengelernt habe."

Jan-Phillip lachte höhnisch. „Dann hast du nicht viele kennengelernt. Er war ein Arschloch, wenn du es genau wissen möchtest. Ich wein dem bestimmt keine Träne nach."

Demonstrativ steckte er sich die Kopfhörer zurück in die Ohren und schloss die Augen.

„Müssen wir unbedingt mit Frau Merz anfangen? Trauer am frühen Morgen ist immer noch schwerer zu ertragen, finde ich!"

Celia lächelte nachsichtig, schüttelte aber den Kopf.

„Kann ich dir heute nicht ersparen. Wir müssen mehr

über Merz rausfinden. Ich sehe spontan weder im Umfeld noch im Kirchenvorstand ein Motiv. Aber ich denke, je mehr wir über ihn wissen, desto näher kommen wir auch dem Täter. Außerdem würde ich mich im Haus gerne noch mal umsehen."

Thorsten wusste zu gut, dass seine Chefin recht hatte.

Anders als gestern betraten sie heute das Haus über den offiziellen Eingang an der Vorderseite bei der Holzveranda. Wieder einmal musste Celia die Schönheit des Hauses bewundern. Es war gerade frisch renoviert.

Auf ihr Klingeln öffnete ihnen Susanne Merz die Tür. Tiefe Ränder unter ihren Augen und feuchte Striemen im Gesicht zeugten von einer kurzen Nacht und vielen Tränen.

Thorsten stellte seine Chefin vor. Sie schüttelten sich die Hände. Susanne Merz hatte einen kräftigen Händedruck. Er passte zum Erscheinungsbild der Frau. Sie gehörte nicht zu jenen, die man spontan als klassische Schönheit bezeichnet hätte. Sie wirkte eher auf den zweiten Blick. Aber dann nachhaltig. Die braunen Augen in dem von dunklen, kurzen Locken umgebenen Gesicht hatten eine beeindruckende Intensität, wenn sie einen anschauten. Auch in ihrer Trauer konnte man das freundliche und liebenswerte Wesen der Frau erkennen.

„Kommen Sie rein!" Sie führte die Beamten in die Küche. Seit diese am Vortag das Haus verlassen hatten, hatte sie keinen Fuß mehr ins Wohnzimmer gesetzt. Ohne ihren Mann dort gesehen zu haben, reichte es ihr zu wissen, dass er in diesem Raum ums Leben gekommen war.

Celia und Thorsten hatten die angebotenen Getränke abgelehnt. So blieb der Trauernden nichts anderes übrig, als sich zu ihnen an den Küchentisch zu setzen.

„Frau Merz, Sie haben gestern mit dem Staatsanwalt und meinem Kollegen gesprochen. Ich habe leider noch ein paar Fragen. Ich hoffe, das ist in Ordnung."

Sie nickte. Celia führte zunächst ein unverfängliches Gespräch. Thorsten bewunderte jedes Mal aufs Neue ihre Fähigkeit, die Menschen zu beruhigen und zu entspannen, bevor sie zum eigentlichen Kern vordrang. Diesmal ließ sich kein harmloser Weg zum Wesentlichen finden.

„Frau Merz, ich weiß, wie unglaublich schrecklich das hier alles für Sie sein muss. Wir brauchen aber einige Informationen über Ihren Mann. Sie können damit helfen, dem Täter schneller auf die Spur zu kommen. So, wie die Tat verübt wurde, scheidet eine Affekttötung als Begleiterscheinung eines anderen Verbrechens aus. Alle Anzeichen sprechen für eine Beziehungstat. Also dafür, dass Täter und Opfer sich kannten. Erzählen Sie etwas über Ihren Mann."

Zur Überraschung der Kripobeamten verwandelte sich die Trauer der Frau mit einem Schlag in Aggression.

„Was wollen Sie von mir hören?", schrie sie die beiden an. „Dass Klaus ein perverses Schwein war? Soll ich Ihnen zeigen, wo und wie wir es hier zusammen getrieben haben?"

So plötzlich die Wut aufgekommen war, so schnell verflüchtigte sie sich wieder. Sie wich der Hoffnungslosigkeit. Susanne Merz' Schultern zuckten unter lauten Schluchzern. Celia ging um den Tisch auf die Frau zu, hockte sich neben ihren Stuhl und nahm sie sanft in den Arm. Sie ließ es geschehen.

„Ich weiß nicht, was hier vor sich geht. Aber ich kann Ihnen nichts über Klaus erzählen. Wenn Klaus irgendwelche abartigen Neigungen hatte, dann hat er mich nichts davon wissen lassen."

Sie schnäuzte geräuschvoll in ein Stück Küchenpapier, das Celia ihr gereicht hatte. Inzwischen hatte sie sich auf den Stuhl neben die Frau gesetzt, deren Hand sie weiter unbeirrt in ihrer hielt.

„Wir haben eine normale Beziehung zueinander gehabt. Früher hatten wir etwas mehr Sex als heute. Aber nicht, weil es uns keinen Spaß mehr gemacht hätte, sondern ganz einfach, weil die Lebensumstände, sprich die Kinder, uns den Freiraum dafür nicht gelassen haben. Klaus ist selten alleine weg gewesen, wenn, dann war er mit der Kirche unterwegs. Ich weiß doch nichts."

Ihre Verzweiflung, ihren Mann scheinbar nicht zu kennen, war deutlich spürbar.

„Woher stammt denn dann das Sexspielzeug, das wir unter seinem Schreibtisch im Wandschrank gefunden haben?" Thorsten konnte nicht glauben, dass die Frau ihren Mann so wenig gekannt hatte.

„Wovon reden Sie?"

Celia warf Thorsten einen fragenden Blick zu. Er schüttelte den Kopf. Er wollte es genau wissen.

„Frau Merz, der Staatsanwalt, mit dem Sie gestern gesprochen haben, der hat Ihnen doch das Spielzeug gezeigt?"

„Hat er nicht, wovon reden Sie?", verlangte sie erneut zu wissen. Celia winkte Thorsten in die Diele. „Was wird das denn hier?" Die Kommissarin war ungeduldig und wütend. Ihr Kollege versuchte, sich zu rechtfertigen. „Ich habe gedacht, Jaron hätte mit der Frau darüber gesprochen. Als ich gestern in der Küche war und Tee gemacht habe, hat sie irgendwann aufgeweint. Für mich war klar, dass er ihr in dem Moment die Wahrheit über seinen Tod und unsere Fundstücke eingeschenkt hat. Aber so ist es wohl nicht."

„Ach du Scheiße!“ Celia hatte alle Rücksicht auf gute Manieren vergessen. „Ich habe überhaupt nicht mehr mit Jaron darüber gesprochen. Ich habe es genau wie du einfach vorausgesetzt. Aber weißt du, was richtig bescheuert ist? Bei keiner anderen Vernehmung habe ich es erwähnt. Ich habe das Zeug hier liegen lassen und vergessen.“

Sie überlegte, dann gab sie sich einen Ruck.

„Okay, da müssen wir jetzt durch.“

Als sie wieder in die Küche zurückkamen, hatte Susanne Merz einen Schnaps vor sich stehen. Celia konnte es ihr nicht verdenken.

„Tut mir leid, aber so ist es, wenn man mit zu vielen Leuten an einem Fall arbeitet. Man setzt Dinge voraus und wenn man vergisst, sie zu hinterfragen, kommt sowas dabei heraus. Die Spurensicherung hat gestern, hier bei Ihnen, das eben erwähnte Sexspielzeug gefunden. Wenn Sie weiterhin behaupten, dass Ihr Mann und Sie es nicht gemeinsam benutzt haben, dann muss er es mit jemand anderem getan haben. Fällt Ihnen dazu etwas ein?“

Statt einer Antwort griff Frau Merz erneut zur Flasche und goss das Glas voll. Dann stürzte sie den Schnaps in einem Zug hinunter.

„Entweder das oder ich übergebe mich gleich!“, lautete ihr Kommentar.

Thorsten und Celia ließen ihr Zeit.

„Ich weiß nicht, wie ich das den Kindern alles beibringen soll. Was für ein Glück“, sie lachte höhnisch, „dass sie noch so klein sind. Vielleicht bleibt ihnen dadurch einiges erspart. Zu Ihrer Frage ...“, sie richtete sich auf ihrem Stuhl auf, „ich bleibe dabei – unser Sexualleben war so normal wie sonst nur etwas. Weder er noch ich haben anderweitige Vorlieben. Ich weiß nicht, wo das Zeug herkommt. Von meinem Mann ist es nicht. Er hatte kein geheimes Doppelleben. Das wäre hier gar nicht möglich." Sie lachte erneut. Es machte den Eindruck, als wollte sie sich selbst überzeugen. „Er hatte ja schließlich keinen Job mit vielen Außenterminen, sodass er jeden Morgen aus dem Haus ging. Er hat doch hier vor Ort gearbeitet."

Die Kommissarin hatte den Kopf aufs Lenkrad gelegt. Langsam richtete sie sich wieder auf. „Sag mal, kannst du dir vorstellen, dass du jahrelang mit einem Partner zusammenlebst und nicht mitbekommst, dass er eigentlich ganz anders tickt, als du das immer gedacht hast?"

Thorsten nickte sehr heftig. „Kann ich. Hab ich gerade hinter mir. Und du weißt es auch, oder?"

„Oh, erinnere mich nicht dran. Du hast recht." Celia wollte nicht gerne an Jarons Vorgänger denken. Er gehörte mit Abstand zum dunkelsten Kapitel in der Geschichte ihrer verflossenen Lebensgefährten. „Aber trotzdem. Ich meine, sie hat doch recht. Der lebt hier in so einem kleinen Kaff, arbeitet hier und soll ein Doppelleben geführt haben?"

„Mach dir doch nichts vor. Das geht hier so gut wie in der Stadt. Vielleicht mit ein bisschen mehr Aufwand. Aber unmöglich ist das trotzdem nicht. Vielleicht sollten wir der Buchhändlerin noch mal auf den Zahn fühlen. Kann ja sein, dass er seine Vorlieben mit ihr geteilt hat."

Kapitel 9

„Na, was haben deine Eltern dazu gesagt, dass du nicht zu Hause warst?“ Malte zuckte zusammen. Er hatte nicht bemerkt, dass sich Jan-Phillip neben ihn gestellt hatte. Gemeinsam warteten sie in der Pausenhalle der Schule darauf, ihr Mittagessen zu erhalten. Es wurde täglich von Müttern zubereitet und verkauft.

„Kannst du dir doch denken. Ein Mordstheater haben sie veranstaltet. Mein Vater noch schlimmer als meine Mutter. Und deine?“

Jan-Philip zuckte gleichgültig mit den Schultern. „Gar nichts. Sie kennen das ja schon. Die sind nur immer heilfroh, wenn ich irgendwann zurückkomme.“ Er setzte ein überlegenes Grinsen auf. Malte fiel darauf herein.

„Marike ist ein dummes Huhn! Hast du gesehen, wie sie Tim anschmachtet? Ekelhaft! Und wie sie beinahe das Heulen kriegte wegen dem Merz?“ Malte bemühte sich, wenigstens im Ansatz so cool zu sein wie sein Freund.

Der zuckte wieder nur die Schultern. „Da kommen sie ja gerade.“ Mit dem Kinn wies er in den Schulflur.

„Hey!“, grüßte Tim die beiden, stellte sich aber hinten an der Schlange an, wie Marike. Die Freundschaft zwischen den Jungen war nicht sehr intensiv. Früher waren sie in einer Grundschulklasse zusammen gewesen, danach hatten sich ihre Wege getrennt, obwohl sie alle zusammen auf das Gymnasium gingen. Tim und Marike besuchten die bilingualen Kurse der Schule. Dort wurden die Nebenfächer in Englisch unterrichtet. Malte und Jan-Phillip störte es nicht. Malte, weil er froh war, überhaupt mithalten zu können. Und Jan-Phillip, weil er die „Bilis“ als Angeber abstempelte, mit denen er nichts zu tun haben wollte.

Tim hatte eine Zeit lang mit dem Gedanken gespielt, die Schule zu vernachlässigen, um seinem Vater eins auszuwischen. Dann hatte er sich umentschieden. Er hatte es nie erwähnt und würde es auch nie tun – aber er hatte Spaß am Lernen. Und um seinen Vater zu ärgern, würde es reichen, wenn er seine eigenen Zukunftspläne umsetzen und Kunst und Philosophie studieren würde.

„Du musst nicht die ganze Zeit mit mir abhängen!", Marike hatte ein schlechtes Gewissen, weil sie ahnte, wie Jan-Phillip und Malte über sie dachten.

Tim lachte und durchschaute sie: „Schlechtes Gewissen?", neckte er sie. „Kannst du dir vorstellen, dass ich mich ganz freiwillig mit dir abgebe? Und es mich nicht juckt, wie die anderen über mich denken?"

Das Mädchen wurde rot. Sie machte den Mund gar nicht erst auf, um etwas zu erwidern. Es würde nur Gestammel herauskommen.

Zu den beiden hatten sich inzwischen etliche andere Schülerinnen gesellt. Weniger wegen ihr, wie Marike nur zu gut wusste, als wegen Tim, der es nicht einmal bemerkte. Aber die anderen Jungen registrierten es missbilligend.

„Hör endlich auf, dich aufzuspielen wie ein wild gewordener Stier." Dörte sprach leise und überheblich. Sie wählte ihre Tonlage vorsätzlich. Sie wusste, es reizte Jens noch mehr und sie gewann schnell Oberwasser. Eigentlich hätte er das Spiel durchschauen müssen, sie spielte es einfach schon zu lange.

„Was bildest du dir eigentlich ein? Glaubst du wirklich, du kannst mit mir machen, was du willst? Nur weil ich deine Eskapaden so lange ausgehalten habe, heißt das nicht, dass ich es mein Leben lang tue." Dörte war irritiert.

Mit einer solchen Reaktion hatte sie nicht gerechnet. Sie versuchte weiterhin ihr Spiel. „Ich weiß nicht, was du meinst. Aber so redest du nicht mit mir. Ansonsten ist unser Gespräch beendet."

„Das glaubst du. Wenn du jetzt das Haus verlässt, dann gibt es hier wirklich nichts mehr zu reden. Ich erwarte zumindest eine Antwort darauf, ob du ein Verhältnis mit Merz hattest."

„Drohst du mir tatsächlich mit Scheidung?" Dörte Buchmann lachte. Es klang weder sicher noch fröhlich. „Wo warst du denn eigentlich in der Nacht von Samstag auf Sonntag? Hast du Merz umgebracht, weil du dachtest, ich hätte eine Affäre mit ihm?"

Jens Buchmann ließ sich rückwärts gegen den Türrahmen fallen. Für einen kurzen Moment schloss er die Augen. Gegen ihren Willen musste Dörte eingestehen, dass sie ihren Mann unglaublich attraktiv fand. Vom ersten Moment, als sie sich in der Buxtehuder Disco „Einfahrt" begegnet waren, hatte sie gerade der Gegensatz zu ihr angezogen. Seine ungebändigten Haare, seine Jeans, die lässig auf den Hüften saßen, und die weiten Pullover, unter denen man seine männliche, sportliche Figur ahnen konnte. Wie so oft an diesem Punkt ihrer Streitereien ging sie auch diesmal auf ihn zu. Als sie ihn berührte, öffnete er die Augen und zuckte zurück. Anders als sonst ließ er sich jetzt nicht auf die Verführung und Versöhnung ein.

„Spinnst du? Du fragst mich, ob ich Merz umgebracht habe und im gleichen Augenblick willst du mit mir ins Bett? Dörte, ich kann nicht mehr! Und wenn du die Sache hier nicht aufklärst, geht gar nichts mehr!" Er wandte sich ab. Seine Frau riss ihn am Arm zurück. Jens' verändertes Verhalten flößte ihr Angst ein. Sie hütete sich jedoch, es ihn merken zu lassen.

„Was würdest du tun, wenn ich wirklich ein Verhältnis mit ihm gehabt hätte?“, provozierte sie ihn auf ein Neues.

Diesmal war es seine Stimme, die leise und gefährlich wurde: „Hattest du oder hattest du nicht?“

„Hast du ihn umgebracht oder nicht?“, konterte sie.

„Du bist ja krank. Du weißt genau, wo ich war. Ich war unterwegs und habe unseren Sohn gesucht, weil du dich nicht dafür interessiert hast. Kannst du dich vielleicht daran erinnern?“ Er brüllte fast. „Und jetzt meine Liebe, hätte ich gerne auch eine Antwort.“ Statt etwas zu erwidern, ließ sie ihn stehen. Sie verließ das Haus und kurz darauf hörte er, wie sie mit dem Auto davon fuhr. Er lehnte immer noch am Türrahmen zur Küche. Kraftlos.

„Da kommen wir ja genau richtig!“ Thorsten wies mit dem Finger auf Dörte Buchmann, die genau in diesem Moment mit dem Auto in der Einbahnstraße, die großspurig von den Einheimischen Fußgängerzone genannt wurde, vorfuhr. Sie parkte vor Celias Dienstwagen, vor der Drogerie. Ohne die Beamten und die Umgebung eines Blickes zu würdigen, hastete sie zu ihrem Laden und schloss die Tür auf. Als sie gerade im Begriff war, sie von innen wieder zu verschließen, klopfte Celia an. Dörte Buchmann hatte keine Chance so zu tun, als hätte sie die Beamten nicht gesehen. Sie musste öffnen.

Die Kommissarin stellte ihren Kollegen vor.

„Wir haben noch ein paar Fragen“, überging Celia alle Höflichkeitsfloskeln.

„Können Sie später wiederkommen? Es passt überhaupt nicht“, versuchte die Buchhändlerin um das Gespräch herumzukommen.

„Mord passt auch nie. Das können Sie mir glauben. Wenn wir da immer auf die Empfindlichkeiten aller

Beteiligten Rücksicht nehmen wollten, würde es mit der Aufklärungsstatistik übel aussehen."

Thorsten grinste breit. Er mochte es, wenn Celia den Leuten auf diese Art einschenkte, wohl wissend, dass sie normalerweise ein ausgesprochen rücksichtsvolles Wesen hatte.

Dörte Buchmann ließ sie ein. „Was gibt es so Wichtiges, das Sie gestern nicht gefragt haben?"

„Dafür, dass Ihnen der Tod von Klaus Merz gestern so nahe gegangen ist, tun Sie herzlich wenig dafür, seinen Mörder so schnell wie möglich zu finden."

„Was wollen Sie damit andeuten?"

Celia schüttelte den Kopf. „Nichts. Ich meine es genau, wie ich es sage. Da gibt es nichts zu deuten."

„Ich habe Ihnen schon alles gesagt!"

Thorsten rollte mit den Augen, ungesehen von Dörte Buchmann, sehr wohl bemerkt von seiner Chefin. Sie tadelte ihn mit Blicken.

„Sie sollten jetzt endlich mal damit rausrücken, wie Ihre Beziehung zu Klaus Merz war. Das würde uns schon sehr helfen." Thorsten brachte es noch einmal auf den Punkt.

Bevor die Buchhändlerin erneut beschwören konnte, dass sie eine rein freundschaftliche Beziehung zu dem Ermordeten hatte, fuhr Celia dazwischen.

„Machen Sie sich doch bitte eins klar. Früher oder später kommen wir dahinter. Der Ort ist zu klein, um so etwas geheim zu halten. Wenn wir anfangen zu ermitteln, dann, glauben Sie mir, finden wir etwas. Für Sie sieht es besser aus, wenn Sie es uns selber sagen. Und Sie haben gestern schon einen Vorgeschmack bekommen. Einen Zeugen für ihr Zusammentreffen gibt es bereits. Ich bin sicher, wir finden noch weitere."

Dörte Buchmann war blass geworden. Verlegen drehte sie das Gesicht weg. Als sie sich zurückdrehte, hatte sie einen Entschluss gefasst.

„Kann es zwischen uns bleiben? Unsere Ehe ist zurzeit auch so schon nicht die beste. Eine solche Geschichte würde sie nicht verkraften!"

Celia lachte: „Frau Buchmann, in welchem Film sind Sie? Wie stellen Sie sich das vor? Vielleicht sollten Sie sich überlegen, auch Ihrem Mann die Wahrheit zu sagen, dann braucht er es nicht von uns zu erfahren. Aber wir können gerade mal gar nichts geheim halten. Wir ermitteln in einem Mordfall und spielen kein Gesellschaftsspiel."

Die so Zurechtgestutzte hatte mit einem Mal all ihre Überheblichkeit und Überlegenheit, die sie bisher an den Tag gelegt hatte, eingebüßt.

„Bitte, ich liebe Jens. Aber er ist einfach zu gut. Er zweifelt nie an seiner Liebe, an der Ehe, an nichts – für ihn ist es, so wie es ist, wunderbar und sollte es für immer bleiben. Aber Menschen verändern sich und damit auch die Beziehung."

Thorsten wollte nicht länger zuhören, wie die Frau versuchte, den Betrug an ihrem Mann zu rechtfertigen. Er sagte es ihr auf den Kopf zu.

„Sie haben nicht mal das Rückrat dazu zu stehen, ohne auch dafür Ihren Mann verantwortlich zu machen. Das ist unglaublich. Aber das interessiert uns nicht. Was wir wissen wollen ist: Hat jemand von Ihrer Affäre mit Klaus Merz gewusst? Seine Frau zum Beispiel?"

„Enya, du musst mir helfen!"

Ohne große Formalitäten war Carsten Peters in das Büro seiner Frau geschneit. Sie gehörten beide zur Geschäftsleitung, praktizierten aber konsequent einen

Führungsstil der offenen Türen. Ihre Mitarbeiter hatten wie sie selbst die Möglichkeit, sie bei der Arbeit zu beobachten. Die Stimmung in der Firma war entsprechend von Vertrauen und Offenheit geprägt. Es hatte nur einige wenige Angestellte gegeben, die mit dieser Art nicht zurechtkamen – sie waren schnell wieder gegangen.

„Was ist los?"

„Die ‚Santas' ist gekapert worden! Wir werden rund um die Uhr gebraucht. Ich kann hier nicht weg. Ich befürchte, du musst dich doch um Susanne Merz kümmern."

Enya rollte mit den Augen. Es war nicht ganz klar, zu welcher Aussage der Blick gehörte.

„Ist die Bundeswehr im Einsatz?", klärte sie die Unsicherheit.

Carsten Peters winkte ab: „Ja klar, aber du weißt doch selber, wie das ist – ob die jetzt da ist oder in China fällt ein Sack Reis um. Wenn die Schiffe erst mal gekapert sind, kann sie eh nicht mehr viel ausrichten. Ich hoffe, die Piraten melden sich möglichst schnell wegen eines Lösegeldes."

Es war nicht das erste Schiff ihrer Agentur, das unter Piratenbeschuss geraten war. Bisher war alles glimpflich verlaufen und keine Menschen zu Schaden gekommen. Aber es kostete immer Geld, das nur mühsam von den Versicherungen zurückgefordert werden konnte.

„Ist okay, ich kümmere mich!" Ohne Umschweife suchte sie Merz' Telefonnummer heraus. Das Gespräch war kurz und bündig.

„Ich fahre gleich hin. Du hast recht, die Frau braucht jemanden an ihrer Seite, sie ist fix und fertig."

Susanne Merz öffnete Enya Peters bereitwillig die Tür.

Obwohl sie sich nicht besonders nahe standen, nahm die Schiffsmaklerin die Witwe in den Arm. „Es tut mir leid", versicherte sie und hoffte, es würde nicht abgedroschen klingen. Sie meinte es ernst.

Susanne Merz zuckte die Schultern und brach in Tränen aus.

„Eigentlich dachte ich, ich hätte schon alle Tränen geweint. Aber es kommen immer neue. Dabei weiß ich nicht mal mehr, ob ich um Klaus weine oder um mich oder um die Kinder." Es sprudelte aus ihr heraus, als hätte sie nur darauf gewartet, dass endlich jemand kam und ihr zuhörte.

Enya führte Susanne Merz in deren Küche. Ohne um Erlaubnis zu fragen, setzte sie Wasser für einen Tee auf. Die aufgewühlte Frau schien es nicht mal zu bemerken.

„Die Kinder sind bei meinen Eltern. Ich habe ihnen noch nichts gesagt. Meinen Eltern auch nur das Nötigste. Ich weiß überhaupt nicht, wie ich ihnen erklären soll, auf welche Art Klaus ums Leben gekommen ist." Sie kam gar nicht auf die Idee zu hinterfragen, ob Enya informiert war. Sie setzte voraus, dass alle Bescheid wussten.

„Merkwürdig, dass man auch in solchen Situationen das Gefühl hat, sie schützen zu müssen. Dabei kannst du doch gar nichts dafür."

„Nee, natürlich nicht, aber er ist – war", verbesserte sie sich schnell, „mein Mann. Und eigentlich sollte man annehmen, dass ich ihn kannte."

Enya fielen keine tröstenden Worte ein. Um keinen Unsinn zu reden, schwieg sie.

„Ich kann mir schon gut vorstellen, was jetzt passiert, wenn ich auf die Straße gehe. Oder zum Fleischer. Alle werden so tun, als würden sie schwer beschäftigt sein, keiner wird sich trauen, mir in die Augen zu sehen. Aber kaum werde ich ihnen den Rücken zu drehen, wird es losgehen. Werden sie sich über Klaus und auch über mich den Mund zerreißen."

Enya bemühte sich nicht, ihr zu versichern, dass es so nicht sein würde. Es wäre gelogen.

„Hast du je das Gefühl gehabt, irgendwas sei nicht in Ordnung?", wagte sie sich mutig auf dünnes Eis.

Der erste Impuls war, wie bei den Beamten zu leugnen, aber dann entschied sich Susanne Merz anders.

„Wenn du damit irgendwelche perversen Nummern meinst, die das erklären würden, wie er aufgefunden wurde, dann nein. Aber in letzter Zeit war er distanziert. Er hat es immer damit erklärt, dass er unter Druck stünde, weil er von den Bemühungen wusste, Kurt Hermann zu kündigen. Es behagte ihm nicht. Er wollte nicht der Nutznießer der Situation sein, so hat er es ausgedrückt." Sie machte eine kurze Pause, bevor sie fortfuhr. „Mir kam es aber irgendwie vorgeschoben vor. Ich hatte das Gefühl, er zieht sich bewusst von mir zurück. Und dann habe ich ihn mit der Buchmann zusammen gesehen."

Enya stöhnte innerlich. Sie hatte vor Wochen etwas in der Richtung läuten hören. Damals hatte sie der Geschichte keinen Glauben geschenkt. Und sie hatte nicht darüber gesprochen, nicht einmal mit Carsten. Sie wollte sich nicht an der Gerüchteküche beteiligen, die zu gerne von den einen oder anderen Jorkern in Gang gesetzt wurde. Sie schüttelte den Kopf. Susanne Merz winkte ab.

„Nicht nötig!" lautlos liefen wieder Tränen über ihre Wangen. „Es war eindeutig." Mit dem Finger wies sie zum großen Wohnzimmerfenster. „Er hat sich nicht sehr viel Mühe gegeben, es zu verheimlichen. Sie haben sich im Garten getroffen."

„Vielleicht hatte Frau Buchmann ein Problem, und Klaus hat sie getröstet?“, machte sie einen hilflosen Versuch, die Situation zu rechtfertigen.

„So umarmt man niemanden, der ein Problem hat.“

„Das erklärt aber immer noch nicht die Art, wie er ums Leben gekommen ist. Glaubst du, Jens Buchmann könnte etwas damit zu tun haben?“

Susanne hielt abwehrend die Hände vor die Brust. „Nein, nein, um Gottes willen. Ich will niemanden beschuldigen. Und ihn schon gar nicht. Er hat es schwer genug gehabt.“

Es war kein Geheimnis, dass er ein Heimkind war. Er selbst ging offensiv mit seiner Geschichte um. Dabei benutzte er sie nie, um schlechtes Benehmen zu rechtfertigen oder zu entschuldigen. Wenn er darüber sprach, dann nur im Zusammenhang mit Kindern, die es besser haben sollten als er. Und damit meinte er nicht nur seine eigenen. Er hatte schon viel für den Nachwuchs im Ort getan.

„Wenn du mich fragst“, nuschelte Thorsten zwischen zwei Bissen eines belegten Brötchens, das er sich gerade beim Fleischer besorgt hatte, „ist die Buchmann ganz schön abgebrüht. Ich bin mir nicht sicher, ob die überhaupt zu Gefühlen fähig ist. Jedenfalls nicht zu positiven wie Liebe und Zuneigung.“

Nach der erneuten Befragung der Buchhändlerin standen die Ermittler noch neben dem Buchladen. Celia lehnte mit dem Rücken am Geländer der Brücke, die über das Fleet führte. Ihr Gesicht reckte sie der Sonne entgegen, die sich zwischen den Wolken durchgeschoben hatte. Sie war froh über die ersten, spürbar wärmenden Sonnenstrahlen des Jahres. Der Winter war lang und vor allem typisch norddeutsch-trüb gewesen. Er hatte ihr zu schaffen gemacht.

„Ich bin mir gar nicht so sicher, dass sie so kalt ist, wie sie uns glauben machen will. Es hat sie schon ziemlich getroffen, dass wir ihre Geschichte nicht geheim halten. Es scheint, als wäre ihr daran gelegen, ihre Ehe zu erhalten."

Thorsten schnaubte verächtlich. „Was für eine Scheiße. Wenn sie so am Erhalt ihrer Ehe interessiert ist, sollte sie sich vielleicht ein wenig mehr für sie einsetzen, oder?"

Celia lachte laut auf und zeigte ihm einen Vogel. „Nu' tu mal nicht so empört. Egal, wie man es dreht und wendet, für schlechte Beziehungen sind immer zwei Menschen verantwortlich. Wenn sie ihren Mann betrügt, dann liegt das vielleicht nicht nur an ihr. Und außerdem: Wie viele Männer kennst du, die genau das tun? Die sich über Jahre feste Geliebte halten, und die überhaupt nicht daran denken, ihre Ehen aufzugeben?"

Thorsten hob, um Entschuldigung bittend, die Hände. „Hast ja recht. Trotzdem kannst du mir nicht erzählen, dass Frau Buchmann", er betonte den Namen zynisch, „vor Emotionen sprüht."

„Deshalb muss sie aber auch nicht seine Mörderin sein, oder?"

„Weiß man's? Aber vielleicht dann ihr Mann."

Die Kommissarin wurde nachdenklich.

„Lass uns noch mal zum Pastor gehen." Sie wies auf die andere Straßenseite, wo das Pfarrhaus direkt hinter der Fleischerei lag. Als sie kurz darauf dort vorbeigingen, wechselte Celias Gesichtsfarbe.

„Oh, stinkt das!", brachte sie mühevoll hinter vorgehaltener Hand heraus.

„Mensch Celia, das stinkt nicht, das riecht. Wenn das

mit deinem Magen nicht besser wird, solltest du vielleicht doch mal zum Arzt!“

Sie schenkte ihm einen tadelnden Blick.

„Ist ja schon gut“, hob er die Arme.

Celia atmete tief durch, bevor sie auf Stechmanns Klingelknopf drückte. Langsam kehrte die Farbe in ihr Gesicht zurück.

Die Frau des Pastors öffnete den Beamten die Tür. Sie reagierte mit Erstaunen auf die beiden, ließ sie aber ohne Umschweife ins Haus.

„Mathias, die Kripobeamten möchten mit dir sprechen“, rief sie. „Das stimmt doch, oder? Sie wollten doch mit meinem Mann reden?“

„Zunächst ja, aber später gerne auch mit Ihnen!“

Thorsten behielt seine Überraschung über die Absicht seiner Chefin für sich. Stechmann trat aus seinem Arbeitszimmer in die Diele, um die Besucher zu empfangen. Wären sie ihm heute auf der Straße begegnet, ohne ihn zu kennen, hätten sie ihn gewiss nicht für einen Pastor gehalten. In Jeans und Sweater wirkte er wenig seelsorgerisch. Dazu trug sicher auch bei, dass sein Haarschopf aussah, als hätte er ihn mehrfach gerauft. Mathias Stechmann war sicher kein unattraktiver Mann. Groß und schlank mit einem freundlichen, offenen Gesicht und interessierten blauen Auge, würde ihn sicher manche Frau anziehend finden. Celia stellte ihren Kollegen vor, nachdem Stechmann sie in sein Büro geführt hatte.

„Womit kann ich behilflich sein?“

„Vielleicht fangen wir dort an, wo wir gestern unterbrochen wurden. Bei der Wahrheit!“

Celia hielt nichts davon, um den heißen Brei herumzureden. Das Gesicht des Pastors färbte sich leicht rot. Er räusperte sich.

„Ich bin sicher, die Geschichte hat nichts mit seinem Tod zu tun. Es behagt mir nicht, über Sachen zu reden, die so nie bestätigt wurden und allem Anschein nach mehr Gerücht und Verunglimpfung waren als alles andere."

Die Kommissarin hatte für diese Argumentation kein Verständnis und ließ es ihn wissen.

„Es ist ein wenig mühsam, immer wieder erklären zu müssen, dass es nicht Aufgabe der Befragten ist, über die Relevanz von Aussagen zu befinden. Ich rede Ihnen nicht in Ihren Job und erwarte, dass Sie mich meinen machen lassen. Dazu gehört, dass ich entscheide, welche Informationen wichtig sind, und welche nicht. Können wir uns darauf einigen?"

Ihr Ton war scharf. Stechmann gab nach.

„Vor zwei Jahren gab es zwei Jungen, die behaupteten, Diakon Merz hätte sie während der Vorkonfirmandenfreizeit sexuell belästigt." Thorsten stieß einen Pfiff aus. Aber der Pastor winkte ab.

„Hinterher stellte sich heraus, dass Merz die beiden maßregeln musste, weil sie über die Stränge geschlagen hatten. Sie hatten heimlich Wodka mitgenommen und waren von ihm entdeckt worden. Er gab ihnen Stubenarrest, damit sie, wie er sagte, sich nicht neuen Alkohol besorgen konnten, und sie haben sich gerächt, indem sie ihn bei mir angeschwärzt haben. Das war alles. Ich bin der Sache nachgegangen und das war's!" Es war offensichtlich, dass er erleichtert war, damals die Geschichte so beendet haben zu können.

„Haben Sie mit den Eltern gesprochen?" Für Celia war das Thema nicht abgeschlossen.

„Nein, natürlich nicht. Es war nicht nötig, noch mehr Staub aufzuwirbeln. Ich wollte die Jungs nicht noch mehr in Verlegenheit bringen."

Er hatte die Frage falsch gedeutet.

„Sie haben es nicht für notwendig erachtet, die Eltern darüber zu informieren, was die Kinder Ihnen gegenüber geäußert haben?"

„Nein, wie schon gesagt. Es war eine Lüge, um dem Diakon eins auszuwischen."

„Woher wissen Sie das so sicher?"

„Sie haben es zugegeben."

„Lassen Sie mich raten: Sie und Merz und die Kinder haben dieses Gespräch geführt?"

Pastor Stechmann blickte sie ratlos an. „Ja klar, ich hielt es für vernünftig, alle Beteiligten an einen Tisch zu holen und mit den Vorwürfen zu konfrontieren?"

Celia fasste sich an den Kopf.

„Ist Ihnen nie in den Sinn gekommen, dass die Jungs sich bei der Konstellation gar nicht mehr getraut haben, auf der Wahrheit zu bestehen?" Thorsten war fassungslos.

„Sie haben selber Kinder, oder?", Celia wusste es, die Frage war rhetorisch.

„Wie würden Sie eine solche Situation für Ihre Kinder finden? Wem würden Sie glauben?" Ohne die Antwort abzuwarten, erhob sie sich, öffnete die Tür zum Flur und rief Annette Stechmann.

„Wussten Sie von der Belästigungsgeschichte mit den Jungs?" Ihr Gesicht war den Ermittlern schon Antwort genug.

„Und Sie fanden die Vorgehensweise Ihres Gatten völlig in Ordnung?" Thorsten konnte seinen Zynismus nicht unterdrücken. Obwohl er selbst keine Kinder hatte, reagierte er empfindlich.

Die Frau des Pastors hob die Hände.

„Auch wenn ich nicht weiß, was das alles mit Klaus' Tod zu tun haben soll, ja, wir haben damals über die

Geschichte gesprochen und ich habe meinen Mann unterstützt. Das müssen Sie verstehen. Für uns war Merz immer ein integrer Mann. Wie schnell man den Ruf eines Menschen zerstören kann, brauche ihn Ihnen nicht zu erzählen." Sie machte eine bedeutungsvolle Pause, um ihren Seitenhieb zu unterstreichen. „Es gab weder vorher noch hinterher je wieder entsprechende Beschwerden. Gleichzeitig wollten wir die Kinder ihren Eltern gegenüber nicht in Verlegenheit bringen. Wir haben uns bewusst für diesen Weg entschieden, um ihnen die Möglichkeit zu geben, ihr Gesicht wenigstens halbwegs zu wahren."

„Wir hätten gerne die Namen der Jungs."

Kapitel 10

Kurt Hermann war beinahe stolz auf sich. Nachdem der junge Kripobeamte gegangen war, hatte er keinen Tropfen Alkohol angerührt. Mehr noch, er hatte zunächst sein Schlafzimmer und dann die Küche aufgeräumt. Dafür hatte er einen Großteil der Nacht gebraucht. Als er jetzt in der Tür zu seiner Küche stand, beschlich ihn so etwas wie Wohlgefühl. Das war nicht mehr aufgetreten, seit seine Frau ihn verlassen hatte. Er hatte jede Gemütsregung in Bier und Schnaps ertränkt.

Wie in der Vergangenheit machte er auch heute eine Runde durch die Wohnung. Nur dieses Mal war er weder betrunken noch litt er unter den Auswirkungen des Alkohols der vergangenen Nacht. Nüchtern betrachtete er das Chaos, das er in den letzten Wochen und Monaten hinterlassen hatte.

„Theo, ich muss mit dir reden." Hermann hatte die Tür zu den noch unaufgeräumten Zimmern geschlossen und den Telefonhörer gegriffen. Es blieb ihm nicht viel Zeit zu handeln. Er musste ihnen zuvorkommen – bevor sie die Kündigung schriftlich an ihn schickten.

Heitmann zählte nicht zu den feinfühligen Menschen. Aber selbst ihm entging nicht, dass Hermann nüchtern war. Dennoch ließ er ihn zappeln.

„Du weißt schon, dass ich einen Beruf habe? Und in der Schule unabkömmlich bin?"

Der Diakon wäre bei dem überheblichen Getue gerne aufgebraust. Er beherrschte sich, wohl wissend, dass er es sich gerade mit Heitmann nicht verscherzen durfte.

„Ich kann, wenn es dir recht ist, zu dir in die Schule kommen. Vielleicht in der zweiten großen Pause?"

Er klang beinahe devot, was dem Direktor gefiel.

Er ließ sich nicht noch einmal bitten. Die Versuchung, den anderen aus dem Kirchenvorstand seine Überlegenheit unter die Nase reiben zu können, war zu groß. „Aber rasier dich gefälligst und zieh dir was Anständiges an!", wies er ihn zurecht.

„Wie praktisch, dass du auf dem Weg vom Gericht in Stade zurück nach Buxtehude über Jork fahren kannst", stichelte Thorsten gegen Jaron, als sie sich im Jorker Imbiss gegenübersaßen. Er nahm es lächelnd hin. Seine Gefühle für Celia waren, auch nach über einem Jahr Beziehung, noch nicht abgeflaut. Nach wie vor suchte er nach jeder Gelegenheit, ihr zu begegnen. Sie hatte nichts dagegen. Ihr ging es genauso.

„Was möchtest du essen?", wandte er sich an seine Lebensgefährtin. Sie verzog das Gesicht.

„Frag lieber nicht!", antwortete Thorsten an ihrer Stelle. „Als wir eben am Fleischer vorbei sind, habe ich schon befürchtet, sie erbricht das Essen von gestern."

Jaron horchte besorgt auf. Celia sah es ihm an und winkte ab.

„Halb so schlimm. Macht nicht so einen Wirbel. Du hast doch gestern selber mitbekommen, dass es mir schon besser geht. Das braucht halt seine Zeit."

Er lachte. „Genau! Ich kenne deinen Spruch: Mit Medizin eine Woche und ohne sieben Tage. Schon klar", zitierte er sie. Froh, dass sie ihren Humor wiedergefunden hatte.

Um alle Beteiligten zu beruhigen, bestellte Celia einen Salat, bevor sie Jaron auf den derzeitigen Stand der Ermittlungen brachten.

„Glaubt ihr, an der Geschichte ist was dran?"

Thorsten war schneller als Celia, was an seiner Empörung lag.

„So dilettantisch, wie die mit der Geschichte umgegangen sind, kann man es zumindest nicht ausschließen. Unvorstellbar, dass Menschen, die mit Kindern und Jugendlichen zu tun haben, so wenig Feingespür haben."

Der Staatsanwalt wiegte den Kopf. „Komm, weißt du, da könnten viele andere Sachen mitspielen. Die Kirchen haben, gerade in den letzten Jahren, etliche solcher Anschuldigungen über sich ergehen lassen müssen. Bei den sowieso stark schrumpfenden Gemeinden sind sie sicher versucht, jeden Skandal zu umgehen. Außerdem kann man ihr Verhalten so oder so auslegen. Wenn nämlich wirklich nichts dran war und die Kinder sich die Geschichte aus den Fingern gesogen haben, dann haben sie unter Umständen allen Beteiligten einen Dienst erwiesen. Nicht nur ihrem Diakon."

„Jaron", Thorsten klang ernstlich erzürnt, „aus deinem Mund ist das beinahe ein Verbrechen. Kannst du dich an die Geschichte im Nachbarort erinnern? Die haben bei dem Hausmeister doch fast genauso argumentiert. Das Mädchen, das damals betroffen war, ist heute erwachsen. Wie viele Kinder sind wohl inzwischen bei dem Hausmeister in der Sporthalle ein- und ausgegangen? Und jetzt, weil die Frau endlich gewagt hat, das Thema nochmal auf den Tisch zu bringen, stellt sich raus, dass es beileibe nicht gelogen war."

„Thorsten, du hast recht. Ich sage auch nicht, dass ich das Verhalten unterstütze. Ich versuche nur, Beweggründe dafür zu finden. Und die müssen nicht grundsätzlich verwerflich gewesen sein!"

„Könnt ihr euren persönlichen Disput mal einen Moment unterbrechen?"

Erstaunt blickten die beiden zu Celia.

„Nehmen wir mal an, an der Geschichte ist etwas dran. Und vielleicht hat sich ein Kind doch seinen Eltern offenbart?"

„Und wenn die Auffindsituation arrangiert war, um uns auf die falsche Spur zu führen?", Thorsten war schnell im Kopf.

Der Staatsanwalt war nicht überzeugt.

„Im Haus ist nichts, aber auch gar nichts gefunden worden, das einen Hinweis auf solche Aktivitäten bietet."

„Vielleicht sollten wir noch mal genauer hinsehen!" Die Kommissarin gab nicht so schnell auf.

Ellen hatte keine Vorstellung von dem, was sie erwartet hatte. Sicher aber nicht das Bild, das Theresa ihr bot. Das Bewusstsein, Verursacherin der Verletzungen gewesen zu sein, machte es umso schlimmer. Es reichte dennoch nicht, um verlegen kleine Brötchen zu backen.

„Kann ich reinkommen?" Die Begrüßung hatte sie ausgelassen, während sie sich, wie selbstverständlich, an Theresa vorbei in die Wohnung drängelte. Theresa trat einen Schritt zurück und verstellte ihr den Weg. Damit hatte Ellen nicht gerechnet. Es brachte sie für den Bruchteil einer Sekunde aus dem Konzept. Es war nicht die erste Situation dieser Art. Bisher hatte Theresa immer nach ein paar Tagen klein beigegeben, und Ellen hatte ihre Entschuldigungen und Worte des Bedauerns angenommen. Die Unternehmerin war nicht einmal auf die Idee gekommen, heute könnte es anders sein.

„Mach keine Spielchen mit mir. Du hast doch sowieso auf mich gewartet." Ellen ging einen Schritt auf Theresa zu, um sie in den Arm zu nehmen.

„Hüte dich, mich zu berühren." Die Stimme war leise und gefährlich. Ellen stöhnte entnervt auf.

„Okay, du willst die Versöhnung noch ein wenig rauszögern. Gut! Es tut mir leid. Ich wollte das nicht. Du hast mich so wütend gemacht, da hatte ich mich nicht mehr unter Kontrolle. Du weißt doch, dass du mich nicht unter Druck setzen darfst."

Bisher war Theresa tatsächlich nie klar gewesen, dass ihre Freundin am Ende ihrer Entschuldigungen immer ihr die Schuld an der Situation gegeben hatte. Heute war es ihr bewusst.

„Hör zu Ellen, die Nummer hast du so oft mit mir gespielt, du hast sie überreizt. Ich möchte, dass du sofort gehst. Beim letzten Mal habe ich dich nicht angezeigt. Wenn du nicht gehst, hole ich es nach. Glaub es mir!"

Ellen konnte spüren, wie Wut in ihr hochstieg. Sie baute sich vor Theresa auf. Sie war beinahe einen Kopf größer. Diesmal verfehlte es dennoch seine Wirkung.

„Freddy, kannst du mal eben die Polizei anrufen?", die Fotografin gab ihrem Bruder, der die Auseinandersetzung unbemerkt aber missbilligend beobachtet hatte, ein Signal.

„Klar, mache ich ausgesprochen gerne." Er trat mit dem Telefon in der Hand aus der Deckung in die Diele und stellte sich schützend hinter seine Schwester.

Der Unternehmerin blieb keine Wahl, als zu erkennen, dass sie verloren hatte.

„Gut, ich bin zu weit gegangen. Lass es mich wieder gutmachen." Sie würdigte den Mann keines Blickes. „Schick Freddy weg, Theresa. Wir kriegen das schon wieder hin. Das weißt du doch. Das haben wir bisher immer geschafft." Sie klang beschwörend.

Als sich auf Theresas Gesicht ein kleines Lächeln stahl,

hielt Ellen es für Zustimmung. Erneut machte sie eine Bewegung auf Theresa zu.

„Freddy, wähl die 110!"

Hastig machte Ellen zwei Schritte zurück. Jetzt stand sie schon fast im Hausflur.

„Deine Zeit hier in der Wohnung ist abgelaufen." Freddy war unmissverständlich. Selbst Ellen, in ihrer Selbstgefälligkeit, konnte an den Tatsachen nicht vorbeisehen. Die Beziehung zu der Fotografin war endgültig vorbei. Panik stieg in ihr hoch.

„Theresa, das kannst du nicht machen. Ich brauche dich. Dringend! Ich verspreche dir, ich komme dir nicht zu nahe. Ich muss wenigstens mit dir reden. Du musst mir ein Alibi geben!"

Theresas Augen weiteten sich. Ungläubig warf sie einen Blick zu ihrem Bruder. Seinem Gesichtsausdruck konnte sie entnehmen, dass er mindestens so irritiert war wie sie selbst. Sie fasste sich schnell.

„Bist du bescheuert? Du kommst hier her, nachdem du mich beinahe krankenhausreif geschlagen hast und erwartest, dass ich dir helfe? Mit einem Alibi?" Sie lachte höhnisch auf.

„Du brauchst doch gar nicht zu lügen. Ich war doch wirklich hier, als Merz ermordet wurde."

Theresa verstand nichts. Ihr Bruder noch viel weniger.

„Wovon redest du?", brachte er es ungehalten auf den Punkt.

Ellen wandte sich wieder nur Theresa zu. „Ich habe dir mal von dem Diakon erzählt. Klaus Merz. Er ist ermordet worden. Die Kripo ermittelt und will von uns allen Alibis haben. Deshalb musst du aussagen."

Theresa lachte. Diesmal klang es sogar beinahe fröhlich: „Kannst du haben. Aber nur als ganze Wahrheit.

Dann erstatte ich Anzeige. Das können die ja überprüfen, wann der Notarzt hier war. Und wann du, feige wie du bist, anonym bei ihnen angerufen hast! Das dürfte dann Alibi genug sein."

„Das kannst du nicht machen!" Der Unternehmerin wurde kalt vor Angst.

„Doch Ellen, ich kann. Du hast die Wahl. Entweder ein Alibi – und dann so, wie ich es eben gesagt habe – oder keins."

Ellen vergaß sich. Erneut hob sie die Hand gegen Theresa. In ihrer Wut hatte sie deren Bruder ausgeblendet. Der griff schnell hart ein und riss ihre Hand zurück.

„Lass mich sofort los, Frederik, du Blödmann!" Sie war außer sich.

Unsanft, ohne Worte schubste Freddy Ellen vor die Tür und schloss sie vor ihrer Nase.

Unter normalen Umständen hätte es die Kommissarin gestört, einen Anruf in einem Restaurant zu erhalten. Bei einem Blick auf ihr Display verlor sie das Unbehagen.

„Richie?"

„Liebste Celia, ich bin immer wieder tief beeindruckt von dem Überschwang, mit dem du mich begrüßt, wann immer ich dich anrufe", neckte er sie.

„Du mich auch", lachte sie mit. „Wat jidd ed?", witzelte sie in Kölner Mundart.

„Das kann ich dir sagen! Reichliche Neuigkeiten. Ich bin mir aber nicht sicher, ob sie dich freuen werden!"

„Richie", stöhnte Celia, „hör auf, mich auf die Folter zu spannen. Ich konnte als Kind Weihnachten schon nicht leiden. Und ich schwöre, es ist mit den Jahren nicht besser geworden."

„Na, dann will ich mal nicht so sein. Also, die Gerichtsmedizin ist so weit und hat Klaus Merz durch. Bevor er seinen Platz auf dem Stuhl erhalten hat, war er bereits tot. Er ist erstickt worden, aber nicht durch die Tüte, sondern durch ein Kissen oder so. Und dabei hat er gelegen."

„Was, wie können die dat denn feststellen?"

„Celia, hast du noch nicht gelernt, die Jungs und Mädels in der Rechtsmedizin nicht zu unterschätzen? Anhand bestimmter Abdrücke im Gesicht des Opfers, die nur im Liegen hervorgerufen werden können. Frag mich, ich kann dir noch mehr sagen."

„Okay, aber du bist noch nicht fertig, oder?"

„Kluges Mädchen! Das SM-Zeug, das Jaron uns auf den Tisch gepackt hat, ist neu. Mit dem hat noch nie jemand gespielt!"

Celia schwieg einen Moment. Sie brauchte Zeit, um die Nachricht zu verarbeiten.

„Falsche Fährte?"

„Das, meine liebe Celia, ist euer Job. Und um ehrlich zu sein – ich beneide euch nicht darum."

„Und tschüss!", lachte Celia bevor sie das Gespräch beendete.

„Wow, damit erweitert sich der Täterkreis ja um einiges", resümierte Thorsten, nachdem sie ihn und Jaron über die neuesten Ergebnisse informiert hatte.

„Wenn ihr mich fragt – dafür, dass Merz angeblich so ein netter und liebenswerter Typ war, hat sich der Täter oder die Täterin ganz schön Mühe gegeben, ihn in ein wenig schmeichelhaftes Licht zu rücken. Ganz offensichtlich genügte es nicht, ihn einfach umzubringen!"

Die Männer schwiegen nachdenklich. Celias Ausführungen waren nicht zu widerlegen.

„Mit wem machen wir denn jetzt weiter?", stellte Thorsten die naheliegende Frage.

Dörte Buchmann kam aus dem kleinen Büro hinter ihrem Verkaufsraum, als sie die Ladentür hörte.

„Jens?" Es war deutlich, wie sehr ihr der Besuch ihres Mannes missfiel.

„Ja ich! Es hat Zeiten gegeben, da hast du dich gefreut, wenn ich hier aufgekreuzt bin? Kannst du dich erinnern?"

Die Buchhändlerin stöhnte. „Wenn du da weitermachen willst, wo du heute Morgen aufgehört hast, kannst du gleich wieder gehen."

Jens Buchmann packte seine Frau an den Armen. Er schüttelte sie leicht, aber dennoch energisch: „Hör auf mit den Spielen. Wenn dir unsere Ehe irgendwas wert ist, dann hör jetzt auf!", seine Worte waren eindringlich. Und sie enthielten eine Drohung.

„Du willst mich echt unter Druck setzten? Du drohst mir wirklich mit einer Trennung?" Dörte hatte sie genau herausgehört.

„Ja mein Schatz, das tue ich! Ich kann nicht mehr. Wenn du nicht bereit bist, gemeinsam an unserer Beziehung zu arbeiten, dann geht es eben nicht mehr. Dann musst du ziehen, wohin es dich eben zieht. Ich kann das nicht mehr. Und die Kinder können es auf Dauer auch nicht aushalten. Sie brauchen mehr Zuneigung und Nähe, als du ihnen bereit bist zu geben. Und es wird in der Pubertät nicht weniger."

Dörte lachte ihn aus. „Bist du jetzt Experte, oder was? Meinst du, nur weil du im Heim aufgewachsen bist, hättest du die Fähigkeiten der perfekten Erziehung mit Suppenlöffeln gefressen? Mach dich nicht lächerlich."

Ihr Mann wandte sich ab, verließ den Laden und kam einige Augenblicke später mit einer Reisetasche zurück.

„Ich habe dir ein paar Sachen eingepackt. Das wird fürs Erste reichen. Deine Mutter weiß Bescheid. Du kannst vorerst dort schlafen. Wenn du zur Besinnung gekommen bist und bereit bist, normal mit mir zu reden, kannst du dich melden. Die Kinder sind bei mir, ich gehe davon aus, dass du keinen großen Wert darauf legst, von ihnen belästigt zu werden."

Ohne ein weiteres Wort, ohne eine Geste des Abschieds verließ er den Laden. Bevor Dörte Buchmann dazu kam, das Geschehen zu realisieren, war er weg.

„Nun mach dich mal nicht verrückt. Das wird schon wieder." Theo Heitmann gefiel sich in der Rolle des Souveräns. Zunächst hatte Kurt Hermann gehofft, dass sich das Blatt für ihn wenden könnte. Inzwischen zweifelte er wieder – nicht nur an der Entscheidung des Kirchenvorstandes, sondern auch an den eigenen Fähigkeiten, wieder zurück in seinen Beruf und ein normales Leben zu finden.

„Und wenn die doch gegen mich stimmen?"

Der Direktor winkte unwirsch ab. „Wie sollen sie denn?" Er lachte kurz und trocken. „Selbst wenn sie wollten, können sie nicht. Sie haben doch keine Alternativen!"

Hermanns zweifelnde Blicke ärgerten ihn. „Geh nach Hause und mach weiter, was du heute Morgen angefangen hast. Den Rest mache ich schon!"

Er wollte das Gespräch beenden. Es wurde ihm zu mühsam. Trotzdem herrschte er seine Sekretärin zunächst an, als sein Telefon läutete. Abrupt ließ er Kurt Hermann stehen und verließ ohne Erklärung das Schulgebäude.

Ilse Heitmann blickte unschlüssig von Celia zu Thorsten. Doch keiner der beiden wollte ihr ihre Verwirrung nehmen.

„Ich verstehe nicht? Natürlich war mein Mann in der

Nacht von Samstag auf Sonntag zu Hause. Wo sollte er auch sonst gewesen sein?“

Ilse Heitmann war nicht naiv, dennoch reichte ihre Vorstellungswelt nicht, um den Sinn hinter der Frage zu begreifen.

„Schlafen Sie in einem Zimmer?“ Thorsten bohrte weiter.

Frau Heitmann wandte sich Hilfe suchend an die Kommissarin. „Muss ich das beantworten. Geht Sie das etwas an?“

Celia hob entschuldigend die Schultern. „Ich befürchte, ja.“

Frau Heitmann zögerte weiter mit der Antwort. „Sagen Sie mir doch erst mal, um was es eigentlich geht. Ich meine, ich weiß natürlich, dass Sie den Mord an Klaus Merz untersuchen, aber was haben mein Mann und ich damit zu tun?“

„Das wissen wir nicht“, versuchte Celia eine möglichst neutrale Erklärung zu finden. „Wenn wir bei unseren Untersuchungen immer schon gleich wüssten, wer etwas mit dem Mord zu tun hat, wäre unsere Arbeit leicht und schnell erledigt. So ist es aber ja nun mal leider nicht.“

„Sie fragen nach unserem Alibi, oder?“ Sie hatte begriffen.

„So kann man es auch nennen. Obwohl es im Augenblick lediglich Routinefragen sind.“

„Können Sie die Frage dann jetzt beantworten?“ Thorsten hatte weniger Geduld als Celia.

„Welche Frage, wenn ich das auch wissen dürfte?“ Theo Heitmann hatte das Haus betreten und war zu ihnen in die Stube gekommen. Er gab sich alle erdenkliche Mühe, imposant zu wirken. Auf die Beamten machte es jedoch keinen entsprechenden Eindruck.

Selbst Ilse Heitmann konnte an der Lächerlichkeit seiner Pose, mit dem durchgedrückten Rücken und dem dadurch noch dicker wirkenden Bauch, nicht vorbei sehen. Früher war ihr Mann das, was man allgemein als stattlich bezeichnet hätte. Groß und gut gebaut. Mit den Jahren hatte er zugelegt. Was man, wie Ilse zu deutlich bemerkte, nicht nur an seinem Bauch, sondern ebenfalls an seinem Gesicht und seinem Hals erkennen konnte. Sie war überrascht, mit welcher Deutlichkeit sie ihn gerade in diesem Moment wahrnahm.

„Wir schlafen zusammen in einem Zimmer."

„Was geht das die Beamten an?", wollte Theo Heitmann von seiner Frau wissen und ignorierte die Ermittler bewusst. Sie ließ sich nicht darauf ein. „Frag doch selbst", forderte sie ihren Mann emotionslos auf.

Ohne das Wort an sie zu richten, drehte er ihnen das Gesicht zu. Es war offensichtlich, dass er Aufklärung von ihnen erwartete.

Celia und Thorsten brauchten keine Absprache, um sein Verhalten einvernehmlich zu ignorieren. Celia vermutete, dass Ilse Heitmann zuerst die Geduld verlieren würde. Aber es war dann doch der Direktor, der dem Schweigen im Raum nicht standhalten konnte.

„Wie kommen Sie dazu, uns nach einem Alibi zu befragen?" Er hatte die Schlussfolgerung weit schneller gezogen als seine Frau.

„Sie hätten gerne einen anderen Diakon gehabt als Klaus Merz?"

Theo Heitmann lachte laut auf: „Aber Sie glauben jetzt nicht im Ernst, dass ich, nur weil mir Kurt Hermann als Diakon lieber gewesen wäre, was so nicht stimmt, Klaus Merz umbringen würde? Das ist nahezu lächerlich."

Thorsten ging die Überheblichkeit des Mannes mächtig

auf die Nerven: „Ob Sie das nun lächerlich finden oder nicht! Die Menschen haben schon wegen weit irrsinnigerer Sachen gemordet. Aber vielleicht erzählen Sie uns mal, wie das Verhältnis von Ihrem Sohn zu Klaus Merz war."

„Unser Sohn Tim? Normal. Aber", Frau Heitmann zögerte, „was hat er damit zu tun? Der Junge ist fünfzehn. Und ich weiß, dass er definitiv in seinem Bett war. Ich bin noch kurz bei ihm gewesen, als ich ins Schlafzimmer gegangen bin."

„Ihr Sohn hat sich nie darüber beklagt, dass er mit Merz nicht ausgekommen ist, dass er sich von ihm schlecht behandelt fühlte?"

Zum ersten Mal zeigte das Ehepaar eine gemeinschaftliche Reaktion. Beide schüttelten sie die Köpfe.

„Wann können wir Ihren Sohn sprechen?"

Theo Heitmann plusterte sich erneut auf.

„Unser Sohn ist minderjährig, wenn Sie etwas von ihm wollen, dann nur in unserem Beisein."

Celia stöhnte: „Nein, wir brauchen zwar Ihre Zustimmung zu einer Vernehmung, aber es handelt sich hier lediglich um ein Gespräch. Ihr Sohn wird nicht verdächtigt und braucht nicht ins Präsidium zu kommen. Wir wollen lediglich ein paar Informationen über Diakon Merz. Je mehr wir über ihn wissen, desto schneller kommen wir damit auf ein mögliches Motiv und dann vielleicht auch auf den Täter. Herr Merz hat doch die Kinder- und Jugendarbeit geleitet. Es liegt also durchaus auf der Hand, die Kinder und Jugendlichen zu befragen oder sehen Sie das anders?"

Der Argumentation konnte sich selbst Heitmann nicht entziehen. „Er wird in einer guten Stunde zu Hause sein", informierte er die beiden Beamten nach einem Blick auf seine Uhr.

Kapitel 11

„Wenn bei Peters keiner ist, dann könnten wir doch die Zeit nutzen, um uns noch mal bei Merz umzusehen."

Während sie vergebens darauf warteten, dass auf ihr Klingeln jemand öffnete, hatte Celia sich beeindruckt das Haus angesehen. Thorsten hatte den Blick bemerkt. „Feiner Kasten, oder? An Geld scheint es denen zumindest mal nicht zu mangeln."

Die Kommissarin schwächte ab. „Du weißt genau, dass der Schein auch trügen kann. Haben wir doch oft genug erlebt. Aber die Hütte ist schon nicht schlecht. Ich mag es ganz gerne, wenn ein wenig Individualität vorhanden ist. Häuser von der Stange wie im Westfeld sind nicht wirklich mein Ding. Deshalb ziehe ich lieber in ein altes Haus, als ein neues zu bauen. Wie man sieht", wies sie auf das kleine Haus hin, das Jaron und sie im Blütenweg gemietet hatten. „Lass uns zu Merz fahren."

Die Entfernung hätten sie gut und gerne auch zu Fuß zurücklegen können. Dass sie es nicht taten, war lediglich den Anforderungen ihres Jobs geschuldet.

„Man kann ja sagen, was man will", bemerkte Thorsten auf dem Weg, „idyllisch ist es hier in Jork ja wirklich."

„Stimmt", bestätigte sie nachdenklich. „Aber ich glaube, dass ich als Jugendlicher hier nicht tot überm Zaun hängen wollte. Es wird denen im Ort doch nichts geboten!"

Die Wortwahl seiner Chefin entlockte Thorsten ein Griemeln.

Dörte Buchmann riss sich, in Erwartung eines Kunden, zusammen, als sich die Ladentür öffnete. Dass stattdessen ihre Mutter das Geschäft betrat, ließ sie erneut zusammensinken.

Die Hände vor das Gesicht schlagend, stöhnte sie: „Bist du gekommen, um mir eine Moralpredigt zu halten. Darüber, wie mies ich mit Jens umgehe, ganz zu schweigen von den Kindern?“ Ihre Stimme triefte vor Hohn. Es sollte ihre Mutter aus dem Takt bringen. Obwohl sie es besser hätte wissen müssen nach all den Jahren der Erfahrung, die sie mit ihr hatte. Meta Hauschildt ließ sich nicht abschrecken.

„Was hast du erwartet? Dass ich darauf warte, dass du zu mir kommst, um mit mir zu reden?“ Sie lachte: „Da kann ich ja lange warten!“

„Ja, das stimmt. So wäre es!“, unterbrach ihre Tochter sie unwirsch. „Aber es ist nun mal mein Leben. Und ich bin erwachsen und kann damit machen, was ich will.“

Die Mutter verlor ihre eigentlich strapazierfähige Geduld: „Nein Dörte, das kannst du nicht. Du lebst nicht alleine. Abgesehen davon, dass wir alle in einer Gesellschaft leben, auf die wir, in der einen oder anderen Form, Rücksicht nehmen müssen, hast du dich dazu entschieden, eine Familie zu gründen. Und mit diesem Schritt hast du dich gleichzeitig dagegen entschieden, zu machen, was du willst. Auch du wirst endlich lernen müssen, dass Handlungen Konsequenzen haben. Du lebst nicht in einem luftleeren Raum.“ Meta Hauschildt war während ihrer engagierten Rede rot angelaufen. Sie atmete schwer.

Für den Bruchteil eines Moments schauten die beiden sich in die Augen und es schien, als wolle Dörte nachgeben. Dann ging ein Ruck durch ihren Körper, sie straffte sich. Ihr Blick wurde erneut trotzig. Ihre Mutter kannte ihn und kam ihr zuvor. Gebieterisch hob sie die Hand:

„Versuch gar nicht erst, mir einen Bären aufzutischen. Vielleicht kannst du deinen Vater um den Finger wickeln und ihm weismachen, dass Jens der Arsch ist", sie betonte das Wort übertrieben, „Ich glaube dir nicht. Jens ist zu sensibel, um sich so was aus den Fingern zu saugen. Und ich kenne deine Taktiken seit deiner Kindheit. Dein ganzes Verhalten spricht für ein schlechtes Gewissen und dafür, dass du versuchst, dich rauszureden."

Ihre Mutter war immer schon berüchtigt und bekannt für die klaren Worte, die sie benutzte, wenn es notwendig war. Doch so hatte selbst Dörte sie noch nicht erlebt. Schweigend blickten die beiden Frauen sich in die Augen.

„Kannst du dir vorstellen, dass Jens Klaus umgebracht hat?"

„Bist du nicht mehr bei Verstand?" Meta Hauschildt war außer sich. „Ist das deine Methode, Jens loszuwerden, oder wie muss man das verstehen? Das hast du doch eben schon bei ihm selbst probiert!"

Dörte lachte hämisch auf. „Ach, kuck mal, hat er sich bei Mutti ausgeweint?"

Die Stimme ihrer Mutter klang bedrohlich leise: „Hör zu, ich sage es dir ein Mal und im Guten. Hör mit diesen widerlichen Spielen auf. Nur weil du zu feige bist, dich mit dir selbst auseinanderzusetzen, versuch nicht, die Polizei auf Jens anzusetzen, um ihn loszuwerden. Du warst die längste Zeit meine Tochter, wenn du so weit gehst. Das schwöre ich dir. Wenn ich etwas nicht ertrage und toleriere, dann ist es Unehrlichkeit. Du kannst Fehler haben, Schwächen haben, du weißt, damit kann ich umgehen. Aber ein solch menschenverachtendes Verhalten werde ich nicht hinnehmen. Und mach dir endlich klar, dass ihr Kinder habt."

Dörte wusste, dass ihre Mutter es ernst meinte. Die

Worte bedrohten sie tatsächlich. Egal, wie unabhängig sie sich auch gab. Es hatte natürlich einen Grund, dass sie sich, anders als ihre Schwester und ihr Bruder, nie getraut hatte, von zu Hause wegzugehen. Sie versuchte dennoch, wenn auch vorsichtig, ihre Mutter zu überzeugen.

„Aber Jens war letzte Nacht nicht da. Es kann doch sein!“ Ihre Mutter schüttelte enttäuscht den Kopf. „Dörte, hör auf. Du weißt genau, wo Jens war. Warum versuchst du, mir etwas vorzuspielen? Während du mal wieder den Kopf in den Sand gesteckt hast und nicht wahrhaben wolltest, dass mit eurem Sohn vielleicht ein Problem existiert, hat Jens sich auf die Suche nach ihm gemacht. Traust du Jens zu, so abgebrüht zu sein? Statt seinen Sohn zu suchen, einen kleinen Abstecher zum Liebhaber seiner Frau zu machen, ihn umbringen und dann einfach nach Hause kommen und sich wieder Sorgen um den Sohn machen?“ Sie schüttelte erneut den Kopf und winkte ab. Sie wandte sich zum Gehen. Dörte hielt sie zurück

„Entschuldigung, du hast recht.“ Die vier Worte waren weit mehr, als Meta Hauschildt von ihrer Tochter erwartet hatte und diese in der Vergangenheit bereit gewesen wäre, zu sagen. Es zeigte ihrer Mutter den Ernst der Lage.

„Ich mache heute Abend etwas zu essen und lade Jens ein. Ihr solltet in einem halbwegs neutralen Umfeld miteinander reden. Vielleicht ist ja noch was zu retten.“ Ihre Worte wurden von einem warmen, aber auch bedauernden Lächeln begleitet.

Celia stutzte, als ihnen von einer fremden Frau die Tür geöffnet wurde.

„Das trifft sich ja gut. Wir wollten ohnehin mit Ihnen reden“, bemerkte sie, nachdem Enya Peters sich vorgestellt hatte.

„Kommen Sie rein. Frau Merz hat sich ein wenig hingelegt, es geht ihr nicht gut. Und ich habe versprochen, hier zu bleiben. Sie fühlt sich nicht gerade wohl in ihrem Haus."

Niemand konnte ihr diese Gefühle verdenken.

Als die Beamten das Wohnzimmer betraten, hatte Susanne Merz sich bereits auf dem Sofa aufgesetzt. Ohne ein Wort der Begrüßung wies sie mit der Hand auf die Sessel, die um den niedrigen Wohnzimmertisch standen. Enya Peters blieb abwartend in der Tür stehen. Unerfahren in solchen Situationen, wusste sie nicht, ob sie den Raum verlassen oder sich einfach dazusetzen sollte. Die Kommissarin nahm ihr die Entscheidung ab.

„Wenn Ihre Freundin nichts dagegen hat, können Sie gerne dabei sein."

Weder Enya Peters noch Susanne Merz hielten es für notwendig, die Beamten darüber aufzuklären, dass sie kein Gefühl der Freundschaft verband. Sie ließen sie in ihrem Glauben.

„Möchten Sie etwas trinken?" Susanne Merz machte keine Anstalten sich zu erheben, um ihren Worten Ausdruck zu verleihen. Vielmehr stellte diese Frage die Einleitung zum Gespräch dar.

„Ich weiß nicht, ob es für Sie eine Erleichterung ist, aber allem Anschein nach war die Auffindsituation ebenso gestellt wie auch das Sexspielzeug. Es war noch unbenutzt. Wir haben den Eindruck, dass jemand absichtlich versucht, ihren Mann in diese Ecke zu stellen. Können Sie sich darauf einen Reim machen?" Celia hatte sowohl Enya Peters als auch Susanne Merz im Auge, da sie gemeinsam, nebeneinander auf dem Sofa saßen. Auf beiden Gesichtern erschien zunächst ein Ausdruck der Erleichterung, abgelöst von dem des Unverständnisses. Enya Peters äußerte sich jedoch nicht.

„Um ehrlich zu sein, kann ich zurzeit überhaupt keinen klaren Gedanken fassen. Bisher bin ich immer davon ausgegangen, dass mein Mann beliebt ist, ein normaler Diakon, der seine Arbeit gewissenhaft und gerne macht und gut ankommt. Ich konnte mir nicht vorstellen, dass er perverse Veranlagungen hatte, aber ich kann mir auch niemanden vorstellen, der ihm das unterjubeln will. Ich fühle mich wie in einem schlechten Traum, aus dem ich gerne aufwachen würde, es mir aber nicht gelingt." Susanne Merz' Stimme klang unsicher und zittrig. Enya Peters legte beruhigend eine Hand auf ihr Bein. Die Witwe war ihr dankbar. Sie atmete tief ein und wieder aus.

„Was wollen Sie noch? Irgendwie werde ich das Gefühl nicht los, dass Sie nicht hier sind, um mir die gute Nachricht zu überbringen, dass mein Mann keine perversen Spielchen getrieben hat." Es war eine sachliche Feststellung.

Celia nickte: „Ja, stimmt. Wir wollten uns Ihr Haus noch einmal genauer ansehen. Wir versuchen immer noch, uns ein Bild Ihres Mannes zu machen."

Susanne Merz unterbrach die Kommissarin: „Und da das eine Bild nun nicht mehr zutrifft, brauchen Sie ein neues." Auch das, eine Feststellung.

Celia nickte erneut. Es hatte keinen Sinn, um den heißen Brei herumzureden. Die Hausherrin wies mit der Hand zur Tür: „Sie kennen die Räumlichkeiten. Tun Sie, was nötig ist!"

Bevor sich die Beamten erhoben, ergriff Enya Peters doch noch das Wort: „Sagten Sie nicht, Sie wollten auch mit mir reden?"

„Später", lautete die kurze Antwort Celias. Sie ließen die Frauen irritiert zurück.

„Komm rein!", forderte Meta Hauschildt ihren Schwiegersohn auf. Er hatte vor dem Haus bereits auf sie gewartet. Sie fühlte sich ein wenig überrumpelt und hatte gehofft, noch etwas Zeit bis zu einer Begegnung zu haben, um sich darauf vorzubereiten und zu sammeln. Jens hatte ihr mit seinem überraschenden Besuch einen Strich durch die Rechnung gemacht.

„Stör ich dich?" Jens versuchte, so etwas wie normale Konversation zu führen.

Meta Hauschildt winkte ab: „Lass das, wir wissen doch beide, warum du hier bist. Du hast mich ja nicht umsonst angerufen." Wie immer benutzte sie klare Worte und schuf klare Verhältnisse.

Er ließ sich gerne darauf ein. Von Beginn an hatte er ein gutes Verhältnis zu seinen Schwiegereltern. Allerdings war er auch gerne bereit gewesen, einiges dafür zu tun. Seine Frau hatte es nie begriffen. Für sie waren seine häufigen Bemühungen um ihre Eltern nichts als lästig. Erst mit der Geburt Maltes war auch sie ihren Eltern wieder näher gerückt. Im Nachhinein war Jens jedoch nicht sicher, ob es vielleicht lediglich Berechnung gewesen war, die sie zu ihrer Verhaltensänderung getrieben hatte. Immerhin ermöglichte es ihnen, als dann auch ihre Tochter geboren war, die Kinder regelmäßig bei den Schwiegereltern unterzubringen, um einmal einen freien Abend zu haben oder ausschlafen zu können. Ein Luxus, den sie sich sonst nicht hätten leisten können. Jedenfalls nicht in den ersten Ehejahren.

„Mit wem soll ich sonst reden? Weißt du, ich will Dörte nicht in Verruf bringen. Sie lebt hier von den Leuten. Und wenn die Geschichte mit unserer Krise die Runde macht ..." Er ließ den Rest des Satzes offen. Es war nicht nötig, ihn auszuführen. Meta verstand gut, wovon er redete. Auch mit beinahe zwölftausend Einwohnern war Jork ein kleiner Ort, in dem Gerüchte schnell die Runde machten. Und auch schon mal eine Karriere beenden konnten.

Sie lächelte ihren Schwiegersohn milde an. Auch wenn es gegen ihre Tochter ging, sie fand ihn zu nachsichtig.

„Kaffee?"

Ohne seine Antwort abzuwarten, setzte sie die Kaffeemaschine in Betrieb. Sie wartete ab und überließ es ihm, das Gespräch zu beginnen.

„Ich glaube, diesmal ist Dörte weiter gegangen. Ich befürchte ernsthaft, dass sie eine Affäre mit Merz hatte."

„Was würde das für dich bedeuten?"

Jens winkte ab. „Das weißt du doch."

Sie wusste es tatsächlich. Aber er beantwortete die Frage dennoch.

„Ich würde es ihr verzeihen. Es gibt Schlimmeres im Leben. Wenn sie denn wieder zurück will. Aber ich mache mir wirklich Sorgen. Es geht ja nicht nur um bloßes Fremdgehen. Der Mann, mit dem sie ein Verhältnis hatte, ist tot. Wurde ermordet!"

Beide schwiegen. Meta Hauschildt ergriff als Erste wieder das Wort.

„Wie meinst du das?"

Jens zuckte ratlos mit den Schultern.

„Wenn ich es wüsste, würde ich nicht hier sitzen. Mir gehen so viele Gedanken durch den Kopf. Aber es macht mich unruhig, verstehst du? Vielleicht auch deshalb, weil Dörte mir ausweicht und keine Antworten geben will. Dabei weiß sie genauso wie du, dass ich nicht gleich die Flinte ins Korn schmeiße, und ihr den Laufpass geben würde."

„Dörte macht sich auch Sorgen!"

Jens lachte bitter auf. „Hat sie dir das auch mitgeteilt? Dass sie mir unterstellt, ich hätte es getan? Aus Rache? Eifersucht?"

Seiner Schwiegermutter brauchte er nicht zu erklären, wie absurd dieser Vorwurf war.

„Ich habe Dörte gesagt, dass ich heute Abend koche, und ihr euch hier aussprechen sollt. Sie kommt, wenn der Laden zu ist."

Jens lachte. Es klang nicht fröhlich, aber auch nicht mehr ganz so verbittert.

„Gut, ich komme auch. Die Kinder lasse ich aber zu Hause. Und Meta", er zögerte kurz, „es wäre mir lieb, wenn Dörte heute hier schlafen würde."

„Verzeihst du ihr doch nicht so leicht?"

„Damit hat es nichts zu tun. Verstehst du, es geht nicht um mich und meine Gefühle. Dörte muss sich endlich über ihre Gefühle klar werden. Und das wird sie sicher nicht, wenn wir uns Tag für Tag begegnen und immer wieder an den gleichen Situationen aufreiben."

Auch wenn es ihr nicht gefiel, Meta Hauschildt musste ihrem Schwiegersohn recht geben.

„Was machst du jetzt?"

Jens Buchmann hatte sich erhoben. „Ich werde Susanne Merz einen Besuch abstatten."

„Das ist nicht dein Ernst." Sie war ernsthaft empört.

„Gibt es einen Grund, weshalb ich es nicht tun sollte?"

Ohne auf die Antwort zu warten, verließ er das Haus.

„Wie kommst du dazu, den Polizisten Auskunft über unser Privatleben zu geben? Es ist unglaublich. Du handelst immer, bevor du dein Gehirn einschaltest. Was sollen die ..."

„Halt den Mund!", Ilse Heitmann betonte jedes Wort.

„Es ist mir völlig gleichgültig, was die Leute über uns denken mögen. Hier geht es um den Tod eines Menschen. Damals, als meine Mutter gestorben ist, habe ich das viel zu spät begriffen. Aber hier und jetzt ist genug."

„Wie redest du ...?"

Auch diesmal ließ seine Frau ihn nicht ausreden. „So, wie du es schon immer mit mir tust. Und jetzt will ich von dir wissen, was die Beamten gemeint haben, als sie danach fragten, wie Tims Verhältnis zu Merz war."

Theo Heitmann war nicht in der Lage, die Veränderung im Verhalten seiner Frau zu verstehen. Noch viel weniger, sie zu akzeptieren.

„Das, was sie gefragt haben, meinten Sie. Da gibt es doch nichts dran zu verstehen. Aber du witterst in deinem Gluckenmuttersein natürlich wieder eine Bedrohung für unser kleines Sensibelchen!"

„Das glaubst du doch selber nicht. Aber du bist wie immer so von dir eingenommen, dass du nichts, aber auch gar nichts mitbekommst, außer den Sachen, die du sehen willst. Und ich warne dich, wenn du auch nur noch einmal so über Tim sprichst, lernst du mich kennen."

„Lass nur, Mama. Papa kann über mich denken, was er will, es kränkt mich schon lange nicht mehr. Und um ehrlich zu sein – ich bin lieber ein Sensibelchen", er betonte das Wort überdeutlich, „als ein solcher Ignorant, wie er einer ist."

In ihrem Eifer hatten die Eheleute die Haustür nicht gehört und auch nicht bemerkt, dass ihr Sohn, in der Tür stehend, jedes Wort mitbekommen hatte. Ilse Heitmann schlug sich erschreckt die Hände vor den Mund. Theo Heitmann wechselte die Farbe. Nicht weil ihm der Auftritt vor seinem Sohn peinlich gewesen wäre, sondern weil ihn die neue Haltung seiner Familie wütend machte.

„Wie redest du mit mir?“, wiederholte er die Phrase, die er zuvor an seine Frau gerichtet hatte.

Tim zuckte die Schultern: „Ich bin in meinem Zimmer“, wandte er sich ausschließlich an seine Mutter, bevor er das Wohnzimmer verließ.

„Du bleibst hier!“, befahl der Direktor kreischend. „Ich rede mit dir!“

Tim drehte sich kurz um: „Nein, du schreist, du redest nicht. Und mit mir schon lange nicht mehr. Ich wüsste also nicht, warum ich meine Zeit opfern sollte!“ Er ging einfach weiter. Den Blick zu seiner Mutter vermied er dabei. Er wollte ihre Reaktion nicht auf ihrem Gesicht lesen. Sie tat ihm leid. Aber nach und nach war er zu dem Schluss gekommen, dass er keine Rücksicht mehr auf sie nehmen konnte.

Er hatte gerade seine Zimmertür erreicht, als er die Schritte seiner Mutter hinter sich vernahm. Er befürchtete, sie würde versuchen, ihn zur Rückkehr ins Wohnzimmer zu bewegen. Vorsorglich hob er abwehrend die Hände. Seine Mutter kannte ihn gut. Sie lächelte und schüttelte den Kopf.

„Kann ich mit dir reden?“

„Wenn es nichts mit Vater zu tun hat, ja!“

Sie verneinte. Tim hielt ihr die Zimmertür auf. Im Gegensatz zu vielen anderen Müttern hatte sie keinen Grund, sich über die mangelnde Ordnung im Zimmer ihres Sohnes zu beschweren. Irgendwann hatte er es selbst gestrichen und seine Möbel umgestellt. Es machte damals den Eindruck auf sie, als hätte er damit diesen Raum wirklich zu seinem gemacht. Seither hielt er selbst Ordnung. Und die hielt sogar den Ansprüchen seines Vaters stand.

Ohne von ihrem Sohn gefragt worden zu sein, ließ sie

sich auf einem seiner zwei Sessel nieder. Tim blieb abwartend stehen.

„Na, schieß los", forderte er seine Mutter auf, die gezögert hatte, das Wort zu ergreifen.

„Du hast gehört, worüber wir gestritten haben?"

Ilse Heitmann wertete ein kurzes Brummeln als Zustimmung. „Gibt es etwas, dass ich im Zusammenhang mit Klaus Merz wissen müsste?"

„Wie kommst du darauf?", versuchte er, einer direkten Antwort auszuweichen.

Der Blick seiner Mutter zeigte ihm, dass sie sein Manöver durchschaute.

„Nein, eigentlich gibt es nichts, was du wissen müsstest. Ich mochte ihn nicht. Er war nicht der, der er vorgab zu sein. Ich glaube, so kann man es beschreiben. Er war verlogen. Ein Heuchler. Sicher nichts Neues in der Geschichte der Kirche."

„Woran konnte man das festmachen? Ich hatte den Eindruck, er macht seine Sache gut. Gerade im Bereich der Jugendarbeit. Er war immer sehr engagiert."

Tim überlegte seine Antwort genau. „So war es ja auch. Aber kennst du nicht das Gefühl, dass irgendetwas nicht stimmt? Dass das, was jemand nach außen darstellt, nicht passt."

Er konnte es nicht besser beschreiben. Wusste aber auch, dass er den Kern damit nicht traf.

„Ich glaube, du meinst, er war nicht authentisch!"

Tim nickte lächelnd. Er war nicht sicher, ob er jemals verstehen würde, was seine Mutter bewogen hatte, seinen Vater zu heiraten.

„Und das war alles?", seine Mutter war noch nicht zufrieden.

Tim hob die rechte Augenbraue. „Ja! Klar!"

Ilse Heitmann beließ es bei der Antwort, auch wenn sie weiterhin Zweifel an ihrer Vollständigkeit hatte. Sie kannte ihren Sohn gut genug, um zu wissen, dass er nichts mehr sagen würde.

„Tut mir leid." Thorsten hob entschuldigend die Schultern, als sein Handy zu läuten anfing.

„Du brauchst nicht rot zu werden", foppte Celia den tatsächlich errötenden Kollegen. Sie waren gerade damit beschäftigt, erneut den Schreibtisch des Opfers unter die Lupe zu nehmen.

Obwohl Thorsten sich abwandte, als er das Gespräch entgegen nahm, reichte es Celia, um mitzubekommen, dass es sich um die neue Nachbarin Thorstens handelte.

Diskret vertiefte sie sich in die Mappen und Papiere, die auf dem Schreibtisch lagen. Sie gaben jedoch nichts her. Ausnahmslos handelte es sich bei ihnen um Unterlagen für die Jugendarbeit. Der Kommissarin fiel spontan nichts ins Auge. Enttäuscht lehnte sie sich gegen den Schreibtisch und betrachtete die Bücher im Regal. Als sie ihren Blick schweifen ließ, musterte sie auch die Zimmerdecke.

„Thorsten, entschuldige", störte sie ihn bei seinem Telefonat, „weißt du zufällig, ob die Spusi oben auf dem Dachboden war?" Sie wies mit dem Kinn nach oben. In der Tat konnte man die Bodenluke leicht übersehen. Weiß gestrichen wie der Rest des Raumes, wies lediglich eine Halterung, an der sie geöffnet werden konnte, auf sie hin.

Thorsten zuckte die Schultern. Celia reckte sich. Sie konnte gerade eben die Bodenluke öffnen und die an ihr befestigte Leiter ausziehen. Ohne auf Thorsten zu warten, kletterte sie auf den Dachboden. Kurz darauf erschien auch Thorsten. Er hatte sein Gespräch mit Seyda beendet.

„Na, erneutes Date?", wollte Celia wissen, während sie die Augen über den ungewöhnlich aufgeräumten Dachboden wandern ließ.

„Kann sein", lächelte Thorsten kess. „Das ist ja picobello hier oben. Da habe ich schon ganz andere Speicher gesehen", wurde er schnell wieder sachlich.

„Frag Frau Merz mal, was hier oben so rumliegt."

Während Thorsten der Aufforderung nachkam, verschaffte Celia sich einen ersten Überblick, was ihr nicht schwerfiel, da der Dachboden, durch zwei Fenster an den Giebelseiten, gut beleuchtet war.

„Die Merz weiß es nicht. Angeblich hat ihr Mann im letzten Jahr hier für Ordnung gesorgt. Er hat eigens Schränke bauen lassen und dann alles sortiert. Seither ist sie nicht mehr hier oben gewesen. Ich nehme die eine Seite, du die andere! Einverstanden?"

Ohne die Zustimmung seiner Chefin abzuwarten, widmete er sich den Schränken, die auf der linken Seite unter die Schräge des Daches gebaut waren. Celia tat es ihm auf der anderen Seite des Raumes gleich.

„Bei mir ist es nur das, was es auf so ziemlich jedem Dachboden gibt. Weihnachts- und Osterdekoration, Faschingskostüme, ausgelagerte Aktenordner – scheinbar Studienunterlagen ...", stöhnte Thorsten.

„Dito", bestätigte Celia. Dann vergrub sie sich in die Tiefe eines Schrankes. Als sie wieder zum Vorschein kam, wedelte sie Thorsten mit einer Tüte vor der Nase herum.

„Nicht gut versteckt, aber gerade so, dass niemand etwas findet, wenn er nicht gezielt sucht. Wollen wir doch mal schauen!"

Sie schüttete den Inhalt auf den Boden.

„Zieh Handschuhe an, bevor du etwas anfasst!", wies sie Thorsten schnell an, als er nach einem Brief greifen wollte, der vor seine Füße gerutscht war. Celia hatte schon zwei Paar aus der Jackentasche geholt, in der sie immer welche vorrätig mit sich trug. Sie reichte eines an Thorsten.

„Nett und beliebt?" Thorsten war fassungslos. Und auch Celia hatte es die Sprache verschlagen.

„Pack alles zusammen. Wollen mal sehen, was die Gattin dazu zu sagen hat. Und dann soll die Spusi sich hier noch mal austoben. Wer weiß, was sich hier noch so alles anfindet." Sie griff nach ihrem Handy, um ihren Worten schnell Taten folgen zu lassen."

Kapitel 12

„Mensch, nun schalt doch dein Handy endlich aus!“ Freddy wurde langsam tatsächlich wütend auf seine Schwester. „Die hört nicht auf, egal wie oft du es ihr sagst.“

„Vielleicht sollte ich der Polizei einfach erzählen, wo sie war. Ich meine, mit dem Mord kann sie ja ...“

Weiter kam sie nicht. „Sag mal, das kann doch nicht dein Ernst sein. Wenn ich eben nicht hier gewesen wäre, hätte sie erneut auf dich eingeschlagen, und du überlegst ernsthaft, ihr noch mal entgegenzukommen. Ich glaube du gehörst in eine Anstalt. Du bist ja eine Gefahr für dich selber“, explodierte er.

Theresa kannte Frederik als liebevollen und besorgten, großen Bruder. Unter seinen Worten und ihrer Heftigkeit zuckte sie jedoch erschrocken zusammen. Sofort bereute er seine Worte.

„Tut mir leid“, gestand er ein wenig abgemildert. „Aber so kann das nicht weitergehen. Entweder entscheidest du dich jetzt endlich für dich und deine Gesundheit oder du lässt dich wieder auf sie ein, aber dann ohne mich. Ich bin dann weg. Das kann ich nicht ertragen.“

Theresa erkannte die Ernsthaftigkeit seiner Worte. Sie schaltete ihr Handy aus und den Anrufbeantworter des Festnetzes an. Freddy lächelte ihr aufmunternd zu.

„Komm, ich koche uns was.“

An der unverletzten Hand zog er seine Schwester mit in die Küche.

„Wollen wir noch in die „Wünschbar“?“ Malte Buchmann war auch nach Schulschluss noch bemüht,

Jan-Phillip in seinem lässigen Verhalten zu imitieren. Das Szenecafé schien ihm ein guter Ort zu sein, um zu beweisen, dass er was drauf hatte und sich auskannte.

„Nee, lass mal. Ich fahre nach Hause", wiegelte Jan-Phillip ab.

„Warum? Ich denke, die kennen das schon, dass du kommst und gehst, wie es dir gefällt?"

Die angedeuteten Zweifel am Wahrheitsgehalt seiner Erzählungen prallten an Jan-Phillip ab. Gleichgültig zuckte er mit den Schultern und ließ den Freund stehen.

Malte brauchte nur einen Moment, um zu entscheiden, ob er alleine in Buxtehude bleiben wollte oder sich seinem Freund anschloss.

„Warte, ich komme mit. Alleine hab ich auch keinen Bock."

Jan-Phillip ließ ihn hinter sich herlaufen, ohne auf ihn zu warten. Als Malte ihn endlich eingeholt hatte, war er sauer.

„Was soll das? Vorgestern war ich noch dein bester Freund und heute behandelst du mich wie den letzten Arsch."

„Ist ja schon gut. Ich habe nur keinen Bock, mich zu den anderen in das Café zu setzen. Ich will nach Hause und meine Ruhe haben." Um Ausgleich bemüht, haute er Malte freundschaftlich auf die Schulter.

Schweigend gingen sie zur Bushaltestelle. Auch auf der Fahrt nach Jork wechselten sie nicht viele Worte. Jan-Phillip hatte vorsorglich seine Kopfhörer wieder in die Ohren gesteckt.

„Warte, Thorsten!", die Kommissarin hielt ihren Kollegen am Arm zurück. Sie hatten gerade die Dachluke geschlossen, als es an der Haustür läutete.

„Ich glaube, wir behalten unseren Fund doch erst mal für uns. Hier ist mir zu viel Trubel. Wer weiß, was die Spurensicherung noch zutage fördert. Dann können wir vielleicht alles in einem Aufwasch erledigen."

„Klar, aber sag mal, geht es dir gut? Du siehst total blass aus?"

„Bisschen übel, immer noch. Die Luft auf dem Dachboden war auch nicht besonders gut!"

Thorsten wollte gerade etwas erwidern, weil er die Meinung seiner Chefin nicht teilte, als sie ihm mit den Fingern auf den Lippen bedeutete, zu schweigen. Stimmen drangen von unten zu ihnen hoch.

„Das ist doch Buchmann, oder?", flüsterte Thorsten Celia zu.

Sie nickte.

„Ich bin nicht sicher, ob es Susanne passt."

Wie zuvor den Beamten hatte Enya Peters auch diesmal die Tür geöffnet. Ganz offensichtlich war sie darum bemüht, den Besucher abzuwimmeln. Ob im Auftrag der Witwe, war nicht erkennbar.

„Frau Peters, tun Sie mir einen Gefallen?" Der Stimme Jens Buchmanns war die Ungeduld anzumerken.

„Lassen Sie mich durch! Sie wissen es, ich weiß es und ich könnte mir gut vorstellen, dass auch Susanne weiß, mit wem ihr Mann geschlafen hat. Ich kann nichts dafür, ich habe meine Frau nicht hingeschickt. Und Susanne kann auch nichts dafür. Warum sollten wir also nicht miteinander reden!"

„Weil, im Gegensatz zu Ihrer Frau, die noch sehr lebendig ist, Klaus Merz tot ist. Und es das Taktgefühl in solch einer Situation verbietet, den Trauernden noch mehr Kummer zu bereiten."

„Lass nur! Es ist lieb, dass du mich beschützen willst.

Aber eigentlich finde ich es ausgesprochen nett, dass Jens kommt. Dass er sich traut und nicht meint, er müsse ein schlechtes Gewissen wegen seiner Frau haben."

Enya Peters hob, als Zeichen des Ergebens, die Arme und ließ ihn eintreten.

„Wollen wir die illustre Runde mit unserer Anwesenheit bereichern?" Thorsten hatte sichtlich Freude an der Vorstellung.

„Jetzt nicht! Das, was die zu bereden haben, wissen wir schon. Wir warten nur noch, bis Richie kommt, und dann hauen wir ab. Wäre vielleicht nicht dumm, Jaron über die Neuigkeiten zu informieren!"

„Das kannst du doch auch nachher zu Hause machen", maulte Thorsten.

„Ach nee, du willst doch nur Feierabend haben, damit du deine neue Nachbarin treffen kannst."

„Bingo!", wehrte Thorsten sich gar nicht erst. „Ja oder ja?"

Celia winkte ab. „Mach, dass du wegkommst. Wir machen morgen weiter."

Thorsten wollte sich schon davonstehlen: „Ach Mist, mein Auto steht noch bei euch vorm Haus!"

„Tja, dann wirst du dich wohl noch ein wenig gedulden müssen", lachte seine Chefin.

In diesem Moment klingelte es erneut an der Haustür.

„Na, der Himmel hat wohl ein Einsehen mit dir." Es war die Spurensicherung mit einem betont missmutigen Richie Saalmann vorneweg. „Herzlichen Dank, wem habe ich die heutigen Überstunden zu verdanken?"

Die zwei Frauen und Jens Buchmann nahmen von dem Geschehen kaum Notiz.

Horst Hauschildt saß seiner erschöpften Frau gegenüber. Er hatte sich auf einen ruhigen Feierabend gefreut. Gerade hatte er erfahren, dass daraus nichts werden würde.

„Was versprecht ihr euch davon, wenn Dörte und Jens sich hier treffen?"

„Zumindest, dass die Kinder der Auseinandersetzung nicht ausgeliefert sind. Und dann ...", sie zuckte hilflos mit den Schultern. Er bekam Mitleid mit seiner Frau.

„Meta, mach es dir doch nicht immer so schwer. Du musst lernen, auch Dörte loszulassen. Du kannst sie nicht immer weiter beschützen. Vor allem nicht vor sich selbst."

Gerne hätte er hinzugefügt: „Du siehst ja, wohin es geführt hat!" Er ließ es. Es hätte seine Frau unnötig gekränkt. Als ihre Kinder klein waren und auch später in der Pubertät, hatten sie aus eben diesem Grund zahlreiche Auseinandersetzungen. Es gab nie etwas, das ihre Ehe belastet hätte, aber dennoch hatten sie mitunter heftig gestritten. Horst hielt nichts davon, anderen in ihr Leben zu pfuschen, wie er es nannte. Meta hingegen musste sich kümmern.

„Wir haben aber doch schließlich auch eine Verantwortung. Und wenn schon nicht Dörte und Jens, dann aber unseren Enkelkindern gegenüber."

„Nein, nicht so, wie du es verstehst. Wir können für unsere Enkelkinder da sein, wenn sie uns brauchen. Aber wir haben keine Verantwortung, die Ehe der Eltern ins Lot zu bringen, damit es den Kindern gut geht. Und mach dir nichts vor: Du weißt so gut wie ich, dass es zahlreichen Kindern besser geht, wenn die Eltern sich endlich trennen, weil dann klare Verhältnisse herrschen und die ewigen Auseinandersetzungen ein Ende haben."

„Was meinst du damit? Soll ich ihnen jetzt wegen

heute Abend absagen?" Meta Hauschildt war rot angelaufen und ihr Ton verriet deutlich ihre Verärgerung.

Horst winkte ab: „Lass gut sein, wir müssen uns deshalb nicht auch noch in die Plünnen kriegen. Du weißt genau, dass ich es so nicht gemeint habe. Alles, was ich sagen wollte, war, dass du aufpassen sollst, dass du dich nicht zu weit reinhängst und dir nicht zu viele Hoffnungen machst. Unser Einfluss auf unsere Kinder ist vorbei. Wir hatten unsere Zeit, aber jetzt ist sie abgelaufen." Er schmunzelte. „Ich hoffe allerdings, nur in diesem Bereich."

Der Ton war sehr versöhnlich und Meta entspannte sich. Es gab nichts hinzuzufügen. Stattdessen erhob sie sich und gab ihm einen liebevollen Kuss auf die beginnende Glatze.

„Dann werde ich mich mal in die Küche begeben und ein hoffnungsloses Essen vorbereiten." Auch sie schmunzelte bei ihren Worten.

„Ich bin ja mal gespannt, wann ich es das erste Mal hinkriege, vor dir zu Hause zu sein?"

Weder Celia noch Jaron gaben sich der Illusion hin, dass eine solche Situation in nächster Zeit eintreten würde. Dabei störte es keinen von beiden ernsthaft.

Liebevoll nahm Jaron Celia in den Arm. Erneut hatte er dabei das Gefühl, dass sie in letzter Zeit an Gewicht verloren hatte. Er erwähnte es nicht.

„Dafür genießt du den unbestreitbaren Luxus, beinahe täglich von mir bekocht zu werden."

„Stimmt", lachte Celia, „das ist in der Tat ein Luxus."

Er führte seine Freundin ins Wohnzimmer, in dem er bereits den Tisch für sie gedeckt hatte.

„Wow, womit habe ich das verdient?"

Kerzen und Rosen waren stilvoll zwischen Tellern und Gläsern arrangiert.

„Gar nicht!", scherzte er.

Celia kniff ihn in die Seite. Er schloss sie erneut in die Arme. Sie schmiegte sich an ihn.

„Wie war der Rest des Tages?"

„Erzähl ich dir nach dem Essen, wenn du einverstanden bist. Sonst verdirbt es mir nachher noch den Appetit."

„So schlimm?"

„Schlimmer!"

„Kommst du zum Abendbrot, Mathias?" Annette Stechmann steckte den Kopf zur Arbeitszimmertür hinein. Als sie ihren Mann eingesunken mit dem Kopf in den Händen auf den Schreibtisch aufgestützt sah, ging sie zu ihm.

„Was ist los?"

Ihr Mann stöhnte dumpf zwischen den Händen auf.

„Was ist, wenn wir die Situation falsch eingeschätzt haben?"

„Wovon redest du?"

„Hast du nicht weiter nachgedacht?"

Erst jetzt begriff Annette, dass ihr Mann auf die Fragen der Polizisten abzielte.

„Um ehrlich zu sein – nein!"

Mathias Stechmann konnte es nicht glauben.

„Mathias, selbst wenn etwas passiert wäre, was ich immer noch nicht glaube, hat es Sinn heute darüber nachzugrübeln? Wir haben es uns ja damals nicht leicht gemacht. Aber aufgrund der Darstellungen haben wir uns zu einer Entscheidung durchgerungen. Und die Jungs haben es uns doch letztlich bestätigt."

„Nein!“ Pastor Stechmann reagierte ungewöhnlich heftig. „Haben sie nicht. Sie haben aufgegeben. Wir haben sie so lange bearbeitet und mit unseren Zweifeln gelöchert, bis sie sich überhaupt nicht mehr getraut haben.“

„Wenn du das damals so empfunden hast, warum hast du dann diese Entscheidung getroffen?“ Auch Annette wurde heftig.

„Ich habe es damals nicht so empfunden. Ich empfinde es heute so.“

Annette Stechmann brauste nun richtig auf: „Das kann doch nicht wahr sein. Was bist du? Ein Fähnchen im Wind? Nur weil der heute aus einer anderen Richtung bläst, änderst du alles, deine Meinung, deine Gefühle, einfach alles?“

Herausfordernd schaute sie ihrem Mann direkt in die Augen. Der sackte in sich zusammen.

„Du hast ja recht. Wie so oft“, murmelte er. Er klang erschöpft und mutlos. Annette überkam Mitleid. Sie bedauerte, ihn so angegriffen zu haben.

„Verzeih mir!“, sie hatte keine Probleme damit, Fehler einzugestehen. „Das war nicht fair. Ich glaube, ich hatte nur ein schlechtes Gewissen, weil ich selber nicht einen Moment gezweifelt habe.“

Zärtlich lächelte Mathias Stechmann seine Frau an. „Du bist ja auch zu gut für die Menschheit!“

Sie lachte laut und befreit auf: „Ganz bestimmt nicht. Das ist eher dein Part.“

„Dein Wort in Gottes Ohr“, beschwor er frömmelnd und erhob sich. „Dann wollen wir mal zu Abend essen.“

„Meine Güte, wo bleibst du denn?“ Meta Hauschildts Nerven lagen blank. Noch nie hatte sie ihren Schwiegersohn so angefahren.

„Malte ist wieder nicht nach Hause gekommen. Ich musste ihn suchen. Ich konnte nicht einfach weg. Und jetzt ist mir auch nicht wohl bei dem Gedanken, dass er mit Nora alleine zu Hause ist."

Sofort bereute seine Schwiegermutter ihre vorschnellen Worte. Ohne nachzudenken, hatte sie vorausgesetzt, dass Jens noch bei Susanne Merz gewesen wäre. Jens ahnte, dass sie zu einer Entschuldigung ansetzte. Er hob abwehrend die Hände.

„Vergiss es!" Seine Nerven waren im gleichen Zustand wie die seiner Schwiegermutter.

„Dörte ist im Esszimmer."

Ohne ein weiteres Wort ging Jens Buchmann an ihr vorbei. In der Tür zum Esszimmer blieb er abrupt stehen. Der Anblick seiner Frau erklärte den Zustand seiner Schwiegermutter. Dörte hatte die Wartezeit mit dem einen oder anderen alkoholischen Getränk überbrückt. Als sie Jens in die Augen sah, bemerkte er den bereits glasigen Blick. Seine Hoffnung auf ein sachliches und auf die Zukunft gerichtetes Gespräch sackte in sich zusammen, wie ein Luftballon, den man angepikt hatte. Er riss sich dennoch zusammen.

„Hey, Dörte", begrüßte er seine Frau mit einem Kuss auf die Stirn. „Ich musste Malte suchen, tut mir leid, dass es deshalb ein wenig später geworden ist."

Selbst Horst Hauschildt, der sonst nicht aus der Ruhe zu bringen war, zuckte zusammen, als seine Tochter den Mund öffnete.

„Ach komm", ihre Stimme triefte vor Hohn und Zynismus, „musst du meinen Eltern mal wieder beweisen, was für ein toller Vater du bist." Sie lachte hart und unfreundlich auf. „Hast du noch nicht gemerkt, dass du dich nicht weiter anstrengen musst. Du hast dein Ziel doch lange erreicht. Du bist der Gute und ich bin die Böse. Das hast du super gemacht." Abfällig begann sie, zu applaudieren.

Obwohl er versuchte, sie zu unterdrücken, traten Jens Buchmann Tränen in die Augen. Damit Dörte sie nicht sah, wandte er sich ab und ging um den Tisch zu seinem Stuhl. Als er sich setzte, hatte er sich wieder im Griff.

„Du trauerst um Klaus?" Das war mehr eine Feststellung als eine Frage. Es sollte ein Friedensangebot sein. Aber er goss damit nur Öl ins Feuer. Dörte lachte hysterisch und unkontrolliert. Ihre Mutter ahnte, dass sie zu einem Rundumschlag ausholen würde. Sie baute sich im Türrahmen auf. Aber sie kam nicht dazu einzugreifen.

„Dörte, ich glaube, du hast jetzt genug ausgeteilt." Horst Hauschildt brauchte seine Stimme nicht zu erheben. Da er sonst nie eingriff, nie unaufgefordert Stellung bezog, kam seine Zurechtweisung einem Erdbeben gleich. Aus dem Konzept gebracht, blickte die Angesprochene irritiert ihren Vater an, als müsse sie sich vergewissern, sich nicht geirrt zu haben. Sie öffnete den Mund, um ihn gleich darauf wieder zu schießen.

„Mutter hat gekocht und sich viel Mühe gegeben, um die Grundlage für einen harmonischen Abend zu schaffen. Ich erwarte, dass du dich entsprechend verhältst."

Die Buchhändlerin erhob sich leicht schwankend von ihrem Stuhl.

„Ist es jetzt auch bei dir soweit? Hat er dich jetzt auch um den Finger gewickelt? Dann kann ich ja gehen."

„Du setzt dich augenblicklich hin! Und dann wirst du dich gefälligst benehmen, wie es deinem Alter und deiner Rolle angemessen ist."

Selbst Meta und Jens verschlug die Schärfe in seiner Stimme die Sprache. Dörte setzte sich wieder.

„Soll ich dir beim Auftragen des Essens behilflich

sein?“, wandte er sich, als wäre nichts gewesen, an seine Frau.

Ohne ihre Antwort abzuwarten, machte er sich auf den Weg in die Küche. Seine Frau zog er am Arm hinter sich her.

„Dörte?“, Jens’ Stimme klang sanft und gefühlvoll. Sie hob den Kopf, blickte ihm in die Augen. Er wertete es als Friedenszeichen.

„Eure Affäre war kein Geheimnis. Susanne Merz wusste davon, sie hat euch gesehen. Du brauchst dich also nicht mehr zu verstellen.“

Er zögerte einen Moment, bevor er weitersprach.

„Lass uns doch einfach über die Tatsachen reden. Wir brauchen uns doch nichts vorzumachen. Passiert ist passiert. Und jetzt reden wir darüber, wie wir damit in Zukunft umgehen!“

Bei seinen letzten Worten hatte sich Dörtes Gesicht rot gefärbt. Wie Jens nun feststellen musste, nicht aus Verlegenheit.

„Kannst du nicht einmal normal reagieren?“ Sie schrie ihn unkontrolliert an. „Dein ewiges Verständnis“, sie stöhnte unter den Worten, als laste sein Verhalten schwer auf ihren Schultern, „deine Güte. Vielleicht hättest du Diakon oder gar Papst werden sollen. Du hältst dich wohl für unfehlbar. Fehlt nur noch der Heiligenschein.“

Jens schüttelte enttäuscht den Kopf. „Hör doch auf. Hör endlich auf“, er bettelte beinahe. „Begreifst du eigentlich gar nichts mehr?“

„Was soll ich denn deiner Meinung nach begreifen? Dass du ein Weichei bist, das alles verzeiht? Dass du die Güte mit Suppenkellen gefressen hast und mir damit einfach nur noch auf die Nerven gehst? Dass ich endlich mal eine normale Reaktion von dir will? Kannst du nicht endlich mal ausflippen und ...?", fuhr sie ihn an, kam aber nicht zum Ende.

„Schluss jetzt!" Ihr Vater war in die Tür getreten. Auch seine Gesichtsfarbe hatte sich gerötet.

„Es kann sein, dass du dich so verhältst, weil ich mich als männliches Vorbild für deine Partnerwahl ähnlich verhalten habe. Ich weiß, dass ich mich selten eingemischt und positioniert habe. Aber jetzt und hier ist Schluss. Du gehörst in Therapie, mein Kind. Und glaub mir, ich meine es nicht böse. Wenn du nicht begreifen kannst, dass die Zeit vorbei ist, in der du andere für dein Verhalten verantwortlich machen kannst, dann bist du leider in der Welt der Erwachsenen nicht richtig angekommen. Du bist beileibe alt genug, um die Verantwortung für dich und dein Leben selbst zu übernehmen. Und versteh mich richtig – es geht nicht darum, dass ich von dir erwarte, dass du die Ehe zu Jens auf Biegen und Brechen aufrechterhältst. Aber nicht sein Verhalten ist Schuld, sondern du hast dich für einen anderen Weg entschieden." Horst Buchmann sprach selten so lange. Und wenn, ging es dabei in der Regel nicht um Emotionen. Er machte einen erschöpften Eindruck.

Jens war so sprachlos wie Dörte und ihre Mutter. Mit etwas Verzögerung sackte die junge Frau mit einem Mal auf ihrem Stuhl in sich zusammen, schlug die Hände vor ihr Gesicht und brach hemmungslos in Tränen aus. Auch wenn der Vater gehofft hatte, seine Worte würden die Tochter erreichen, damit gerechnet hatte er nicht. Bevor er reagieren konnte, hatte Jens bereits den Stuhl seiner Frau erreicht. Er hockte sich neben sie und nahm sie in die Arme. Sie ließ es nicht nur zu, sondern schmiegte sich das erste Mal seit Tagen an ihn, legte ihren Kopf an seine Schulter.

„Es tut mir leid", schluchzte sie. „Es tut mir wirklich leid. Ich hatte so ein schlechtes Gewissen und wollte die Sache doch schon lange beenden. Aber dann konnte ich es nicht, und jetzt ist er tot."

Jens flüsterte beruhigend auf sie ein.

Thorsten, der bisher in Buxtehude gelebt hatte, kannte außer Monas Kneipe nicht viele Lokale in der Gegend. Seyda hatte ihn in eine Brauerei direkt vor ihrer Haustür geführt. Klein und gemütlich, versteckt an dem kleinen Flüsschen Lühe gelegen, lockte sie weniger die Laufkundschaft.

„Wie war dein Tag?" Thorsten hatte nicht viel Erfahrung mit Frauen wie Seyda. Seine Exfreundin konnte man zwar nicht als schüchtern bezeichnen, aber sie war auch beileibe nicht so forsch und mit so viel Eigeninitiative an den Beginn ihrer Beziehung gegangen, wie Seyda es tat. Dabei war sich Thorsten keinesfalls sicher, dass sie versuchte, ihn anzumachen.

Sie stöhnte, aber es war ihr anzumerken, dass es nicht so ernst gemeint war. „Wie halt so ein Tag im Büro einer Gemeinde ist."

Seyda, das hatte sie Thorsten am Abend zuvor erzählt, befand sich noch in der Ausbildung zur Kauffrau. Sie wusste bis heute nicht, ob sie es Glück oder Unglück nennen sollte, dass sie den Platz bei der Gemeinde in Jork bekommen hatte, wo sie, aber auch ihre Familie, lebte.

„Aber sie haben heute angedeutet, dass die Möglichkeit besteht, dass ich übernommen werde, wenn meine Abschlussprüfung gut genug wird", lachte sie.

Thorsten konnte sich nicht von ihrem Anblick losreißen. Seyda hatte ein reines, klares Gesicht, wie es ihm bisher bei keiner Frau untergekommen war. Die braunen Augen machten den Reiz ihres Äußeren in dem leicht dunklen Gesicht beinahe perfekt.

„Möchtest du denn in Jork bleiben?"

Sie zuckte halb unbekümmert, halb ratlos die Schultern. „Ich bin mir nicht sicher. Manchmal wünschte ich mir schon ein wenig mehr Distanz zu meiner Familie. Ich habe dir ja erzählt, dass ich noch zwei kleinere Geschwister habe. Solange ich greifbar bin, wird sich wohl kaum etwas daran ändern, dass ich mich vornehmlich um sie kümmern muss!"

Er wollte die Gründe dafür genauer wissen.

Wieder zuckte sie die Schultern. „Ganz einfach. Meine Mutter spricht kein Deutsch und mein Vater arbeitet fast rund um die Uhr, und wenn er mal nicht arbeitet, muss er schlafen."

„Warum lernt deine Mutter die Sprache des Landes, in dem sie lebt, nicht?"

Seyda legte den Kopf nachdenklich zur Seite.

„Was willst du hören? Du kennst die Antwort doch ohnehin."

„Tradition und Religion?" Thorsten passte seinen Kopf ihrer Haltung an.

Sie lachte. „So kann man es nennen. Ist aber auch müßig, darüber nachzudenken. Ich werde es sicher nicht verändern können und mein Vater will es nicht!"

„Haben sie dir bei deiner Entwicklung Probleme gemacht?"

Sie schüttelte den Kopf. „Kann man nicht sagen. Am Anfang, als ich noch klein war, hat meine Mutter mich natürlich nach den alten Traditionen erzogen. Als ich aber anfing, mich zu verändern und hiesigen Verhältnissen anzupassen, haben sie sich nicht dagegen gewehrt und mir auch keine Einschränkungen auferlegt. Das rechne ich ihnen hoch an."

„Wie ist es bei deinen Brüdern?"

Jetzt lachte sie richtig laut: „Na ja, das kannst du dir doch denken. Da ich sie mehr oder weniger erziehe, liegt es doch auf der Hand. Aber vielleicht können wir jetzt mal über was anderes reden als über mich und meine Familie?"

„An was hattest du denn gedacht?"

„Na, vielleicht darüber, wie wir den weiteren Abend gestalten?"

Celia hatte mit Appetit gegessen und ihr Freund hatte es mit Genugtuung zur Kenntnis genommen.

„Wir sollten über ein Hausmädchen nachdenken", scherzte Celia, die wenig für Hausarbeit übrig hatte, und gerade jetzt wenig Lust verspürte, den Tisch abzuräumen und dafür den gemütlichen Platz auf dem Sofa zu verlassen.

„Bleib sitzen, ich mach schon", Jaron erledigte die Hausarbeit gewissenhaft, wenn auch ebenfalls nicht aus Überzeugung. Celia neigte dagegen eher dazu, sie einfach liegen zu lassen.

„Ne, ich helf' dir. Ich muss dir sowieso noch was zeigen."

Gemeinsam trugen sie das Geschirr in die Küche. Jaron räumte es in die Spülmaschine, während Celia in die Diele zurückging.

„Und, was hast du Schönes? Eine Überraschung?"

„So kann man es auch nennen!" Die Kommissarin schüttete, wie auf dem Dachboden, erneut die Tüte aus. Diesmal auf den Wohnzimmertisch.

„Hier, anziehen!", sie reichte Jaron Schutzhandschuhe.

Schweigend sichtete er den Inhalt der Tüte.

„Die Überraschung ist gelungen. Vielleicht nicht ganz so, wie ich sie mir gewünscht hätte."

„Ganz deiner Meinung", pflichtete Celia ihm bei.

„Und jetzt?"

Sie zuckte mit den Schultern. „Ich habe mit den Heitmanns gesprochen beziehungsweise vorsichtig in die entsprechende Richtung gefragt. Aber die haben beide glaubhaft nichts ahnend reagiert." Sie zuckte noch mal mit den Schultern. „Enya Peters haben wir zufällig bei der Merz angetroffen, aber da ergab sich keine Gelegenheit, das Thema zur Sprache zu bringen. Ich würde morgen gerne mit den beiden Schülern direkt reden!"

Der Staatsanwalt verzog das Gesicht. „Heikel."

Celia winkte ungeduldig ab: „Jetzt fang du nicht auch noch an. Ich verdächtige sie nicht, ich verhöre sie nicht, ich will nur mit ihnen reden und das ist nicht verboten!"

Er hob abwehrend die Hände vor den Körper und lachte: „Ist ja schon gut." Und wieder ernst werdend: „Mit dem Pastor würde ich auch noch mal das eine oder andere Wort reden."

„Tja", lachte Celia wenig fröhlich, „da kannst du Gift drauf nehmen, dass ich ihm das unter die Nase reibe. Mist ist nur, dass Merz allem Anschein nach nicht nur Interesse an Kindern hatte, sondern auch noch daran, andere zu erpressen. Das ist ja ein bisschen viel für so einen gläubigen Mann, oder?"

„Stimmt! Was mir aber überhaupt nicht in den Kopf will – wieso hebt der so einen Brief auf? Das ist doch komplett bescheuert."

„Warum? Der hat doch nicht damit gerechnet, dass jemand in seinem Haus rumstöbert. Und noch weniger damit, dass jemand ihn umbringt."

Jaron war nicht überzeugt. „Kann sein. Aber wenn

ich so einen Mist mache, verwahre ich den Beweis dafür doch nicht auch noch in meinem Haus auf. Schließlich hat er nicht alleine dort gelebt. Und Kinder kommen ja manchmal auf die absurdesten Ideen."

„Damit kennst du dich ja bestens aus", frotzelte seine Freundin.

„Nun tu mal nicht so. Wer hat denn den Säugling bei unserem ersten gemeinsamen Fall in Köln ruhig bekommen?"

„Mea culpa, ich vergaß", gestand sie. In der Tat hatte Jaron ein Gespür für Kinder.

„Können wir den Fall bis morgen zur Seite packen? Ich bin hundemüde."

„Entschuldige, hätte ich auch von selbst drauf kommen können!", überkam ihn das schlechte Gewissen.

„Für ein Glas Rotwein und die Fernbedienung des Fernsehers verzeihe ich dir!"

Kapitel 13

Enya Peters stand in der Küche, um Abendbrot zuzubereiten, als sie die Haustür hörte.

„Hey Carsten, du bist ja doch schon zu Hause?"

Ihr Mann stand gegen den Türrahmen gelehnt und machte einen erschöpften Eindruck.

„Es ist einfach nicht zu fassen. Ich weiß nicht, was die Bundesregierung sich bei der Hilfstruppe unten gedacht hat."

Der Ärger belebte sein eben noch blasses Gesicht. „Die Santas ist gar nicht gekapert. Du wirst es nicht glauben. Die haben sich vertan – haben sie gesagt." Er winkte resigniert ab und ging auf seine Frau zu, um sie zu begrüßen. Er umfing sie mit beiden Armen und lehnte seinen Kopf an ihre Schulter. Auch sie genoss den selten gewordenen Augenblick der Nähe.

„Wie war es bei dir?" Carsten Peters richtete sich wieder auf.

„Hol uns ein Glas Wein, dann erzähle ich es dir, während ich weiter das Abendessen koche."

Sie hatten sich angewöhnt, abends warm zu essen, seit sie wieder in die Firma zurückgekehrt war. Dabei waren sie nicht darauf festgelegt, dass sie kochte. Carsten übernahm diese Aufgabe so oft er konnte.

Als er zurückkam, reichte er ihr ein Glas Weißwein, und, während sie gemeinsam das Essen zubereiteten, erzählte sie von ihrer Begegnung mit Susanne Merz.

„Die Arme", bemerkte er, nachdem seine Frau geendet hatte. „Als wenn es nicht schon schlimm genug ist, wenn der Mann ums Leben kommt. Aber ich bin froh, dass wenigstens diese Geschichte mit den sexuellen Neigungen der speziellen Art vom Tisch ist."

„Das kann man so sagen", lachte seine Frau. „Susanne konnte man richtig anmerken, wie erleichtert sie war."

„Und wie hat sie auf Jens Buchmann reagiert?"

„Super! Ehrlich, richtig super! Kein böses Wort, kein Vorwurf gegen seine Frau, nichts."

„Alle Achtung."

„Ja, ich bin mir nicht so sicher, ob ich in so einer Situation auch so großzügig wäre."

„Ach komm Enya, wärst du auch. Gerade du. Außerdem kann er ja nun auch wirklich nichts dafür."

„Danke für die Blumen. Aber so viel Objektivität muss man erstmal haben."

Carsten Peters hatte inzwischen den Tisch gedeckt. Das Essen war beinahe fertig.

„Sind die Kinder in ihren Zimmern?"

„Ja, du kannst ihnen Bescheid sagen."

Kurz darauf betraten beide Kinder fast gleichzeitig die Küche. Wie immer, wenn sie ihren Vater sah, fiel Louise ihm um den Hals. Als aber auch Jan-Phillip ihn mit einem Kuss auf die Wange begrüßte, war er mehr als verdattert. Erfreut drückte er seinen Sohn kurz an sich. Er ließ es geschehen.

Während Enya das Essen auftrug, setzten die Kinder und Carsten sich bereits auf ihre Stühle. Louise plapperte drauflos.

„Heute in der Schule gab es nur ein Thema. Merz! Sogar die Lehrer haben den Unterricht ausfallen lassen, um mit uns darüber zu reden. Sie haben wohl das Gefühl, sie müssten uns helfen, den Tod zu verarbeiten."

Das Ehepaar warf sich einen erschreckten Blick zu und wartete auf die Reaktion seines Sohnes. Zu ihrem

Erstaunen blieb sie aus. Ohne mit der Wimper zu zucken, füllte er sich Nudeln auf seinen Teller. Louise schien die Anspannung der Eltern diesmal nicht zu spüren, obwohl sie schon häufig bewiesen hatte, dass sie eine Antenne dafür hatte.

„Aber außer Marike Peschel scheint keiner wirklich Probleme damit zu haben." Sie wandte sich nun direkt an ihren Bruder: „Die hat doch heute im Bus auch wegen ihm geheult, oder?"

Carsten und Enya Peters hielten die Luft an.

„Ist aber doch verständlich." Jan-Phillips Stimme war einfühlsam und sanft. „Die kennt die Familie ja auch ganz gut. Immerhin war sie schon oft dort zum Babysitten."

Die Eltern warfen sich erneut einen Blick zu. Sie konnten nicht glauben, dass es ihr Sohn war, der jetzt so verständnisvoll reagierte, obwohl er bis gestern noch nichts anderes wahrnahm.

Ellen Roper bereute, ausgerechnet heute früher Schluss gemacht zu haben. Sonst war sie immer die Letzte, die das Büro verließ. An diesem Tag war sie vor allen anderen gegangen, sich deutlich der irritierten Blicke ihrer Angestellten bewusst. Ihr war klar, dass sie sich seltsam verhielt – und das nicht erst seit heute Nachmittag. Gerade in den Augen der Mitarbeiter. Aber sie tat es mit einem desinteressierten Schulterzucken ab.

Rastlos wanderte sie von einem Fenster ihrer Wohnung zum nächsten. Aber weder die Bewegung noch der Ausblick beruhigten sie. Immer wieder griff sie nach ihrem Handy, wählte Theresas Nummer und legte sofort wieder auf. Ellen kannte diesen Zustand nicht. In ihrem Leben ging es immer zielstrebig geradeaus. Dabei handelte es sich stets um ihren Weg. Sie hatte als Kind nicht lange bis zu der Erkenntnis gebraucht, dass sie nicht so leben wollte wie ihre Eltern. Obwohl sie viele andere Familien kennengelernt hatte, in denen die Abhängigkeit vom Sozialamt von einer Generation in die nächste „vererbt“ worden zu sein schien, als gäbe es keinen anderen Weg, beschloss sie ihr Leben aus dieser Umgebung zu befreien. Eisern und mit festem Willen hatte sie für die Schule gebüffelt. Sie hatte es geschafft. Nach dem Studium war sie ganz bewusst in eine kleine Werbefirma eingetreten. Sie hatte lange recherchiert, um herauszufinden, dass der Inhaber keine Nachkommen hatte und beinahe das Alter, um in den wohlverdienten Ruhestand zu gehen. Es war nicht schwer, sich bei ihm lieb Kind zu machen. Er und auch seine Frau hatten sie mit offenen Armen aufgenommen. Sie scheute keine Überstunde, keinen Einsatz und brachte das kleine Unternehmen in kurzer Zeit auf Vordermann. Die Alten wären auf ihre eigene Tochter, wenn sie eine gehabt hätten, nicht stolzer gewesen. Es war beinahe folgerichtig, dass sie Ellen die Firma für einen Apfel und ein Ei überließen – weit unter Wert!

Ellen Roper kannte kein Gefühl der Dankbarkeit. Dennoch hielten die alten Leute es dafür, wenn sie regelmäßig Geld von ihr bekamen. Sie setzte es von der Steuer ab, sich sehr wohl bewusst, dass es ein lächerlicher Betrag war, in Anbetracht der Umsätze, die sie Jahr für Jahr erwirtschaftete.

„Verdammt“, fluchte sie zum wiederholten Mal an diesem Tag. Erneut griff sie zum Telefonhörer. Diesmal wählte sie die Nummer durch und legte auch nach dem ersten Klingelzeichen nicht wieder auf. Sie hatte nicht damit gerechnet, dass Theresa das Gespräch entgegennehmen würde. Daher war sie beinahe so überrascht, dass sie doch wieder aufgelegt hätte. Ihre Stimme klang unsicherer, als es ihr lieb war.

„Ich weiß, dass du eigentlich nicht mit mir reden möchtest. Aber ich bitte dich, leg nicht auf!“ Selbst in ihren eigenen Ohren klang ihre Stimme fremd und die Worte waren unpassend. Es wunderte sie deshalb nicht, dass Theresa am anderen Ende der Leitung stumm blieb.

„Ich habe Mist gebaut. Nicht zum ersten Mal. Ich weiß das und es tut mir leid. Ich möchte dir ein Angebot machen. Wenn du mir mein Alibi gibst, dann werde ich zu unserer Beziehung stehen und sie öffentlich machen. Ich verspreche es.“ Noch nie hatte sie jemanden um etwas angebettelt – nicht einmal ihre Eltern.

Theresa blieb stumm.

„Sag doch was!“, forderte die Unternehmerin flehentlich. „Ich werde dich nie mehr schlagen, werde dich nie mehr verletzen! Auch seelisch nicht. Ich werde dich auf Händen tragen, dir jeden Wunsch von den Augen ablesen.“

„Liebe Ellen“, als sie die Stimme Frederiks erkannte, weiteten sich ihre Augen vor Entsetzen, „das war ein wunderschönes Geständnis. Und wir haben es auf Band aufgenommen. Solltest du also noch einmal hier anrufen oder aufkreuzen, werden wir uns nicht scheuen, es an die Polizei weiterzugeben. Du kannst dir vorstellen, dass sie Theresas Version des Sturzes sowieso nicht für bare Münze gehalten haben. Also, deine Beziehung zu Theresa ist beendet. Ein für alle Mal.“ Ohne eine Reaktion abzuwarten, legte Frederik auf. Ellen war weiß vor Wut.

„Kann mir mal jemand erklären, was das hier soll?“ Konsterniert stand Theo Heitmann vor dem Abendbrottisch. Er war nur für eine Person gedeckt. Betont bedächtig kam Ilse Heitmann aus der Stube ins Esszimmer.

„Kann ich", antwortete sie knapp. „Ich werde heute mit Tim vor dem Fernseher essen und du in der Küche. Wir haben festgestellt, dass es uns wenig Freude macht, uns ständig dein Genörgel und deine Gängelei bieten zu lassen. Und du kannst ja dann auch, endlich mal, in Ruhe essen, wenn du nicht dauernd auf uns aufpassen musst. Das ist sicher für uns alle eine gute Lösung!" Sie drehte sich um und wollte den Raum verlassen.

„Bleib gefälligst hier, wenn ich mit dir rede."

Ilse Heitmann drehte sich nur halb zu ihm um: „Wie sagte Tim das vorhin so schön? Du redest nicht, du schreist – und daher besteht keine Notwendigkeit, stehen zu bleiben."

Heitmann konnte und wollte das nicht auf sich sitzen lassen. Bevor seine Frau die Wohnzimmertür erreicht hatte, war er bei ihr und griff nach ihrem Arm.

„Lass Mama los, Papa!" Die Stimme seines Sohnes klang seltsam fremd und erwachsen. Sie irritierte ihn jedoch so weit, dass er die Hand vom Arm seiner Frau löste. Die Gesichter seines Sohnes und seiner Frau waren bleich aber entschlossen.

„Was spielt ihr für ein Spiel?", Theo Heitmann musste sich bemühen, seiner Stimme die Unsicherheit zu nehmen.

„Wir spielen nicht, Theo." Seine Frau hatte ihre Stimme wieder gefunden. „Ich denke, es wird Zeit, dass wir uns auf einen für alle angenehmen Verhaltensmodus verständigen. Es bleibt dir natürlich völlig frei, auswärts zu essen, wenn es dir im Esszimmer zu einsam ist." Ilse Heitmann ließ ihn erneut stehen und betrat die Stube. Tim schloss vor den Augen seines Vaters die Tür hinter ihr. Theo Heitmann unterdrückte seinen ersten Impuls, hinter den beiden her zu stürmen. Er drehte sich um und verließ türenknallend das Haus.

Im Wohnzimmer lächelten Mutter und Sohn sich verschwörerisch an. Es war zumindest ein Teilerfolg.

„Darf ich nicht doch mit nach Hause kommen?" Nach dem friedlichen Essen hatten sich ihre Eltern zurückgezogen. Jens und Dörte hatten ihre Gläser genommen und sich in den Wintergarten gesetzt. In der kalten Jahreszeit wurde er durch eine Fußbodenheizung gewärmt, sodass man immer dort sitzen konnte. Es war ein gemütlicher Platz. Meta Hauschildt hatte viel Zeit, Energie und sicher auch Geld in seine Ausstattung gesteckt. Das Ergebnis konnte sich sehen lassen. Er gehörte zu den Lieblingsplätzen ihres Schwiegersohnes.

„Dörte, mach es mir doch nicht so schwer. Ich kann dir doch nicht verbieten, nach Hause zu kommen. Aber ich finde es einfach wichtig, dass du endlich zu dir findest. Und das kannst du nun mal nicht, wenn wir immer und immer wieder aufeinandertreffen und uns mit dem Alltag auseinandersetzen müssen. Es soll ja keine Strafe sein, sondern eine Chance für dich."

Dörte weinte nun wieder. Aber es waren keine Tränen der Wut. „Du hast ja recht. Aber ich fühle mich zum ersten Mal seit langem wieder ganz nah bei dir. Und das würde ich gerne weiter fühlen. Jens stand auf und kniete sich neben den Korbstuhl seiner Frau: „Dörte, das kannst du auch. Jeden Tag. Wir treffen uns und reden und fühlen. Und dann kannst du hierhin zurück und dem Gefühl nachspüren, ob es richtig ist oder ob du nicht doch irgendwas vermisst, was ich dir nicht geben kann."

„Wie kannst du, nach all dem, was dir als Kind passiert

ist, immer noch so großmütig sein. Ich begreife das nicht. Ich habe es doch wirklich nicht verdient."

Jens lachte und es klang liebevoll. Er drückte Dörte fest an sich: „Ich bin weit weniger großmütig, als es für dich den Anschein hat. Ich mache das ja nicht aus reiner Selbstlosigkeit. Ich will, dass du zu mir zurückkommst. Und zwar ganz. Das hat nun wahrlich nichts mit Großmut zu tun. Findest du nicht?"

Dörte nickte. Jens wischte ihr die Tränen weg. „Und jetzt fahre ich zu unseren Kindern. Was hältst du davon, wenn wir morgen Abend zusammen essen gehen?"

Sie nickte erneut.

„Gut, dann hole ich dich im Geschäft ab." Sie verabschiedeten sich mit einem intensiven und zärtlichen Kuss. Er machte Jens Hoffnung auf die Zukunft. Er verließ das Haus, ohne noch einmal bei seinen Schwiegereltern hereinzusehen. Er wusste, sie würden es nicht von ihm erwarten.

Thorsten hatte Mühe, den Schlüssel ins Schloss zu seiner Wohnung zu stecken. Er war nicht mehr ganz nüchtern. Seyda, die sein Tun neben ihm stehend verfolgte, kicherte ebenfalls leicht angetrunken in sich hinein.

„Sollen wir lieber zu mir gehen?", schlug sie vor.

Thorsten winkte ab: „Hab ich gleich", versprach er. In der Tat gelang es ihm, beim nächsten Versuch das Schlüsselloch zu treffen.

Er ließ Seyda vorgehen. Nachdem er die Tür geschlossen hatte, lehnte er sich für einen Augenblick mit dem Rücken dagegen und schloss die Augen. Dann schüttelte er sich.

„Komme gleich", vertröstete er Seyda, die ihn aus dem Wohnzimmer rief.

Thorsten machte einen Abstecher ins Bad, ließ sich kaltes Wasser über die Arme laufen und spritzte sein Gesicht nass. Danach fühlte er sich besser.

„Ich mache mir einen Kaffee, möchtest du auch?"

„Wieso willst du jetzt einen Kaffee? Du hast viel Geld dafür ausgegeben, diesen Schwips zu bekommen und jetzt willst du ihn gleich wieder in Kaffee ertränken?" Seyda konnte sein Verhalten nicht verstehen.

„Ich habe schon viel zu viel getrunken. Ich habe Bereitschaft und da geht das eigentlich gar nicht."

„Oh!", lautete der kurze und knappe Kommentar Seydas. „Dann mach für mich einen mit. Musst ja nicht alleine nüchtern sein."

Thorsten lachte. Seyda gefiel ihm mehr als nur ein bisschen.

„Wirst du oft gerufen, wenn du Bereitschaft hast?" Auch ohne Kaffee klang Seyda nun schon beinahe wieder vollkommen klar.

„Ne, Gott sei Dank nicht. Als ich noch in Hamburg gearbeitet habe, war das ein ganz anderer Schnack. Da mussten wir ständig raus. Großstadt halt."

Er reichte Seyda ein Glas mit einem Latte macchiato. Sie war beeindruckt. „Ich glaube, ich bleibe zum Frühstück."

„Sag mal, irre ich mich oder baggerst du mich an?" Thorsten nutzte den Restalkohol, um seine Angst zu überwinden.

Seyda lachte laut auf: „Du bist ja mutig. Was machst du, wenn ich jetzt ja sage?"

Thorsten spürte, wie er rot anlief. Er war froh, dass das Licht gedämpft war und Seyda es nicht sehen konnte. Er nahm ihr das Glas, das er ihr gerade gereicht hatte, wieder weg und stellte es auf den Küchentresen. Dann nahm er ihr Gesicht in beide Hände und küsste sie. Sie zögerte keinen Moment, den Kuss zu erwidern. Thorsten wurde heiß.

Susanne Merz saß im dunklen Wohnzimmer und rührte sich nicht. Seit Jens Buchmann und Enya Peters gegangen waren, hatte sie nicht viel mehr getan, als hier zu sitzen und aus dem Fenster zu schauen. Sie hatte kurz mit ihren Eltern und den Kindern telefoniert, die noch immer nicht recht begriffen, was für ein Unglück über sie hereingebrochen war. Auch konnte sie ihren Eltern immer noch nicht die volle Wahrheit anvertrauen. Dabei spürte sie genau, dass ihr Vater ahnte, dass sie mit den Details hinter dem Berg hielt. Aber er drängte sie nicht. Susanne Merz saß mit angezogenen Beinen auf ihrem Lieblingsplatz. Es war der Ohrensessel ihres Opas, den sie schon ihr Leben lang mit sich herumschleppte. Von ihrer ersten eigenen Wohnung, bis in dieses Haus. Der Sessel hatte immer geholfen, wenn sie einmal in einer Situation war, in der sie nicht weiter wusste, ihre Gedanken sortiert werden mussten. Darauf hatte sie auch heute gehofft. Bisher ohne Erfolg. Sie fühlte sich nur elend und schuldig, weil sie nicht einmal mehr in der Lage war, Trauer um ihren Mann zu spüren. Stattdessen fühlte sie, wie die Wut auf ihn immer größer wurde.

Das Wochenende sollte der Versuch einer Annäherung werden. Sie hatte sich vorgestellt, dass sie nach ein paar Trennungstagen wieder zueinander finden könnten, und wenn sie und die Kinder erst mal weg wären, er sie vermissen, ihren Wert und seine Gefühle für die Familie und sie wiederentdecken würde. Jetzt saß sie hier und wusste nichts mehr. Nicht, ob ihre Theorie aufgegangen war und noch viel weniger, wer ihr Mann eigentlich gewesen war.

Obwohl die Beamten den Vorwurf der abartigen sexuellen Vorlieben zurückgenommen hatten, war bei ihr ein Funke des Zweifels zurückgeblieben. Selbst ihr als Laie erschloss sich recht schnell, dass der Mörder nicht ohne Grund diese Spur gelegt hatte. Selbst wenn die Kripobeamten nicht noch einmal mit ihr gesprochen hatten, alleine die Tatsache, dass die Spurensicherung noch einmal kommen sollte, bedeutete in ihren Augen, dass sie auf etwas gestoßen waren. Sie kam überhaupt nicht auf die Idee, es könne etwas sein, das Hinweise auf den Täter brachte.

Als sie einen Schatten durch den Garten huschen sah, dachte sie zunächst an ein Reh. Das passierte hier häufiger. Als sie noch einmal genauer hinsah, erkannte sie eine menschliche Gestalt, die aufs Haus zukam. Sie bekam Angst und war froh, das Telefon noch auf den Knien liegen zu haben.

Zunächst hatte Celia ihren Kopf nur an Jarons Schultern gelegt. Inzwischen lag er auf seinen Beinen und sie war kurz davor einzuschlafen. Sie zuckte hoch, als ihr Handy zu läuten begann. Verschlafen setzte sie sich auf.

„Dörfer?", meldete sie sich immer noch verschlafen. Dann straffte sich ihr Körper in plötzlicher Anspannung.

„Gut gemacht, Frau Merz. Bleiben sie ruhig, ich komme sofort. Verstecken sie sich irgendwo. Ich bin in wenigen Minuten da."

Noch während ihrer letzten Worte war Celia bereits vom Sofa aufgesprungen und in die Diele geeilt. Sie angelte nach ihrer Jacke, schlüpfte in ihre Schuhe.

„Jaron, du rufst bitte die Streife. Ich brauche Unterstützung bei Frau Merz. Sie hat einen Einbrecher entdeckt." Während sie ihrem Lebensgefährten Anweisungen erteilte, wählte sie Thorstens Handy an.

„Lass mich raten? Du musst drangehen, oder?", flüsterte Seyda verführerisch an Thorstens Hals entlang. Bis zum Sofa hatten sie es noch geschafft. Thorsten brauchte einen Moment, um wieder zu Verstand zu kommen. Mühevoll setzte er sich unter Seyda auf. Sie reichte ihm das Handy, das er auf dem Wohnzimmertisch deponiert hatte.

Die ersten Worte Celias reichten, um ihn in die Wirklichkeit zurückzuholen.

„Scheiße, ich komme!" Beinah unsanft befreite er sich aus Seydas Umarmung.

„Sei mir nicht böse. In unserem aktuellen Fall tut sich was."

Seyda nahm es gelassen. Thorsten hatte mit seiner Exfreundin andere Erfahrungen gemacht und sich deshalb bereits für Vorwürfe gerüstet. Als sie nicht kamen, überkam ihn ein Glücksgefühl, das er schon lange nicht mehr empfunden hatte. Obwohl die Zeit knapp war, nahm er erneut ihr Gesicht in seine Hände.

„Du bist eine unglaublich tolle Frau. Wenn es für dich in Ordnung ist, würde ich mich freuen, wenn du noch hier bist, wenn ich zurückkomme."

Seyda lachte erneut: „Dreimal ‚wenn' in einem Satz verspricht eigentlich nichts Gutes. Aber mach dir keine Gedanken. Ich bleibe hier. Immerhin wollte ich einen speziellen Latte zum Frühstück!"

Jaron hatte sich nicht davon abhalten lassen, Celia zu begleiten. Im Nachhinein war sie froh, dass sie ihn nicht überzeugen konnte. Wie immer um diese Uhrzeit war die Straßenbeleuchtung ausgeschaltet. Hinter Familie Merz' Haus war es mehr als dunkel. Man konnte die Hand nicht mehr vor den Augen sehen. Langsam, mit einer kleinen Taschenlampe, suchten sie sich den Weg durch den Garten. Der Staatsanwalt hielt sich im Hintergrund. Anders als seine Freundin trug er keine Waffe.

Als sie jäh stehen blieb, stieß Jaron von hinten gegen sie. „'tschuldige", flüsterte er.

„Schon gut", gab sie zurück und wies mit dem Finger auf das Haus. „Da hantiert auch jemand mit einer Taschenlampe!"

Tatsächlich huschte im Haus ein Lichtkegel hin und her. Jemand suchte etwas.

„Wenn die Person da hineingekommen ist, ohne durch die Vordertür zu gehen, dann muss es auch für uns einen anderen Weg geben!"

Leise umrundeten sie das Haus und stießen dabei auf das geöffnete Kellerfenster.

Als Thorsten genau in diesem Moment zu ihnen stieß, zuckten sie erschreckt zusammen.

„Puh!" Celia wedelte mit der Hand vor ihrer Nase. „Ich hoffe, mit der Fahne bist du nicht selber Auto gefahren", flüsterte sie.

„Nein, natürlich nicht. Taxi macht's möglich", flüsterte er zurück.

Celia hielt den Zeigefinger auf den Mund und wies dann auf den Lichtschein, der nach wie vor durch das Wohnzimmer flackerte.

Celia kletterte allen voran durch das Fenster ins Haus. Vorsichtig trat sie zur Seite, um den Männern Platz zu machen. Thorsten steckte die Beine durch das Fenster. Weiter kam er nicht. Für ihn würde es keine Möglichkeit geben, durch diese Öffnung ins Haus zu gelangen, ohne dabei viel Lärm zu machen. Jaron versuchte es gar nicht erst.

„Geht zur Veranda. Ich probiere, euch dort hereinzulassen", wies sie die Männer an.

Mit vorgehaltener Waffe schlich sie zur Kellertreppe. Quälend langsam stahl sie sich Schritt für Schritt ins Erdgeschoss, immer auf die Geräusche im Haus horchend. Der Einbrecher gab sich keine Mühe, leise zu sein. Offensichtlich hatte er keine Angst, überrascht zu werden. Endlich im Erdgeschoss angekommen, blieb sie erneut lauschend stehen. Sie versuchte, sich in der Dunkelheit zu orientieren. Dabei kam ihr zugute, dass sie das Haus bereits zweimal gesehen hatte. Von der Kellertreppe aus konnte sie in einen Teil des Wohnzimmers blicken. Der Einbrecher befand sich jedoch außerhalb ihres Blickfeldes. Für die Kommissarin die Gelegenheit, ungesehen zur Veranda zu gelangen. Ohne ein Geräusch zu verursachen, öffnete sie den Männern die Tür. Zu dritt schlichen sie Richtung Wohnzimmer. Nur am Rande überlegte Celia, wo Susanne Merz abgeblieben sein mochte. Den Einbrecher schien diese Frage noch viel weniger zu interessieren. Er hockte vor einem Regal und zog Buch um Buch heraus, schüttelte es, bevor er es auf den Boden warf und mit dem nächsten genauso verfuhr. Thorsten postierte sich links von der Flügeltür, Celia übernahm die andere Seite. Jaron blieb im Dunkel der Diele zurück. Auf ein Zeichen seiner Chefin riss Thorsten seine Waffe hoch, Celia schaltete das Licht ein und brachte ebenfalls die Waffe in Anschlag: „Hände hoch, keine Bewegung!"

Der Einbrecher hockte immer noch mit dem Rücken zu ihnen, ließ aber das letzte Buch auf den Boden fallen und hob die Hände.

„Stehen bleiben. Rühren Sie sich nicht vom Fleck." Mit dem Kinn wies Celia Thorsten an, dem Einbrecher Handschellen anzulegen. Sie sicherte die Aktion mit der Waffe.

„Na, wollen doch mal sehen, wer uns hier ins Netz

gegangen ist!" Der Staatsanwalt trat aus der Dunkelheit ins Wohnzimmer.

Kaum zu Hause hatte Jens Buchmann sich endlich gegönnt, wonach ihn schon den ganzen Abend gelüstete. Beinahe gierig hatte er das erste Bier hinuntergespült. Das zweite trank er in Ruhe. Er hatte es mit ins Wohnzimmer genommen und saß nun wieder auf dem Sessel, den Celia so unpassend für ihn empfunden hatte. Ihr Gefühl hatte sie nicht getrogen. Er fühlte sich hier normalerweise tatsächlich nicht sehr wohl. Sein Lieblingsplatz war in der Küche. Dennoch blieb er sitzen.

Er nahm einen weiteren Schluck aus der Flasche. Dann legte er den Kopf zurück und schloss die Augen.

Die leise Stimme seiner Tochter ließ ihn hochschrecken. „Papi, Malte ist nicht in seinem Bett!"

Er lachte sie unsicher an: „Das kann nicht sein. Es ist doch schon spät."

Müde erhob er sich. „Komm wir schauen zusammen nach. Sicher hast du dich geirrt."

Aber Maltes Bett war leer. Innerlich stöhnte Jens Buchmann auf. Ein weiteres Problem, um das er sich kümmern musste. Eins weniger wäre ihm lieb gewesen.

„Habt ihr euch gestritten?", versuchte Jens die Situation zu klären.

Nora schüttelte den Kopf.

„Ist Malte noch mal draußen gewesen?" Seine Tochter verneinte erneut.

„Erzähl mir, was ihr gemacht habt."

Nora lief ein wenig rot an.

Jens lachte: „Ihr habt ferngesehen, oder?"

Das Kind nickte betreten.

„Und dann?" Für Tadel blieb jetzt keine Zeit.

„Ich bin ins Bett gegangen. Aber Malte wollte noch weitergucken."

Jens fuhr seiner Tochter schnell durchs Haar.

„Pass auf, du gehst ins Bett und ich sehe mal im Garten nach. Vielleicht ist er in seinem Baumhaus."

Er öffnete die Terrassentür. Bevor er noch einen Schritt gemacht hatte, überkam ihn schon ein Gefühl der Erleichterung. Er winkte Nora zu sich.

„Schau mal da oben!" Er wies mit dem Finger aufs Baumhaus hinauf. Wenn man genau hinsah, erkannte man das Licht einer Taschenlampe.

„Geh ins Bett! Ich gehe zu Malte und versuche, ihn ins Haus zu bekommen. Ist vielleicht ein bisschen kalt hier draußen!"

Erleichtert, dass ihr Bruder nicht auch noch weg war, trollte das Mädchen sich ins Bett.

„Malte, ich bin's", sagte Jens Buchmann leise. Er wollte verhindern, dass sein Sohn sich erschrak.

„Hab dich schon gehört", gab dieser zur Antwort. Es klang weit weniger abweisend, als Jens erwartet hatte.

Er stieg die Leiter zum Baumhaus hinauf. Es war ein gemeinsames Vater-Sohn-Projekt gewesen. Etwas, das sie ohne die Frauen gemacht hatten, wie Malte damals immer wieder betont hatte. Es hatte Jens gezeigt, dass die Zeit der Fixierung auf die Mutter vorbei war und eine neue anbrach, in der sein Sohn verstärkt ihn brauchte. Als das Baumhaus endlich fertig war, hatten sie viele Stunden zusammen darin verbracht. Im letzten Jahr begann Malte sich erneut zu verändern und zu entwickeln. Freunde bekamen mit einem Mal eine größere Bedeutung in seinem Leben, als es bisher der Fall gewesen war. Jens war im Baumhaus nicht mehr willkommen und er respektierte es, sich an seine eigene Jugend erinnernd.

„Hey!“, begrüßte er den Sohn betont lässig, frei von Vorwürfen. Es würde ihn nur unnötig abschrecken. Jens wollte jedoch ein Gespräch.

Malte gab einen Laut von sich, den man mit gutem Willen als Gruß werten konnte.

„Alles okay, bei dir?“ Jens setzte sich auf eine der alten Kindermatratzen, die sie ins Baumhaus gelegt hatten, um Sitzgelegenheiten zu schaffen. Er sah seinem Sohn ins Gesicht. Da dieser die Taschenlampe ausgeschaltet hatte, konnte er keine Mimik ausmachen. Er musste sich auf die Stimme verlassen.

„Weiß nicht“, lautete die Antwort, die in der letzten Zeit zum Standard avancierte.

Jens versuchte einen Schuss ins Blaue: „Die Streitereien zwischen Mama und mir machen dir zu schaffen, oder?“

Sein Sohn bewegte sich unruhig.

„Kann sein“, murmelte Malte.

„Wir hatten eben ein ausgesprochen gutes Gespräch bei Oma und Opa.“

Malte gab etwas von sich, das wie ein höhnischer Lacher klang. „Und wie lange dauert es diesmal, bis Mama wieder geht?“

Jens erschrak über die kalt klingenden Worte.

„Mama ist doch noch nie weggegangen.“

Malte schnaubte erneut durch die Nase. „Kommt ja wohl immer drauf an, wie man es auslegt, oder?“

Schlagartig erkannte Jens Buchmann, wie viel sein Sohn von all den unterschwelligen Emotionen seiner Mutter begriffen hatte. Er hoffte inständig, dass er nichts von der Affäre wusste und auch in Zukunft nicht erfahren würde. Das Verhalten seiner Mutter schien ihn auch so schon mehr als genug gekränkt zu haben.

„Weißt du, Malte, ein Teil der Pubertät besteht darin, festzustellen, dass die Erwachsenen, die man all die Jahre für unfehlbar gehalten hat, es beileibe nicht sind. Zuerst ist es ein Schock, aber später ist es auch eine Erleichterung. Es bedeutet, dass man selbst auch nicht unfehlbar werden muss." Er lachte unsicher, nicht wissend, ob sein Sohn seinen Argumenten folgen konnte.

„Es ist nicht leicht, in einer Gesellschaft seine Rolle und seinen Weg zu finden. Manchmal ist es in einem kleinen Ort wie diesem noch schwerer als in einer Großstadt. Mama tut sich schwer damit, aber sie liebt uns. Dich und Nora genauso wie mich."

Er schauderte, als sein Sohn ihn anfuhr: „Hör auf Papa, du machst dir doch was vor und willst auch noch, dass wir den Mist glauben. Mama liebt vielleicht sich selbst, aber sonst bestimmt niemanden. Nicht mal ihre Eltern."

Jens wollte ihm heftig widersprechen. „Es tut mir leid, dass du es so empfindest", korrigierte er das Gefühl seines Sohnes jedoch nicht. „Gibt es irgendetwas, das ich tun kann, um es dir leichter zu machen?" Er streckte die Hand nach seinem Sohn aus. Und war erleichtert, als er sie ergriff und drückte.

„Nein, ich glaube nicht. Aber ich weiß, dass du es ehrlich meinst. Danke!" Die Worte klangen so resigniert, dass sie Jens Buchmann beinahe das Herz brachen. Er fühlte Tränen in seinen Augen aufsteigen. Er schluckte sie hinunter.

„Kommst du mit rein oder möchtest du hier draußen schlafen? Ich kann dir noch ein paar Decken bringen."

„Manchmal bist du richtig cool." Malte zögerte. „Aber ich komme lieber mit rein. Mir ist ziemlich kalt."

Kapitel 14

Nachdenklich stand Ilse Heitmann im Türrahmen zum Zimmer ihres Sohnes und schaute ihm beim Schlafen zu. In solchen Momenten überkam sie immer ein Gefühl der Wehmut über die abgelaufene Zeit. Vorbei waren die Jahre, als er noch klein war und zu ihr kam, um sich trösten zu lassen, oder einfach nur, um zu kuscheln. Heute gab es nur noch die versteckten Gesten. Leise, um ihn nicht zu stören, schloss sie die Tür. Bevor sie zu Tim ging, war sie noch wankelmütig. Doch nun hatte sie einen Entschluss gefasst. Ohne Zögern betrat sie das gemeinsame Schlafzimmer. Theo Heitmann lag bereits mit einem Buch in der Hand im Bett.

„Schade, dass es nie geholfen hat", schoss es seiner Frau ironisch durch den Kopf.

„Was gibt es so Komisches?" Er hatte sie über den Rand des Buches hinweg beobachtet. Seine Frage klang nicht interessiert. Sie war tadelnd.

Ilse Heitmann schüttelte den Kopf: „Würdest du doch nicht verstehen." Ohne ihn eines Blickes zu würdigen, griff sie nach ihrer Bettdecke.

„Was wird das jetzt?" Theo Heitmann war tatsächlich irritiert. Das Verhalten seiner Frau und seines Sohnes störte seinen Tagesablauf. Damit konnte er nicht umgehen.

„Wonach sieht es denn aus?" Sie verließ das Schlafzimmer, ohne auf seine Antwort zu warten. Bevor er ihr nachkommen konnte, schloss sie die Tür des Gästezimmers ab. Sie lehnte sich mit dem Rücken gegen die Tür und atmete auf. Ohne dass es ihr bewusst geworden war, hatte sie die ganze Zeit die Luft angehalten. Sie war ungeübt darin, ihrem Mann Kontra zu geben. Sie musste es erst von ihrem Sohn lernen.

Verblüfft blickten die Beamten einander an. Der Staatsanwalt fasste die Überraschung in Worte.

„Mit einer Frau hatte ich nicht gerechnet."

„Wir haben uns doch schon gesehen?" Celias Frage war rhetorisch. Ohne ihren Namen zu kennen, wusste sie, dass die Frau, die vor ihnen stand, im Kirchenvorstand war.

„Was haben Sie gesucht?"

Schweigend stand Thorsten, hinter der Einbrecherin und hielt sie an den Handschellen fest. Dabei erwartete er keinen Widerstand. Es hatte nie einen gegeben. Sie schien viel zu überrascht. Doch jetzt kam langsam Farbe in ihr Gesicht. Das Rot war jedoch keinesfalls ihrer Scham geschuldet.

Unwillig schüttelte sie Thorstens Hand ab. Er griff fester zu.

„Lassen Sie mich los!"

Diese Situation und die Reaktion der Einbrecherin erinnerte Celia an einen schlechten Film. Sie musste lachen. „Sind Sie Komikerin? Sie sind hier eingebrochen und führen sich auf, als wären wir im Unrecht?"

Auch Ellen Roper lachte laut auf. Es klang jedoch alles andere als belustigt.

„Wie kommen Sie darauf, dass ich hier eingebrochen sein könnte. Ich suche etwas für Frau Merz. Sie hat mich darum gebeten."

Celia war einen Moment überrumpelt von der Dreistigkeit, mit der die Frau die offensichtliche Lüge über die Lippen brachte. Sie schien keinen Zweifel an der Abwesenheit der Hausherrin zu haben.

„Frau Merz, kommen Sie doch einmal zu uns!" Celia war sich sicher, dass sie in Hörweite war. Und die Kommissarin hatte recht. Sie hatte es nicht mal mehr aus dem Wohnzimmer geschafft. Stattdessen war sie hinter dem Sofa in Deckung gegangen. Die Angst und Aufregung waren ihrem Gesicht deutlich anzusehen.

Celia wies mit dem Finger auf Ellen Roper. „Was sollte die Frau für Sie suchen?" Celias Stimme war die reine Ironie.

Entgegen ihrer Angst musste Susanne Merz lachen: „Gar nichts. Was machst du hier, Ellen?", wandte sie sich direkt an die Unternehmerin.

Die zuckte desinteressiert mit den Schultern. Celia wusste, was kommen würde und stöhnte innerlich auf. Es bedeutete eine lange Nacht.

„Okay, keine Aussage?"

Wie erwartet, schüttelte Ellen Roper den Kopf.

„Ab mit ihr aufs Revier!", wies sie die Kollegen von der Streife an, die sich bisher im Hintergrund hielten, nachdem sie sich davon überzeugt hatten, dass ihre Hilfe nicht nötig war.

„Es hat wenig Sinn, wenn wir uns alle die Nacht um die Ohren schlagen. Wenn du willst", bot sie Thorsten an, „kannst du nach Hause. Ich kann den Rest auch mit Jaron erledigen."

Der Kripobeamte konnte sein Glück kaum fassen. Bevor er das Wort „Danke" ausgesprochen hatte, war er auch schon zur Tür hinaus. Celia und Jaron grinsten sich wissend an.

„Frisch verliebt müsste man noch mal sein", zog sie ihren Freund auf.

„Ich wäre manchmal froh, es wäre endlich vorbei und ich würde mal wieder normal", ging er auf die Leichtigkeit ihres Tons ein. Sie quittierte ihn mit einem heftigen Rempler in die Seite. Sich plötzlich der Anwesenheit von Susanne Merz wieder bewusst werdend, wurde sie ernst.

„Alles okay? Sollen wir jemanden benachrichtigen, der diese Nacht bei Ihnen bleibt?“ Susanne Merz wollte schon abwinken, besann sich dann jedoch anders.

„Glauben Sie, es ist sehr unverschämt, wenn ich bei Frau Peters anrufe? Sie war heute Nachmittag hier. Sie ist nett und ich fühle mich in ihrer Gegenwart sicher und ruhig.“

„Ganz sicher findet sie das nicht unverschämt. Jeder braucht in solchen Situationen jemanden, dem er vertraut. Ich rufe für Sie an, wenn Sie möchten.“

Die erschöpfte Frau nahm das Angebot dankend an. Während sie auf die Ankunft von Enya Peters warteten, nutzte Jaron die Gelegenheit, sich im Haus umzusehen. Celia führte Susanne Merz in die Küche, wo sie einen Tee zubereitete. Die Hausherrin ließ es geschehen.

„Kennen Sie Ellen Roper gut?“

Susanne Merz zuckte mit den Schultern. „Nicht besonders. Aber es lässt sich ja nicht vermeiden, dass man im Zuge der Gemeindearbeit hier und da aufeinandertrifft. Allerdings verbindet uns nichts, was man mit Freundschaft oder so bezeichnen würde. Falls Sie danach fragen wollten.“

Celia lachte: „So ähnlich! Wie war Ellen Ropers Verhältnis zu Ihrem Mann?“

Ratlos schüttelte Susanne Merz den Kopf und stieß vernehmlich Luft durch die Zähne. „Soll ich ehrlich sein?“ Sie wartete die Antwort nicht ab. „Ich weiß es nicht. Ich weiß gar nichts mehr. Was haben Sie heute Nachmittag gefunden?“

Die Frage brachte die Kommissarin einen Moment aus dem Konzept. Sie hatte nicht damit gerechnet.

„Ich kann leider nicht darüber reden." Susanne Merz wollte aufbegehren. Celia kam ihr zuvor. „Für unsere Ermittlungen ist es wichtig, dass keiner darüber informiert ist. Ich kann mir vorstellen, wie schwer das für Sie sein muss."

„Können Sie nicht!"

„Stimmt! Es ist eigentlich eine dumme Floskel, die selten der Wahrheit entspricht", gab Celia unumwunden zu. „Seit wann wussten Sie von der Affäre zwischen Dörte Buchmann und Ihrem Mann?"

Hatte sie am Vormittag noch geleugnet davon zu wissen, machte sie nun keinen Hehl mehr aus ihrer Kenntnis.

„Wissen, ist zu viel gesagt. Ich habe die beiden ein Mal gesehen!", sie wies mit dem Kinn in den Garten. „Es sah nach mehr als nur Freundschaft aus. Aber er hat es immer geleugnet. Trotzdem hat es in letzter Zeit so etwas wie eine Entfremdung zwischen uns gegeben. Am Wochenende wollte er sich Gedanken über uns machen!" Sie zuckte hilflos mit den Schultern, dann brach sie in Tränen aus.

Celia ließ ihr Zeit. Als es an der Haustür läutete, kam ihr Jaron beim Öffnen zuvor. Er begleitete Enya Peters in die Küche zu den beiden Frauen. Der Anblick der neu gewonnenen Freundin führte zu noch mehr Tränen. Ohne Worte nahm Enya Peters sie in den Arm. Erst als die Witwe sich beruhigte, wandte sie sich an die Beamten: „Was ist denn jetzt wirklich passiert?"

Der Staatsanwalt übernahm die Antwort. „Ellen Roper ist hier eingebrochen und hat ganz offensichtlich irgendetwas gesucht. Leider möchte sie uns nicht sagen, um was es sich dabei gehandelt hat."

„Ellen Roper?" Das Erstaunen hätte nicht größer sein können.

„Kennen Sie die Frau gut?“, wiederholte Celia die Frage, die sie bereits Susanne Merz gestellt hatte.

„Gar nicht, um ehrlich zu sein.“ Die Antwort kam spontan und beinahe heftig.

„Das klingt komisch, wenn Sie das so sagen.“ Jaron war es ebenfalls aufgefallen.

„Merkt man das so deutlich?“ Enya Peters deutete ein Lächeln an. „Ich muss zugeben, ich bin nicht besonders objektiv. Ich bin dieser Frau lediglich zwei Mal kurz begegnet. Persönlich hatte ich nichts mit ihr zu tun. Aber ich kenne die Geschichten aus dem Kirchenvorstand durch meinen Mann. Und die machten sie nicht sehr sympathisch. Und darüber hinaus hat sie meine Schwägerin eiskalt und ohne Rücksicht auf die Straße gesetzt, obwohl sie wusste, dass sie auf das Einkommen angewiesen ist.“ Sie atmete schwer und hörbar aus. „Das hat auch nicht dazu beigetragen, sie mir sympathischer zu machen“, schloss sie.

„Haben Sie eine Vorstellung, was Sie hier gesucht haben könnte? Hat ihr Mann vielleicht mal davon gesprochen, dass es Ungereimtheiten im Kirchenvorstand gibt. Vielleicht im Zusammenhang mit Diakon Merz?“ Während ihrer Frage sandte sie einen entschuldigenden Blick in Richtung Susanne Merz. Diese tat es mit einem spöttischen Lächeln ab.

„Nein, gar nichts“, erstickte Enya Peters den neuen Ermittlungsansatz im Keim.

„Schade“, befand Celia. „Kommen Sie zurecht? Wir müssten noch ins Präsidium, um mit Frau Ropers zu reden?“

Thorsten musste über sich lachen, als er feststellte, dass er aufgeregt war wie ein Teenager beim ersten

Rendezvous. Mit zittrigen Händen stand er vor seiner eigenen Wohnungstür. Er gab sich einen Ruck und öffnete sie. Insgeheim hatte er befürchtet, Seyda wäre inzwischen in ihre Wohnung gegangen. Stattdessen hörte er sie nach ihm rufen. Als ihm klar wurde, aus welchem Zimmer ihre Stimme kam, wuchs seine Erregung ins Unermessliche.

„Hey, ich habe gedacht, du bist weg oder schläfst schon lange. Seyda war in seiner Abwesenheit in sein Schlafzimmer umgezogen. Vorher musste sie jedoch noch einmal in ihrer Wohnung gewesen sein. Der Sekt, der auf dem Nachttisch stand, stammte definitiv nicht aus seinen Vorräten.

Thorsten räusperte sich. „Was hast du vor?"

Seyda lachte ihr unvergleichlich kehliges Lachen. „Na ja, wonach sieht es aus?"

Aus Sorge, sie könnte seine weichen Knie bemerken, rührte sich Thorsten nicht von der Stelle. Sie hatte wiederum keine Probleme damit, die Initiative zu ergreifen.

Jaron wischte sich den Schweiß von der Stirn. Ellen Roper erwies sich als hartgesotten. Zum wiederholten Male musste er die Ausdauer und Ruhe Celias bewundern. Von ihm als Staatsanwalt wurden weit weniger Fähigkeiten in dieser Richtung gefordert. Nur wenige Straftäter blieben bis in den Gerichtssaal störrisch. Die meisten gaben vorher auf.

Celia winkte ihn aus dem Vernehmungszimmer: „Geh doch bitte mal in mein Büro und hol die Unterlagen, die ich heute Nachmittag gefunden habe. Ich glaube, ich habe eine Ahnung."

Ohne die Anweisung zu hinterfragen, folgte er ihrer Bitte. Die Kommissarin nutzte den Moment, um ein wenig zu verschnaufen. Ellen Roper war in guter Obhut mit dem Beamten im Zimmer.

Als sie Jarons Schritte auf dem nächtlichen, ruhigen Korridor des Präsidiums hörte, richtete sie sich wieder auf. Er machte sich absolut zu viele Sorgen um sie.

„Danke!“ Sie griff nach der Tüte. Triumphierend zog sie einen Briefumschlag heraus.

„Wir wollen mal sehen, wie sie das hier findet.“

Gemeinsam kehrten sie in den Vernehmungsraum zurück. Ohne ein Wort legte Celia einen Brief, den sie neben den anderen Unterlagen im Hause Merz gefunden hatte, vor Ellen Roper auf den Tisch. Ihre sich wechselnde Gesichtsfarbe war Celia Antwort genug.

„Das ist es doch, was Sie gesucht haben?“

Ellen Roper war durch eine harte Schule gegangen. In der elterlichen Umgebung war es darauf angekommen, oben zu bleiben. Dafür musste man auch erkennen können, wann man geschlagen war. Sie erkannte, dass dies ein solcher Augenblick war.

„Stimmt.“ Ihren Stolz würde sie dennoch nicht opfern.

Celia hatte für die Aufführung nur ein mitleidiges Lächeln.

„Ich fasse das mal eben zusammen. Klaus Merz hat herausgefunden, dass sie eine lesbische Beziehung führen. Damit hat er Sie unter Druck gesetzt. Ihnen war schnell klar, dass er sein Wissen immer wieder gegen Sie verwenden würde. Um dem ein Ende zu bereiten, waren Sie am Samstag bei ihm und haben ihn ermordet. Als Sie nicht fanden, wonach sie gesucht haben, haben Sie eine falsche Fährte gelegt, um von sich abzulenken.“

„Sind Sie wahnsinnig? Ich habe den Diakon doch nicht umgebracht!“

„Warum sollten wir Ihnen das glauben? Immerhin

haben wir Sie heute Abend im Haus des Getöteten angetroffen." Jarons Stimme war die Ungeduld anzumerken. Celia ließ ihn trotzdem gewähren.

Die so Beschuldigte bekam nach und nach den Blick eines gehetzten Tieres. Celia kannte diesen Ausdruck, aber sie wusste auch, dass er nicht automatisch bedeutete, dass sie damit auch den Täter vor sich sitzen hatten. „Merz war ein Schwein, er hat Sie in die Enge getrieben. Er wollte Sie öffentlich bloßstellen. Die schlimmste aller Vorstellungen für Sie, stimmt's?", erhöhte Celia den Druck. Sie hatte die Frau richtig eingeschätzt.

„Und ob er ein falscher Fünfziger war. Der heilige Klaus Merz. Der alles so wundervoll im Griff hatte. Der so beliebt war. Keiner konnte ihm was abschlagen." Sie lachte verächtlich auf. „Aber ich habe ihn erlebt, sein wahres Gesicht gesehen."

„Und dann haben Sie ihn umgebracht!" Die Stimme des Staatsanwalts war ungewöhnlich kalt.

„Nein!" Ellen Roper spie die Worte beinahe aus. „Ich war zu dem Zeitpunkt doch gar nicht in Jork."

Mathias Stechmann bemühte sich, das Bett leise zu verlassen. Bisher hatte er noch kein Auge zugetan und so würde es auch die nächsten Stunden bleiben. Er war ohnedies ein schlechter Schläfer. Besonders in angespannten Situationen. Neben dem Bett blieb er einen Augenblick reglos stehen. Annette atmete ruhig und tief, sie hatte sein Aufstehen nicht bemerkt. Im Dunkeln tastete er nach einer Hose und einem Pullover. Ohne sie überzuziehen, schlich er zur Tür. Als sie leise zu knarren begann, fluchte er. Aber auch diese Geräusche störten seine Frau nicht. Vorsichtig schloss er die Schlafzimmertür wieder hinter sich. Mit den Kleidungsstücken in der Hand ging er in sein Arbeitszimmer. Erschöpft ließ er sich auf einen Ledersessel fallen, der dort für seine Besucher vor seinem großen Schreibtisch stand. Er stützte die Ellbogen auf seine Knie und legte den Kopf in seine Hände. Er fühlte sich bleiern müde. Seine Gedanken kreisten weiterhin um die mögliche Fehleinschätzung der Situation. Deutlich war ihm bewusst, wie dankbar er damals auf die scheinbare Lüge der Jugendlichen eingegangen war. Nicht ein Funke Misstrauen hatte ihn ergriffen. Stattdessen hatte er, froh diese Aufgabe nicht selbst übernehmen zu müssen, alle Belange der Jugendarbeit bei Merz belassen. Er stöhnte laut auf, bei dem Gedanken, was dies unter Umständen für Konsequenzen gehabt hätte – bis heute. Erschrocken zuckte er zusammen, als er den Gedanken weiter verfolgte. Er fühlte Übelkeit in sich aufsteigen und ließ Pullover und Hose auf den Boden fallen. Diesmal ohne Rücksicht riss er die Tür zum Schlafzimmer auf.

„Annette, wach auf! Wir müssen reden." Er schüttelte ihren Arm, um ihr Erwachen zu beschleunigen. Die Angst saß ihm im Nacken.

Verwirrt und verschlafen blickte seine Frau in sein verstörtes Gesicht.

„Was ist denn los?" Annette wurde schnell unleidlich, wenn man ihr den Schlaf raubte.

„Wir sind so borniert. So unglaublich dumm."

Sie fiel ihrem Mann ins Wort: „Wovon sprichst du?" Sie war zu verschlafen, um logisch denken zu können.

„Von unseren Kindern! Davon, dass die beiden auch Unterricht bei Merz hatten und wir nie darüber nachgedacht haben, welcher Gefährdung wir sie aussetzen."

Annette war mit einem Schlag hellwach. Ihr Gesicht war bleich geworden. Jedoch nicht aus Angst, wie Mathias Stechmann ihren Worten unschwer entnehmen konnte.

„Sag mal, hast du eigentlich nicht mehr alle auf der Reihe?“ Sie konnte durchaus drastisch werden. „Unseren Kindern geht es so gut, wie es Kindern in dem Alter nur gehen kann. Nichts, aber auch gar nichts spricht dafür, dass jemand ihnen etwas angetan haben könnte. Wir haben sie keiner Gefährdung ausgesetzt, weil es gar keine gab. Und nur weil die Kripobeamtin eine Frage in diese Richtung gestellt hat, malst du gleich den Teufel an die Wand.“ Die letzten Worte klangen schon nicht mehr ganz so harsch.

Wie damals auch, ließ sich der Pastor gerne von seinen Befürchtungen abbringen. Er gehörte nicht unbedingt zu den Kämpfernaturen. Unter anderen Umständen hätte er sicher gut in ein Kloster gepasst, in ein geregeltes, klar strukturiertes Leben, das ausschließlich dem Dienst an Gott und dem Glauben gewidmet wäre.

Zu der Erleichterung stellte sich nun auch ein Gefühl der wohligen Erschöpfung ein. Jetzt würde er schlafen können.

Wie bereits am Nachmittag, saß Enya Peters erneut neben dem Sofa, auf dem Susanne Merz in einen unruhigen Schlaf gefallen war. Sämtliche Überredungsversuche mit zu ihnen zu kommen, raus aus diesem Haus, waren gescheitert.

„Irgendwann muss ich doch ohnehin lernen, hier weiter zu leben. Da kann ich genauso gut heute damit anfangen. Besser wird es auch in den nächsten Tagen nicht werden“, lautete ihre eindeutige Aussage. Enya hatte ihrem Wunsch nachgegeben. Dabei hätte sie gerne auch ein wenig Schlaf gehabt. Aber hier, in diesem Sessel, war daran kaum zu denken. Der Gedanke, dass Klaus Merz in diesem Zimmer umgebracht worden war, und Ellen

Roper in das Haus eingebrochen hatte, ließ sie nicht zur Ruhe kommen. Sie fühlte sich bedroht. Leise schlich sie in die Küche, um sich einen Tee zu machen. Kaffee wäre ihr lieber gewesen. Aber die Merz waren eingefleischte Teetrinker. Sie entschied sich für einen Earl Grey und hoffte, er würde die gleiche Wirkung haben, wie eine kräftige Tasse Kaffee. Sie erschrak heftig, als Susanne Merz plötzlich hinter ihr stand.

„Oh", rief diese entsetzt, „ich wollte dich nicht erschrecken."

„Ist schon gut", beruhigte Enya sie, konnte das Zittern ihrer Hände aber nicht unterdrücken.

„Das sehe ich", lächelte Susanne gequält. „Ich bin wach geworden, und du warst nicht da." Sie zuckte mit den Schultern, als bräuchte der Rest nicht erklärt werden.

„Vielleicht bleiben wir noch ein wenig in der Küche. Und wenn du müde bist, gehst du ins Schlafzimmer, da ist die Situation nicht so präsent", versuchte Enya eine Lösung zu finden.

Susanne ließ sich auf einen Stuhl sinken. „Wenn ich nur wüsste, was sie heute gefunden haben. Irgendwie werde ich das Gefühl nicht los, dass es wieder etwas ist, das Klaus in einem schlechten Licht erscheinen lässt. Anscheinend habe ich ihn nicht besonders gut gekannt."

Enya wusste nichts darauf zu erwidern. Sie legte der Frau die Hand auf die Schulter, in der Hoffnung, ihr dadurch ein wenig Trost vermitteln zu können.

„Kannst du dir vorstellen, dass Ellen deinen Mann ermordet hat?"

„Bisher hätte ich kategorisch nein gesagt. Aber seit vorgestern hat sich so ziemlich alles verändert. Die Beamten wollten von mir wissen, wie das Verhältnis von Klaus und Ellen war." Sie schüttelte ungläubig den Kopf. „Ich weiß es nicht. Ich weiß es einfach nicht. Es gruselt mich, dass du scheinbar mehr mit der Frau anfangen konntest als ich. Dein Mann scheint mit dir zu reden. Aber ich bekomme mehr und mehr das Gefühl, dass Klaus schon lange aufgehört hat, sich mit mir zu unterhalten." Sie zögerte, bevor sie weitersprach. „Ist das nicht schrecklich? Und nun ist es zu spät, um jemals noch etwas daran zu ändern." Die letzten Worte waren nur noch undeutlich unter den Schluchzern zu verstehen, die sie wieder während des Weinens von sich gab. Enya Peters konnte es ihr nicht verdenken.

„Aber selbst wenn dein Mann eine Affäre mit Dörte hatte, bedeutet das doch nicht automatisch, dass er schon immer untreu war." Sie suchte nach Beschwichtigungen.

Susanne Merz schüttelte den Kopf. „Nein, vielleicht nicht. Aber auch die Tatsache, dass sie dieses perverse Zeugs bei ihm gefunden haben, ist ja etwas, wovon ich nichts weiß."

Enya legte beruhigend die Hand auf ihren Arm. „Ich glaube nicht, dass du dir einen Gefallen damit tust, wenn du dir solche Gedanken machst. Kannst du nicht einfach an den guten Seiten eurer Beziehung festhalten? Schließlich hat es die doch gegeben, oder nicht?"

Nachdenklich nickte Susanne. „Ja, du hast ja recht. Aber es ist so verdammt schwer, daran zu denken. Vielleicht ist es auch einfacher mit der Trauer umzugehen, wenn ich wütend auf ihn bin."

Enya lachte leise und verständnisvoll.

„Komm, ich bring dich nach oben. Ich bin sicher, du kannst jetzt schlafen."

Ohne Gegenwehr ließ die Witwe sich führen und von ihrer neuen Freundin wie ein Kind zudecken. Enya löschte das Licht. Sie war schon im Begriff das Zimmer zu verlassen, als Susanne sie noch einmal aufhielt.

„Hast du eigentlich nie Probleme mit deinem Mann?"

Enya lachte leise und wusste, dass nicht der Moment für Beschönigungen war. „Doch – vor einiger Zeit sogar richtig massiv."

„Was hat er verbrochen?" Susannes Stimme klang nun wieder hellwach, in der Hoffnung, nicht alleine einen untreuen Mann zu haben.

„Tut mir leid", versicherte Enya, die ihren Wunsch herausgehört hatte, „nichts, was mit Betrug zu tun hätte. Wir haben ganz drastische Probleme mit Jan-Phillip. Seit einigen Monaten haben wir keinen Draht mehr zu ihm. Und er hat sich so verändert, dass es uns schon bedrohlich erscheint. Na ja", hilflos zog sie die Schulter hoch, „wie es in solchen Situationen oft ist, haben auch wir uns immer gegenseitig die Schuld an seinen Veränderungen gegeben." Sie zögerte und wählte ihre Worte mit Bedacht. „Ich glaube, wenn ich nicht eine Lungenentzündung bekommen hätte, wären wir heute vielleicht kein Paar mehr."

Während ihrer Erklärung hatte sie sich nicht zu Susanne umgedreht. Als sie es nun tat, stellte sie fest, dass sie eingeschlafen war. Enya wusste nicht, wie viel sie von ihrem Geständnis mitbekommen hatte. Aber anscheinend hatte die Erkenntnis, dass es auch in anderen Beziehungen Höhen und Tiefen gab, eine entspannende Wirkung.

Zurück in der Küche wollte sie ihren Mann anrufen. Nach einem Blick auf die Uhr unterließ sie es.

Kapitel 15

Celia stützte sich auf das Waschbecken und blickte in ihr Spiegelbild. Die Nacht war zu lang und zu frustrierend gewesen. Man sah es ihrem Gesicht an. Die Ringe unter ihren Augen konnte man nicht mehr als Schatten bezeichnen. Sie wirkten lila und ließen Celia blasser aussehen, als sie ohnehin war. Ohne Überzeugung versuchte sie mit Wechselduschen, ihren Körper in Schwung zu bringen. Als sie abgetrocknet und angezogen war, griff sie entschlossen nach dem Rouge. Jarons Besorgnis wollte sie nicht auch noch beschwichtigen müssen. Dafür fühlte sie sich am heutigen Morgen bei weitem nicht gerüstet.

Betont munter betrat sie die Küche, in der ihr Freund schon mal die Zeitung nach wichtigen Informationen durchgeblättert hatte.

Als er aufblickte, erkannte Celia, dass auch an ihm die Nacht nicht spurlos vorbeigegangen war.

„Sag nichts", hob sie lachend die Hand zur Abwehr, „du siehst auch nicht besser aus. Vielleicht solltest du dir mein Rouge ausleihen, bevor du in den Gerichtssaal gehst."

„So schlimm? Ich habe vorsichtshalber gar nicht erst in den Spiegel gesehen."

Liebevoll rieb Celia ihr Gesicht an seinen. „Das war gut so. Wahrscheinlich hättest du dich sonst nur vor dem fremden Mann erschreckt, der dir entgegengesehen hätte. Kein guter Tagesanfang."

„Danke, eine Frau wie dich habe ich mir immer schon gewünscht. Eine, die mich bereits zum ersten Kaffee mit Komplimenten überschüttet. Damit baust du mein verletzliches Ego enorm auf."

Celia lachte: „Nun mach mal halb lang. Als wenn du auch nur im Ansatz wüsstest, was ein verletzliches Ego ist."

„Hey, sei nicht so kokett", drohte er ihr.

„Mach was dagegen!", forderte sie ihn mit einem verführerischen Lächeln heraus.

Er lachte, schüttelte aber den Kopf. „Würde ich ja gerne. Aber die Zeit haben wir leider nicht mehr."

„Schade, dann musst du wohl bis heute Abend warten." Sie gab ihm einen Kuss, der gut mit dem Lächeln mithalten konnte.

Jaron zog sie für einen kurzen Moment an sich. Dann strich er mit den Fingern ihre Haare aus ihrem Gesicht.

„Ich würde den Rest meines Lebens auf dich warten, wenn es sein müsste", flüsterte er ihr ins Ohr.

Celia schaute ihm in die Augen. „Schön zu wissen", griff sie seine Stimmung auf, während er schon wieder ein wenig von ihr abrückte. Der romantische Moment war vorbei. Celia kam ihm zuvor.

„Jawohl, Herr Staatsanwalt, es wird Zeit."

Jaron konnte gut über sich selbst lachen und tat es auch jetzt. „Ich bin ein Idiot, oder? Ich weiß einfach nicht, warum ich Nähe immer so schnell wieder aufheben muss. Kaum habe ich sie erreicht, tue ich alles, um wieder Distanz zu schaffen."

Celia legte den Kopf zur Seite und lächelte ihn an. „Warum machst du es dir selber so schwer. Kein Mensch beschwert sich über dein Verhalten. Ich am allerwenigsten. Es ist alles in Ordnung." Liebevoll legte sie eine Hand an seine Wange. „Wir haben doch beide keine besonders guten Erfahrungen gemacht, da können wir uns Zeit nehmen, es gemeinsam besser zu machen. Ich finde wir sind schon ziemlich gut, dass wir uns darauf eingelassen haben zusammenzuziehen. Findest du nicht?"

„Danke!" erneut nahm er sie in den Arm, den Kopf an ihren gelehnt. Er atmete tief ein. Dann lachte er leise auf: „Du tust mir gut! Und ich wünsche mir sehr, dass ich es schaffe, dir ebenso gut zu tun. Bei deinen Vorgängerinnen war ich darin nicht so überzeugend, glaube ich." Er lachte wieder. Es klang beinahe ein wenig verlegen.

„Wegen mir musst du dir keine Sorgen machen", tröstete Celia, „ich finde dich ziemlich überzeugend."

Sie legte die Hände auf seine Brust und blickte ihn an: „Aber, so leid es mir tut, wir müssen jetzt wirklich los." Dabei war deutlich zu spüren, dass sie sich nur ungern von ihm löste.

Auch Jaron hätte die Nähe gerne länger ausgekostet. „Ich weiß, aber du hast noch nicht mal einen Kaffee getrunken. Ich mach dir schnell einen Becher."

Sie winkte ab. „Lass mal, ich trinke gleich im Büro einen."

„Was willst du mit der Roper machen?"

Celia stieß einen abfälligen Laut aus. „Wat wohl, Alibi überprüfen, Anzeige wegen Einbruchs vorbereiten und dann wahrscheinlich gehen lassen, Herr Staatsanwalt, oder?"

„Ich denke, du hast kaum eine andere Wahl, wenn sich ihr Alibi bestätigt. Hast du Zweifel daran, dass es nicht stimmt?"

Die Kommissarin lachte, es klang jedoch wenig fröhlich: „Nee, nicht wirklich. Eine solche Geschichte kann man sich nicht aus den Fingern saugen!"

„Aber sie muss sich ziemlich in die Enge getrieben gefühlt haben, dass sie eingesteht, ihre Freundin verprügelt zu haben."

„Kann man wohl sagen! Ach ja, gut dass du mich daran erinnerst. Die Anzeige hat sie ja auch noch am Hals."

Während der Unterhaltung war Celia geschäftig hin und her gelaufen und hatte alles Nötige eingesammelt. Es entlockte Jaron immer ein Schmunzeln, wie sie Handy, Schlüssel und Geldbörse in allen Räumen verteilte und am nächsten Tag wieder zusammensammeln musste. Sie verabschiedete sich beinahe flüchtig von ihrem Freund, ohne noch einmal die innige Nähe von vorhin aufzubauen. Er nahm es ihr nicht übel. Er kannte das Phänomen von sich selbst. Zwei Sätze genügten und man war bereits gedanklich im Büro. Sicher gründete sein Verständnis auch in der Gewissheit, ihr im Laufe des Tages noch mehrfach zu begegnen.

„Tschööö", verabschiedete er sich mit kölschem Tonfall von ihr.

Wie immer musste sie über seinen Versuch, ihre Mundart zu sprechen, lachen.

Seit drei Stunden lief Ellen Roper wie ein Tiger im Zoo in der Gefängniszelle auf und ab. Nicht mal als Kind, als sie öffentlich eingestehen musste, dass sie kein Geld hatte, um an einer Klassenfahrt teilzunehmen, hatte sie sich so gedemütigt gefühlt. Nachdem man sie in die Zelle geführt hatte, war sie tatsächlich auf der ungemütlichen Pritsche eingeschlafen. Die Erschöpfung war offensichtlich größer als die Empörung über das Verhalten der Beamten ihr gegenüber. Aber um fünf Uhr war sie aufgewacht. Sie brauchte einen Moment, bis sie realisiert hatte, wo genau sie sich befand. Als es ihr wieder einfiel, war an Schlaf nicht mehr zu denken. Zu deutlich war ihr bewusst, wie sehr sie sich in Abhängigkeit von Theresa befand. Sie schnaubte laut und abfällig. Dabei redete sie sich ein, nicht Theresa sei das Problem, sondern deren Bruder Freddy. Sie war fest davon überzeugt, dass Theresa weich werden würde, wenn sie nur eine Gelegenheit hätte, alleine mit ihr zu sein. In den letzten Stunden hatte sie immer wieder nach Möglichkeiten gesucht, genau diese Situation herbeizuführen. Obwohl das Telefon nicht die günstigste Form darstellte, wie sie gestern erlebt hatte, blieb ihr in ihrer jetzigen Lage nichts anderes übrig. Als ihr das Frühstück in die Zelle gebracht wurde, verlangte sie nach der Erlaubnis, ein Telefongespräch führen zu dürfen. Der Beamte reagierte desinteressiert.

„Das entscheide ich nicht. Das müssen Sie mit der Hauptkommissarin aushandeln. Ich weiß ja gar nicht, wie viel Gespräche Sie gestern schon geführt haben."

Ellen Roper gehörte nicht zu den Frauen, die je versucht hatten, mit ihrem weiblichen Charme Ziele zu erreichen. Dass sie es jetzt probierte, machte ihre Verzweiflung deutlich.

Dem Beamten war seine Belustigung über den unbeholfenen Versuch anzumerken.

„Geben Sie sich keine Mühe, Lady. Das haben schon ganz andere Kaliber als Sie probiert. Und eins sag ich Ihnen, auch die sind an mir gescheitert. Guten Appetit!"

Ohne ein weiteres Wort verließ er die Zelle.

Sie schäumte vor Zorn und Scham. Da sie nichts anderes fand, um ihre Wut auszulassen, schmiss sie den Kaffeebecher gegen die Zellentür. Eine befreiende Wirkung stellte sich schon deshalb nicht ein, weil nichts dabei zu Bruch ging. Ellen Roper musste heftig schlucken, um nicht völlig frustriert in Tränen auszubrechen. Auch das war eine neue Erfahrung für sie. Eine, auf die sie ebenfalls gerne verzichtet hätte.

„Wow!" Celia lachte, als sie Thorsten sah. „Hatte ich dich nicht früher gehen lassen, damit wenigstens einer von uns ausschlafen kann?"

Thorsten stimmte in das Lachen ein. Obwohl er nur zwei Stunden Schlaf vorzuweisen hatte, fühlte er sich so gut wie schon lange nicht mehr.

„Ich bin dir trotzdem zu großem Dank verpflichtet", verkündete er geheimnisvoll.

„Na, komm schon. Lass mich teilhaben", neckte Celia ihren jungen Kollegen.

Thorsten schüttelte den Kopf. „Von mir erfährst du sicher gar nichts."

Celia grinste anzüglich: „Dann muss es ja richtig scharf gewesen sein, wenn du nicht mal mehr darüber redest. Du bist doch sonst nicht so verschwiegen."

„Kein Wort", wiederholte er. „Sag mir lieber, wie es bei euch war."

„Bei uns?"

„Nicht so. Wie es mit Ellen Roper war, will ich wissen."

„Ach so." Celia machte eine kunstvolle Pause. „Nun ja, wenig erfolgreich, wie ich persönlich finde. Ich kann mir nicht vorstellen, dass wir in ihr unsere Mörderin haben."

Mit knappen Sätzen brachte sie Thorsten auf den Stand der Ermittlungen.

„Bevor wir die Dame aus der Zelle holen lassen, sollten wir uns vielleicht mal mit ihrem angeblichen Alibi unterhalten."

„Telefonisch?"

Celia schüttelte den Kopf: „Nä, die will ich sehen, die Frau! Wenn sie ihre Geliebte ist, kann sie uns am Telefon sonst was erzählen. Ich vergewissere mich lieber selber, dass sie von Ellen Roper verprügelt wurde."

Ihr Kollege machte eine entnervte Handbewegung.

„Ich werde wohl nie begreifen, wie Leute derart ausrasten können, dass sie andere vermöbeln. Und auf die Gefahr hin, dass du mich für verbohrt hältst – bei Frauen kann ich es noch viel weniger nachvollziehen."

„Nee, tue ich nicht. Dabei sollte man doch meinen, dass wir es langsam begriffen haben müssten, nach dem, was wir Tag für Tag zu sehen bekommen."

Celia hielt Thorsten die Tür auf.

Theo Heitmann torkelte verschlafen ins Badezimmer. Seine übervolle Blase hatte ihn geweckt. Erst als er sich entsprechend Erleichterung verschafft hatte, bemerkte er, dass es bereits hell draußen war. Der Schreck fuhr ihm in die Glieder. Gewohnt von seiner Frau geweckt zu werden, hatte er auch gestern nicht daran gedacht, einen Wecker zu stellen. Er stolperte beinahe über den Saum seiner Schlafanzughose, als er ins Schlafzimmer zurück hastete, um bei einem Blick auf den Wecker, seine Befürchtung bestätigt zu finden. Die Schule hatte schon vor dreißig Minuten begonnen. Wütend rüttelte er an der Tür des Gästezimmers. Sie war immer noch verschlossen. Dennoch rührte sich seine Frau nicht. Dann riss er die Tür seines Sohnes auf. Doch das Zimmer war leer. Er musste dem Anschein nach alleine und rechtzeitig das Haus verlassen haben.

Ohne darauf zu achten, ob die Sachen zueinander passten, griff er wahllos nach einer Hose, einem Hemd und einer Krawatte.

„Darüber reden wir, wenn ich wieder nach Hause komme. Verlass dich drauf. Das wird ein Nachspiel haben", brüllte er beim Verlassen des Hauses in Richtung des Gästezimmers. Dabei wurde er sich nicht einmal der Unsinnigkeit seiner Worte bewusst. Real gab es nur wenig, womit er seiner Frau drohen konnte. Auch wenn er der Verdiener der Familie war – das Haus gehörte seiner Frau. Und Unterhalt? Er würde ihn zahlen – schon wegen seines Rufes.

Aber an solche Gedanken verschwendete er in seiner Wut nicht viel Zeit. Wie viele andere Männer auch hatte er sich im Laufe der Jahre an das Bild seiner beinahe schon unterwürfigen Frau gewöhnt. Dass sie vor der Geburt ihres Sohnes eine sehr souveräne und begnadete Wirtschaftsjournalistin war, verdrängte er nachhaltig.

Nachdem er krachend die Haustür hinter sich zugeworfen hatte, kam Ilse Heitmann mit einem schelmischen Lächeln aus dem Gästezimmer. In der Hand trug sie eine Tasse Kaffee. Tim war keinesfalls alleine aus dem Haus gegangen. Das Vorgehen für den heutigen Morgen hatten sie gestern vor dem Fernseher abgesprochen. Dabei wusste Ilse Heitmann sehr wohl, dass es eigentlich nicht vernünftig war, Tim in dieser Form in die Auseinandersetzung mit ihrem Mann einzubeziehen. Tim hätte ein Recht darauf gehabt, ein eigenes Verhältnis zu seinem Vater aufzubauen. Wie schlecht dieses auch immer wäre. Sie gestand sich ihre Schwäche ein, ohne etwas daran ändern zu wollen. Es tat ihr gut, ihren Sohn an ihrer Seite zu wissen.

Entspannt wie schon lange nicht mehr, kleidete sie sich an. Dann setzte sie sich mit einer weiteren Tasse Kaffee in das Arbeitszimmer ihres Mannes und begann zu telefonieren. Bereits das erste Gespräch brachte Erfolg. Ihr alter Chefredakteur war noch im Amt und konnte sich eine erneute Zusammenarbeit mit ihr vorstellen. Er lud sie noch für den gleichen Tag in die Redaktion ein.

Sie ging wieder ins Schlafzimmer, um sich umzuziehen. Diesmal musste sie weit nach hinten in den Schrank greifen, um an die Kleidung zu reichen, die dem Anlass angemessen war.

Kurz bevor sie das Haus verließ, sandte sie ihrem Sohn eine SMS. Auf den Gedanken, auch ihrem Mann eine Nachricht zu hinterlassen, kam sie nicht.

Jens Buchmann tat es in der Seele leid, seinen Sohn zu wecken. Er wusste, die wenigen Stunden Schlaf hatten nicht ausgereicht, um fit in den Tag zu starten. Gleichzeitig war ihm bewusst, dass er ihm nicht nachgeben durfte. Bei allem Verständnis am vergangenen Abend, musste Malte lernen, die Konsequenzen aus seinen Handlungen zu tragen. Jens Buchmann war überrascht über die vergleichsweise gute Laune seines Sohnes, als er kurz darauf am Frühstückstisch erschien. Dabei war ihm der mangelnde Schlaf deutlich anzusehen. Auch Nora zeigte Spuren von Übernächtigung. Ihr sonst ungebremster Redefluss schien einen Dämpfer erhalten zu haben. Eher beiläufig erkundigte sie sich nach ihrer Mutter. Jens Buchmann setzte gerade zu einer Antwort an, als er unwirsch von seinem Sohn unterbrochen wurde.

„Gewöhn dich lieber gleich dran, dass wir in Zukunft zu dritt sind. Die kommt eh nicht wieder!“

Sein erster Impuls war, seinen Sohn abzukanzeln. Wie gestern bemühte Buchmann sich jedoch auch jetzt um eine gemäßigte Reaktion.

„Nein, das muss Nora nicht. Ich bin ziemlich sicher, dass Mama wieder zu uns zurückkommt. Und sie ist ja auch nicht von sich aus gegangen, sondern ich habe sie dazu aufgefordert, damit sie Zeit hat, zu sich zu kommen und über uns und sich nachzudenken.“

Nora fand keine Gelegenheit zu reagieren. Ihr Bruder war schneller. Laut und abfällig schnaubte er: „Wenn du dich hören könntest, Papa! Das ist ja schon beinahe peinlich. Kapierst du es immer noch nicht?"

„Malte!", der Aufschrei seiner Schwester irritierte ihn nicht, brachte ihn nicht aus dem Konzept. Der Vater war durch den Ausbruch zu schockiert, um auf seine Tochter einzugehen.

Malte sprang vom Tisch auf. „Ihr seid doch völlig vernagelt. Tut doch nicht so, als hättet ihr nicht mitbekommen, dass sie mit Merz rumgevögelt hat. Jeder hier im Ort weiß es."

Nora wurde, wenn irgend möglich, noch blasser, als sie sowieso schon war. Und auch ihr Vater konnte problemlos mit der Farbe der Wand konkurrieren.

„Woher weißt du davon?" Seine Stimme klang kraftlos, als er bemerkte, dass seine Hoffnung, der Sohn würde von der Affäre nichts wissen, sich nicht erfüllt hatte.

Mit einem Achselzucken demonstrierte Malte eine Gleichgültigkeit, die im krassen Widerspruch zu seinen erregten Worten stand. Jens wollte und konnte ihn so nicht davonkommen lassen. „Malte, wer hat darüber gesprochen?"

„Ich hab's halt gehört, reicht das nicht?"

Der vertrauensvolle Ton der vergangenen Nacht war nun gänzlich verloren. Dennoch versuchte Jens Buchmann, an ihn anzuknüpfen. Er legte ganz leicht die Hand auf den Arm seines Sohnes. Es sollte beruhigend wirken. „Es tut mir leid, dass du da mit reingezogen worden bist. Bitte sag mir trotzdem, wer es dir gesagt hat."

„Wenn du es genau wissen willst, es brauchte mir keiner zu sagen, ich habe sie gesehen." Malte spie die Worte aus. Jens verschlug es die Sprache.

„Du lügst. Du bist ein elender Lügner. Wie kannst du so über Mama reden."

Keiner der beiden hatte an Nora gedacht. Sie hatten sie schlicht vergessen. Umso erschreckter war Jens Buchmann, als sie nun wie eine Furie auf ihren Bruder losging und mit Fäusten auf seine Brust hämmerte. Die Tränen, die ihr übers Gesicht liefen, schien sie nicht zu bemerken. Vorsichtig versuchte er, seine Tochter von ihrem Bruder wegzuziehen. Sie ließ es geschehen, warf sich stattdessen in den Arm ihres Vaters.

„Sag ihm, er soll damit aufhören", schluchzte sie in seine Brust. Jens Buchmann brach es erneut das Herz. In seinen Überlegungen hatte er nicht einkalkuliert, dass die Kinder zu alt waren, um sie aus allem herauszuhalten. Ihm traten Tränen in die Augen. Malte sah es, über den Kopf seiner Schwester hinweg.

„Papa", es klang kleinlaut.

Jens Buchmann fühlte sich hilflos wie schon lange nicht mehr. Er griff nach seinem Sohn und zog auch ihn in seine Arme. Für einen Moment schien es, als wolle Malte sich sträuben. Dann gab er jedoch nach. Jens Buchmann traf eine Entscheidung.

„Okay, so geht es nicht. Wir müssen wohl ein paar Dinge klären. Ich schlage vor, wir lassen Schule heute mal Schule sein und setzen uns stattdessen zusammen."

Jens sah seinem Sohn an, dass er aufbegehren wollte. Er kam ihm zuvor. „Ohne deine Mutter", versprach er. Dabei war ihm die Zwickmühle durchaus bewusst. Nora bestätigte seine Befürchtung umgehend.

„Mama gehört genauso dazu wie jeder andere von uns." Ihr Protest hatte die Ebene einer Zehnjährigen hinter sich gelassen.

„Natürlich, eigentlich schon", beruhigte Jens die Tochter und versuchte gleichzeitig, auch seinen Sohn mit Blicken zum Einlenken zu bewegen. Ein verhaltenes

Nicken signalisierte ihm, dass sein Sohn verstanden hatte.

„Im Moment ist es aber vernünftiger, wenn Mama nicht auch noch mit unseren Problemen kämpfen muss."

Aus den Augenwinkeln nahm er wahr, dass Malte den Mund öffnete, um ihn dann genauso schnell wieder zu schließen. Er lächelte ihm dankbar zu.

„Ich rufe in der Schule an und entschuldige euch. Ihr könnt ja schon mal einen Topf Milch aufsetzen, dann machen wir uns einen dicken, fetten Kakao mit Sahne."

Obwohl Jork direkt an der Grenze zu Hamburg lag, der erste Stadtteil nur zehn Kilometer entfernt war, zog sich der Weg in die City endlos dahin. Lediglich der Blick von der Köhlbrandbrücke in den Hafen entschädigte Celia für den langen Weg. Immerhin, mit 3618 Metern Länge, war sie die zweitlängste Brücke Deutschlands und verband die Norder- und Süderelbe mit der A7. Die Kommissarin wusste, dass nicht viele Menschen ihre Leidenschaft für diesen Blick teilten. Jaron mied die Hochbrücke, so oft es nur möglich war. Ihn ängstigte eine Fahrt durch den Elbtunnel weit weniger als der Blick mehr als 50 Meter tief auf den Hafen.

Thorsten, in Hamburg groß geworden, hegte überhaupt keine Gefühle für oder gegen eines der Wahrzeichen Hamburgs. Für ihn stellte die Spannbetonbrücke lediglich eine gute Möglichkeit dar, die häufigen Staus auf der Autobahn vor oder hinter dem Elbtunnel zu umgehen.

Als sie wenig später endlich ihr Ziel erreicht hatten, streckte sich Celia ausgiebig und hielt genussvoll ihr Gesicht in die Sonne.

„Meine Güte, das lässt sich sehen, hier." Die vornehme

Wohnanlage am Ufer der Alster beeindruckte Thorsten eher als der herannahende Frühling.

„Du musst gerade meckern", spielte Celia auf seine vornehme Wohnung an.

„Aber komm, damit", er wies bedeutungsvoll auf die Anlage, „kann ich nicht mithalten."

Celia musste ihm recht geben. Dazwischen lagen in der Tat Welten. Entschlossen, sich nicht beeindrucken zu lassen, drückte sie betont nachdrücklich auf den Klingelknopf. Kurz darauf wurde ihnen geöffnet. Mit dem Aufzug fuhren sie in den fünften und letzten Stock des Hauses.

Anders als von ihnen erwartet, wurden sie nicht von Theresa Lücken empfangen, sondern von einem jungen Mann.

Er war verblüfft beim Anblick der beiden Beamten. Offensichtlich hatte er jemand anderes erwartet.

„Kann ich Ihnen helfen?" sein Tonfall war höflich, aber distanziert.

Während sie ihren Ausweis aus der Tasche wühlte, bemerkte Celia nicht nur den durchtrainierten Körper des Mannes, sondern auch seine ungewöhnliche Attraktivität. Trotz seiner augenscheinlichen körperlichen Kräfte, wirkte er durchaus weich und sensibel.

Thorsten war schneller mit seinem Ausweis zur Hand.

„Kripo Buxtehude. Wir suchen Theresa Lücken!"

Bei dem Wort „Kripo" war Frederik zusammengezuckt. Es wunderte keinen der Beamten. Es gab nur wenig Menschen, die nicht so oder zumindest ähnlich reagierten. Und die hatten in der Regel etwas zu verbergen.

„Ich bin ihr Bruder", stellte er sich vor. „Frederik Lücken, meine Schwester ist hier." Er deutete mit dem Kopf hinter sich in die Wohnung. „Es geht ihr nicht so gut. Wenn ich Ihnen weiterhelfen kann?"

Bedauernd schüttelte Celia den Kopf: „Das geht leider nicht. Wir müssen mit ihr persönlich reden. Ist sie sehr krank?"

Ergeben winkte der Bruder ab. „Kann sie Ihnen selber sagen, wenn Sie doch mit ihr reden müssen."

Ohne weitere Worte wandte er sich um und führte die beiden in die Wohnung. Er überließ es Thorsten, die Tür zu schließen.

„Theresa, hier sind zwei Kripobeamte aus Buxtehude für dich."

Es war eindeutig der Versuch, seine Schwester auf die beiden vorzubereiten, bevor sie ihnen selbst begegnete.

Der kurze Blick, den er ihr zuwarf, zeigte Celia, dass auch Thorsten das Manöver durchschaut hatte.

„Ihre Geliebte hat ja ordentlich zugelangt", ging sie in die Offensive.

Theresa, die vom Sofa aufgestanden war, um die beiden Beamten zu begrüßen, ließ sich ergeben zurückfallen. Dann zog sie die schmalen Schultern hoch und ließ auch sie dann wieder fallen. „Okay ja, sie war es." Dabei warf sie ihrem Bruder einen um Entschuldigung heischenden Blick zu.

Theresa und Frederik konnten ihre Familienzugehörigkeit nicht leugnen, selbst wenn sie gewollt hätten. Theresa war so attraktiv wie ihr Bruder.

Im Hintergrund hörte Celia den Bruder ungehalten aufstöhnen.

„Was stört sie an der Aussage?", wandte Celia sich direkt an ihn. „Ist es nicht die Wahrheit?"

Abwehrend hob Frederik die Hände vor die Brust. Gleichzeitig schnaubte er abfällig. „Doch! Es ist die Wahrheit. Leider."

„Erklären Sie mir Ihre Reaktion?" Celia fragte mehr

aus Neugierde, nicht weil sie das Gefühl gehabt hätte, es könnte sich als relevant für den Fall herausstellen.

Theresa kam ihrem Bruder zuvor. „Freddy hätte Ellen gerne eins ausgewischt. Sie sollte noch ein wenig zappeln." Sie drehte sich zu ihm. „Tut mir leid, aber das hat nichts mit einem Entgegenkommen zu tun. Ich kann nicht lügen", entschuldigte sie sich. Frederik winkte ab.

„Schon gut. Es ist dein Leben und deine Entscheidung." Es schien, als wäre ihnen die Anwesenheit der Beamten entfallen oder gleichgültig. Celia brachte sich wieder in Erinnerung.

„Vielleicht können Sie von Anfang an erzählen?" Ohne von Theresa oder ihrem Bruder aufgefordert worden zu sein, ließ sie sich auf dem Sessel gegenüber Theresas nieder. Die beiden Männer blieben stehen.

„Was wollen Sie wissen?"

Kapitel 16

Horst Hauschildt begrüßte seine Tochter betont fröhlich, als sie verschlafen am Frühstückstisch erschien. Meta und er hatten am vergangenen Abend lange beraten, wie sie sich ihrer Tochter gegenüber verhalten wollten. Zum Schluss, ermuntert durch den positiven Verlauf des Gesprächs zwischen ihrem Schwiegersohn und ihrer Tochter, hatten sie sich darauf verständigt, sich nicht weiter einzumischen. Dem Vater fiel es leicht, sich daran zu halten. Wie er sehr wohl wusste, hatte seine Frau mehr damit zu kämpfen. Wenn sie Missstände erblickte, sprach sie diese an und versuchte, etwas dagegen zu unternehmen. Nicht nur in der eigenen Familie. Auch der Kirchenvorstand konnte ein Lied davon singen. Doch so anstrengend ihr Verhalten häufig war, alle hatten durchaus ein Bewusstsein dafür, wie wertvoll Meta in ihren Reihen war. Ihre lange Vorstandszugehörigkeit in der Kirchengemeinde Jorks legte Zeugnis darüber ab.

Dörte lächelte ihren Vater dankbar an. Sie hatte nicht damit gerechnet, dass er ihre Mutter überreden könnte, die Sache auf sich beruhen zu lassen. Sie war sich ihres schlechten Benehmens am gestrigen Abend durchaus bewusst.

„Kaffee?“, offerierte ihre Mutter. Dörte hielt ihr die große Tasse wortlos entgegen.

Meta zog die Augenbraue in die Höhe. „Danke“, beeilte Dörte sich zu sagen. Die Geduld ihrer Mutter, das wusste sie, hatte ihre Grenzen.

„Kommst du zum Mittagessen?“

Das Leben in einem kleinen Ort wie Jork bot für Einzelhändler rar gewordene Privilegien. In der Mittagszeit schlossen die kleinen Läden wie früher überall. Nur die Supermärkte, die es inzwischen reichlich im Ort gab, hielten sich an die modernen Öffnungszeiten.

Dörte schüttelte dennoch den Kopf. Dabei hatte sie sich bisher keine Gedanken über eine Alternative gemacht. Normalerweise ging sie mittags nach Hause und kochte etwas für die beiden Kinder. Einen Moment überlegte sie, ob sie es heute wie immer handhaben sollte. Aber die Vereinbarung mit Jens war eindeutig. Sie schloss auch diese Idee aus.

„Ich muss noch einiges im Laden nacharbeiten, was liegen geblieben ist."

Ihre Mutter brauchte kein Wort zu sagen. Die Buchhändlerin wusste auch so, dass sie den Grund für die Arbeitsrückstände in ihrer Affäre vermutete. Sie wollte sich rechtfertigen. Im letzten Moment fing sie einen Blick ihres Vaters auf. In ihm lag eine eindeutige Warnung. Dörte erblasste, als ihr bewusst wurde, dass ihr Vater sich selten so emotional engagiert hatte wie dieses Mal. Sie schloss den Mund und widmete sich ihrem Frühstück.

Das Schweigen um den Tisch begann schnell unangenehm zu werden. Es war selbst für Horst Hauschildt spürbar.

„Was gibt es denn Gutes zu essen?", bemühte er sich der Situation einen normalen Anstrich zu geben. Meta lächelte über seinen Versuch. „Spezielle Wünsche?", ließ sie sich darauf ein. Er überlegte nur einen Augenblick.

„Pfannkuchen!" Meta stöhnte und ihr Mann lachte schelmisch. Es würde ein wirkliches Opfer darstellen, wenn sie seinem Wunsch entsprechen würde. Bisher waren alle ihre Bemühungen einen Pfannkuchen unbeschadet aus der Pfanne zu bekommen gescheitert. Als begnadete Bäckerin kränkte es sie in ihrer Hausfrauenehre. Sie nickte dennoch.

Dörte sprang auf. „Ich muss los."

Jan-Phillip fühlte sich nackt ohne seinen treuen Weggefährten Malte Buchmann. Irritiert hatte er an der Bushaltestelle gezögert, bevor er mit den anderen in den Bus eingestiegen war.

„Habt ihr was von Malte gehört?"

Marike zuckte mit den Schultern. Sie wäre sicher die Letzte, die Malte über mögliche Unpässlichkeiten informieren würde. Aber auch Tim wusste nichts von ihm.

Scheinbar unbeeindruckt wandte Jan-Phillip sich von den beiden ab.

Marike blickte fragend zu Tim. „Keine Ahnung. Aber die beiden sind in letzter Zeit ganz dicke Freunde. Hätte ich auch nie gedacht!"

„Hast du was Neues wegen Merz gehört?", Marike interessierte die Frage deutlich mehr als die Freundschaft zwischen Malte und Jan-Phillip.

Tim schüttelte lediglich den Kopf.

„Meinst du, es war einer vom Kirchenvorstand?"

Tim riss die Augen weit auf. „Wie meinst du das denn?"

Marike zuckte erneut mit den Schultern und ihr Sprachfehler trat deutlich hervor. Sie hatte sich auf dünnes Eis begeben. „Mein Vater hat mit meiner Mutter gesprochen und ich habe es zufällig gehört!"

Tim begriff schnell. „Hat es was mit meinem Vater zu tun?"

Das Gesicht des Mädchens wurde über und über rot. Aber sie nickte tapfer.

Er musste trotz des Schocks lächeln.

„Was hat er gesagt?"

Sie druckste einen Moment. „Jetzt erzähl!“, forderte Tim ungeduldig.

„Na ja, mein Vater hat erwähnt, dass dein Vater ziemlich nachhaltig daran interessiert war, Kurt Hermann als Diakon zu behalten.“

Tim bemerkte die umsichtig gewählten Worte seiner Klassenkameradin.

„Lass mich raten – er ist allen auf den Geist gegangen und wollte auf Biegen und Brechen seinen Willen durchsetzen?“

Das vorsichtige Lächeln auf ihrem Gesicht war ihm Antwort genug.

„Mein Vater ist ein Arsch. Und im Moment echt noch schlimmer als sonst. Aber ich kann mir nicht vorstellen, dass er jemanden ermordet.“ Selbst in seinen eigenen Ohren klang seine Argumentation weniger sicher, als er es gerne gehabt hätte.

„Kein Mensch glaubt das“, versuchte sie eine schwache Form der Unterstützung.

Der Junge winkte ab. „Glaubst du, ich weiß nicht, was die Leute über meinen Vater denken und wie sie ihn finden?“

So jung Marike war, spürte sie doch deutlich die Enttäuschung und Wut in seinen Worten. Es erschreckte sie. Für sie hatte es bisher nie Zweifel an ihrem Vater gegeben. Er war ihr ein liebevoller Vater und sie liebte ihn innig zurück.

Beim Verlassen des Busses rempelte Jan-Phillip gegen die beiden. Ohne sich zu entschuldigen ging er weiter.

„Idiot“, rief Tim ihm hinterher. Die Wut auf seinen Vater machte ihn gleichzeitig mutiger Jan-Phillip gegenüber, zu dem er in letzter Zeit Abstand gesucht hatte. Er war in seinen Launen zu unberechenbar geworden.

Jan-Phillip schien es nicht zu berühren. Er zeigte hinter seinem Rücken den berühmten Finger.

„Eigentlich müsste Jan-Phillip der Sohn meines Vaters sein."

Marike lachte und stupste ihn freundschaftlich an. Überrascht bemerkte Tim, dass er die Berührung genoss.

Annette war ihm schon den ganzen Morgen aus dem Weg gegangen. Es gab keine offene Anfeindung, dennoch spürte Pastor Stechmann die unterdrückte Wut seiner Frau. Solange die Kinder noch im Haus waren, hatte er gute Miene gemacht. Jetzt hatte sich die Haustür hinter den beiden geschlossen.

„Kannst du mir verraten, was ich verbrochen habe, das rechtfertigt, dass du mich mit Missachtung strafst?" Seine Stimme klang härter als beabsichtigt. Seine Frau reagierte nicht.

„Annette, hör auf mit diesem Verhalten. Das haben wir doch wohl hinter uns!" In der Tat war es zu Beginn ihrer Beziehung ein wiederkehrender Teil ihrer häufigen Auseinandersetzungen gewesen. Den anderen im eigenen Saft schmoren lassen, bis er selbst auf seine Fehler aufmerksam wurde. Annette beherrschte das Spiel bis zur Perfektion. Sie kannte es aus ihrem Elternhaus. Obwohl sie immer darunter gelitten hatte, hinderte es sie nicht daran, es selbst zu praktizieren.

Sie brauchte einen Moment, dann atmete sie tief ein, als wäre viel Luft notwendig, um die Worte zu formulieren, die sie bisher unausgesprochen gelassen hatte.

„Es gefällt mir nicht, wie du dich in letzter Zeit entwickelst." Sie stand an der Spüle während sie das sagte, drehte sich vom Abwasch des Geschirrs weg und wandte sich ihrem Mann zu.

Mathias Stechmann war ein guter Zuhörer. Obwohl es ihn selbst betraf, ließ er seiner Frau den Spielraum, ihre Worte zu wählen, bevor sie fortfuhr.

„Als ich dich kennenlernte", selbst in ihren Ohren klang es, als sei dies mehrere Jahrzehnte her, „warst du mal ein Kämpfer. Nicht nur für die Gläubigen und die Kirche – auch für deine Mitmenschen, die Menschenrechte ...!"

Ihr Mann zog eine Augenbraue fragend in die Höhe. Annette stockte, als wüsste sie die Fortsetzung ihres Gedanken nicht. Dann gab sie sich einen Ruck.

„Ich habe den Eindruck, du entwickelst dich zu einem Feigling, einem Duckmäuser, der sich vor jeder eigenen Entscheidung drückt, um hinterher nicht in die Kritik zu geraten. Bloß keinen Fehler machen, sich bloß nicht angreifbar machen." Sie zögerte erneut. Nun hob Stechmann doch zu einer Erwiderung an. Aber sie ließ es nicht zu.

„Hör auf, ich will es gar nicht hören. Natürlich leben wir in einer kleinen Gemeinde, natürlich kennt hier jeder jeden. Aber deshalb muss ich meine Meinung und meine Persönlichkeit nicht am Ortseingangsschild abgeben. Ich bin immer noch die gleiche Frau, die du vor fünfzehn Jahren erlebt hast und ich würde gerne den Mann wieder haben, den ich damals lieben gelernt und geheiratet habe."

Sie sah die Tränen, die in den Augen ihres Mannes schimmerten. Auch wenn er ihr leid tat, erkannte sie die Notwendigkeit weiterzumachen. Doch ihre Stimme wurde milder.

„Es geht um dich, Mathias. Du kannst nicht die Fahne nach der Meinung deines Kirchenvorstandes drehen. Du musst selbst Position beziehen. Die machen dich sonst fertig. Du begünstigst deine schlimmsten Befürchtungen, verstehst du das nicht?“ Mit den letzten Worten hatte sie die Entfernung zu ihrem Mann aufgehoben. Jetzt nahm sie ihn, immer noch am Küchentisch sitzend, in den Arm. Er drückte sein Gesicht an ihren Körper.

„Ich kündige“, murmelte er in den Bauch hinein. Annette glaubte, sich verhört zu haben.

„Ich habe dich nicht verstanden.“

Er wiederholte seine Worte. Abrupt ließ sie ihn los und trat einen Schritt zurück.

„Du hast nichts verstanden, gar nichts, oder?“

Das erste Mal, seit sie mit ihren Anschuldigungen begonnen hatte, richtete ihr Mann sich auf.

„Doch Annette! Ziemlich gut sogar. Aber ich glaube, du hast nicht verstanden. Der Job ist nichts für mich. Gar nichts. Eine Gemeinde zu führen ist nun mal nicht das Gleiche, wie die Bücher für eine Kirche zu führen. Egal wie groß mein Glaube sein mag, ich bin nicht fähig, einer solchen Situation gerecht zu werden. Die Menschen hier brauchen einen anderen Pastor.“

Vor Empörung überschlug ihre Stimme sich: „Das ist ja absurd! Es ist das Gegenteil von dem, was ich eben gesagt habe. Du kannst nicht immer weglaufen. Und genau das würdest du tun, wenn du die Stelle hier aufgibst. Ich kann mich nicht daran erinnern, dass Jesus vor seinen Problemen weggelaufen wäre. Er hat sich nicht aus dem Staub gemacht, als es brenzlig wurde und er gefordert war.“

Pastor Stechmann musste unwillkürlich lächeln. „Touché! Mit den eigenen Waffen geschlagen, nennt man das wohl!“

Annette entspannte sich. Sie spürte, dass sie ihn erreicht hatte. Sie setzte sich zu ihm an den Tisch und wartete ab. Ihr Schweigen hatte nichts mehr von dem bockigen Verhalten am Morgen. Stechmann wusste es. Er sammelte sich. Schon an den Augen erkannte seine Frau, dass er einen Entschluss gefasst hatte.

„Okay, lass es uns angehen."

Annette lachte leise auf: „So gefällst du mir schon besser."

Er lächelte ebenfalls, obwohl er ein mulmiges Gefühl nicht unterdrücken konnte.

„Ich rufe die Kripobeamtin an. Ich werde mit ihr noch einmal über die Geschichte mit den Jungs reden."

Annette wurde bleich. „Du willst was?" Ihre Empörung war nicht zu überhören.

„Ja, du hast richtig gehört. Wenn ich mich schon einsetzen soll, dann auch richtig. Mir ist nicht geheuer bei der Geschichte. Und genau das werde ich denen sagen. Du kannst dir nicht aussuchen, wann ich aktiv werden soll und wann ich es lassen soll. Es geht nur eins. Und du hattest ja recht. Ich lasse mich viel zu häufig von anderen beeinflussen. Aber nun ist Schluss damit. Das betrifft in dem Fall leider auch dich." Entschlossen erhob er sich von seinem Stuhl und verließ die Küche. Nach wenigen Minuten hörte sie die Tür seines Arbeitszimmers. Er schloss sie mit Nachdruck.

Enya Peters schloss erleichtert die Tür zu ihrem Haus auf. Sie war völlig übernächtigt, weil sie kein Auge zubekommen hatte. Erst als es draußen anfing zu dämmern, war sie in einen unruhigen Halbschlaf gefallen, aus dem Susanne Merz sie nach wenigen Minuten wieder herausgerissen hatte. Zu ihrer Erleichterung stellte Enya jedoch fest, dass sie nicht erneut getröstet werden musste, sondern im Gegenteil anscheinend während der Nacht zu neuer Stärke gefunden hatte. Sie schickte ihre neue

Freundin nach Hause, damit sie sich ausruhte. Enya versuchte nicht mal Einwände zu erheben.

„Hey, du bist ja noch zu Hause!" Ihr Mann war aus der Küche in die Diele getreten. Wegen ihrer Übermüdung hatte sie nicht auf sein Auto in der Einfahrt geachtet.

„Lange Nacht?" Er nahm sie in den Arm. Es tat ihr gut, seine Wärme zu spüren.

„Komm, willst du einen Kaffee oder gleich ins Bett?" Er führte sie in die Küche. Sie ließ sich kraftlos auf einen der Stühle sinken.

„Kaffee ist gut. Ich würde jetzt doch nicht einschlafen können." Dennoch legte sie die Arme auf den Tisch und den Kopf darauf. Sie hob ihn erst wieder, als Carsten ihr den versprochenen Kaffee hinstellte.

„Danke! Wie ist es hier gelaufen?" Genüsslich atmete sie das Kaffee-Aroma ein, bevor sie den ersten Schluck nahm.

Carsten zuckte mit den Schultern. „Überraschend gut. Jan-Phillip ist nach wie vor ausgesprochen zahm und ruhig."

Es erschreckte Enya, wie sehr sie beide auf ihren Sohn konzentriert waren. Jede Frage bezog sich in erster Linie auf sein Verhalten, auf seine Reaktionen. Louise kam dabei selten vor. Sie teilte ihre Überlegung mit ihrem Mann.

Er nickte. Dabei wirkte er eher resigniert als erstaunt. Ihre Gedankengänge schienen ihm nicht fremd zu sein.

„Was sollen wir tun?"

„Es ändern." Vor Müdigkeit fehlte ihr die Überzeugungskraft.

Carsten Peters nickte dennoch. Sie hatte recht. Louise brauchte ihren Teil im Leben ihrer Eltern. Letztlich war sie zu brav, zu bemüht, ihren Eltern nicht noch mehr

Sorgen zu machen, als sie durch ihren Bruder schon hatten. Das konnte nicht gut gehen. Sie würde ausbrechen müssen. In die eine oder andere Richtung. Carsten Peters seufzte tief bei der Aussicht, noch mehr Probleme lösen zu müssen. Seine Frau konnte es ihm nicht verdenken.

„Ein Schritt nach dem anderen. Ich bin sicher, mit der Therapie werden wir lernen, die Situation zu meistern!" Sie versuchte mehr Zuversicht in ihre Stimme zu legen, als sie fühlte. Carsten ließ sich gerne beruhigen.

„Wie war es bei Susanne?", lenkte er ab.

„Frag lieber nicht", stöhnte sie, ohne ihre Worte ernst zu meinen.

„Dagegen sind unsere Probleme ein Witz. Gestern war die Kripo erneut da und im Anschluss noch die Spurensicherung. Die haben den Dachboden auf den Kopf gestellt. Ich weiß nicht, ob sie was entdeckt haben. Aber Susanne ist davon überzeugt, dass sie nicht nur was gefunden haben, sondern auch, dass es wenig Gutes über ihren Mann aussagt."

Carsten Peters verstand sie nicht. Erst jetzt fiel ihr auf, dass ihr Mann nicht informiert war. In wenigen Worten brachte sie ihn auf den Stand.

„Puh", zeigte er sich deutlich erstaunt. „Damit hätte ich nicht gerechnet!"

„Was meinst du? Seine Affäre mit Dörte Buchmann oder das Spielzeug?"

Carsten Peters schüttelte den Kopf. „Ich denke, du hast gerade gesagt, dass das Spielzeug nur ein Täuschungsmanöver des Täters war. Die Affäre hätte ich ihm nicht zugetraut."

„Warum, nur weil er Diakon ist? Glaubst du allen Ernstes, dass die besser sind als der Rest ihrer männlichen Genossen?"

Carsten Peters musste lachen. Enya gehörte nicht zu den Frauen, die dazu neigten, Pauschalurteile über Männer zu verkünden. Dass sie es nun tat, verletzte ihn nicht. Er wusste, es war ihrem Zustand geschuldet.

Sie bemerkte es schnell. „'tschuldige, ich rede dummes Zeug", gab sie ihren Fehler zu. „Ich war auch überrascht. Aber wenn ich Susanne richtig verstanden habe, dann haben sie schon seit einiger Zeit Eheprobleme. Aber sie hat sich nie richtig rangetraut. Dieses Wochenende hatte sie allerdings zur Klärung ihrer Gefühle absichtlich organisiert. Es macht sie völlig fertig, dass sie nun nicht mehr erfahren kann, wie er sich entschieden hat."

„Das kann ich mir vorstellen. Das muss furchtbar sein. Aber was glaubt sie, wer ihren Mann umgebracht hat?"

„Sie hat überhaupt keine Idee dazu. Das macht es ja alles noch schlimmer. Sie hat das Gefühl, mit einem Fremden verheiratet gewesen zu sein." Sie schwiegen für einen kurzen Augenblick.

„Und was war nun mit Ellen Roper?" Carsten Peters hatte sie beinahe vergessen.

„Das ist richtig abstrus. Sie ist gestern bei Merz eingebrochen. Zuerst hat sie allen Ernstes behauptet, Susanne hätte sie darum gebeten, etwas für sie zu holen. Leider hat sie nicht damit gerechnet, dass Susanne zu Hause ist. Komisch. Danach hat sie einfach gar nichts mehr gesagt. Ob sie im Präsidium doch noch eine Aussage gemacht hat, wissen wir nicht."

„Das glaube ich jetzt nicht. Zuerst hat sie den Verdacht auf Heitmann gelenkt und dann bricht sie in das Haus ein?"

„Inwiefern?"

„Das war eine typische Ellen-Nummer. Im Beisein der Beamten hat sie ganz offen darüber gesprochen, wenn jemand ein Motiv gehabt hätte, Merz umzubringen, dann wäre es Heitmann gewesen."

„Ich glaub's ja nicht." Enyas Fassungslosigkeit war echt. „Haben die Beamten ihr geglaubt?"

Carsten prustete abfällig: „Was bleibt ihnen übrig. Zumindest müssen sie solchen Hinweisen nachgehen, denke ich doch mal."

Seine Frau schüttelte sich angewidert. Dann erhob sie sich. „Sei mir nicht böse – aber ich muss jetzt doch ins Bett!" Sie versuchte ein leichtes Lächeln.

„Zisch ab, wir reden heute Abend. Ich muss sowieso ins Büro!"

Celia war ungehalten und frustriert. Dass Thorsten auf dem Beifahrersitz inzwischen die vierte SMS an seine neue Liebe schrieb, besserte ihre Stimmung nicht einen Deut.

„Wenn du damit fertig bist, könntest du vielleicht im Büro Bescheid geben, dass sie die Anzeige wegen Einbruchs fertig machen, Ellen Roper unterschreiben und sie dann gehen lassen können."

Thorsten Brandt war sensibel genug, den unterschwelligen Vorwurf herauszuhören.

„Tut mir leid", entschuldigte er sich und beendete die Nachricht an Seyda schnell. Ob er seine neue Freundin auf den Rüffel seiner Chefin aufmerksam gemacht oder sie von sich aus das Simsen abgebrochen hatte, wusste Celia nicht und er erzählte es ihr nicht. Dennoch war sie für die dadurch eingetretene Ruhe dankbar.

„Wenn Ellen Roper ausscheidet, wen haben wir dann als Verdächtigen?"

Die Kommissarin schüttelte nachdenklich den Kopf. „Keine Ahnung. Aber mein Gefühl sagt mir, wir sollten da weiter machen, wo wir gestern begonnen haben."

Thorsten stand noch auf der Leitung.

„Die Eltern der angeblich nicht missbrauchten Kinder", half sie ihm auf die Sprünge.

Ohne darüber nachzudenken, hatte Celia auf dem Rückweg die Autobahn genommen, statt erneut durch den Freihafen zu fahren. Prompt erhielt sie die Quittung. Kurz vor dem Elbtunnel leuchteten die Warnblinkanlagen der vorausfahrenden Autos auf. Ein Stau behinderte einmal wieder den Verkehr.

„Scheiße", fluchte Celia rücksichtslos.

Thorsten amüsierte sich immer wieder darüber, dass seine Chefin über ein derart unflätiges Schimpfvokabular verfügte und auch kein Problem damit hatte, es zu gebrauchen.

„Ruf noch mal im Präsidium an. Lass doch mal die Eltern der Jungs durch den Computer jagen. Vielleicht haben wir über den einen oder anderen was."

„Hast du die Namen noch im Kopf?"

Celia stöhnte ungeduldig. „Du hast sie doch aufgeschrieben!"

Ihr Kollege reagierte ungewohnt kleinlaut: „Ja, habe ich. Aber ich habe meinen Block im Büro liegen lassen."

Celia holte tief Luft und Thorsten rechnete mit einem heftigen Anranzer. Sie schloss den Mund jedoch unvermittelt wieder.

Während ihres Gesprächs waren sie Stück für Stück in den Tunnel gerollt. Nun stockte der Verkehr vollständig.

Selbst unter der schlechten Tunnelbeleuchtung bemerkte Thorsten, dass Celia die Farbe gewechselt hatte.

„Alles okay?"

Sie schüttelte den Kopf. „Fahr du weiter." Ohne eine Erklärung stieg sie aus dem Wagen. Thorsten rutschte schnell auf den Fahrersitz.

Die Autos vor ihnen setzten sich wieder in Bewegung.

„So langsam kann ich Jaron verstehen. Du solltest wirklich mal zum Arzt. Das ist doch nicht mehr normal, wie oft dir in letzter Zeit schlecht ist“, bemerkte er, als sie neben ihm saß.

„Nun fang du auch noch an.“ Sie war ungehalten. Dabei war nicht ganz klar, ob sie damit auf ihre dauernde Unpässlichkeit reagierte oder tatsächlich auf die Besorgnis der beiden Männer.

„Du musst nicht mich anmeiern. Es ist einfach unvernünftig, was du machst. Jedem anderen würdest du höchst persönlich die Leviten lesen.“

Celia hob ergeben die Arme. „Schon gut. Wenn es morgen nicht besser ist, gehe ich zum Arzt!“

„Mach das Fenster wieder zu“, raunzte Thorsten sie ungewohnt heftig an. Ein wenig sanfter fügte er hinzu: „Oder willst du hier im Tunnel eine Abgasvergiftung erleiden. Dann kannst du dir den Besuch beim Arzt morgen sparen.“

Celia stöhnte: „Gott, warum geht das denn nicht weiter. Ich brauche frische Luft!“

„Komm, lenk dich ab. Mach du mal die Personenabfrage, die ich eigentlich machen sollte.“ Er reichte ihr das Handy.

„Witzbold – und die Namen?“, foppte sie ihn. Ihr waren die Namen nicht entfallen.

Jens Buchmann hatte gute Arbeit geleistet. Die Stimmung der Kinder war endlich wieder entspannt und ohne Aggressionen gegen einander. Allerdings hatte es ihn Mühe gekostet. Anfänglich hatte bei beiden die Überraschung, nicht zur Schule zu müssen, die anderen Gefühle überlagert. Kaum stand jedoch der Kakao vor ihnen auf dem Tisch, wurde ihnen der Grund wieder bewusst. Malte setzte die unbewegliche Miene auf, die er in letzter Zeit häufig zur Schau trug. Jens konnte sich gut genug an seine eigene, beginnende Pubertät erinnern, um zu wissen, dass sie die eigentliche Unsicherheit überdecken sollte. Nora dagegen ging gleich zum Angriff über.

„Mama würde uns nicht verlassen. Das weiß ich genau. Und sie würde auch Papa nicht betrügen“, wandte sie sich direkt an ihren Bruder. Malte rollte entnervt mit den Augen.

Es brachte Nora zur Weißglut. „Tu nicht so, als wäre ich ein kleines Kind und wüsste nicht, was gespielt wird. Du kommst dir immer so oberschlau vor. Aber nur weil du seit Neustem mit Jan-Phillip abhängst, bist du noch lange nicht der King.“

„Du hast doch überhaupt keine Ahnung ...“, wehrte sich Malte.

„Stopp“, ging Jens dazwischen, „kein Wort mehr! So geht das nicht!“ Beide Kinder hielten erschreckt inne. Ihr Vater wurde für gewöhnlich nicht laut. Es war ihre Mutter, die häufiger die Stimme erhob. Jens fand immer andere Methoden, sich Gehör zu verschaffen. Dass er diesmal zu diesem Mittel griff, machte den Kindern seine Verfassung deutlich.

Der Vater ließ das jähe Schweigen einen Moment zwischen ihnen stehen. Dann fasste er einen Entschluss.

„Okay, passt auf“, sein erneutes Zögern machte deutlich, wie schwer ihm die folgenden Worte fielen. „Es fällt mir nicht leicht, es zuzugeben, weil es sicher immer mit beiden Partnern etwas zu tun hat, wenn so etwas passiert, aber ...“ er redete schnell weiter, als wolle er es hinter sich bringen, „Malte hat recht, Mama hatte eine Affäre mit Klaus Merz.“ Nora wollte erneut aufbegehren und protestieren, ihr Vater ließ es nicht zu. „Nur weil wir es leugnen, wird es nicht weniger wahr, Nora. Aber ich verspreche euch, dass ich alles dafür tun werde, die Beziehung zu Mama wieder zu kitten."

Im Gegensatz zu seiner Schwester ließ Malte sich nicht von seinem Vater unterbrechen.

„Und wenn sie das gar nicht will? Wenn Mama", die Abfälligkeit, mit der er sprach, traf Jens mit ganzer Wucht als Stich im Magen, „froh ist, uns endlich los zu sein? Denn ihre Rolle als Mutter und Hausfrau mochte sie nie besonders gerne."

Jens Buchmann musste erneut schwer an der Erkenntnis schlucken, dass zumindest sein Sohn seine Mutter klarer wahrgenommen hatte, als er es selbst sich je getraut hatte. Ein verhängnisvoller Fehler, wie er sich nun eingestehen musste.

„Du spinnst", brachte Nora sich in Erinnerung.

„Papa hat nicht widersprochen. Ist dir das aufgefallen?" Maltes Stimme klang mit einem Mal ganz weich und einfühlsam. Als hätte er auch die Tränen seiner Schwester vorausgesehen, war er aufgestanden und hatte sie in den Arm genommen.

„Sagt Malte die Wahrheit?", schluchzte sie, verlangte aber nach einer Antwort von ihrem Vater. Selbst wenn er gewollt hätte – die Zeit der Lügen war vorbei.

„Es gibt, glaube ich, zwei unterschiedliche Ebenen für Mama. Die eine ist die mit der Liebe zu euch. Und die andere ist die mit den Aufgaben und Verpflichtungen als Mutter. Und ich denke, diese hat sie nicht gemocht. Da täuscht Malte sich wohl nicht."

„Was ist mit ihrer Liebe zu dir?", nun wollte Nora es genau wissen. Hilflos zuckte Jens mit den Schultern.

„Ich weiß es nicht, Nora." Überrascht stellte er fest,

dass nicht nur ihm, sondern auch Malte Tränen über das Gesicht liefen. Er ging zu seinen Kindern und schloss sie in die Arme. Es dauerte eine Weile, bis sie die letzten Tränen abgewischt hatten. Ohne Absprache gingen sie zu ihren Stühlen zurück und setzten sich wieder. Der Junge unterbrach das Schweigen.

„Warum hast du das alles so lange mitgemacht. Du kennst doch die ganze Scheiße schon von deiner Kindheit. Warum lässt du dir das schon wieder gefallen?“

„Was meinst du damit?“ Jens Buchmann hatte seinen Kindern nie seine ganze Geschichte erzählt. Sie kannten nur die groben Eckpunkte.

„Oma hat mir mal alles erzählt!“

„Was alles?“ Jens wurde mulmig. Nora beobachtete beide mit weit aufgerissenen Augen.

„Dass du im Heim aufgewachsen bist, deine Eltern dich nicht wollten und der Erzieher dich missbraucht hat.“

Jens schluckte. Er war nicht sicher, ob er wütend oder enttäuscht sein sollte. Zugetraut hatte er seiner Schwiegermutter einen solchen Vertrauensbruch in keinem Fall. Aber er wollte ihr kein Unrecht tun.

„Warum hat sie dir das erzählt?“

„Ist doch egal. Ich weiß es halt“, tat Malte die Frage lapidar ab. Damit ließ sich sein Vater diesmal jedoch nicht abspeisen.

„Malte, ich finde ich habe das Recht zu erfahren, warum und wann Oma dir das erzählt hat. Immerhin geht es um mich und mein Leben.“

Malte wurde rot. Er druckste, bevor er sich einen Ruck gab. „Ich ...“, es war ihm offensichtlich peinlich, “war sauer auf dich. Ich habe bei Oma über dich geschimpft“, benutzte er eine harmlose Umschreibung seiner heftigen Worte, die er seiner Oma gegenüber gebraucht hatte, „weil du dich nie gegen Mama gewehrt und immer nur auf Versöhnung gemacht hast."

Es erleichterte Jens zu erkennen, dass seine Schwiegermutter tatsächlich keinen Verrat an ihm begangen hatte. Es hätte ihn schwer getroffen.

„Dann weißt du aber doch die Antwort schon, warum ich mich deiner Mutter gegenüber so verhalte. Ich bin sicher, besser als Oma kann ich es dir auch nicht erklären."

„Dürfte ich vielleicht auch mal wissen, um was es hier geht?" Nora hatte es satt, von allem ausgeschlossen zu sein.

Während Jens einen Moment brauchte, um seiner Tochter die Informationen halbwegs schonend zu vermitteln, platzte Malte einfach damit heraus. Seinen ersten Impuls, ihn heftig zu unterbrechen, unterdrückte Jens Buchmann. Stattdessen zwang er sich, den Erklärungen seines Sohnes zuzuhören. Dabei stellte er fest, dass er auch nicht in der Lage gewesen wäre, es feinfühliger zu formulieren, als er es nun tat. Für seine Schwester war es auch so schlimm genug. Sie weinte wieder. Hilflos blickte sie dabei zu ihrem Vater. Als er es bemerkte, musste auch er schlucken. Schon oft hatte er erlebt, dass die Menschen Schwierigkeiten damit hatten, auf Missbrauchsopfer zuzugehen. Statt einer Umarmung rückte er seinen Stuhl näher an den seiner Tochter und griff nach ihrer Hand. Sie erwiderte den Händedruck dankbar.

„Aber Mama meint das bestimmt nicht so. Die hat dich ganz bestimmt lieb." Es war der hilflose, kindliche Versuch, Trost auszusprechen, wo es keinen gab.

Malte erkannte es. „Mama ist nicht doof, Nora!"

Kapitel 17

Während ihre Tochter nur wenige Kilometer entfernt versuchte, ihre Ehre zu retten, bemühte Dörte Buchmann sich darum, Klarheit für sich und ihre Gefühle zu bekommen. Schon mehr als einmal im Verlauf des Morgens hatte sie ihre Bereitschaft, sich auf Jens' Vorschlag einzulassen, verflucht. Es behagte ihr nicht, über ihr Verhalten nachzudenken und es zu hinterfragen. Obwohl ihre Eltern es sicher ganz anders beschreiben würden, hatte Dörte das Gefühl, dass ihr Leben bisher immer rund verlaufen war. Ihre vielen Sprünge in unterschiedliche Richtungen und Versuche, ihr Leben zu gestalten, empfanden Außenstehende als unruhig und unstet. Sie selbst hatte es immer genossen, aus dem Bauch heraus zu reagieren und zu leben.

Dankbar blickte sie auf, als eine Kundin ihren Laden betrat. Das Gefühl verstärkte sich noch, als sie feststellte, dass es sich bei ihr um eine sogenannte Neubürgerin handelte, die sie und ihre Familie nicht persönlich kannte.

Die Ablenkung währte jedoch nicht sehr lange. Die Kundin wusste genau, was sie wollte. Ohne viel Worte gewechselt zu haben, hatte sie ein Buch gekauft und den Laden auch schon wieder verlassen.

Erschöpft ließ Dörte sich auf den Hocker hinter der Kasse sinken. Dabei musste sie sich eingestehen, dass die Trauer um den verlorenen Geliebten lediglich eine untergeordnete Rolle in ihrem Gefühlsleben darstellte. Tatsächlich hatte sie am heutigen Morgen erst ein Mal kurz an ihn gedacht. Sie hatte nicht mal ein schlechtes Gewissen, als es ihr auffiel. Dörte Buchmann hatte bisher nie eine Bezeichnung für das, was sie in Klaus Merz sah, gesucht. Schon die Bezeichnung Geliebter wäre ihr für Klaus nie in den Sinn gekommen. Es hätte bedeutet, dass sie etwas wie Liebe für ihn empfunden haben müsste. Aber das hatte sie nicht. Eine Affäre? Ein Abenteuer? Sie schüttelte sich, als sie die Erkenntnis traf, dass sie im Begriff war, sich selbst anzulügen. Auf Klaus Merz traf die Formulierung, dass er in ihr eine Affäre gesucht hatte, sicherlich zu. Als sie bemerkte, dass sie nicht mehr für ihn war, hatte es sie gekränkt und gereizt, ihr Jagdfieber entfacht. Bisher waren es immer die Männer in ihrem Leben gewesen, die mehr für sie empfanden, als sie ihnen entgegenbrachte. Sie hatte diese Macht genossen. Dass es diesmal anders war, konnte und wollte sie nicht aushalten. Sie war ihm nachgestiegen, hatte ihn verfolgt und Briefe geschrieben, war sogar vor seinem Haus aufgetaucht.

Die Erinnerung an die Ablehnung und Kälte mit der Klaus Merz ihr an diesem Tag gegenübergetreten war, ließ sie immer noch vor Scham erröten. Was Susanne Merz durch das Wohnzimmerfenster als Liebesszene gesehen haben wollte, war nichts anderes, als Dörtes hilfloser Versuch, sich an seinen Hals zu klammern und eine Umarmung von ihm zu erzwingen. Er hatte sie nicht nur nach Hause geschickt. Klaus Merz hatte auch keinen Zweifel daran gelassen, dass er sie nicht wiedersehen wollte.

Kurt Hermann erwachte mit einer völlig ungewohnten Befriedigung. Zunächst noch verwirrt über dieses Gefühl, klarte sein Verstand beim Blick in sein Schlafzimmer auf. Bis spät in die Nacht hatte er gebraucht, um endlich Sauberkeit und Ordnung in seine Wohnung zu bringen. Der Aufwand hatte sich gelohnt, wie er sehen konnte. Selbst die zahlreichen Müllbeutel hatte er noch in der Nacht vor die Tür gebracht. Als ihm nun auch noch bewusst wurde, dass er weder am gestrigen Tag noch in der Nacht einen Tropfen Alkohol angerührt hatte, erfasste ihn so etwas wie Euphorie. Er spürte den Elan, den der Kirchenvorstand schon lange bei ihm vermisst und eingefordert hatte. Unbeschwert schwang er seine Beine aus dem Bett. Selbst sein Spiegelbild im Badezimmer zeigte deutlich die Veränderung, die seit gestern in ihm vorgegangen war. Mit Bedacht kleidete er sich an. Sein erster Gang am heutigen Tag würde der zum Pastor sein. Er wollte ihm von seiner Veränderung, seinem Wandel berichten. Und er wollte ihn davon überzeugen, dass er in der Lage war, den frei gewordenen Posten von Klaus Merz zu übernehmen und voll auszufüllen. Es kam ihm nicht in den Sinn, sich über die Pietätlosigkeit seines Vorhabens Gedanken zu machen. Für einen kurzen Moment zog er in Erwägung, sein Vorhaben mit Theo Heitmann abzusprechen. Er verwarf den Gedanken jedoch so schnell, wie er gekommen war.

„Zeit, wieder eigenständig zu werden!“, murmelte er seinem eigenen Konterfei zu, als er einen abschließenden Blick in den Spiegel warf. Vorher hatte er mit Genuss Kaffee getrunken und ein Frühstück zu sich genommen. Unverfälscht, ohne den faden Beigeschmack des Restalkohols, schmeckte es endlich wieder.

Stolz verließ er die Wohnung.

Nach den vergangenen kalten Tagen schien es, als würde nun gleich der Sommer anbrechen und der Frühling von der Natur übersprungen werden. Die Sonne strahlte mit voller Kraft und es zeigten sich die ersten Kirschblüten an den Bäumen. Ein sicheres Zeichen dafür, dass endlich der Wonnemonat begann. Allerdings, so hatte Kurt Dammann Celia bei der Taufe erklärt, war die Natur ihrer

Zeit um gut zwei Wochen hinterher. Das schien sie nun aufholen zu wollen. Die Kommissarin freute sich schon jetzt auf den prachtvollen Anblick. Nirgendwo sonst hatte sie bisher so ein Naturschauspiel erlebt. Es verzauberte die Landschaft in ein Meer aus weißen und rosa Blüten. Celia und Thorsten hatten sich auf dem Marktplatz in Jork die ersten Sitzplätze im Freien eines Cafés gesichert. In der Sonne wirkte sie wieder frisch und gesund. Trotzdem konnte Thorsten sich eine Bemerkung gegenüber Jaron, der nun zu ihnen stieß, nicht verkneifen.

„Ich habe eine Abmachung mit deiner Lebensgefährtin. Sollte ihr morgen immer noch zwischendurch schlecht werden, geht sie zum Arzt!"

Celia war nicht wirklich böse, tadelte ihren Kollegen aber dennoch. „Das war jetzt nicht nötig. Alte Petze!", benutzte sie einen Ausdruck ihrer Kindheit.

Jaron zog die Augenbraue seines linken Auges fragend in die Höhe. Celia winkte ab. „Du musst ihn nicht so ernst nehmen. Mir war nur noch mal ein bisschen schlecht!"

Thorsten lachte: „Ein bisschen? Du machst mir Spaß. Du hast ausgesehen wie das Leichentuch Jesu." Und an Jaron gewandt: „Sie hat mitten im Tunnel den Platz mit mir getauscht, weil sie wegen der Übelkeit nicht weiterfahren konnte! So sieht's aus."

Ihm war anzumerken, dass er sich mehr Sorgen machte, als seine Flapsigkeit auf den ersten Blick erkennen ließ.

„Ja, stimmt. Mir ging es nicht so gut. Aber vielleicht liegt das ja auch an dem plötzlichen Wetterumschwung!", versuchte Celia die beiden Männer zu beruhigen.

„Celia", Jarons Stimme klang eindringlich, „vielleicht solltest du gar nicht erst bis morgen warten. Das geht jetzt schon zu lange. Und du wirst mit jedem Tag dünner und bleicher. Bitte!"

Sie gab sich geschlagen. Ein sicheres Indiz dafür, dass sie selber begann, sich Sorgen um ihren Zustand zu machen. „Holst du mir einen Termin für den Abend?", bat sie ihren Freund. Nichts tat er lieber.

„Kann ich dann jetzt in Ruhe meinen Kaffee trinken?" Dabei handelte sie den Besuch bei der ehemaligen Geliebten Ellen Ropers in kurzen Sätzen ab.

„Dafür haben wir Neuigkeiten aus dem Hause Buchmann." Der Staatsanwalt brauchte einen Moment, bis er den Namen zuordnen konnte.

„Jens Buchmann, Ehemann der Geliebten von Klaus Merz, Tischler, ist in einem Kinderheim aufgewachsen. Er steht in unserer Kartei."

Bevor Jaron sein Erstaunen zum Ausdruck bringen konnte, wurde er von Thorsten daran gehindert. „Vergiss es, nicht so wie du denkst. Er ist handgreiflich gegen einen Erzieher im Heim geworden. Der war blöd genug, ihn anzuzeigen. Damit hat er damals eine mächtige Lawine ausgelöst, der er dann selbst zum Opfer gefallen ist."

Jaron verstand kein Wort.

„Er muss sich sehr sicher gewesen sein, dass keiner seiner Schützlinge gegen ihn aussagen würde. Aber er hat sich geirrt. Am Ende konnte ihm der Missbrauch von drei seiner Gruppenkinder nachgewiesen werden. Jens Buchmann war damals der Hauptbelastungszeuge", ergänzte Celia und machte ihrem Lebensgefährten damit das Bild vollständig.

„Himmel! Aber was glaubt ihr, welche Relevanz das für den jetzigen Fall hat? War sein Sohn einer der Jungs, die Merz angeschwärzt haben?"

Celia und Thorsten schüttelten unisono den Kopf.

„Trotzdem, du weißt, wie ich über Zufälle denke. Und hier ist mir einer zu viel. Jens Buchmann wird von seiner Frau betrogen. Und zwar ausgerechnet mit unserem Opfer. Zusätzlich gibt es Gerüchte, dass eben dieses Opfer, sagen wir es vorsichtig, Jungs belästigt haben soll. Und um das Ding komplett zu machen, wurde just der betrogene Ehemann in seiner Jugend ebenfalls missbraucht." Sie machte eine vielsagende Pause. „Mal ehrlich Männer, wie plausibel klingt in dem Zusammenhang die Zufallstheorie?"

„Und wie soll er an die Info gekommen sein, wenn sein Sohn selber gar nicht betroffen war?"

Thorsten zuckte mit den Schultern: „Na, das ist ja wohl das geringste Problem. Schließlich ist seine Schwiegermutter im Kirchenvorstand."

Der Staatsanwalt schüttelte den Kopf. „Wenn ich mich richtig erinnere, habt ihr mir gestern gerade noch erklärt, dass die Stechmanns das mit sich alleine abgemacht und den Kirchenvorstand gar nicht informiert haben", tippte er auf den augenscheinlichen Denkfehler.

„Kann ja sein. Aber trotzdem kann er Wind davon bekommen haben. Er hat doch einige Projekte mit Merz gemeinsam vorbereitet. Vielleicht ist er ja irgendwo drüber gefallen?" Celia ließ nicht so schnell locker, wenn sie einmal eine Fährte aufgenommen hatte. Und selten waren ihre Denkansätze aus der Luft gegriffen.

Sie hatte keine Ruhe mehr für einen weiteren Kaffee.

„Haut schon ab. Ich lade euch auf Spesen der Justiz ein", lachte er, „aber vergiss nicht deinen Arzttermin heute Abend, ich mache den gleich fest."

Ellen Roper hatte lange unter der Dusche gestanden. Aber all ihre Bemühungen, das Gefühl der Beschmutzung wegzuwaschen, waren fehlgeschlagen. In ihrer Firma hatte sie sich krankgemeldet. Ihr Geschäftsführer konnte sein Erstaunen nur mangelhaft kaschieren. Zu einer direkten Nachfrage reichte sein Mut jedoch nicht. In jeder anderen Situation hätte sie ihre Macht über ihn genossen. Heute hatte ihr nicht einmal dieses Spiel Befriedigung bereitet. Ohne einen klaren Gedanken fassen zu können, stand sie mit der Kaffeetasse vor dem Fenster und blickte in den sogenannten Obstgarten Jorks.

Alles, was sie spürte, war, dass die anfängliche Dankbarkeit, weil Theresa ihr Alibi nun endlich doch bestätigt hatte, in Wut umschlug. Hätte sie ihr dieses Alibi gleich gegeben, wäre sie nicht genötigt gewesen, bei Merz einzusteigen. Ihre Bemühungen, sich einen guten Ruf aufzubauen, hatte sie mit einem einzigen Abend zunichte gemacht. In ihrem Zorn auf ihre Ex-Geliebte vergaß sie ihren eigenen Anteil an der Geschichte. Die Tatsache, dass sie durch ihre Geheimniskrämerei den Grundstein für alles Weitere gelegt hatte, kam ihr nicht in den Sinn. Mit einem Mal hatte sie es eilig. Gegen ihre sonstige Gewohnheit ließ sie die Kaffeetasse einfach auf dem Wohnzimmertisch stehen, den Bademantel im Schlafzimmer auf den Boden fallen und wühlte sich bequeme Kleidung aus ihrem Schrank. Ohne einen Blick auf das Chaos zu werfen, das sie verursacht hatte, verließ sie das Haus.

„Bist du sicher, dass ich dich alleine lassen kann?“ Frederik war die Sorge um seine Schwester deutlich anzumerken. Die winkte ab. „Mach dich endlich vom Acker. Mir geht es gut. Und im Übrigen habe ich eine solche Lust auf Garnelen in Limettensauce, dass du mir den größten Gefallen tust, wenn du jetzt endlich für unser Mittagessen einkaufen gehst.“

Nicht ganz überzeugt, verließ er das Haus. Theresa war

froh über den Moment des Alleinseins. Obwohl ihr klar war, dass sich ihr Zusammenleben in Zukunft anders darstellen würde, empfand sie die große Nähe, die sie zurzeit hatten, als beengend. Aber Freddy meinte es gut und nahm die Beschützerrolle seiner Schwester gegenüber mehr als ernst. Ein Lächeln stahl sich auf Theresas Lippen, als sie sich ihre gemeinsame Kindheit in Erinnerung rief. Damals hatte ihre Mutter immer von Frederik gefordert, sich um seine Schwester zu kümmern. Aber er hatte sich geweigert, sie mit zu seinen Freunden zu nehmen oder auf dem Heimweg von der Schule zu warten, um mit ihr gemeinsam zu gehen. Theresa war für ihn nichts als lästig. Die kleine, anhängliche, aber vor allen Dingen peinliche Schwester. Als sie älter wurde, hatten sie so gut wie gar keine Berührungspunkte mehr. Notgedrungen trafen sie zu den Feiertagen bei ihren Eltern aufeinander. Darauf beschränkte sich alles, was sie miteinander zu tun hatten. Erst der Tod ihrer Eltern innerhalb von knapp zwei Jahren hatte sie zusammenrücken lassen. Durch die häufigen Auslandsreisen ihres Bruders hatte sich der Kontakt jedoch auf Internet und Telefon beschränkt. Ihr Schritt, sich nun eine Wohnung zu teilen, war also durchaus als mutig zu bezeichnen.

Obwohl sie nicht mehr rauchte, griff Theresa nach einer Zigarette, die ihr Bruder auf dem Wohnzimmertisch liegengelassen hatte. Sie bemerkte erst, was sie im Begriff war zu tun, als sie schon mit dem Feuerzeug auf halber Strecke zum Anzünden war. Abrupt ließ sie es auf den Tisch fallen und steckte die Zigarette zurück in die Packung. Überrascht stellte sie fest, dass sie nervös und unruhig war. Um sich abzulenken, schaltete sie den Fernseher ein. Wie nicht anders zu erwarten, liefen unzählige Talkshows. Sinnigerweise stoppte sie ihr Zappen ausgerechnet bei einer Talkshow, die sich mit dem Thema Gewalt in der Beziehung befasste. Es entlockte ihr ein ironisches Schmunzeln.

Als Jens Buchmann den Beamten die Tür öffnete, waren die Tränen, die er gemeinsam mit seinen Kindern geweint hatte, noch sichtbar. Er schien sich dessen nicht bewusst zu sein oder schämte sich jedenfalls nicht für sie. Der Tischler machte keine Anstalten, sie vor den Beamten wegzuwischen. Dabei taten sie seiner Attraktivität keinen Abbruch, wie Celia bemerkte. Ohne über ihr Erscheinen verwundert zu sein, führte er sie in die Küche. Überrascht nahmen die Ermittler die Anwesenheit der Kinder zur Kenntnis.

„Es gibt Situationen im Leben", tat Jens Buchmann die entsprechende Frage mit einem lapidaren Schulterzucken ab, „in denen es Wichtigeres gibt als die Schule. Und heute war so eine Situation."

„Hat es etwas mit dem Tod des Diakons zu tun?" Thorsten war schneller als Celia und weniger einfühlsam, als sie es gerne gehabt hätte. Jens Buchmann schien jedoch kein Problem damit zu haben.

„Nein, nicht direkt. Es hatte etwas mit seiner Affäre zur Mutter meiner Kinder zu tun, wenn sie es genau wissen wollen."

Die Direktheit verschlug beiden Beamten die Sprache. Celia zögerte einen Moment, dann gab sie ihrem Gefühl nach. „Ihr wisst also von der Geschichte?", wandte sie sich an die Kinder. Malte und Nora unterschieden sich nicht gravierend von anderen Jugendlichen in ihrem Alter. Untereinander konnten sie lebhaft und offen reden. Im Beisein von Erwachsenen wurden sie schnell verlegen und schweigsam. Es wunderte die Kommissarin also nicht, als sie ihre Frage lediglich mit einem Nicken beantwortet bekam.

„Seit wann wisst ihr es?"

„Nora erst seit ein paar Minuten, um ehrlich zu sein!", sprang der Vater für die Kinder in die Bresche. „Malte schon eine Weile, wie er mir heute erzählt hat. Früher jedenfalls als ich", setzte er mit einem Schuss Selbstironie hinzu.

„Wie hast du es erfahren?" Celia war sich der brisanten Situation durchaus bewusst. Kinder hauten ihre Eltern nicht gerne in die Pfanne. Nicht jedenfalls, wenn es ernst war. Nora machte da keine Ausnahme.

„Ich habe sie gesehen!", überraschte Malte dagegen mit seiner beinahe lässig klingenden Feststellung. Celia konnte die Abschätzigkeit in seinen Worten spüren. Auch Thorsten war sie nicht entgangen.

„Bist du sauer auf deine Mutter?", schlug er einen kumpelhaften Ton an und glaubte, dass Malte darauf einginge.

„Was erwarten Sie? Soll ich sie dafür lieben, dass sie meinen Vater betrügt?", kanzelte dieser jedoch Thorstens Versuch ab. Demonstrativ wandte der Junge sich ab, um das Zimmer zu verlassen. Celia hielt ihn zurück.

„Hast du auch eine Meinung zu Merz? Ich meine, bevor er mit deiner Mutter eine Beziehung eingegangen ist, kanntest du ihn doch auch schon. Wie war er da?"

Malte wand sich um eine Antwort. Man sah es ihm an. Und sie war gelogen. „Er war immer schon ein Arsch", brachte er unter Mühen hervor.

„Malte", Buchmanns Zurechtweisung war liebevoll ermahnend, „der Mann ist tot."

Aufgebracht drehte Malte sich zu seinem Vater um. „Und was heißt das? Soll ich deshalb lügen? Soll ich ihn deshalb auf einmal mögen, oder was? Er hat uns Mutti weggenommen!"

Türknallend verließ er die Küche. Einen Augenblick herrschte betretenes Schweigen. Nora durchbrach es.

„Malte glaubt, dass unsere Mutter nicht mehr zu uns zurückkommt." Sie zuckte die Schultern und ließ den Satz im Raum stehen, als würde er alles erklären.

„Und du? Wie war Merz für dich?" Thorsten fand bei Nora den Zugang, den er bei Malte nicht bekommen hatte.

Das Mädchen brachte sogar ein Lächeln zustande. „Ach, der war nicht schlecht. Kurt Hermann war als Diakon besser, als er noch mit seiner Frau zusammen war. Aber Merz war auch nicht so verkehrt. Wir durften ihn nicht duzen, aber sonst hat er auch viel Blödsinn mit uns gemacht. Nur die Jungs, die hat er eigentlich immer bevorzugt. Das war blöd. Immer mussten wir machen, was die Jungs vorgeschlagen haben. Auf den Freizeiten und so. Dabei hat er selber zwei Töchter." Sie überlegte einen Augenblick, bevor sie fortfuhr: „Aber vielleicht gerade deshalb. Vielleicht wollte er nicht immer diesen Mädchenkram spielen, weil er es zu Hause immer musste."

Celia lächelte über die kindliche Logik. Mit Thorsten wechselte sie einen kurzen Blick.

„Ich finde deine Gedanken gar nicht mal so abwegig", die Kommissarin machte eine kurze Pause, bevor sie weitersprach. „Wir müssen aber noch einmal kurz mit deinem Vater alleine sprechen. Stört es dich, vielleicht mal nach deinem Bruder zu sehen?"

„Ach der", winkte sie entnervt ab, „will mich bestimmt nicht sehen. Der hält mich immer nur für die Kleine, die nichts mitbekommt. Aber keine Sorge", fügte sie erneut lächelnd hinzu, „ich gehe auch so."

Ohne sich abzusprechen, warteten die drei Erwachsenen, bis sie sicher sein konnten, dass Nora weit genug außer Hörweite war. Jens Buchmann übernahm die Gesprächsführung. Es störte Celia nicht. Im Gegenteil, sie war neugierig, wohin er das Gespräch lenken würde. Er spannte sie nicht lange auf die Folter.

„Malte nimmt seiner Mutter die Affäre weit übler, als ich es tue." Er zuckte hilflos mit den Schultern. „Vielleicht verständlich. Ich weiß es nicht." Seine Ratlosigkeit war unverfälscht. „In der Pubertät, glaube ich, überprüfen die Kinder ihre Eltern auf ihre Unfehlbarkeit hin, die sie ihnen bisher immer unterstellt haben. Sie brauchen das zur Orientierung. Und wenn sie dann merken, dass nicht mal mehr wir Erwachsenen verlässlich in unserem Verhalten sind, wie sollen sie es dann sein, wo sie sich sowieso in einem einzigen Gefühlsdilemma befinden."

Ohne selbst Kinder zu haben, erschien Celia die Erklärung durchaus plausibel.

„Sind Sie denn für ihre Kinder eine berechenbare Größe?", ohne dass Buchmann es merkte, steuerte Celia ihr Ziel an.

„Ach Gott, ich hoffe es zumindest. Ich biete mit meiner Vergangenheit nicht die besten Voraussetzungen, um ehrlich zu sein", nahm er den Beamten, ohne es zu wissen, den Wind aus den Segeln. Es entlockte der Kommissarin sogar ein Lächeln. Er bemerkte es nicht. Jens Buchmann blickte zwischen den Beamten ins Leere, als er sein Leben vor ihnen ausbreitete.

„Wenn man im Heim aufgewachsen ist, fehlt einem selbst die Orientierung für ein gutes Elternhaus. Für eins, das als Vorbild herhalten kann, oder so!"

„Das ist aber noch nicht alles, was sie von anderen Eltern unterscheidet", verschärfte Celia den Ton ein wenig, nachdem sie bemerkte, dass er nicht die ganze Geschichte erzählen würde. Jens Buchmann brauchte nur einen kleinen Augenblick, um zu verstehen. Sein Gesicht wurde um Nuancen bleicher.

Er lachte auf: „Okay, ich hätte mir eigentlich denken können, dass es nicht geheim bleibt!“

Mit einem fragenden Blick forderte Celia ihn auf, von sich aus weiter zu erzählen. Es behagte ihm nicht.

„Himmel! Was wollen Sie hören? Die ganze, alte, schmutzige Geschichte?“

Celia wiegte den Kopf leicht hin und her: „Wenn es sein muss, ja! Auch die Vergangenheit könnte etwas mit dem Tod des Diakons zu tun haben!“

Seine Augen weiteten sich fragend. Diesmal begriff er nicht, auf was Celia anspielte.

Er blickte der Kommissarin irritiert ins Gesicht: „Versteh ich nicht. Was hat das mit meiner Geschichte zu tun?“

„Na ja, immerhin wird gemunkelt, Merz hätte sich an Jungen vergangen.“

Vorher schon nicht gesund, bekam Buchmanns Gesichtsfarbe nun einen lila Einschlag.

„Das stimmt nicht.“ Seine Stimme war kaum mehr zu hören. „Das“, er schüttelte den Kopf, „kann nicht sein!“.

„Herr Buchmann, ist es nicht so, dass Sie davon erfahren haben. Und als er dann auch noch ihre Frau verführt hat, dass das der berühmte Tropfen war, der das Fass zum Überlaufen gebracht hat?“ Thorstens Stimme war schneidend.

„Das kann nicht ihr Ernst sein?“ Er stotterte hilflos, als ihm die Bedeutung der Worte des Beamten voll zu Bewusstsein kam.

Er wirkte, als sei alle Körperspannung aus ihm gewichen. Der sonst durchtrainiert, dynamisch wirkende

Mann schien vor ihren Augen zu einem Schatten seiner selbst zu mutieren.

„Hat sich ihr Sohn in letzter Zeit verändert?"

Ohne es abgesprochen zu haben, hatten Thorsten und Celia die Rollen zwischen gutem und bösem Bullen verteilt. Ausnahmsweise spielte Celia diesmal den guten.

An der mühsamen Schluckbewegung erkannten die Beamten, dass Celia ins Schwarze getroffen hatte.

„Wie hat er sich verändert, seit wann?" Thorsten drängte weiter.

Jens Buchmann schüttelte erneut verzweifelt den Kopf, hilflos zog er die Schultern hoch. „Ich hab keine Ahnung. Seit Dörte und ich mehr und mehr Krach miteinander haben. So habe ich den Zeitpunkt festgemacht." Wieder schüttelte er den Kopf. Diesmal schien es, als versuche er lästige Gedanken loszuwerden. „Früher war Malte lieb, nett." Seine ganze Haltung strahlte Ratlosigkeit aus. „Aber es gibt keine Anhaltspunkte für einen Missbrauch. Gerade mir hätte das doch auffallen müssen."

„Eben." Thorstens Stimme war unnachgiebig. „Wir müssen Sie bitten, uns aufs Präsidium zu begleiten."

Kapitel 18

Entgegen seiner Gewohnheit war Theo Heitmann am Morgen mit dem Auto zum Schulzentrum gefahren. Da er sich dort zum Umweltapostel aufgeschwungen hatte und nicht nur den Schülern ungebeten immer wieder ungeliebte Vorträge über den unsinnigen Gebrauch von Autos hielt, hatte ihm sein Verhalten genug irritierte Blicke eingebracht, um auch den Rest seiner sowieso schon schlechten Laune zu verderben. Angeschlagen durch das Verhalten seiner Frau, ließ er kein gutes Haar an den Menschen, die das Pech hatten, ihm zu begegnen. Besonders hart traf es seine Sekretärin. Anders als das Lehrerkollegium konnte sie sich ihm nicht entziehen. Auf sie wartete keine Unterrichtsstunde. Dennoch konnte sie ein Grinsen nicht unterdrücken, als sie seine, in der Eile zusammengestellte Garderobe sah. Es stachelte seinen Zorn nur noch mehr an. Rasend hatte er die Tür zu seinem Büro ins Schloss krachen lassen. Der Tag wurde zu einer einzigen Demütigung. Selten vorher war ihm die Missachtung seiner eigenen Person derart deutlich vor Augen geführt worden.

Abgespannt und gleichzeitig aufgewühlt blieb er jetzt im Wagen sitzen, den er im Carport geparkt hatte. Auf dem kurzen Rückweg von der Schule hatte ihn die Aussicht getrieben, seiner Frau ordentlich den Marsch zu blasen. Als er feststellen musste, dass ihr Auto nicht an seinem Platz stand, und sie demnach gar nicht zu Hause war, wich die Wut der Erschöpfung. Dann flammte die Empörung erneut in ihm auf. Beseelt von dem Wunsch, seine Gefühle endlich los zu werden, griff er entschlossen nach seinem Handy, um es dann unkontrolliert durch das Auto zu werfen, als sich lediglich die Stimme der Mailbox meldete. Mühsam versuchte er, sich zusammenzureißen, während er die Einzelteile seines Handys aufsammelte. Als er endlich das Auto verließ, fühlte er sich um Jahre gealtert. Er konnte nicht verstehen, was in den letzten Tagen vorgegangen war. Bisher war er immer zufrieden mit seinem Leben gewesen – sowohl in der Familie als auch im Beruf und im Kirchenvorstand. Dabei war er keinesfalls blind. Er wusste über die Abneigung ihm gegenüber Bescheid. Aber er hatte die Achtung immer der Zuneigung vorgezogen. Insgeheim hatte er Menschen belächelt, die sich vom Wohlwollen und der Zustimmung anderer abhängig machten. Heute war ihm mit einem Schlag klar geworden, dass er sich etwas vorgemacht hatte. Er wurde nicht einmal geachtet. Wäre das Verhalten der Kollegen in der Schule nicht ausreichend gewesen, um ihn mit der Nase darauf zu stoßen, die Haltung seines Sohnes hätte es ihm deutlich gemacht.

„ Wo ist deine Mutter?“ Theo Heitmann konnte sich nicht rühmen, ein besonders guter Vater zu sein. Und auch sein pädagogisches Geschick stand im krassen Gegensatz zu dem, was man bei der Ausbildung zum Lehrer erwarten sollte. Eins konnte er sich jedoch zugutehalten – er hatte seinen Sohn nie geschlagen.

Jetzt war er allerdings kurz davor, diesen Grundsatz zu brechen. Er spürte, wie es ihn in den Fingern juckte, und er bereits die Hand hob. Tim erkannte ebenfalls, was in seinem Vater vorging. Es erschreckte ihn jedoch nicht.

„Das ist jetzt nicht dein Ernst? Du willst mich doch nicht schlagen, oder? Das kannst du dir nicht leisten. Das würde ein Skandal ohnegleichen werden, dafür würde ich sorgen.“ Er sprach sachlich, leise, frei von allen

Emotionen. Vielleicht war es das, was Theo Heitmann am meisten schockierte. Sein Sohn fühlte nichts ihm gegenüber.

„Was habe ich dir getan? Wieso behandelst du mich so?“ Bevor Tim zu einer Antwort ansetzen konnte, winkte sein Vater ab: „Lass gut sein. Ich bin nicht sicher, ob ich die Antwort heute vertragen würde. Sag mir nur, wo deine Mutter ist!“

Tim hatte mit allem gerechnet. Nicht jedoch mit der Resignation seines Vaters, die er nun aus seinen Worten hörte.

„Nein, ich kann es dir nicht sagen. Lass mich ausreden“, fuhr er bestimmt, aber ruhig fort, als sein Vater ihn unterbrechen wollte. „Ich weiß zwar, wo sie ist, aber wenn sie es dir nicht verraten hat, dann wäre es nicht fair, wenn ich es dir sage. Sie hat sicher Gründe für ihr Verhalten.“

„Kannst du mir sagen, was ich euch getan habe?“

Obwohl Tim die Ernsthaftigkeit der Frage spürte, blieb er seinem Vater die Antwort schuldig. „Ich glaube nicht, dass es etwas bringt, wenn ich es dir sage. Ich glaube, du musst dich schon selbst darum bemühen, es herauszufinden. Wir haben so oft versucht, es dir zu erklären, mit dir zu reden.“ Ebenfalls resigniert zuckte er die Schultern und wandte sich ab. Theo Heitmann hob den Arm, ließ ihn ohne ein weiteres Wort wieder sinken und seinen Sohn in sein Zimmer gehen. Leise aber nachdrücklich schloss dieser die Tür vor seinem Vater.

Zum ersten Mal bekam Heitmann ein Gefühl dafür, wie Kurt Hermann sich gefühlt haben musste, als dessen Frau ihn von heute auf morgen verlassen hatte – ohne Ankündigung, ohne ein Wort. Er ging zum Barschrank und goss sich einen Whiskey ein. Das Getränk brannte in der Kehle und im Magen. Er musste husten – und beinahe lachen, als ihm die Peinlichkeit der Situation bewusst wurde. Nicht mal trinken konnte er.

Der Pastor hatte das Telefongespräch mit den Kripobeamten ausdrücklich kurz gehalten. Ihm war mehr an einem persönlichen Gespräch gelegen. Die Kommissarin schien ein wenig unter Druck zu stehen, hatte ihm aber trotz allem ein Treffen im Präsidium eingeräumt. Seither fühlte er sich befreit. Dabei war deutlich, dass er Gefahr lief, auch diesmal nichts anderes zu tun, als die Verantwortung auf die Schultern anderer zu verschieben. Aber Merz war tot und selbst wenn sich herausstellen sollte, dass an den Vorwürfen der Jungs etwas dran war, konnte er es nicht mehr ändern. Es wäre lediglich ein kleiner Akt der Wiedergutmachung.

Er vermied es, sich von Annette zu verabschieden. Er fürchtete die Kritik, die er in ihren Augen lesen würde. Er rief ihr nur einen flüchtigen Abschiedsgruß zu, als er die Tür schon geöffnet hatte. Mit seinen Gedanken bereits auf dem Weg nach Buxtehude, stieß er mit Kurt Hermann zusammen, der die Hand zur Türklingel ausgestreckt hatte.

„Oh, ich wollte zu Ihnen", stammelte er völlig überrumpelt.

„Zu mir? Jetzt?" Innerlich schüttelte der Pastor den Kopf, als ihm bewusst wurde, dass beide Fragen unsinnig waren.

„Ist es sehr dringend?", versuchte er die Situation in den Griff zu bekommen und hielt die Tür auf.

Der Diakon wirkte unschlüssig. Dann gab er sich einen Ruck: „Sonst wäre ich nicht hier!"

Meta Hauschildt war nicht leicht aus der Fassung zu

bringen, aber nun stand ihr Mann hilflos neben ihr, während sie wie wild gestikulierte. Sie hatten friedlich zusammengesessen, als der Anruf kam. Zunächst dachte sich Meta noch nichts bei Jens' Bitte, sie möge sich um die Kinder kümmern. Erst als sie den Grund erfuhr, geriet sie außer sich.

„Wieso mit aufs Präsidium? Bist du verhaftet? Aber was hast du getan?" Nachdem sie die Fragen zum dritten Mal gestellt hatte, wollte Jens mit seinem Schwiegervater sprechen.

„Horst tu mir den Gefallen. Könnt ihr herkommen und Malte und Nora zu euch holen? Die Beamten warten solange mit mir hier."

Sein Schwiegervater hatte die Information nicht kommentiert. „Vielleicht wäre es gut, Dörte anzurufen?", wollte er lediglich wissen.

Jens Buchmann zögerte nur einen kurzen Moment: „Nein, das ist, glaube ich, keine gute Idee. Die Kinder sind zurzeit ein wenig aufgebracht wegen ihr. Das wäre in der Situation bestimmt nicht förderlich."

Auch diese Bemerkung hatte Horst Hauschildt hingenommen.

„Wir kommen", versetzte er kurz, dann hatte er aufgelegt.

„Meta, es bringt wirklich nichts, wenn du dich aufregst, ohne zu wissen, was eigentlich los ist. Jens hat nicht erklärt, dass er verhaftet ist. Er hat lediglich gesagt, dass er mit zum Präsidium soll. Außerdem warten die auf uns und wir sollten die Kinder so schnell wie möglich abholen, damit sie der Situation nicht länger als unbedingt nötig ausgesetzt sind. Findest du nicht?"

Zaghaft hatte sie nachgegeben, sich die Tränen getrocknet und eine Jacke übergezogen.

„Warum hat er Dörte nicht angerufen? Sie ist nach wie vor die Mutter!"

Ihr Mann sah keine Möglichkeit, die Einschätzung seines Schwiegersohnes zurückzuhalten. „Jens hat angedeutet, dass die Kinder nicht gut auf Dörte zu sprechen sind!"

Meta stöhnte auf: „Hat er den Kindern etwa von Dörte und Merz erzählt?" Der Gedanke empörte sie.

Er umfasste das Lenkrad fester als nötig, bevor er sich kurz zu Meta wandte.

„Ich finde, du solltest dich jetzt nicht dümmer stellen, als du bist."

Er war sich der ungewohnten Härte seiner Worte durchaus bewusst, und schwächte sie im nächsten Moment ab. „Du kennst Jork. Hier bleibt nichts lange geheim. Vielleicht brauchte Jens gar nichts zu erzählen, vielleicht versucht er nur, Schaden zu begrenzen."

Seine Frau lächelte ihn zaghaft vom Beifahrersitz aus an: „Wer ist hier derjenige mit der Lebenserfahrung?"

Den Rest der Fahrt legten sie schweigend zurück. Jeder damit beschäftigt, sich auf seine Art auf das vorzubereiten, was auf sie zukam, um dann festzustellen, dass ihre Phantasie für diese Situation nicht ausreichte.

„Oma", weinte Nora laut auf, als sie das Haus betraten und Malte machte ein Gesicht, als würde er sich für seine Schwester anstrengen, nicht ebenfalls in Tränen auszubrechen. Meta brach es beinahe das Herz. Wie so häufig zeigte sie es durch betont burschikoses Auftreten. Sie ließ sich auch von den Kripobeamten nicht einschüchtern.

„Was hat mein Schwiegersohn eigentlich verbrochen, dass sie ihn abführen wollen wie einen Strafgefangenen?"

Celia fluchte innerlich über die Eigenmächtigkeit Thorstens, die sie nun ausbaden mussten. In ihren Augen gab es bisher keine Anhaltspunkte für die Annahme, Jens Buchmann sei ihr Täter. Es bestand in ihren Augen kein Grund, ihn mit ins Präsidium zu nehmen. Nichtsdestotrotz ließ sie das Vorgehen ihres Kollegen durchgehen, bemühte sich aber auch darum, die Wogen zu glätten.

„Wir führen Ihren Schwiegersohn nicht ab. Wir müssen ihn nur ein paar Dinge klären lassen und das zu Protokoll nehmen, dann kommt er wieder nach Hause."

Thorsten gefiel schon diese Einschränkung nicht. Celia hatte das leichte Zucken der Mundwinkel gesehen.

„Und dafür müssen Sie die Kinder so aufregen? Das hätten Sie doch ein wenig geschickter machen können", ließ Meta Hauschildt ihrem Unmut unbeeindruckt weiter freien Lauf.

Die Kommissarin überließ die Erwiderung Thorsten. Auch das gefiel ihm nicht. Sein Missmut lag erkennbar in seiner Antwort: „Vielleicht sollten Sie es uns überlassen, darüber zu entscheiden, wie wir unsere Arbeit am besten erledigen. Ich bin sicher, Sie haben ihren Bereich, in dem Sie gut sind. Und dort würden Sie sich sicher auch nicht reinreden lassen."

Sowohl Jens Buchmann als auch sein Schwiegervater ahnten, dass Meta eine heftige Erwiderung auf der Zunge lag. Jens schüttelte vorsichtig den Kopf. Horst wurde deutlicher: „Ich glaube, wir nehmen jetzt die Kinder und fahren!" Er nahm Nora an die eine Seite und seine Frau an die andere Seite, in der Hoffnung, dass Malte ihnen folgen würde. Das tat er auch. Erst am Auto überlegte er es sich anders.

„Ich find das voll Kacke", brach es aus ihm heraus.

Die Ermittler und Jens Buchmann hatten gleich hinter den Großeltern und den Kindern das Haus verlassen. Sie wurden Zeugen des Ausbruchs. Als Jens Buchmann zu seinem Sohn strebte, hielt Thorsten ihn am Arm zurück. Celia griff ein: „Lass ihn zu ihm. Er wird ihn am ehesten beruhigen können."

Ergeben ließ er ihn ziehen, inzwischen schon nicht mehr ganz so überzeugt von seinem eigenen Auftreten. Zurücknehmen wollte er es allerdings auch nicht.

„Malte, es ist doch nur zu einem Gespräch. Alles ist in Ordnung. Mach dir keine Sorgen. Ich bin heute Nachmittag wieder hier und hole euch bei Oma und Opa ab."

Sein Sohn hatte sich aber bereits in seine Verzweiflung hineingesteigert und ließ sich nicht so leicht beruhigen.

„Ich hasse Mama. Der Mörder hätte besser sie umgebracht. Sie hat uns nur Scheiße eingebrockt!"

Die Gruppe gefror für einen Moment zu einen Standbild. Niemand regte sich, niemand sagte etwas. Nur das leise Wimmern Noras war mit einem Mal zu hören. Als Malte es bemerkte, eilte er zu ihr.

„Tschuldigung, Nora bitte, nicht! Ich habe es nicht so gemeint!"

„Doch das hast du", flüsterte sie unter Tränen.

Malte nickte. „Ja, stimmt. Aber ich finde das alles furchtbar für dich. Ich werde jetzt zu ihr gehen. Sie soll sich ansehen, was sie angerichtet hat."

Ohne auf die Reaktion der Erwachsenen zu warten, lief er los. Jens machte einen Schritt, dann ließ er resigniert die Arme sinken.

„Vielleicht muss das jetzt passieren!" Sein Schwiegervater nickte und führte seine Frau und Enkeltochter endgültig zum Wagen: „Kommt, wir können hier nichts mehr tun. Und je eher wir Papa jetzt fahren lassen, desto eher ist er wieder hier." Die Aussage ging eindeutig in Richtung der Kripobeamten und war mehr Aufforderung als Frage.

Frederik hatte sich Zeit mit seinen Einkäufen gelassen. Obwohl er sich anfänglich schwergetan hatte, seine Schwester alleine zu lassen, empfand er den Einkauf als Wohltat. Allerdings musste er immer wieder an Theresa denken. Zum Schluss hatte er noch einen Blumenstrauß für sie mitgenommen. Auch wenn es noch nicht ganz Frühling war, hatten ihn die Tulpen verleitet. Schwer bepackt legte er die letzten Meter zur Wohnung zurück. Dann stockte ihm der Atem. Genau vor der Anlage parkte Ellens Auto. Er verfluchte sich und seine Nachgiebigkeit. Verfluchte, dass er nicht auf seinen Instinkt vertraut hatte. Dabei hätten ihm seine Erfahrungen im Ausland helfen müssen, genau das zu tun.

Sein erster Impuls war, alles fallen zu lassen und in die Wohnung zu stürmen. Er besann sich jedoch noch rechtzeitig. Stattdessen griff er nach seinem Handy. Er wählte die Nummer der Polizei. Ohne sich vergewissert zu haben, meldete er einen Überfall.

Als er an der Wohnungstür anlangte und feststellte, dass er nicht gelogen hatte, bereitete es ihm keineswegs Genugtuung. Die Tür stand weit offen, der kleine, goldene Tisch mitsamt der Post und allem, was sonst noch auf ihm gelegen hatte, lag umgeworfen und im Flur verteilt. Angestrengt horchte er in die Wohnung. Aber so sehr er sich auch bemühte, es drang kein Laut bis zu ihm. Seine Besorgnis wuchs.

Leise bewegte er sich auf das Wohnzimmer zu. Endlich vernahm er Stimmen. Es war eindeutig die seiner Schwester darunter. Er atmete tief ein und bemerkte dabei, dass er offensichtlich die ganze Zeit die Luft angehalten hatte. Mit einem weiteren Schritt hatte er die Zimmertür erreicht. Ellen stand mit dem Rücken zu ihm und hatte ihn nicht bemerkt. Theresa nahm ihn aus den

Augenwinkeln war, reagierte aber wohlweislich nicht. Erst jetzt bemerkte Frederik das Messer in der Hand seiner Schwester. Sie hatte es auf Ellen gerichtet. Dabei war sie so überzeugend, dass diese keinen Schritt zu wagen schien.

„Ich habe die Polizei schon verständigt. Sie muss jeden Moment hier sein", überraschte er Ellen, die verwirrt um die eigene Achse wirbelte und jede Vorsicht vergaß.

„Bist du nur noch bescheuert? Ich habe überhaupt nichts gemacht, ich wollte lediglich mit Theresa reden und mich für die Aussage bedanken."

Frederik lachte laut: „Genau, und deshalb hält meine Schwester ein Messer in der Hand und dich damit in Schach. Für wie blöd hältst du mich eigentlich?"

Ellens Stimme überschlug sich: „Theresa sag ihm bitte, dass ich dir nichts getan habe. Sag ihm, dass alles ein Missverständnis war. Frederik muss die Polizei abbestellen!"

Theresas Lachen klang eine Spur überdreht: „Auch wenn du es nicht glauben kannst. Aber die Zeiten, in denen du mich manipulieren konntest, wie du wolltest, habe ich hinter mir gelassen. Ich weiß nicht, wem du hier was vormachen willst – meinem Bruder oder dir selbst?"

Ellens Blick wurde panisch.

Sie hatte vor dem Haus gewartet und wie auf Bestellung war Frederik einkaufen gegangen. Sie hatte ihre Chance genutzt. Während der Fahrt aus dem Alten Land nach Hamburg, hatte sie sich zunächst beruhigt und wollte nur mit Theresa reden, sie davon überzeugen, dass sie die Anzeige wegen Körperverletzung zurückzog. Dass sie gestern noch darum gebettelt hatte, dass Theresa ihr mit dieser Aussage ein Alibi verschaffen sollte, hatte sie bewusst aus ihren Gedanken gestrichen. Aber Theresa hatte sie nicht einmal ausreden lassen. Sie wollte ihr einfach die Tür vor der Nase zuschlagen. Dagegen hatte sie sich gewehrt. Mit Recht, wie sie fand. Dabei war ihre Ex-Geliebte gegen den blöden Tisch im Flur gefallen und hatte wie hysterisch angefangen zu schreien. Mit erhobenen Armen war sie in der Tür stehen geblieben. Theresa war aufgesprungen, in die Küche gelaufen und hatte das Messer gegriffen. Seither standen sie hier. Das Letzte, was Ellen gebrauchen konnte, war erneut die Polizei auf dem Hals zu haben. Krampfhaft versuchte sie, einen Fluchtweg zu finden. Er war durch Frederik versperrt. Breit, wie er war, nahm er den gesamten Rahmen ein. Ihr blieb keine andere Chance, als ihn zu überzeugen. Sie versuchte, sich daran zu erinnern, was man ihnen auf Managerseminaren beibrachte, um die Kontrolle in brenzligen Verhandlungssituationen zurückzugewinnen. Es fiel ihr schwer, sich daran zu erinnern und es dann umzusetzen.

Sie strengte sich an, die Atmung unter Kontrolle zu bringen, öffnete die zu Fäusten verkrampften Hände. Dann drehte sie sich ganz zu Frederik um: „Ich verstehe, dass du mich nicht besonders leiden kannst. Ich habe mich ja auch in der Tat hier und da gehen lassen. Aber du musst mir glauben“, sie hob beschwörend die Hände, „ich habe nichts getan, um deine Schwester zu verletzen. Heute nicht.“, gestand sie nach kurzem Zögern.

„Und warum hat Theresa deine guten Absichten nicht erkannt?“ Seine Stimme war Hohn und Spott.

Ellen gehörte nicht zu den Frauen, die gerne veralbert wurden, und sie ließ es sich für gewöhnlich auch nicht bieten. Hier und jetzt blieb ihr nichts anderes übrig, die Zeit lief ihr davon. Langsam bewegte sie sich auf Frederik zu.

„Komm, lass gut sein. Ich habe ihr nichts getan. Sie hat sich einfach erschreckt und gemutmaßt, ich würde ihr erneut wehtun. Aber das habe ich nicht. Theresa sprich mit deinem Bruder, sag ihm, dass ich dir wirklich nichts getan habe. Um unserer guten Zeiten willen."

Mit Bedacht legte Theresa das Messer aus der Hand, setzte sich auf das Sofa.

„Freddy, lass sie gehen. Sie hat mir nichts getan. Ich habe völlig überreagiert."

Er schüttelte entsetzt den Kopf: „Das glaube ich jetzt nicht."

Seine Schwester lächelte erschöpft und nickte: „Doch, lass sie gehen!", wiederholte sie mit Nachdruck.

Frederik machte Platz und Ellen schob sich an ihm vorbei, bevor er es richtig realisiert hatte. Als nur wenige Minuten später die Polizei eintraf, fanden sie Bruder und Schwester in feindseliger Haltung auf dem Sofa sitzend vor. Theresa Lücken versicherte den Beamten glaubwürdig, dass sich ihr Bruder getäuscht hatte und nie eine Bedrohung vorgelegen hätte. Obwohl sie dem Gesicht des Mannes ansahen, dass er der Aussage seiner Schwester keinen Glauben schenkte, blieb ihnen nichts anderes übrig, als unverrichteter Dinge wieder abzuziehen.

Diesmal wartete Theresa nicht darauf, dass ihr Bruder das Wort ergriff. „Weißt du, ich glaube, sie ist gestraft genug. Ich musste einfach nicht noch einen obendrauf setzen. Ich weiß, dass du ihr gerne noch einen mitgegeben hättest. Aber ich will nicht mehr. Ich will eigentlich nur meine Ruhe und alles vergessen. Und wenn ich jetzt noch eine Anzeige erstatte, hört es nie auf." Sie klang so erschöpft und müde. Schweigend nahm Freddy sie in den Arm.

Dörte Buchmann hatte es nicht eilig, in den Verkaufsraum zu kommen. Sie ließ den Kunden oft Zeit, sich in

Ruhe umzusehen, weil sie wusste, dass ihre Anwesenheit oft störte und potentielle Käufer eher aus dem Laden trieb, als dass sie ein Buch kauften.

Die letzte Stunde hatte sie konzentriert ihre Arbeit der vergangenen Wochen aufgearbeitet. Es tat ihr gut.

Als sie nun den Blick von den letzten Steuerunterlagen hob, schrak sie beim Anblick ihres Sohnes zusammen. Er stand mit hängenden Schultern im Türrahmen. Sein Gesicht offenbarte seine ganze angestaute Wut und trieb seiner Mutter eine Gänsehaut über den Rücken. Sie wollte sich betont gelassen geben. Die Mühe war umsonst.

„Tu nicht so scheinheilig", fuhr Malte sie an. Sein Ton hatte nichts Respektvolles, wie man es von Kindern ihren Eltern gegenüber erwartete.

„Malte", sie versuchte, auf ihren aufgebrachten Sohn zuzugehen. Er wich vor ihr zurück.

„Fass mich bloß nicht an. Du bist an allem Schuld. Du miese Hure. Erst betrügst du Papa und dann kommt er wegen dir in den Knast. Ich hasse dich."

Dörte Buchmann wurde bleich. Dabei überwog ihre Empörung darüber, dass Jens sie augenscheinlich an die Kinder verraten hatte.

Angewidert schüttelte sie den Kopf: „Hat Papa euch also endlich auf seine Seite gezogen? Großartig. Dann bin ich also überflüssig, oder?"

Malte stürzte sich mit einem Aufschrei auf seine Mutter: „Wage es ja nicht, Papa in den Dreck zu ziehen. Nichts hat er gemacht. Im Gegenteil, er hat dich die ganze Zeit verteidigt, egal was du gemacht hast. Er brauchte nichts zu sagen." Er schleuderte ihr die Worte entgegen. „Ich habe dich gesehen." Als wäre mit dem letzten Ausruf auch seine Kraft aufgebraucht, ließ er von ihr ab. Resigniert standen sie sich gegenüber.

„Oh Gott“, war alles, was sie vorbrachte. In ihrem Kopf überschlugen sich die Gedanken.

„Ich“, setzte sie an, hob die Hand, als wollte sie ihren Sohn berühren, zog auf halber Strecke den Arm zurück und beendete auch den Satz nicht.

„Was ist?“, in Malte wallte die Wut erneut auf. „Du bist doch auch sonst nicht auf den Mund gefallen. Wenn du Papa beschimpfen kannst, bist du doch immer ausgesprochen wortgewaltig!“

Überrascht registrierte Dörte die wenig kindliche Wortwahl ihres Sohnes. Mit einem Stich in der Magengrube erkannte sie, dass sie die Entwicklung ihrer Kinder schon lange nicht mehr verfolgt hatte. Sie hätte nicht sagen können, wann ihr Sohn die Kindheit hinter sich gelassen hatte und in die Pubertät eingetreten war. Sie hob beide Hände, selbst in seiner Raserei erkannte Malte es als Zeichen des Friedens und nicht der Abwehr.

„Können wir reden?“ Die Worte klangen bittend und bescheiden. Seine Mutter würde ihn nicht zwingen, er hatte tatsächlich die Wahl.

„Wenn du glaubst, das bringt noch was!“ Seine Mutter schluckte schwer an der Aussichtslosigkeit in seiner Stimme und Haltung.

„Sag mir bitte, was passiert ist. Was hast du gemeint, als du gesagt hast, Papa ist wegen mir im Gefängnis.“

„Die Kripobeamten haben ihn mitgenommen!“ Zu mehr reichte es nicht. Er wollte keinesfalls vor seiner Mutter losheulen.

„Aber wieso? Sie müssen doch was gesagt haben.“

„Ja, was wohl? Sie glauben, er hat Merz umgebracht, weil er mit dir ...“ Es war offensichtlich, welches Wort er benutzen wollte. Dass er sich im letzten Moment anders entschied, rührte seine Mutter.

Ihre Gedanken rasten. Sie wusste, ihr Sohn erwartete eine Reaktion. Sie versuchte, ihn abzulenken und sich Zeit zu verschaffen.

„Wo ist Nora?"

„Bei Oma und Opa. Aber das ist nicht wirklich wichtig, oder? Ich will wissen, was du tun willst, um Papa zu helfen. Immerhin bist du an seiner Situation Schuld."

Alles in Dörte sträubte sich, diese Behauptung zuzulassen. Sie ließ es ihren Sohn wissen. Das feine Band, das sich gerade begonnen hatte zwischen ihnen zu entwickeln, war mit einem Schlag durchtrennt. Malte brauste auf.

„Das ist typisch für dich. Du glaubst wirklich, dass dein Mann einen Mord begehen könnte. Du hast das gar nicht nur dahingesagt. Du hast es ernst gemeint, als du es ihm Sonntag vorgeworfen hast."

Angewidert wandte er sich zur Tür. „Dir ist nicht mehr zu helfen. Für mich bist du als Mutter erledigt."

Ohne ihr die Gelegenheit zu einer Erwiderung zu lassen, verließ er das Geschäft.

Dörte Buchmann war keine Frau, die leicht weinte. Das schien sich in den letzten zwei Tagen geändert zu haben. Hemmungslos ließ sie den Tränen freien Lauf. Es dauerte eine ganze Zeit, bis ihr bewusst wurde, dass sie nur aus Selbstmitleid heulte. Bis zu der Erkenntnis, dass es schon immer so war, brauchte sie nicht mehr lange. Es traf sie mit voller Wucht. Ihr Selbstbild begann ins Wanken zu geraten. Malte hatte recht, ihr Verhalten war typisch. Entschlossen griff sie ihren Schlüssel und ihre Jacke. Der Laden würde heute geschlossen bleiben müssen.

Kapitel 19

„Ich weiß nicht, wie ich mich verhalten soll! Sicher, wir brauchen einen Diakon und in Ihnen hätten wir einen zur Hand. Auf der anderen Seite", Mathias Stechmann rang mit den Händen und fühlte sich sichtlich in der Zwickmühle, „hat der Vorstand entschieden. Ich kann mich nicht einfach über diese Entscheidung hinwegsetzen und eigenmächtig die Kündigung aufheben." Betreten blickte er Kurt Hermann in die Augen. Der hatte von Anfang an keinen Hehl aus seinen Wünschen gemacht. Mit sinkendem Alkoholpegel schien sich sein Selbstbewusstsein zu steigern. Dabei blieb er nicht nur bei seinen zukünftigen Aufgaben, sondern hatte auch gleich ein konkretes Ansinnen: „Ich möchte gerne die Trauerfeier für Klaus Merz gestalten!"

Mathias Stechmann fehlten einen Moment lang die Worte. „Das geht nicht."

„Warum nicht?" Hermann zeigte sich geradezu widerborstig.

„Weil ich der Pastor bin und die Amtshandlungen meine Sache sind. Das dürfte Ihnen doch wohl bekannt sein."

Hermann war nur kurzfristig ratlos. „Dann machen wir es einfach zusammen", beschloss er.

Stechmann führte mit sich einen unbemerkten Kampf. Die Vorwürfe seiner Frau hingen ihm dabei deutlich nach. Auch als Pastor hatte er im Kirchenvorstand keine höhere Stimmgewalt als die anderen Mitglieder. Die Abstimmung gegen Hermann war klar gewesen. Gleichwohl rang sich Stechmann nun zu einer Entscheidung durch, bei der er von vornherein wusste, sie würde mehr als nur eine heftige Diskussion hervorrufen.

„Wir machen Folgendes!“, er zögerte einen Augenblick, bevor er seine Entscheidung erklärte. „Sie werden am nächsten Wochenende – das ist also schon recht zügig – Merz beim Tauferinnerungsgottesdienst vertreten. Da haben Sie die einmalige Gelegenheit, auf einen Schlag eine Menge Leute von Ihren wiedergewonnenen Fähigkeiten zu überzeugen. Und dann werde ich Sie zur Unterstützung mit in den Trauergottesdienst nehmen.“

Hermann setzte zu einer blumigen Dankesbekundung an. Stechmann unterbrach ihn mit knapper Geste: „Freuen Sie sich mal nicht zu früh. Meine Macht ist, wie sie genau wissen, begrenzt. Ich kann nur versuchen, Ihnen auf die Art und Weise den Weg zu ebnen. Wenn die das nicht wollen, werde ich nichts weiter für Sie tun können. Und eins ist klar“, sein Blick war eindringlich, „wenn Sie das versauen, dann können Sie ganz einpacken. Ich erwarte von Ihnen, dass sie die Situation souverän über die Bühne bringen.“

Kurt Hermann musste sich ehrlich eingestehen, dass er nicht so weit gedacht hatte. Kühl betrachtet, hatte er nicht mal damit gerechnet, überhaupt eine Chance eingeräumt zu bekommen. Seine Beteuerungen wischte Pastor Stechmann mit einer fahrigen Bewegung weg.

„Geben Sie sich einfach Mühe. Ich weiß, dass Sie es können“, er erhob sich. Für ihn war das Gespräch beendet. Bevor Hermann die Gelegenheit fand, sich gebührend zu verabschieden, hatte der Pastor sein Büro verlassen.

Als seine Frau endlich das Haus betrat, war er nicht mehr dazu in der Lage, ihr endlich die Meinung zu sagen. Nachdem er den ersten Schluck Whiskey noch weghusten musste, hatte er den Rest der halbvollen

Flasche behutsam, aber stetig geleert. Inzwischen konnte man seinen Zustand, selbst mit gutem Willen, nicht mehr als beschwipst bezeichnen. Mit glasigen Augen blickte er seiner Frau entgegen und suchte nach Worten. Ilse Heitmann konnte sich nicht erinnern, ihren Mann je betrunken erlebt zu haben. Sein Ruf war ihm von jeher wichtiger gewesen, als sich einmal bei einem Schützenfest gehen zu lassen. Sein Zustand hätte ihr vor noch gar nicht so langer Zeit vielleicht so etwas wie Mitleid entlockt. Überrascht stellte sie nun fest, dass es sie kalt ließ, dass ihr Verhalten, ihr eigenes sowie das ihres Sohnes, ihn derartig aus der Bahn werfen konnte, dass er all seine Prinzipien vergaß.

„Wo kommst du her?", nuschelte der Schuldirektor undeutlich. Mühevoll versuchte er sich, vom Sessel zu erheben. Er hatte ihn so positioniert, dass er die Tür im Blick hatte. Die Flasche mit dem Hochprozentigen stand in Reichweite neben ihm. Bei seiner unkontrollierten Bewegung stieß er mit dem Fuß an die unverschlossene Flasche. Die Neige kippte einen penetranten Geruch hinterlassend über den Boden. Theo Heitmann war zu keiner vernünftigen Reaktion mehr fähig.

„Komm, wird Zeit, dass du ins Bett gehst." Entschlossen griff Ilse Heitmann nach dem Arm ihres Mannes.

„Du willst mir sagen, was ich zu tun habe? Du?", ohne Vorwarnung war seine Wut erneut entflammt.

„Papa, lass das!", Tim tauchte wieder überraschend in der Tür auf.

„Du bist betrunken! Wenn du deinen Rausch ausgeschlafen hast, kannst du sicher besser mit Mama reden!"

Tim wartete keine Reaktion ab. Er zog seinen Vater an seiner Mutter vorbei ins Schafzimmer. Wie ein kleines Kind führte er ihn zum Bett. Er zog ihm die Schuhe aus und legte ihm die Decke über. Dann löschte er das Licht und verließ leise den Raum.

Als er zurück ins Wohnzimmer kam, fand er seine Mutter unverändert und an der gleichen Stelle stehend vor.

„Hey, Mama. Setz dich doch. Ich hol nur schnell einen Lappen und wische das weg."

Erst jetzt schien Ilse Heitmann ihren Sohn wieder wahrzunehmen. „Nein, lass, das musst du nicht machen."

Tim winkte ab, ließ sie aber gewähren. Als sie fertig war, folgte er ihr in die Küche. „Wie war's?"

Nachdenklich drehte seine Mutter sich zu ihm, den Rücken lehnte sie gegen die Spüle. Ein verschmitztes Lächeln umspielte ihren Mund.

Sie machte es spannend. Aber Tim hatte die Antwort bereits erraten.

„Du hast den Job", stellte er fest.

„Ja!", kam es ihr ganz tief aus der Seele. Langsam ging sie auf einen Küchenstuhl zu, zog ihn unter dem Tisch hervor und ließ sich darauf nieder. Die Hände legte sie vor sich auf den Tisch.

„Setz dich!", forderte sie ihren Sohn auf, es ihr gleichzutun. Sie druckste kurz. Dann gab sie sich einen Ruck.

„Kannst du dir vorstellen, mit mir nach Hamburg zu gehen?"

Celia brauchte Thorsten nicht davon zu überzeugen, dass das Vernehmungszimmer der Situation nicht angemessen gewesen wäre. Er führte den Tischler von sich aus in ihr Büro.

„Kaffee?" offerierte er dann an alle. Obwohl Celia nicht der Sinn danach stand, stimmte sie zu.

„Okay", ergriff sie das Wort, „ich schlage vor, wir

fangen mit dem entscheidenden Punkt in der Geschichte an."

Jens Buchmann nickte lediglich. Seine ganze Haltung verriet die psychische Erschöpfung.

„Wo waren Sie in der Nacht als Klaus Merz umgebracht wurde?"

Ihr Gegenüber lachte auf, von Humor weit und breit keine Spur. „Wenn ich Ihnen das sage, wird Ihnen nichts anderes übrig bleiben, als mich am Ende doch zu verhaften."

Die Kommissarin zuckte die Schultern. „Lassen Sie es doch auf einen Versuch ankommen!"

Er lächelte matt und schloss die Augen, um sich für das zu sammeln, was auf ihn zukam. Bevor er die Augen öffnete, atmete er tief ein und setzte sich aufrecht.

„Wissen Sie was? Es ist eh schon beinahe egal. Über kurz oder lang werden Sie mich laufen lassen müssen, weil ich es nicht war. Aber ich habe nun mal kein Alibi und das wird Ihnen gut in den Kram passen, da sie ja nun mal einen Täter brauchen, stimmt's?"

Celia fühlte sich erschöpft, sie hatte Hunger und war es leid gegen das Bild der bösen Kripobeamtin ankämpfen zu müssen. Die Medien verzerrten die Wirklichkeit oft so, dass der Eindruck entstand, die Polizei sei gerne auch mal mit einem vermeintlichen Täter zufrieden.

„Wissen Sie, anders als in den Krimis, die man im Fernsehen anschauen oder in Büchern lesen kann, haben wir in der Regel ganz vernünftige Vorgesetzte, die sehr genau wissen, dass es seine Zeit braucht, bis man einen Fall geklärt hat. Die Verbrechen, die ich bereits nach zwei Tagen gelöst habe, kann ich an einer Hand abzählen. Wenn Sie es also nicht waren, suchen wir so lange nach dem Mörder, bis wir ihn haben." Celia hatte sich wenig

Mühe gegeben, ihren Unmut zu verhehlen. Die folgenden Worte waren eine Spur freundlicher:

„Womit haben Sie sich in der Tatzeit denn beschäftigt?"

Thorsten war in der Zwischenzeit mit dem Kaffee zurück. Ohne Aufheben hatte er ihn auf den Schreibtisch seiner Chefin abgestellt und sich wieder in den Hintergrund zurückgezogen.

„Ich habe unseren Sohn gesucht."

Thorsten konnte sich nicht zurückhalten: „Wie, Sie haben Ihren Sohn gesucht?"

„Gott", inzwischen war Jens Buchmann ebenfalls am Rand seiner Geduld, „er ist abgehauen. Ich glaube, er hatte genug von den Streitereien zwischen mir und meiner Frau. Da ist er weg. Als ich es gemerkt habe, bin ich los, um ihn zu suchen!"

„Dann kann Ihre Frau die Aussage aber doch bezeugen?" Thorsten verstand die Zweifel des Mannes nicht. Der klärte ihn auf.

„Kann sie nicht, sie ist zu Hause geblieben. Sie weiß nur, dass ich weggegangen und wann ich wiedergekommen bin. Aber ich bin nicht mal sicher, ob sie das aussagen wird. Sie hat mir, so wie Sie, nicht nur ein Motiv unterstellt, sondern mir sogar vorgeworfen, ich hätte es getan."

Die Beamten erhielten keine Gelegenheit zu einer Reaktion. Ein Kollege meldete zwei Besucher.

Celia und Thorsten hatten sich kurz verständigt. Viel gab es nicht zu überlegen. Sie waren sich einig, dass Jens Buchmann getrost nach Hause entlassen werden konnte. Keiner sah in ihm den Mörder. Nach dieser Entscheidung war es leicht, die Reihenfolge der Besucher festzulegen.

„Frau Buchmann, Sie wollten uns sprechen?" Nur wer wie Thorsten Celia bereits gut kannte, konnte ihre Antipathie heraushören.

„Ich“, die Buchhändlerin wirkte merkwürdig verlegen, „möchte eine Aussage machen.“

Den beiden Beamten fiel es schwer, sich ihre Verwunderung nicht anmerken zu lassen. Mit einem Nicken forderte Celia die Frau auf, weiterzusprechen.

„Sie können Jens nicht hier behalten.“

Die Beamten schwiegen weiterhin.

„Er kann es nicht gewesen sein.“

„Was?“ Celia bereitete es Vergnügen, die Frau einmal ein bisschen in die Enge zu treiben.

„Er kann Klaus nicht umgebracht haben.“

„Können Sie das bezeugen?“ Thorsten blieb ernst.

„Ja, das kann ich.“

„Frau Buchmann, Ihr Mann wird sich freuen, das zu hören. Er war sich keinesfalls sicher, dass Sie für ihn aussagen würden. Es wird ihn auch mehr als überraschen, dass Sie sogar bereit waren, für ihn zu lügen.“ Celia ließ die Worte auf die Frau einwirken, bevor sie weitermachte. „Irreführung polizeilicher Ermittlungen steht unter Strafe, das ist Ihnen bestimmt nicht entgangen.“ Erneut ließ die Kommissarin sich Zeit.

„Was ich allerdings interessant finde, ist die Tatsache, dass Sie ebenso wenig über ein Alibi verfügen wie ihr Mann. Kann es sein, dass Sie nur deshalb bereit sind für ihn zu sprechen, damit Sie auch eins haben?“

Dörte gehörte noch nie zu den geduldigen Frauen. Auch jetzt konnte sie ihre Emotionalität nicht kontrollieren: „Was fällt Ihnen ein. Ich war zu Hause, ganz im Gegensatz zu meinem Mann. Ich habe also sehr wohl ein Alibi.“

Celia zog die Augenbrauen hoch und schaute sie fragend an: „Ihr Sohn war abgehauen“, sie zählte die Fakten an den Fingern ab, „ihr Mann war auf der Suche nach ihm und", sie machte eine bedeutungsvolle Pause, „ihre Tochter lag im Bett und hat geschlafen. Sie hätten also durchaus die Möglichkeit gehabt, das Haus zu verlassen und die Abwesenheit ihres Mannes ausnutzen können, um den lästigen Geliebten loszuwerden."

Ohne Vorwarnung sprang die Buchhändlerin von ihrem Stuhl hoch. Mit lautem Getöse kippte er hintenüber. Thorsten reagierte, aber nicht schnell genug. Sie schaffte es noch, seiner Chefin eine schallende Ohrfeige zu verpassen.

„Handschellen!", ordnete diese kurz angebunden an. Thorsten fühlte sich miserabel. Celia erkannte, worauf es hinauslaufen könnte und unterdrückte seine Entschuldigung im Keim. Es würde der Frau nur Genugtuung bereiten und die hatte sie nicht verdient.

„Ein Angriff auf eine Polizeibeamtin macht sich selten gut. Ich hoffe, das ist Ihnen klar." Celia hatte ihre Fassung schnell zurück.

Abwartend lehnte sie sich auf ihrem Schreibtischstuhl zurück, die Hände im Schoß gefaltet. Thorsten blieb, obwohl er Dörte Buchmann wie gefordert die Handschellen angelegt hatte, in Lauerstellung hinter ihr stehen.

„Ich habe Klaus geliebt. Warum hätte ich ihn umbringen sollen?" Auch sie schien sich gefasst zu haben.

„Sind Sie sicher? Vielleicht wollte er Sie ja nicht mehr? Oder vielleicht haben Sie mitbekommen, dass er auf kleine Jungs steht und nicht nur auf verheiratete Frauen?"

Dörte Buchmann riss entsetzt die Augen auf. Sie gewann ihre Fassung so schnell zurück, wie sie diese verloren hatte. „Das können Sie nicht wissen. Und das mit dem Kindesmissbrauch saugen Sie sich aus den Fingern, um mich in die Enge zu treiben. Aber Klaus war ein ganzer Mann, nicht nur so ein Softie, der Angst vor erwachsenen Frauen hat, und es deshalb mit Kindern treiben muss."

Celia kämpfte mühselig die aufkommende Übelkeit hinunter, die sie bei der Äußerung der Frau empfand.

„Ich habe schon ganz andere Männer erlebt, die sich an Kindern vergangen haben. Aber", sie neigte den Kopf nach vorne und stützte sich mit den Armen auf ihre Oberschenkel, „Tatsache ist augenscheinlich doch, dass er Sie abschieben wollte. Das haben Sie eben bestätigt."

Die Buchhändlerin, die bis eben beinahe eine identische Haltung auf ihrem Stuhl eingenommen hatte wie ihr Gegenüber, ließ sich zurückfallen.

Bevor sie antwortete, schloss sie kurz die Augen: „Ja. Er hatte es sich anders überlegt. Er wollte zurück zu seiner Frau." Sie lachte kurz und hart. „Dabei hatte er sie noch nicht mal verlassen."

„Sie Ihren Mann doch auch nicht!" Thorsten konnte sich die Bemerkung nicht verkneifen.

Dörte Buchmann stieß einen abfälligen Laut aus: „Aber ich hätte es gemacht! Aber plötzlich war ich ihm nicht mehr gut genug, wollte er zu seiner Susanne zurück, diesem kleinen Hausmütterchen." Sie legte ihre ganze Wut und Enttäuschung in ihren Aufschrei. Celia spürte, wie sich die Übelkeit verstärkte.

„Und da haben Sie ihn aus Rache umgebracht."

Sie lächelte ironisch: „Nein, habe ich nicht. Und wenn Sie mich noch so lange bearbeiten. Ich war es nicht. Aber vielleicht war es doch Jens. Was weiß ich. Schließlich hatte er die Gelegenheit und das Motiv. Das ist es doch, wonach Sie immer suchen. Motiv und Gelegenheit", betonte sie erneut.

Celia hätte sich übergeben können, so sehr ekelte es sie vor dieser Frau. „Ihr Mann hatte also recht. Er kennt

Sie gut. Sie schrecken tatsächlich nicht davor zurück, ihn in die Pfanne zu hauen, nur um Ihre eigene Haut zu retten." Sie nickte mit dem Kopf zur Tür. „Sag den Beamten Bescheid, sie sollen Frau Buchmann für eine Nacht bei uns unterbringen. Ich bin nicht von ihrer Unschuld überzeugt."

Ein kurzer, erstaunter Ausruf war alles, was Susanne Merz hervorbrachte. Mit Kurt Hermann hatte sie definitiv nicht gerechnet, als es an ihrer Haustür klingelte.

Unentschlossen über ihre eigenen Gefühle ihm gegenüber, führte sie ihn ins Wohnzimmer. Dabei hatte sie keinen Gedanken daran verschwendet, dass ihm dieser Ort Unbehagen verursachen würde. Sein Gesicht hatte die Farbe gewechselt. Aber die Witwe war nicht in der Lage, solche Feinheiten wahrzunehmen. Ohne Hermann einen Platz angeboten zu haben, ließ sie sich auf das Sofa fallen, auf dem sie offensichtlich vorher auch gesessen hatte. Die Tasse auf dem Couchtisch zeugte davon.

Wenn der Diakon erwartet hatte, die Frau seines verstorbenen Kollegen würde ihm den Weg zu einem Gespräch ebnen, so hatte er sich getäuscht. Abwartend schaute sie ihm direkt in die Augen. Kurt Hermann räusperte sich und rieb die Hände, die vor Aufregung feucht geworden waren, an seiner Hose trocken. „Zunächst wollte ich Ihnen mein Beileid aussprechen." Sie waren sich nicht oft begegnet. Und die Art ihrer bisherigen Begegnungen hatte nicht gereicht, um zu einem vertrauten Du zu gelangen.

Susanne Merz nahm den Zuspruch mit einem kurzen Nicken entgegen.

„Ich habe leider nicht so viel Erfahrung in solchen Situationen, aber ich habe gedacht, es kann nicht schaden, einmal bei Ihnen vorbeizuschauen und zu sehen, wie es Ihnen geht!“ Betreten schaute er an ihr vorbei.

Susanne Merz’ Gesichtszüge entspannten sich ein wenig.

Kurt Hermann nahm es erleichtert zur Kenntnis. Dennoch reichte es nicht, um sich gemütlich im Sessel zurechtzusetzen. Nach wie vor saß er verkrampft auf der Kante. Wieder rieb er sich die Hände an seiner Hose.

„Gibt es jemanden, der sich um Sie kümmert?“, wagte er einen Vorstoß und rechnete damit, dass sie ihn schnell in seine Schranken weisen würde. Zu seiner Überraschung brach sie in Tränen aus.

„Meine Kinder sind bei meinen Eltern, sie können sich also nicht um mich kümmern und Klaus hat den Kontakt zu seinen Eltern schon vor Jahren abgebrochen. Ich habe sie zwar angerufen, aber sie haben nicht mal gefragt, wann ihr Sohn beerdigt wird.“ Ratlos zuckte sie die Schultern. Sie versuchte mit der Hand die Tränen wegzuwischen.

„Kann ich was für Sie tun? Haben Sie heute schon etwas gegessen?“

Ihrem Gesicht sah er die Antwort an. Er winkte ab, als sie etwas sagen wollte.

„Ich kann mir denken, dass Sie glauben, Sie würden keinen Bissen herunterbringen. Aber oft kann man dann doch wenigstens ein wenig zu sich nehmen. Und“, er lächelte so freundlich und gewinnend, dass selbst Susanne Merz nicht umhin konnte, es zu erwidern, „so dumm es klingen mag, die Weisheit, dass essen Leib und Seele zusammenhält, bestätigt sich am Ende doch immer wieder. Kommen Sie, wir gehen in die Küche. Irgendwas wird sich finden, was ich Ihnen vorsetzen kann.“

Tim Heitmann überlegte zu lange. Sein Schweigen war seiner Mutter Antwort genug.

„Du willst nicht weg von hier?"

Tim zuckte ein wenig hilflos mit den Schultern. „Wenn es nur um Papa ginge, kannst du dir ja vorstellen, wie die Antwort wäre. Aber ich geh hier in die Schule, ich habe hier meine Freunde und ...", er ließ das Satzende offen.

Seine Mutter nickte. „Habe ich mir schon gedacht. War auch eine blöde Idee von mir. Ich glaube, ich wollte es mir nur so einfach wie möglich machen. Aber du hast recht, es ist nicht fair, dich in der Form mit reinzuziehen." Sie lächelte ihren Sohn ohne jeden Groll an.

„Du willst Papa verlassen?" Es war eigentlich keine Frage, die ihr Sohn stellte. Bisher hatte sie sich den Gedanken selbst noch nicht eingestanden. Jetzt nickte sie. „Ja, ich muss, Tim! Die letzten Tage haben mir zu deutlich gezeigt, wie es um uns steht. Dabei mache ich ihm nicht alleine einen Vorwurf. Zu einer Beziehung gehören immer zwei Menschen. Und ich habe in den letzten Jahren kläglich versagt! Lass mich ausreden", unterbrach sie Tim, bevor er ansetzen konnte zu widersprechen. „Ich habe in unserer Ehe versagt und auch im Hinblick auf dich. Ich habe es einfach versäumt, Position zu beziehen und das, was mir nicht passte und ich bemerkt habe, anzusprechen."

Sie schaute ihrem Sohn direkt in die Augen. Der Blick ließ keine Zweifel daran aufkommen, dass sie Bescheid wusste. Er brauchte ihr nichts mehr zu erzählen.

Das Gefühl, das ihn dabei überkam, ließ sich nur schwer beschreiben. Es war eine Mischung aus Erleichterung und Scham. Er nickte und zum ersten Mal seit damals, erlaubte er sich zu weinen.

„Oh Gott", stammelte seine Mutter, bevor sie zu ihrem Sohn ging und ihn in die Arme schloss.

„Warum hast du es mir nie erzählt?“ Ihre Frage enthielt keinen Vorwurf, sie wollte es nur erklärt haben.

„Wie hätte ich? Keiner hat uns geglaubt. Keiner wollte es hören. Sie haben es so dargestellt, als hätten wir den Fehler gemacht. Wir sind nicht gegen sie angekommen. Woher sollte ich annehmen, dass ihr mir geglaubt hättet? Gerade Papa.“

Ilse Heitmann schüttelte den Kopf: „Nicht nur Papa, ich war auch nicht besser.“

Unter all seiner Trauer spürte Tim den Wunsch, seine Mutter zu beschützen und zu rechtfertigen: „Doch, du bist besser gewesen. Immer schon. Aber du hattest auch nicht so viele Möglichkeiten! Woher weißt du es denn eigentlich jetzt?“ Tims Tränen waren versiegt.

„Die Fragen der Beamten gestern sind mir nicht mehr aus dem Kopf gegangen. Sie haben mich den ganzen Tag verfolgt. Und als ich mir dann dein Verhalten in den letzten zwei Jahren angesehen habe ...“, sie zuckte erneut mit den Schultern, „ich habe es immer auf Papa geschoben. Heute ist mir klar geworden, dass er alleine das nicht ausgelöst haben konnte.“ Sie überlegte einen Augenblick: „Wen meinst du denn eigentlich? Mit wem hast du gesprochen?“

„Mit Pastor Stechmann und seiner Frau.“

Ilse Heitmann wurde, wenn irgend möglich, noch bleicher. „Und die haben dir nicht geglaubt?“

„Uns haben sie nicht geglaubt!“

„Wer war noch betroffen?“

„Jan-Phillip!“

„Grundgütiger!“

Enya Peters kämpfte sich schwer aus ihrem unruhigen Schlaf hervor. Sie brauchte eine geraume Zeit, bis sie sich orientiert hatte. Nach und nach fielen ihr die Geschehnisse der letzten Tage wieder ein. Ein Blick auf ihren Wecker zeigte, dass sie zwar vier Stunden geschlafen hatte, aber wie so oft in solchen Fällen, in denen man versuchte, verlorenen Schlaf nachzuholen, fühlte sie sich kaputter als zuvor. Aus der Küche im unteren Stock hörte sie leise Geräusche. Sie überlegte, welcher Wochentag war, um sich zu erinnern, welches ihrer Kinder schon aus der Schule zurück sein konnte. Es war Jan-Phillip. Louise hatte auch ein Mal in der Woche früher Schluss und Enya Peters war froh darüber gewesen, dass es nicht derselbe Tag war. So trafen sie nicht immer aufeinander. Es war selten ein Vergnügen.

Mit dem Gefühl herannahender Kopfschmerzen verließ sie das Bett. Nur in Jogginganzug und T-Shirt ging sie die Treppe hinunter in die Küche.

Ihr Sohn begrüßte sie lässig, ohne sich darüber zu wundern, dass sie zu Hause und ganz offensichtlich gerade dem Bett entstiegen war.

„Soll ich dir was zu essen machen?"

Er schüttelte den Kopf: „Nee, lass mal, ich geh nach oben. Ich habe keinen Hunger."

Sie versuchte gar nicht erst, ihn zurückzuhalten. Stattdessen setzte sie einen Kaffee auf. Sie hatte gerade den ersten Schluck getrunken, als es an der Haustür läutete.

Celias Kopf sackte erschöpft auf die Arme, die sie auf den Schreibtisch gelegt hatte. „Es ist erst kurz nach Mittag und ich fühle mich, als hätten wir Mitternacht", stöhnte sie.

„Frag mich mal", versuchte Thorsten einen lauen Scherz. Er erzielte den gewünschten Erfolg. Seine Chefin konnte nicht widerstehen, ihn zu necken. „Tja, so ist das, wenn man sich mit jungen Frauen verabredet und sich deren Verführung hingibt."

„Bist ja nur neidisch, weil ihr bereits das Stadium der etablierten Beziehung erreicht habt."

„Genau", lachte sie. „Such mal lieber nach dem Pastor. Der muss ja schon Wurzeln da draußen geschlagen haben."

Erschöpft hob sie den Hörer, als das Telefon zu läuten begann. „Ach du bist es. Du, Teil einer etablierten Beziehung!" klang sie gleich viel munterer, als sich Jaron am anderen Ende meldete. Ihre gute Laune schlug jedoch bei seinen nächsten Worten um.

„Sag mal, das ist jetzt nicht dein Ernst. Wir haben von Abend gesprochen, nicht von einem Termin am helllichten Tag. Wie stellst du dir das vor? Wir sind ..." Sie unterbrach sich, als sie merkte, in welchem Ton sie gerade mit ihrem Freund sprach.

Er war nachsichtig mit ihr und rang ihr das Versprechen ab, den Termin um sechzehn Uhr wahrzunehmen. Ohne weiteren Widerspruch stimmte sie schließlich zu. Verliebt verabschiedeten sie sich voneinander.

Sie hatte den Hörer gerade zurückgelegt, als Thorsten mit Pastor Stechmann erschien.

Kapitel 20

Jens Buchmann war von einem Polizeiwagen zurück nach Hause ins Westfeld gefahren worden. Dort war er sofort in seinen eigenen Wagen umgestiegen. Er musste zu seinen Kindern. Mehr als seine eigene Situation bedrückte ihn ihre Betroffenheit. Die Last, die ihnen durch die ganze Geschichte aufgebürdet wurde, war mehr, als Kinder in ihrem Alter tragen sollten. Gleichzeitig trieb ihn die Angst. Es galt möglichst schnell herauszufinden, ob Nora und Malte das gleiche Schicksal erlitten hatten wie er. Bei dem Gedanken an diese Möglichkeit schnürte es ihm die Kehle zu. Ihm wurde übel.

„Scheiße", fluchte er vor sich hin, während er das Auto in Richtung seiner Schwiegereltern lenkte. Ungeduldig registrierte er das hohe Verkehrsaufkommen im Ortszentrum. Die unfallträchtige Kreuzung hatte man inzwischen durch einen Kreisel zu entschärfen versucht. Dabei hatten die Planer zwar so viel Weitblick bewiesen, die Mitte so flach zu gestalten, dass die unzähligen Lkws, die Tag für Tag durch den Ort fuhren, über sie hinwegfahren konnten, aber sie hatten nicht bedacht, dass dadurch der restliche Verkehr lahmgelegt wurde. Und das häufig genau in den Stoßzeiten. Buchmann realisierte den Stau jedoch zu spät, um noch den Schleichweg vorbei an der Kirche nehmen zu können.

Als er endlich das Haus seiner Schwiegereltern erreichte, waren seine Nerven zum Zerreißen gespannt. Nora öffnete die Tür und flog ihm in die Arme. Seinen ersten Impuls, sie sofort mit seinen Fragen zu konfrontieren, unterdrückte er mühsam. Er wusste nur zu gut, wie viel Feingefühl es bedurfte, um die Betroffenen zum Reden zu bringen.

Liebevoll löste er sich aus der Umarmung seiner Tochter und begrüßte Meta. Sie war fast lautlos in die Diele getreten und hatte gerührt die Szene betrachtet. Sie schob ihr Gefühl zur Seite, ging auf ihren Schwiegersohn zu und knuffte ihn freundlich an die Schulter: „Schön, dass du wieder da bist! Alles in Ordnung?", vermied sie die direkte Frage.

„Mehr oder weniger. Aber es gab keinen Grund mich festzuhalten", lächelte er sie dankbar an.

„Wo ist Malte?"

Augenblicklich wechselte ihr Gesichtsausdruck. Sie schüttelte den Kopf: „Hier ist er nicht. War er nicht zu Hause?"

Jens griff nach seinem Handy: „Weiß ich nicht. Ich war nicht drinnen. Ich bin gar nicht auf die Idee gekommen, dass er dort sein könnte. Ich dachte, er wäre inzwischen zu euch gekommen!"

Am anderen Ende läutete das Telefon ins leere Haus.

„Vielleicht ist er noch bei Dörte im Laden", vermutete Meta Hauschildt.

Frustriert beendete Jens kurz darauf auch den Versuch, seine Frau zu erreichen, nachdem er es endlos hatte klingeln lassen. Hilflos schaute er seine Schwiegermutter an. Nora bekam einen ängstlichen Gesichtsausdruck. „Glaubst du, Malte ist was passiert?", wollte sie kleinlaut wissen.

„Du weißt doch, dass Mutti nicht an den Apparat geht, wenn sie Kunden hat. Wenn sie nicht da wäre, hätte sie doch den Anrufbeantworter eingeschaltet", bemühte die Oma sich, ihre Enkelin zu besänftigen. Dabei bemerkte

Jens, wie sehr sie die Beruhigung selber nötig hatte. Nora fiel es nicht auf, sie brauchte den Glauben an die Sicherheit, die ihr die verbliebenen Erwachsenen scheinbar boten.

„Horst." Meta Hauschildt fand zu ihrer anpackenden Art zurück. „Fahr doch mal in den Laden und sieh nach, ob Malte und Dörte dort sind. Aber vergiss dein Handy nicht, damit du uns anrufen kannst."

Ihr Mann hätte niemals gewagt, zu widersprechen. Jeder in der Familie wusste, wie selten seine Frau Hilfe in Anspruch nahm. Um etwas zu bitten, fiel ihr schwer. Sie umging es, so oft sie konnte. Die jetzige Situation ließ ihr keine Wahl.

„So und ihr beiden kommt mit mir in die Küche", sie drehte sich in dem sicheren Bewusstsein um, dass die beiden ihr folgen würden. „Papa braucht langsam auch mal was zu essen, sonst fällt er uns noch vom Fleisch", legte sie dazu einen betont munteren Ton an den Tag. Je länger jedoch der Anruf ihres Mannes auf sich warten ließ, desto gezwungener wurde die Unterhaltung. Jens hatte seine Kartoffeln mehrfach auf dem Teller hin und her geschoben und darin herumgestochert, bis er den Teller endgültig von sich schob.

„Tut mir leid, du hast dir wirklich Mühe gegeben, aber ich krieg einfach nichts runter." Seine Schwiegermutter nahm es kommentarlos hin.

Die Befragung bei der Kripo hatte bisher keiner der beiden angesprochen und sie würden es in Noras Gegenwart weiterhin nicht zum Thema machen.

Unvermittelt schob Jens Buchmann seinen Stuhl zurück. „Ich fahre los und suche ihn. Er ist bestimmt nicht mehr bei Dörte. Was sollte er da so lange?"

Meta legte ihrem Schwiegersohn die Hand auf den

Arm. Sie wollte ihn mit dieser Geste eher beschwichtigen, als ihn von seinem Vorhaben zurückzuhalten.

„Mach mal halblang. Es ist noch hell draußen. Und es hat keinen Sinn, planlos durch die Gegend zu fahren. Lass uns abwarten, was Horst erreicht hat."

Trotz seiner Zweifel gab er den Wünschen seiner Schwiegermutter nach. Ohne ihn zu fragen, bereitete sie ihm einen Kaffee zu und schickte ihre Enkeltochter vor den Fernseher. Sonst ein willkommenes Schmankerl bei den Kindern, die durch ihre Eltern streng reglementiert waren, was den Konsum von Computerspielen und Sendezeit anbelangte, entfernte sich Nora heute nur widerstrebend. Erst als Meta aus dem Wohnzimmer einen Werbeslogan vernahm, begann sie das Gespräch mit ihrem Schwiegersohn.

Der winkte ab: „Es ist alles in Ordnung. Letztlich habe ich zwar kein Alibi, aber ich hatte auch nicht das Gefühl, dass sie ernsthaft in mir den Täter sehen. Auch wenn eure Tochter anders darüber denkt", konnte er sich den Seitenhieb nicht verkneifen.

„Jens, das hat sie doch nicht so gemeint. Du kennst Dörte doch nun wirklich zur Genüge."

„Ja, du hast recht", bereute er seine Äußerung. „Aber dafür habe ich etwas anderes erfahren, was mir noch sehr viel mehr Sorgen macht, als das, was Dörte möglicherweise über mich denkt." Er machte eine kurze Pause, bevor er weitersprach. „Angeblich hat Merz zumindest den Versuch unternommen, sich an Kinder ranzumachen!"

Meta Hauschildt fehlten selten die Worte, nun verschlug es ihr für einen Moment die Sprache. Aber sie schaltete schnell: „Du denkst ...?", vielsagend wies sie mit dem Kinn in Richtung ihres Wohnzimmers.

Jens Buchmann zuckte aus einer Mischung von Ratlosigkeit und Verzweiflung mit den Schultern: „Ich weiß es nicht. Wahrscheinlich nicht Nora. Sie ist unauffällig. Eher Malte. Ich habe bisher immer geglaubt, dass sein verändertes Verhalten mit unserer Krise zu tun hat. Aber es kann ja auch andere Gründe haben." Erneut machte er eine Pause. Dann blickte er seiner Schwiegermutter direkt in die Augen. „Habt ihr im Kirchenvorstand was davon gehört?"

„Jens", die Empörung war echt, „wie kannst du glauben, dass ich so etwas gehört und es nicht zur Sprache gebracht hätte? Kennst du mich so wenig? Du kannst sicher sein, wenn wir etwas Derartiges erfahren hätten, wäre Merz die längste Zeit Diakon gewesen."

Ihr Schwiegersohn winkte ab: „Ich glaube dir ja, aber irgendwoher muss die Polizei doch Wind bekommen haben. Seine Frau wird es ja wohl nicht gewesen sein."

Unruhig schaute er auf die Uhr. „Wieso meldet sich Horst nicht? Ich halte die Warterei nicht aus!" Erneut schob er den Küchenstuhl von sich. Meta versuchte nicht mehr, ihn zurückzuhalten. Sie wusste, es würde ihr diesmal nicht mehr gelingen. Und bei dem, was ihr gerade zu Ohren gekommen war, konnte sie es ihm nicht verdenken.

Selbst unter günstigeren Bedingungen hätte Celia sich schwergetan, dem Seelsorger unvoreingenommen gegenüberzutreten. Bedingt durch ihre Erschöpfung und den mangelnden Fortschritten in ihrem Fall, ließ sie an ihren Empfindungen kaum einen Zweifel.

„Sie wollten uns unbedingt sprechen?" Die Frage implizierte auch für weniger sensible Menschen, dass er besser über einen triftigen Grund für sein Kommen verfügte. Pastor Stechmann nahm es widerspruchslos zur Kenntnis.

„Ich habe in den letzten Tagen viel Grund zum Nachdenken gehabt", eröffnete er das Gespräch, ohne auf Celias Anspielung einzugehen. „Es ist nicht gerade leicht, eine Kirchengemeinde zu führen, müssen Sie wissen. Und ich bin nicht überheblich genug, von mir zu behaupten, dass ich der Weisheit letzter Schluss in dieser Beziehung bin." Keiner der beiden Beamten widersprach. Ob er es registrierte, ließ er nicht erkennen. „Als die beiden Jungs zu mir kamen, war ich zunächst so erschrocken, wie jeder andere es sicher auch gewesen wäre."

Die Kommissarin stöhnte ungehalten. „Und jetzt kommt die Rechtfertigung, warum Sie dann doch anders gehandelt haben, als Ihr Gefühl es Ihnen eingegeben hat, oder?"

Thorsten Brandt schüttelte leicht den Kopf, um sie zum Einlenken zu bewegen. Seine Chefin rollte die Augen, lehnte sich aber dann doch auf ihrem Stuhl zurück. Der Pastor begriff die Geste als Signal, fortfahren zu können.

„Ich weiß nicht, wie Sie das jetzt verstehen? Letztlich ist es mir auch egal. Ich habe den Fehler gemacht, daran gibt es ja gar nichts mehr zu beschönigen. Aber Sie haben recht. Natürlich hatte ich damals meine Gründe. Die Freizeiten mit den Konfirmanden sind nicht gerade ein Zuckerschlecken, das können Sie mir glauben. Die Schüler befinden sich in einem Alter, in dem sie beginnen, die Grenzen der Kindheit in Frage zu stellen und neu auszuloten. Da ist es gang und gäbe Alkohol zu konsumieren, sobald sie sich außer Reichweite der Eltern befinden. So eine Kirchenfreizeit bietet sich mindestens ebenso gut an wie eine Klassenfahrt." Er holte Luft, bevor er weitersprach. Celia musste ihre gesamte Willenskraft aufwenden, den Mann nicht abzukanzeln.

„Die Erklärung des Diakons klang plausibel. Es war nicht das erste Mal, dass wir solche Probleme hatten. Und wir wissen doch alle, dass Kinder gerne auch mal versuchen, Erwachsene anzuschwärzen, um selber nicht in die Schusslinie zu geraten. Fragen Sie mal in den Schulen nach, wie oft Lehrer sexueller Übergriffe bezichtigt werden, weil die Schüler nicht die Noten erhielten, die sie sich vorgestellt hatten. Rein aus Rache!" Stechmann gab einen abfälligen Laut von sich. Celia platzte der Kragen.

„Und von wie vielen Fällen haben Sie schon gehört, in denen die Anschuldigungen durchaus berechtigt waren? Wie borniert sind Sie, der erwachsenen Version Glauben zu schenken, ohne sie überhaupt weiter verfolgt zu haben?" Sie hatte sich bei ihrem Kommentar weit nach vorne gebeugt und Mathias Stechmann gerade in die Augen gesehen. Er wich ihrem Blick aus.

„Was führt Sie eigentlich zu uns?", versuchte Celia zu einem sachlichen Ton zurückzufinden.

Pastor Stechmann geriet in Erklärungsnot. Was ihm bis vorhin als einzig plausibler Weg erschienen war, hatte mit einem Mal keinen Sinn mehr. Hilflos gab er es durch eine Geste zu verstehen.

„Ich wollte wohl mein Gewissen beruhigen. Ich halte heute die Geschichte der Kinder bei weitem nicht mehr für so abwegig wie damals. Leider kann ich nichts mehr daran ändern. Aber wenn ich Ihnen bei Ihren Ermittlungen behilflich sein kann ..."

Selbst Thorsten hatte nun genug. „Herr Stechmann, so leid es mir tut. Aber wenn Sie Abbitte leisten wollen, müssen Sie wohl zu einem Kollegen gehen. Wir sind ein Morddezernat und für die seelischen Belange nicht zuständig. Ob Sie uns noch weiterhelfen können?", er schüttelte den Kopf. „Im Moment sehe ich wirklich nicht wie!“ Ohne die Zustimmung Celias einzuholen, komplimentierte er den Pastor vor die Tür. Für einen Moment war selbst Celia sprachlos.

„Wow!“, versuchte sie sich zu sammeln, „dem hast du es jetzt aber gegeben. Hattest du nicht das Gefühl, er könnte uns vielleicht doch noch etwas mehr sagen?“

Thorsten schüttelte entnervt den Kopf: „Was denn? Der hat doch die ganze Zeit seine Augen zugemacht. Der hat seinen Diakon doch gar nicht richtig wahrgenommen. Alles, was er uns erzählen kann, ist doch sowieso gefärbt.“

„Stimmt!“ Celia erhob sich schwungvoller, als sie sich fühlte. „So, nun machen wir Folgendes: Du fährst jetzt mal schön zu Familie Peters. Ich möchte wissen, ob denen etwas an ihrem Sohn aufgefallen ist.“ Sie unterbrach Thorsten bereits, bevor er aufbegehren konnte. „Ausnahmsweise wirst du das alleine machen müssen. Jaron hat meinen Arzttermin auf sechzehn Uhr gelegt. Beschwerden also bitte an ihn. Aber du kannst mich übers Handy erreichen, okay?“

Während der letzten Worte hatte sie sich bereits die Jacke übergezogen und ihre Tasche geschnappt.

Als sich die Kneipentür leise öffnete, blickte Mona erstaunt über die Schulter. Sie hatte die ruhige Zeit des Tages genutzt, um den Spiegel hinter der Theke und die darauf befindlichen hochprozentigen Getränke vom Staub der letzten Tage zu befreien.

„Hast du kein zu Hause mehr?“ Obwohl ihr Ton scherzhaft war, nahm Alec ihr den Spruch übel. Mona ließ sich nicht irritieren.

„Du musst lernen, auch einstecken zu können, meine liebe dunkle Freundin“, neckte sie die schöne Frau von der Spurensicherung weiter.

„Ich kann es nicht mehr hören. Nur weil ich mich mit Celia angelegt habe, müsst ihr nicht glauben, ihr könnt mich ununterbrochen belehren."

Mona überging die Rechtfertigung. „Das ist gequirlter Mist! Und du weißt es. Wenn du ein wenig mehr auf die anderen achten würdest, als dich immer nur mit dir und deinen Befindlichkeiten zu beschäftigen, würdest du lange gemerkt haben, dass ich mit dir nicht anders umgehe als mit allen anderen auch. Was willst du trinken?" Für die Kneipenwirtin war das Thema erledigt. Sie überließ Alec die Entscheidung, das Friedensangebot anzunehmen oder weiter auf der Diskussion zu beharren. Alec gab nach. „Ich könnte eigentlich ein Bier gebrauchen. Aber ich muss ja noch fahren!"

„Von mir aus kannst du bei mir übernachten. Thorsten hat ja jetzt wieder eine eigene Bude und mein Gästezimmer steht leer. Außerdem", sie schaute sich ihre Freundin noch einmal genauer an, „scheinst du einen Schluck Bier nötig zu haben. Was hast du denn heute gefunden?"

Sie winkte ab. Obwohl sie genug Jahre bei der Spurensicherung vorweisen konnte, ließ sie der Job selten kalt. Richie Saalmann, ihr Chef, fing viele seiner Gefühle mit einer gehörigen Portion Humor ab. Der fehlte ihr nicht nur bei der Arbeit, sondern auch im Privaten.

„Ich will nicht darüber reden."

„Verstehe schon. Vergessen, lautet die Devise. Aber nur, wenn du das Zimmer annimmst. Sonst kaste ei Bier hann und dann iss schlooss!", verfiel Mona in den typisch rheinischen Singsang, der so manchem deutlichen Wort die Schärfe nahm.

„Ich habe aber nichts zum Umziehen dabei!"

„Gott, bist du kompliziert. Da fragt doch kein Mensch nach, wenn du dich morgen wieder in deine unförmige

Raumfahrtkluft zwängst, oder!", lästerte Mona über den Anzug aus Spezialmaterial, den die Leute bei der Spurensicherung tragen mussten, um nicht selber Spuren am Tatort zu verursachen.

„Mach schon das Bier", gab sie sich geschlagen.

Nachdem Mona der Aufforderung nachgekommen war, widmete sie sich erneut ihrer Putzarbeit und verstummte. Alec konnte das Schweigen genauso wenig wie das Alleinsein ertragen.

„Hast du Celia heute schon gesehen?"

Mona schüttelte den Kopf.

„Bist du eigentlich sicher, dass Jaron so gut für sie ist, wie ihr immer alle glaubt?"

Ohne sich umzudrehen, hielt Mona in ihrer Arbeit inne. Durch den Spiegel warf sie Alec einen Blick zu, der sie eigentlich hätte warnen müssen. Sie übersah ihn.

„So dünn, wie Celia in letzter Zeit geworden ist, kann man sich doch wirklich Sorgen um sie machen. Vielleicht setzt er sie unter Druck. Immerhin ist er gleichzeitig ihr Vorgesetzter. Man weiß ja nicht, was ..." Sie hatte mehr zu ihrem Bierglas, als zu Mona gesprochen. Hätte sie zwischendurch einen Blick riskiert, wäre ihr die jetzige Reaktion erspart geblieben.

Sie schrak zusammen, als die Wirtin eine volle Flasche Wodka vor ihr auf den Tresen knallte.

„Pass auf meine Gute", Mona betonte das letzte Wort mit Nachdruck, „das, was ich dir jetzt sage, sage ich genau noch dieses Mal, solltest du es je wieder vergessen, kannst du in Zukunft dein Bier trinken, wo immer du möchtest, aber sicher nicht mehr bei mir."

Einen Rechtfertigungsversuch erstickte Mona im Keim. „Hör mir einfach nur zu. Celia und Jaron sind in Zukunft als Thema für dich tabu, es sei denn, du möchtest etwas Nettes über sie verlauten lassen. Ansonsten rede ich mit dir kein Wort mehr über die beiden. Haben wir uns verstanden?"

„Aber ...", Alec suchte trotzig nach einer Möglichkeit, ihre Position zu bekräftigen.

„Es gibt kein Aber. Du brauchst auch nicht versuchen, mir weiß zu machen, du hättest dir doch nur Sorgen gemacht. Lass es dir ein für alle Mal gesagt sein. Celia hat in ihrem Leben genug durchgemacht, ohne dass du kommen musst und Zwietracht säst. Jaron ist gerade damit beschäftigt, das wieder gutzumachen, was sein Vorgänger beinahe für immer kaputt gemacht hat. Und ich finde, das hat sie verdient. Lass sie also in Ruhe, beide!"

Bevor sie sich wieder ihren Barflaschen zuwandte, knallte sie Alec ungefragt ein weiteres Bier auf die Theke. Mona trug den Menschen nie lange etwas nach. So schnell ihre Wut hochgekocht war, kühlte sie auch wieder ab.

Kurt Hermann stand auf der hölzernen Veranda seines ehemaligen Kollegen und blickte auf das beschauliche Jork. Dabei genoss er den deutlich herannahenden Frühling. Die Kastanien, die die Straße säumten, zeigten ein erstes, vorsichtiges Grün. Ein warmer Tag wie heute hatte gereicht, die Natur zum Erwachen zu bringen. Zum ersten Mal seit seine Frau ihn verlassen hatte, spürte er so etwas wie Vorfreude auf die Jahreszeit. Er schämte sich sofort seines Gefühls, als ihm Susanne Merz einfiel, die auf dem Sofa im Wohnzimmer schlief. Hermann wusste zu gut, wie ihr Zustand beim Aufwachen sein würde: Zuerst käme die Ahnungslosigkeit. Daran würde sich schnell die Erinnerung anschliessen und damit die Erkenntnis über das Grauen der Tragödie, die gerade über sie hereingebrochen war. Trotzdem war er nicht vermessen genug, seine eigenen Empfindungen mit ihren vergleichen zu wollen. Die Alltäglichkeit seines Schicksals war ihm überdeutlich bewusst. Er schüttelte angewidert den Kopf, weil er sich eingestand, wie lange er sich in seinem Mitleid gesuhlt hatte.

Als der Diakon hörte, wie die Witwe sich auf dem Sofa bewegte, machte er sich gerade und setzte in der Küche Teewasser auf, das Geschirr hatte er bereits in die Spülmaschine geräumt. Er war dankbar und froh gewesen, dass sie ein wenig Gemüsesuppe gegessen hatte, die er aus dem zauberte, was er im Tiefkühler vorfand. Zum Tee würde er den gefrorenen Kuchen, den er ebenfalls entdeckt hatte, in der Mikrowelle auftauen.

„Frau Heitmann, Tim?" Enya Peters war die Überraschung über den unerwarteten Besuch ins Gesicht geschrieben. Die Frau des Direktors konnte es ihr nicht verdenken. Die Gewissheit, wie aus der bloßen Überraschung sehr bald Entsetzen werden würde, verursachte ihr Übelkeit. Allerdings sah sie keine Möglichkeit, die Tatsachen zu beschönigen oder zu verharmlosen. Es fiel ihr schwer, den Anfang zu finden. Der Schiffsmaklerin wurde mulmig zumute. In den letzten Jahren hatte sie einen untrüglichen Instinkt für herannahende Bedrohungen entwickelt.

„Was ist passiert?", wollte sie wissen, bevor Ilse Heitmann ihr Anliegen in erträgliche Worte gefasst hatte.

„Wir wollen gerne mit Ihnen und Jan-Phillip reden." Sie versuchte es mit einem vorsichtigen Lächeln, das jedoch einer hilflosen Grimasse glich.

„Hat Jan-Phillip etwas angestellt?" Ängstlich blickte sie von Tim zu seiner Mutter und wieder zurück.

„Nein!" Tim klang beinahe heftig. „Gar nichts, ehrlich.

Darum geht es nicht.", setzte er ein wenig ruhiger dazu. „Aber es wäre vielleicht hilfreich, wenn wir uns drinnen unterhalten könnten", sagte der Junge. Enya Peters hatte in ihrer Bestürzung keine Anstalten gemacht, die beiden ins Haus zu bitten. Es beschämte sie, dass es dem Schüler aufgefallen war. Wortreich versuchte sie eine Entschuldigung. Ilse Heitmann fasste sie vorsichtig am Arm: „Vielleicht können wir uns einen Augenblick in die Küche setzen?" Ohne das Gefühl der Bedrohung zu verlieren, führte sie die beiden Besucher ins Haus. Dort fand sie endlich zu ihrer gewohnten Höflichkeit zurück. Doch weder Tim noch seine Mutter wollten die angebotenen Getränke annehmen.

„Jan-Phillip ist oben, soll ich ihn rufen?"

Ihre Besucherin schloss für einen kurzen Augenblick die Augen und nickte. „Ja, ich denke schon. Aber er hat wirklich nichts getan. Im Gegenteil", versuchte sie erneut die Befürchtung der Mutter, ihr Sohn könnte etwas ausgefressen haben, zu beruhigen.

„Aber Sie sind sicher auch nicht unverhofft mit Ihrem Sohn zu einem kleinen Plauderstündchen gekommen oder täusche ich mich?" Das Lächeln um ihren Mund, erreichte Enyas Augen nicht und konnte auch über ihre Nervosität nicht hinwegtäuschen.

„Können wir uns duzen? Ich denke es lässt sich dann leichter reden."

Während Enya dem Vorschlag nickend zustimmte, rief sie, in der Küchentür stehend, nach ihrem Sohn. Als hätte er nur darauf gewartet, erschien er im nächsten Augenblick. In der vergangenen Zeit war es ihr und ihrem Mann zur Gewohnheit geworden, Jan-Phillips Reaktionen bereits frühzeitig auf seinem Gesicht abzulesen. Da es auch diesmal nicht anders war, entging seiner Mutter der fragende Blick zu Tim nicht. Zu mehr als einem lässigen Gruß, ließ er sich dennoch nicht herab.

„Ilse und Tim würden gerne mit uns sprechen", fand seine Mutter wenigstens ansatzweise zu ihrer gewohnten Souveränität zurück. Mit dem Kopf wies sie ihren Sohn auf einen freien Stuhl hin. Es war deutlich, dass sie ihm nicht die Wahl ließ, an dem Gespräch teilzunehmen oder es zu lassen. Betont langsam und scheinbar gelangweilt plumpste er auf den angewiesenen Stuhl. Dabei sah er weder Tim noch dessen Mutter in die Augen. Obwohl sie Getränke abgelehnt hatten, setzte Enya Peters Kaffee auf und stellte den Jungen zwei Gläser und eine Flasche Cola auf den Tisch. Ilse Heitmann ließ sie gewähren und plauderte angestrengt über das Wetter. Erst als der Kaffee fertig und eingeschenkt war, räusperte sie sich.

„Es fällt mir nicht leicht, dieses Gespräch zu führen. Zumal ich selber erst seit wenigen Stunden Bescheid weiß." Sie machte eine verlegene Pause. Ein kurzer Blick zu ihrem Sohn zeigte ihr, dass er ihr keine Hilfe sein würde. Als hätten die Teenager sich vorher abgesprochen, starrte er genau wie Jan-Phillip stur auf den Tisch vor sich hin. Sie atmete schwer: „Tim hat mir heute erzählt, dass er und Jan-Phillip von Klaus Merz sexuell missbraucht worden sind."

In der entsetzten Stille, die nun folgte, hätte man die berühmte Nadel fallen hören können. Nur das leichte Ticken einer Uhr war wie in einer gestellten Szene zu vernehmen. Enya Peters blickte Ilse Heitmann in die Augen, als wolle sie sie auffordern, die Worte zurückzunehmen. Nach und nach sickerte ihr die ganze Bedeutung ins Bewusstsein. Die Haltung ihres Sohnes bestätigte die Wahrheit des Gehörten. Plötzlich ergab alles einen Sinn.

„Warum ...?", begann sie und unterbrach sich. „Du

konntest nicht mit uns reden.", stellte sie unvermittelt selbst fest. Statt von ihrem Sohn erhielt sie die Antwort von Tims Mutter.

„Die Jungs haben gleich mit Pastor Stechmann geredet. Sie haben ihm und seiner Frau alles erzählt. Aber Merz hat es abgestritten und behauptet, sie wollten sich lediglich rausreden, weil sie unerlaubt Bier auf der Konfirmandenfahrt getrunken hätten." Hilflos zuckte sie mit den Schultern. „Stechmann und seine Frau glaubten Merz mehr als unseren Söhnen. Danach hatten sie nicht mehr den Mut, es noch jemanden anzuvertrauen."

„Das kann doch nicht wahr sein!" Enya hatte Mühe, die aufwallende Übelkeit zu unterdrücken.

„Wieso bist du jetzt darauf gekommen?", versuchte sie, ihre Verwirrung zu beherrschen.

„Die Kripobeamten waren bei uns. Sie haben so ganz merkwürdig nach Tims Verhältnis zu Merz gefragt. Zuerst bin ich nicht darüber gestolpert." Obwohl sie keinen Grund sah, ihren Mann zu schonen, ließ sie die Begründung für die verspätete Erkenntnis unerwähnt. „Aber irgendwie hat mich die Frage nicht mehr losgelassen. Na ja, dann habe ich heute meinen ganzen Mut zusammengenommen und mit Tim gesprochen." Mit einer hilflosen Geste hob sie die Arme und drehte die Handflächen nach oben.

„Wie lange ging das Ganze?" Die Schiffsmaklerin musste sich bleiern zu dieser Frage durchringen. Sie war nicht mal sicher, ob sie die Details wirklich wissen wollte.

Kapitel 21

Im Gegensatz zu Ellen Roper hatte man der Buchhändlerin ein Telefongespräch bewilligt. Erleichtert wählte sie die Nummer im Westfeld. Als sie dort niemanden erreichte, versuchte sie es mit Jens' Handynummer. Da sie sich der Absurdität ihrer Handlung nicht bewusst war, erschütterte es sie schwer, als dieser das Gespräch einfach wegdrückte. Beim zweiten Versuch hämmerte sie wie wild auf die Tasten. Der Beamte wurde bereits unruhig, als sie sich entschloss, ihre Eltern anzurufen.

„Mutter, gut, dass du da bist. Die Polizei hat mich festgenommen. Und Jens geht nicht an sein Handy, weil er es mal wieder vorzieht, beleidigt zu sein. Ich brauche einen Anwalt, der mich hier rausholt."

„Dörte?" Meta Hauschildt hatte einen Anruf ihres Mannes oder ihres Schwiegersohnes erwartet. Sie brauchte einen Moment, um den Inhalt der Worte ihrer Tochter zu begreifen.

„Wieso haben sie dich festgenommen?", wollte ihre Mutter wissen. Als ihre Tochter vor der Antwort druckste, fing sie an zu lachen. Es klang jedoch wenig fröhlich. „Tja, wer anderen eine Grube gräbt, oder?"

„Mutter." Dörtes Stimme bekam einen schrillen Beiklang.

„Wann ist Malte bei dir weggegangen?", verlangte ihre Mutter zu wissen, ohne auf ihr Ansinnen einzugehen.

„Kannst du mich mal mit Malte in Ruhe lassen. Ich brauche einen Anwalt."

„Und Malte braucht vielleicht Hilfe. Er ist verschwunden. Und du hast ihn zuletzt gesehen. Ich will wissen, wann."

Die junge Frau platzte fast vor Ärger. „Mutter!“, schrie sie in den Hörer. Der Beamte, der mit ihr im Raum war, machte drei Schritte auf sie zu. Entschuldigend hob sie schnell die Hände und mäßigte ihre Stimme. „Malte stromert wahrscheinlich mal wieder irgendwo in Jork rum. Er ist in der Pubertät. Also, würdest du mir jetzt endlich einen Anwalt schicken?“

Statt einer Antwort hörte sie, wie am anderen Ende aufgelegt wurde. Ihre Mutter hatte einfach das Gespräch abgebrochen. In ihre Wut mischte sich jetzt eine gehörige Portion Angst. Angst um sich selbst, nicht um ihren Sohn.

Als das Telefon erneut klingelte, wollte Meta Hauschildt zunächst das Gespräch nicht entgegennehmen. Ihre Tochter ließ sich nicht so leicht abschütteln. Aber ein Blick auf das Display verriet ihr, dass es sich bei dem Anrufer um ihren Schwiegersohn handelte.

„Hast du Malte?“, wollte sie ohne Begrüßung wissen.

„Ich kann ihn nicht finden“, die Verzweiflung des Vaters war deutlich herauszuhören. „Fällt dir noch irgendein Ort ein, wo er sein könnte? Ich bin mit meinem Latein am Ende.“

„Hast du alle seine Lieblingsplätze abgegrast?“ Meta Hauschildt versuchte, ihren Schwiegersohn hinzuhalten, während sie überlegte.

„Warst du auf dem Spielplatz an der Grundschule? Dort treffen sich doch die Kids häufiger? Oder bei der Skater-Anlage beim Festplatz?“

„War ich schon. Und an der Grundschule können sie sich nicht treffen, der Pausenhof wird neu gestaltet. Das ist eine einzige Baustelle.“

„Bist du da gewesen?“, beharrte seine Schwiegermutter.

„Ich kann es versuchen", gab Jens wenig hoffnungsvoll nach. Er wollte das Gespräch beenden.

„Warte Jens, Horst kommt gerade zur Tür rein." Erwartungsvoll blickte sie ihrem Mann entgegen. Der schüttelte enttäuscht den Kopf. Er hatte den Enkel nicht gefunden.

„Ist Malte bei ihm?"

Meta Hauschild hätte ihrem Schwiegersohn gerne eine andere Antwort gegeben.

Pastor Mathias Stechmann hatte die Fahrt von Buxtehude nach Jork solange ausgedehnt, wie es auf so einer kurzen Strecke überhaupt möglich war. Doch auch nachdem er seinen Wagen hinter dem Pfarrhaus auf den Parkplatz abgestellt hatte, zögerte er, ins Haus zu gehen. Einer Konfrontation mit seiner Frau fühlte er sich nicht gewachsen. Und das Ergebnis des Gesprächs mit der Polizei hätte er nicht vor ihr verheimlichen können. Wie sonst auch hätte Annette es von seinem Gesicht abgelesen. Aber zuerst musste er mit sich selbst ins Reine kommen, machte er sich vor. Er schlug den Weg zum Kindergarten ein. Mit dem Argument, sich die Fortschritte des Umbaus anzusehen, konnte er weitere Zeit rausschlagen.

Der Kindergarten, im ursprünglichen Zustand nun schon fünfzig Jahre alt, musste modernen Ansprüchen angepasst werden. Vielleicht auch nur den Bedürfnissen der Politik. Den Vorgaben des Gesetzes folgend, mussten in Jork, wie überall in der Republik, Hort- und Krippenplätze geschaffen werden. Obwohl der Ort über drei Kindergärten verfügte, konnte keiner den Anforderungen genügen. Als einziger verfügte der Kindergarten am Fleet, der zu Stechmanns Gemeinde gehörte, über genug Grundstücksfläche, dass dort ein An- und Umbau vorgenommen werden konnte. Zufrieden registrierte der

Pastor, dass das Vorhaben endlich Formen annahm. Vielleicht konnten die Baumaßnahmen doch noch in der vorgesehenen Zeit abgeschlossen werden. Die Übergangslösung, den Kindergartenbetrieb während des Umbaus in der Grundschule aufrechtzuerhalten, war auf Dauer nicht zweckmäßig.

Abgelenkt von seinen ursprünglichen Problemen, ließ er sich auf dem Baumstumpf eines alten Nussbaums nieder. Das Prachtstück hatte den Erweiterungsplänen weichen müssen, wie zwei weitere Bäume im hinteren Bereich des Gartens. Die Kinder würden nicht glücklich darüber sein. Es waren ideale Kletterbäume gewesen – sehr zum Leidwesen der Erzieher –, wie der Pastor sehr wohl wusste.

Die Ruhe des hereinbrechenden Abends tat ihm gut. Er atmete tief ein. Ein Blick in den Himmel zeigte ihm, dass die Nacht kalt werden würde. Es war weithin wolkenlos, was im herannahenden Frühling meistens eine Frostnacht bedeutete. Dann würden die Obstbauern eine Nachtschicht einlegen müssen, um die keimenden und blühenden Bäume vor Kälteschäden zu schützen. Dazu wurden die Bäume beregnet. Stechmann freute sich auf das verzauberte Bild, das sich Frühaufstehern am Morgen danach zeigte. Wie skurrile Skulpturen standen die Bäume dann mit Eis überzogen im gleißenden Sonnenlicht, das den Betrachter blendete. Ganze Felder dieser Bäume sah man dann im Alten Land. Der Anblick konnte in seiner Schönheit gut mit den späteren Blüten konkurrieren.

Als Mathias Stechmann das Geräusch in seinem Rücken registrierte, war es schon zu spät. Er hatte den Angriff nicht bemerkt.

Celia hatte kein gutes Sitzfleisch, wenn es um die Wartezeit bei Ärzten ging. Wartezeiten von mehr als einer Viertelstunde verursachten Fluchtgefühle in ihr. Dabei machte Dr. Renkens Praxis einen durchaus angenehmen Eindruck. Einrichtung und Wände waren hell und schienen vor nicht langer Zeit renoviert worden zu sein. Es gab viel Holz im Eingangsbereich bei den Arzthelferinnen und auf dem Boden. Korbmöbel ergänzten den warmen, freundlichen Eindruck. Celia kramte zum dritten Mal nach ihrem Handy, um einen Blick auf die Uhrzeit zu werfen und um sicherzustellen, dass ihr durch die Lautlosfunktion kein Anruf Thorstens entging. Obwohl sie sich selbst albern dabei fühlte, konnte sie ihre Nervosität nicht unterdrücken. Dem fragenden Blick einer Mitpatientin begegnete Celia mit einem entschuldigenden Lächeln. Kurz darauf verwandelte sich die Irritation der Frau in Empörung, als Celia, die nach ihr gekommen war, nun vor ihr aufgerufen wurde. Als Beamtin genoss sie die Vorzüge der Privatpatienten. Obwohl keine Freundin dieses Klassensystems, war sie gerade heute dankbar, nicht länger warten zu müssen.

„Frau Dörfer, was kann ich für Sie tun?"

Celia hatte sich keine Gedanken über den Arzt gemacht, dem sie nun gegenüberstand. In dem knappen Jahr, seit sie und Jaron in Jork lebten, hatte die Zeit nie gereicht, sich gezielt um die Auswahl neuer Fachärzte zu kümmern. Die Kommissarin wusste nicht, nach welchen Kriterien ihr Freund den Arzt, der nun vor ihr stand, ausgewählt hatte. Es überraschte sie jedoch, dass er nur unwesentlich älter als sie selbst war. Dafür überragte er sie deutlich an Größe.

Mit klaren, blauen Augen blickte er sie gelassen an und wartete geduldig auf eine Antwort.

Sie grinste ein wenig schief. „Wenn ich wüsste, was ich hätte, bräuchte ich nicht hier zu sitzen."

„Klingt plausibel." Dr. Renken schien über eine gesunde Portion Humor zu verfügen. Und offensichtlich gehörte er nicht zur Kategorie der Ärzte, die ihre Patienten im Minutentakt abfertigten. Entspannt wartete er darauf, dass sie fortfuhr.

Ergeben ließ sie sich ein. „Mir ist häufig übel. Ich habe Magenschmerzen. Aber ich glaube, dass es der Stress in meinem Job ist. Eigentlich habe ich nicht das Gefühl, wirklich krank zu sein."

Dr. Renken lachte erneut. „Na, für den Glauben bin ich nicht zuständig. Ich halte mich lieber an Fakten. Seit wann genau haben Sie die Beschwerden?"

Sie zuckte mit den Schultern. „Vierzehn Tage vielleicht?"

Die Aussage wurde vom Mediziner mit einer strafend hochgezogenen Augenbraue quittiert. „Da kommen Sie ja zügig. Was für einen Job haben Sie, der Sie so stresst?"

Celias Antwort ließ ihn erstaunt aufhorchen.

„Das ist neu für mich", bemerkte er.

„Tja, immer ist irgendwann ein erstes Mal", konterte sie. Sie ging nur ungern mit ihrem Beruf hausieren. Ihre Erfahrung hatte sie gelehrt, dass die wenigsten Menschen damit umgehen konnten. Häufig waren sie irritiert oder zogen sich zurück, weil sie das Gefühl hatten, sich nicht mehr frei verhalten zu können. Dr. Renken schien sich jedoch nicht weiter beeinträchtigt zu fühlen. Sachlich machte er sich an die Krankheitsgeschichte seiner neuen Patientin.

„Gut", schloss er, nachdem er Celia abgehört und abgetastet hatte. „Auf den ersten Anschein würde ich Ihnen glatt recht geben. Ich kann nichts feststellen. Aber ich würde gerne eine Urin- und Blutprobe nehmen, um zu schauen, ob wir da etwas finden." Nach einem kurzen Blick auf die Uhr fuhr er fort: „Unser Labor ist noch besetzt. Wir können die Untersuchungen also jetzt gleich machen. Dann brauchen Sie morgen nicht noch mal herzukommen. Das Ergebnis der Urinprobe können Sie abwarten. Das geht schnell. Die Blutuntersuchung wird einen oder zwei Tage in Anspruch nehmen. Und dann treffen wir uns hier wieder. Einverstanden?"

Celia hatte keine Einwände. Sie mochte konkrete und zügige Vorgaben. Dieser Arzt entsprach ihren Vorlieben.

Kurz darauf fand sie sich im Wartezimmer wieder, wo sie auf das erste Untersuchungsergebnis warten sollte. Um sich abzulenken und die Zeit zu verkürzen, warf sie einen Blick in eine Zeitschrift über die Schönen und Reichen dieser Welt. Sie schaffte es jedoch lediglich bis zur dritten Seite. Ohne Scham nahm sie den eingehenden Anruf entgegen.

„Kein Problem, Thorsten, ich komme sofort. Ich bin sowieso eigentlich fertig." Mit der freien Hand hatte sie sich noch während des Gesprächs ihre Jacke gegriffen. Am Empfangsbereich machte sie kurz Halt. „Ich gebe Ihnen meine Handynummer, dann können Sie mich ja anrufen, wenn Sie was gefunden haben." Sie legte ihre Visitenkarte auf den Tresen. Eine Zustimmung wartete sie nicht mehr ab.

Ob sie wollte oder nicht, Ellen Roper musste sich eingestehen, dass ihr Leben aus den Fugen geraten war. Hatten die Tagesereignisse noch nicht für diese Erkenntnis gereicht, ließ sie das Eintreffen in ihrer Firma nicht mehr daran vorbeisehen.

Innerhalb eines Tages hatte man ihr den bisherigen

Respekt entzogen. Ihr Geschäftsführer hatte seine Aufgaben mehr als gut gemacht. Wie sie mit unverhohlenem ironischen Unterton feststellte. Er zuckte unbeeindruckt die Schultern: „Sie waren nicht da. Was hätte ich tun sollen? Die Firma schließen, die Aufträge jemandem anderem überlassen?"

Ellen Roper erkannte die Unsinnigkeit ihrer Eifersuchtsgefühle, konnte sie aber nicht unterdrücken.

„Aber seit wann wird hier schon so früh Feierabend gemacht?" Sie schaffte es nicht, es wie eine schlichte Frage zu formulieren, der Unterton war zickig.

Dass ihr der Geschäftsführer nicht nur geantwortet hatte, sondern seine Antwort auch betont neutral ausfiel, zeigte wie sicher er sich fühlte.

„Dann können Sie ja auch nach Hause gehen", raffte Ellen sich zur einzig möglichen Reaktion auf. Ein Lächeln kam ihr dabei nicht über die Lippen.

Als er endlich das Büro verlassen hatte, ließ sie sich erschöpft und konsterniert hinter ihrem Schreibtisch nieder. Die Ellbogen auf der Schreibplatte, das Gesicht in die Hände gelegt, versuchte sie ihre Gedanken und Gefühle zu ordnen. Aber das einzige, was sie spürte, war der Wunsch, nach dem Telefonhörer zu greifen und Theresa anzurufen. Nur mit großer Willensanstrengung widerstand sie ihrem Wunsch. Sie wusste zu gut, dass sie alle Chancen auf eine Versöhnung vertan hatte. Auch in diesem Bereich kam sie nicht länger umhin, ihr eigenes Verschulden einzugestehen. Resigniert packte sie die wenigen persönlichen Sachen ein, die sie sich in der Vergangenheit erlaubt hatte, mit ins Büro zu nehmen. Ihr Geschäftsführer würde sich freuen, die Firma zunächst ohne sie weiterleiten zu dürfen. Auf dem Weg zum Parkplatz wählte sie Meta Hauschildts Nummer, um ihr ihren Rücktritt vom

Amt des Kirchenvorstandes mitzuteilen. Aber auch das gelang ihr nicht, sie konnte niemanden erreichen.

Das Entsetzen rund um den Tisch war mit Händen zu greifen. Tim und Jan-Phillip fühlten sich nicht wohl in ihrer Haut. Sie mussten so lange mit ihren Gefühlen alleine fertig werden, dass es nun nicht selbstverständlich war, darüber zu reden. Enya Peters tat sich ebenso schwer, die Dimension der Übergriffe zu verdauen wie Ilse Heitmann. Tim hatte jetzt noch mehr erzählt als zu Hause.

„Ist es bis zum Schluss gegangen? Bis er gestorben ist?", wagte sie sich an eine zeitliche Eingrenzung.

Jan-Phillip schüttelte angewidert den Kopf. „Wir sind einfach nicht mehr zu den Jugendtreffs gegangen und der Konfirmationsunterricht war ja, Gott sei Dank, zu Ende."

Ilse Heitmann lachte zynisch. „Und ich habe mich immer über seinen Gleichmut gewundert, wenn es darum ging, dass der Jugendboden im Gemeindehaus immer noch nicht fertig ausgebaut war und die Treffen weiterhin bei ihm zu Hause stattfinden mussten", sie lachte schroff. „Wie hat er das bloß mit seiner Frau gedeichselt? Oder war sie beteiligt?" Der Gedanke kam ihr erst jetzt und erschreckte sie zutiefst.

Tim legte beruhigend die Hand auf den Arm seiner Mutter. „Nein, war sie nicht. Sie war mit den Kindern immer unterwegs, wenn wir die Treffen hatten. Ich glaube nicht, dass sie auch nur geahnt hat, was ihr Mann macht", umschrieb er die Geschehnisse, ohne sie direkt anzusprechen.

„Wir sollten Carsten und Theo informieren." Enya wollte die Last gerne teilen. „Oder weiß dein Mann schon Bescheid?"

Die Frau des Direktors schüttelte den Kopf. Ihr Gesichtsausdruck ließ Enya Peters stutzen. Ilse Heitmann kam einer möglichen Reaktion zuvor. „Ich bin mir nicht sicher, ob Theo bereit ist, Tims Erzählungen zu glauben. Er ist ein wenig ..." Tim ließ sie nicht ausreden.

„Ich möchte mit meinem Vater nicht darüber reden. Jetzt nicht", verkündete er entschieden. „Ich weiß, dass ich irgendwann nicht anders kann, aber nicht heute." Seine Stimme hatte etwas Bittendes. „Und was willst du, Jan-Phillip?" Enya Peters war nicht auf den Gedanken gekommen, dass die Jungen ihren Vätern weniger vertrauen würden als ihren Müttern.

„Jetzt, wo es raus ist", er zuckte gleichgültig mit den Schultern, „ist es doch eh Wurst – Papa kann es auch wissen."

„Stört es dich, Tim, wenn ich Jan-Phillips Vater anrufe?" Enya Peters wollte die Gefühle des Jungen nicht übergehen.

Entschieden schüttelte er den Kopf. „Nein, es geht nur um meinen Vater", bestätigte er seine Geste durch Worte.

Obwohl ihr nicht wohl dabei war, wählte sie die Nummer ihres Mannes im Büro. Sie wollte diese furchtbare Entwicklung nicht länger alleine tragen müssen. Die Rücksicht auf Tim Heitmann trat dabei etwas in den Hintergrund.

Ohne auf weitere Erklärungen zu drängen, versprach er nach Hause zu kommen. Sie war ihm dankbar für diese Reaktion.

Eine bleischwere Stille war eingetreten, aber Enya Peters wollte das Gespräch wieder in Gang bringen. Dabei fühlte sie sich unsicher wie selten in ihrem bisherigen Leben.

„Möchtet ihr darüber reden? Ich habe so viel Fragen.

Aber ich weiß nicht, ob ich sie stellen darf?" Unsicher blickte sie von Tim zu ihrem Sohn. Vor seiner Reaktion, musste sie sich eingestehen, hatte sie die meiste Angst. Dabei hatte es sie gewundert, dass er nichts dagegen einzuwenden hatte, seinen Vater zu dem Gespräch hinzuzubitten.

Es überraschte sie daher nicht, dass Tim mit seiner Antwort schneller war als ihr Sohn.

„Es stört mich eigentlich nicht. Mir ist eben aufgefallen, dass ich mich, wenn ich die Geschichte erzähle, nicht mal mehr wirklich betroffen fühle. Es ist", er zögerte einen Moment, als suche er nach dem richtigen Wort, „fast ein wenig surreal und so, als ob ich die Geschichte eines anderen erzähle", beendete er den Satz. Enya Peters überraschte die gewählte Ausdrucksweise des Jungen.

Erleichtert über die Emotionen ihres Sohnes, mischte sich Ilse Heitmann nun auch wieder in das Gespräch. „Habt ihr wirklich nie mehr mit irgendjemandem darüber geredet? Wo habt ihr all eure Gefühle gelassen?" Tim schüttelte den Kopf. „Ein Versuch hat mir gereicht. Das brauchte ich nicht noch einmal."

Die Schiffsmaklerin hatte das Zögern ihres Sohnes sehr wohl bemerkt. „Du hast es noch einmal versucht", stellte sie seine Reaktion nicht mal in Frage und deutete sie richtig. Zunächst wollte er leugnen. Er fühlte sich Tim gegenüber nicht wohl. Dann entschied er sich für die Wahrheit.

Ohne jemals richtig betrunken gewesen zu sein, wusste Theo Heitmann noch bevor er die Augen öffnete, dass er einen Kater aushalten musste, der sich gewaschen hatte. Der pelzige, bittere Geschmack auf seiner Zunge verursachte ihm Übelkeit. Diese war es wohl auch, die ihn aus wirren Träumen gerissen hatte. Schneller als sein Zustand eigentlich zuließ, verließ er das Bett Richtung Badezimmer. Im letzten Moment schaffte er es bis zur Toilettenschüssel. Als er sich erbrach, schämte er sich wie selten zuvor in seinem Leben. Angewidert von sich selbst und seinen Ausdünstungen, putzte er sich heftig die Zähne und spülte gleich zwei Mal mit Mundwasser hinterher. Sein Gefühl wurde dadurch nicht besser. Erschöpft schlurfte er vom Badezimmer ins Wohnzimmer. Überrascht stellte er mit einem Blick auf die geerbte Standuhr fest, dass es gerade erst später Nachmittag und noch nicht Abend war.

Theo Heitmanns Erinnerung an die vergangenen Stunden kehrten wieder, als er die Whiskeyflasche neben dem zur Tür gedrehten Sessel erblickte. Er war nicht betrunken genug gewesen, um einen Filmriss zu haben. Mit einem erneuten Schamgefühl erinnerte er sich daran, dass sein Sohn ihn ins Bett begleitet hatte. Er stöhnte laut auf. Inzwischen hatte er gemerkt, dass er alleine im Haus war. Er brauchte nicht nachzusehen. In der Küche stellte er fest, dass seine Frau und sein Sohn gemeinsam etwas getrunken hatten. Allem Anschein nach hatten sie aber dann überstürzt das Haus verlassen. Seine Frau ließ nie Gläser oder Tassen auf dem Tisch stehen. Diesmal hatte sie es getan. Angst und Beklemmung stiegen in ihm hoch. Seine Frau gehörte fest zu seinem Leben, wie die Schule. Er wäre nie auf die Idee gekommen, seine Gefühle für sie mit einem Wort wie Liebe zu beschreiben. Von außen betrachtet, waren sowohl seine Frau als auch die Schule für ihn immer Aufgaben gewesen, die geleitet werden mussten. Dennoch hatte er Angst bei dem Gedanken, seine Frau womöglich verloren zu haben. Und dies deutete darauf hin, dass es doch weit mehr sein könnte, was er für sie empfand.

Ein schneller Blick in Tims Zimmer beruhigte ihn ein wenig. Seine Sachen, auch die für die Schule, schienen vollständig vorhanden zu sein. Aber das Verhalten der beiden gab ihm Rätsel auf. Ein Zustand, den er nicht gut leiden konnte. Er war gerne umfassend informiert. Aber davon konnte nicht mehr die Rede sein. Theo Heitmann hatte den Begriff Selbstkritik bisher nur im Zusammenhang mit anderen Menschen benutzt. Sie an seiner eigenen Person zu üben, hatte er für überflüssig gehalten. Auch jetzt, nachdem er sich überzeugt hatte, dass Tim und seine Frau nicht auf und davon waren, stellte sich schnell die Wut auf die beiden wieder ein. Ungeduldig suchte er nach seinem Handy, um dann zunächst die Nummer seiner Frau zu wählen und als er sie nicht erreichte, die seines Sohnes zu probieren. Ebenfalls vergebens. Tim hatte das Handy nicht mal mitgenommen. Es läutete gut hörbar in seiner Schultasche. Entnervt gab er auf. Er kannte weder die Freunde seines Sohnes noch die seiner Frau. Zurück in der Küche öffnete er den Kühlschrank. Der Restalkohol rief Hungergefühle in ihm hervor.

„Warum traust du dich nicht zu sagen, mit wem du geredet hast?“ Enya Peters kannte ihren Sohn, auch wenn er in der letzten Zeit versucht hatte, seine Eltern auf Distanz zu bringen. „In so einer Situation ist es doch nur normal, dass man sich jemandem anvertrauen will, um die angestauten Gefühle loszuwerden.“ Sie hoffte, ihm mit diesem Zuspruch den Weg zu ebnen. Dabei befürchtete sie immer noch, von ihm zurückgewiesen zu werden.

„Es geht nicht darum, dass ich mich schäme. Ich will nur nicht, dass Tim denkt, ich hätte ihn verraten. Ich hab’s nur erzählt, weil ich wusste, er kennt sich damit aus. Wegen seines Vaters.“

Ratlos blickten sich die drei anderen an. Sie wussten nicht, von wem Jan-Phillip sprach. Der tat gleichgültig.

„Malte hat es mir erzählt. Sein Vater ist doch im Heim aufgewachsen. Das wisst ihr doch." Nun wurde er doch ein wenig ungeduldig. „Und dann hat er mir gesagt, dass seine Oma ihm anvertraut hat, dass sein Vater im Heim von einem Erzieher angefasst worden ist und da habe ich gedacht, schadet es nicht, wenn ich ihm erzähle, was uns passiert ist. Ich wollte dich aber nicht verraten. Es hat nur so gutgetan."

Tim schüttelte den Kopf und ein feines Lächeln spielte um seinen Mund. „Du bist ein Idiot. Ich fühl mich nicht verraten. Aber du hättest es mir sagen können." Die Kritik hatte nichts Böses. Jan-Phillip lächelte dankbar zurück.

Enya Peters spürte, wie Kälte in ihr hochstieg. „Hat Malte mit seinem Vater darüber gesprochen?" Ihre Stimme war tonlos.

Jan-Phillip wusste nicht, worauf seine Mutter hinauswollte. Auch Tim begriff die Frage nicht. Seine Mutter war jedoch schnell im Bild.

„Merz hatte ein Verhältnis mit seiner Frau und dann erfährt er, dass der Typ auch noch Kinder missbraucht. Das meinst du, oder?"

„Kann doch sein?" Enya Peters hob in einer hilflosen Geste ihre Hände.

Als es an der Tür läutete, schreckten die vier zusammen. Carsten konnte es, wie die Schiffsmaklerin enttäuscht feststellte, nicht sein. Er hätte seinen Schlüssel benutzt.

Kapitel 22

Jaron hatte sich den ganzen Nachmittag mit viel Arbeit abgelenkt. Leider war er viel zu schnell fertiggeworden. Nun saß er wie auf heißen Kohlen und wartete auf den Anruf Celias, der ihn erlösen sollte. Ein Blick auf die Uhr zeigte, dass erst fünf Minuten vergangen waren, seit er das letzte Mal darauf geblickt hatte. Es kam ihm weit länger vor.

Seine tiefen Empfindungen für Celia irritierten ihn immer noch nachhaltig. Als er ihr in Köln begegnete, hätte er sich alles vorstellen können. Sicher jedoch nicht, eine neue Beziehung einzugehen. Dass er dann derjenige war, der sehr viel schneller begriff, dass er sich verliebt hatte und mehr als nur bloße Freundschaft wollte, änderte nichts an seiner Verwirrung. Das Gefühlschaos hinderte ihn allerdings nicht daran, die Liebe zu Celia in vollen Zügen zu genießen. Sie bot ihm all das, was er sich von früheren Freundinnen erhofft hatte. Es gab Momente, in denen er nicht mehr daran geglaubt hatte, jemals so viel Nähe zu einer Frau aufbauen zu können, bis Celia in sein Leben getreten war. Jetzt verfolgte ihn die Angst, sie wieder verlieren zu können – durch ihren Job, seine Dummheit oder eine Krankheit. In Köln hatte er einen deutlichen Vorgeschmack davon erhalten, als sie sich in einer bedrohlichen Situation befunden hatte und er nichts tun konnte, als hilflos danebenzustehen. Danach hatte er im Urlaub selbst dafür gesorgt, dass die Beziehung in eine ernste Krise geriet. Und kaum hatten sie sich davon erholt, wurde sie immer dünner, blasser und ausgezehrter. Celia war offenbar ernsthaft krank. Zum wiederholten Mal griff er nach seinem Handy, um es unverrichteter Dinge wieder wegzulegen. Geduld war nicht seine Stärke, aber er musste es lernen. Er würde Celia nicht halten können, wenn er sie einengte und verfolgte. Ergeben schloss er für einen Moment die Augen, um sich gleich wieder ungeduldig von seinem Schreibtisch zu erheben und unruhig durch sein Büro zu wandern, was er vor wenigen Minuten erst unterbrochen hatte.

Als er sich gemeinsam mit Celia zu einem Neuanfang im Alten Land entschloss, hatte er sich keine Gedanken über die Auswirkungen auf seine Arbeit gemacht. Erst mit der Zeit stellte er fest, dass er zwar nicht in der Provinz gelandet war, aber die Uhren hier doch deutlich anders tickten als in einer Großstadt. Zum einen konnte er das genießen. Die Flut der Fälle, die er in seinem bisherigen Arbeitsleben hatte, war deutlich überschaubarer geworden. Er ärgerte sich allenfalls hin und wieder über die Schwerfälligkeit seiner Kollegen und das Arbeitstempo. Er war anderes gewohnt. Das hatte ihm nicht nur Freunde eingebracht. Selbst seine Sekretärin wünschte sich hin und wieder seinen Vorgänger zurück. Allerdings nur im Bezug auf die Arbeitsmenge, die er ihr abverlangte. Ansonsten schien sie nichts gegen ihn zu haben – schließlich war er noch nicht verheiratet.

„Den würde ich sicher nicht von der Bettkante schubsen, wenn er sich darauf niederließe“, hatte sie einer Freundin bei einem Glas Wein anvertraut.

An Jaron gingen solche Gefühlsanwandlungen spurlos vorbei. Er bemerkte nicht mal die Attraktivität seiner Sekretärin, geschweige denn ihre schmachtenden Augenaufschläge.

„Hier sind die letzten Unterlagen, die noch unterschrieben werden müssen“, riss sie ihren Chef aus seinen

Gedanken. Er hatte das Anklopfen überhört und reagierte entsprechend unkonzentriert.

„Ist was passiert?", erkundigte sie sich.

Freundlich aber distanziert hielt er die Antwort knapp. Er reichte ihr die unterschrieben Schriftsätze zurück. „Sie können dann auch Feierabend machen."

Ratlos und verzweifelt hatte Jens Buchmann sein Auto auf den großen Parkplatz neben das Spielfeld gelenkt. Den Kopf auf das Lenkrad gelegt, versuchte er einen klaren Gedanken zu fassen. Er wusste, es musste einen Ort geben, den er vergessen hatte, wo er noch nicht gesucht hatte. Er war an beiden Schulen gewesen – Grundschule und Schulzentrum. Nichts. Keine Spur von Malte. Immer wieder versuchte er sich einzureden, dass Jork nicht groß genug war, dass ein Jugendlicher dort einfach verschwand, ohne dass es jemandem auffiel. Man kannte sich noch. Zumindest die Leute, die seit Generationen hier wohnten. Jens und seine Familie gehörten dazu. Aber keiner hatte seinen Sohn gesehen. Er stöhnte vor Verzweiflung auf. Als sein Handy geklingelt hatte, hoffte er, dass seine Schwiegermutter ihm mitteilen wollte, sein Sohn sei wieder da. Dörte hatte er nicht erwartet. Und er wollte nicht mit ihr reden. Jetzt bereute er seine voreilige Handlungsweise. Vielleicht wollte sie ihm etwas über den Jungen erzählen. Vielleicht wusste sie, wo er war. In dem Moment, als er das Gespräch einfach wegdrückte, hatte er den Gedanken nicht einmal in Erwägung gezogen. Vergebens versuchte er, seinen Fehler wieder gutzumachen. Aber er konnte seine Frau nicht erreichen.

„Hat Dörte bei dir angerufen?" Die Antwort seiner Schwiegermutter weckte Hoffnungen, die ebenso schnell im Keim erstickt wurden.

„Ja, hat sie. Aber sie weiß auch nicht, wo Malte ist.“ Sie zögerte und Jens spürte es.

„Was ist los?“

„Vergiss es. Es hat nichts mit Malte zu tun. Der Junge ist jetzt wichtiger.“

„Hör auf mit dem Drumherumreden, Mutter. Was wollte sie?“

Meta Hauschildt stöhnte, sah aber keine Chance, weiter um den Brei herumzureden. „Sie wollte einen Anwalt. Die Polizei hat sie festgenommen, sie steht im Verdacht, Merz umgebracht zu haben.“

Jens begriff nicht, warum sie ihm das nicht gleich gesagt hatte und vermutete noch mehr hinter ihren Äußerungen. „Jens?“, ihre Stimme klang eindringlich, „Dörte war im Präsidium, um dich in die Pfanne zu hauen.“

„Hat sie das gesagt?“ Er konnte es nicht glauben, obwohl er noch vor wenigen Stunden genau diese Möglichkeit der Polizei gegenüber erwähnt hatte.

„Das musste sie nicht. Ich selbst habe es ihr auf den Kopf zugesagt, als sie mit der Antwort gezögert hat, wie es dazu kommen konnte, dass sie festgenommen wurde. Aber das sollte jetzt nicht unser Problem sein. Hast du eine Spur von Malte?“

Er verneinte und schaffte es, weitere Gedanken an seine Frau auszublenden.

„Ich lege jetzt auf. Wenn Malte probiert uns zu erreichen, sollte nicht dauernd besetzt sein“, beendete er abrupt das Gespräch. Seine Schwiegermutter hatte keine Gelegenheit mehr, sich von ihm zu verabschieden.

Enya Peters war sich nicht sicher, ob sie erleichtert sein sollte oder nicht. Im ersten Moment, als sie dem Kripobeamten die Tür öffnete, war sie nur überrascht. Aber als sie mit ihm in der Küche stand, war sie sich nicht mehr sicher. Der ungeheuerliche Gedanke, der Ilse und ihr in Bezug auf Jens Buchmann gekommen war, erschien ihr mit einem Mal so absurd, dass es ihr fast peinlich war, ihn überhaupt gedacht zu haben.

Thorsten Brandt konnte die Spannung im Raum beinahe mit Händen greifen. Obwohl er den Grund dafür nicht wusste, ahnte er, dass es hier offenbar einige Wahrheiten gegeben hatte.

„Gut, dass ich Sie hier zusammen antreffe. Ich muss mit Ihnen und Ihren Söhnen reden."

Ilse Heitmann bemerkte, wie Tim bei den Worten des Ermittlers zusammenzuckte. Beruhigend legte sie ihre Hand auf seine.

Jan-Phillip verschränkte die Arme vor der Brust.

Thorsten war inzwischen erfahren genug, um beide Reaktionen zu registrieren. Celia hatte ihm im Umgang mit heiklen Situationen einiges beigebracht.

„Das Thema ist nicht ganz einfach. Ich weiß es. Und ihr müsst auch nicht reden, wenn es euch zu unangenehm ist. Aber ihr würdet uns unter Umständen helfen, diesen Fall zu lösen."

Enya Peters, die bis vor wenigen Minuten noch mit ihren Gefühlen zu kämpfen hatte, fand zu ihrer gewohnten Klarheit zurück.

„Ist es für euch in Ordnung, wenn ich rede?", wandte sie sich an die beiden Jungs. Die warfen sich einen kurzen Blick zu. Dass er reichte, um sich zu verständigen, zeigte, wie gut sie einmal miteinander befreundet waren. Ohne die gemeinsame Erfahrung mit Merz wären sie das wohl immer noch. Aber das Erlebte ließ sich nur aushalten, wenn die ständige Erinnerung daran nicht durch die Begegnung mit dem anderen aufgewühlt wurde. Deswegen lenkten sie ihre Wege in unterschiedliche Richtungen, obwohl sie es nie abgesprochen hatten.

Jetzt nickten sie zustimmend.

In kurzen, beinahe emotionslosen Erklärungen fasste die Mutter das Gespräch der vergangenen Minuten für den Beamten zusammen. Zum Abschluss kam sie doch noch einmal ins Wanken. Thorsten erfasste die Situation. „Sie haben einen Verdacht?"

Wie Verschwörer blickten sich die vier an. Diesmal war es Ilse Heitmann, die das Wort für die anderen ergriff. „Jens Buchmann ist ein wundervoller Mensch. Er gehört zu denen, die immer da sind, wenn Hilfe gebraucht wird. Ich wünsche mir", sie zögerte, „dass unser Verdacht sich nicht bestätigt. Aber wenn es so ist, dann könnte ich es ihm nicht mal verdenken", schloss sie, sich der Zustimmung der anderen gewiss.

Thorsten hielt sich mit seiner eigenen Meinung zurück. Stattdessen ergriff er sein Handy. Die Situation erschien ihm eine Nummer zu groß, um sie ohne seine Chefin zu erledigen.

Wenn Susanne Merz erstaunt über den erneuten Besuch Jens Buchmanns war, ließ sie es sich zumindest nicht anmerken. Wie einen vertrauten Freund führte sie ihn ins Wohnzimmer. Kurt Hermanns Überraschung war dagegen offenkundig. Es verschlug ihm zunächst die Sprache. Dann fand er zu einem, selbst in seinen eigenen Ohren, barschen Umgangston zurück: „Haben Sie nicht das Gefühl, dass Susanne Merz auf ihre Anwesenheit gut verzichten könnte?", spielte er unaufgefordert den Beschützer. Dass Enya Peters mit der gleichen Absicht bereits gescheitert war, konnte er nicht wissen. Susanne Merz setzte ihn darüber unverhohlen in Kenntnis und wies ihn deutlich in seine Schranken.

„Auch wenn ich gerade durch die Hölle gehe, bin ich noch in der Lage, selbst zu entscheiden, wen ich hier willkommen heiße und wen nicht. Jens Buchmann gehört zu den Menschen, die ich durchaus bereitwillig empfangen möchte."

Obwohl sie bisher nie zu einem vertrauten Du gelangt waren, bediente Jens Buchmann sich nun der vertrauten Anredeform. „Ich bin mir nicht sicher, dass du noch der gleichen Meinung bist, wenn ich gleich wieder gehe. Was ich dir zu erzählen habe, wird dich unter Umständen ziemlich schockieren." Er machte eine kurze Pause, die Susanne Merz nutzte.

„Was sollte mich schon noch aus der Bahn werfen. Immerhin ist Klaus ermordet worden."

Jens Buchmann war zu ungeduldig, um sich sein Vorgehen zu überlegen oder abzumildern.

„Ich suche Malte. Er ist abgehauen, weil er ziemlich sauer ist. Auf deinen Mann und meine Frau."

Susanne Merz war ehrlich überrascht. „Das ist doch nicht neu. Weshalb sollte mich das schockieren?"

„Weil das vielleicht nicht der einzige Grund ist, warum Malte sauer sein könnte." Nun druckste er doch, bevor fortfuhr.

„Im Präsidium haben sie mir erzählt, dass Klaus Jungen missbraucht hat."

Susanne Merz sog scharf die Luft durch die Zähne ein. „Das ist nicht dein Ernst. Warum tust du das?"

Traurig schüttelte Jens Buchmann den Kopf. „Glaub mir, alles andere wäre mir auch lieber. Ich weiß nicht, ob Malte dazugehörte."

Sie wandte sich an den Diakon, der immer noch

neben ihr saß und sich an das gebotene Schweigen hielt. „Stimmt es, was Herr Buchmann sagt?“ Wie um Distanz herzustellen, war sie zum Sie zurückgekehrt.

Kurt Hermann zögerte unschlüssig. Die Witwe erkannte darin die Wahrheit. „Er lügt nicht? Es stimmt, was er sagt?“

„Ich bin davon ausgegangen, dass nichts an der Geschichte dran war. Die Jungs haben, das hat Klaus beteuert, sich nur reinwaschen wollen, weil sie unerlaubt Alkopops während der Konfirmandenfreizeit getrunken haben.“ Er hob bedauernd und entschuldigend die Schultern.

„Wer waren die Jungs?“ Jens Buchmann hatte weder Zeit noch Geduld, die Emotionen der beiden zu berücksichtigen.

„Ich weiß es nicht. Sie wurden aus Rücksicht auf ihre Gefühle nicht genannt.“

„War Malte hier?“, verlangte er erneut zu wissen.

Susanne Merz schüttelte heftig den Kopf, dabei liefen ihr Tränen übers Gesicht. Sie bemühte sich nicht einmal darum, sie wegzuwischen.

„Nein, sicher nicht. Wenn er hier gewesen wäre, hätte ich es bemerkt. Ich war die ganze Zeit bei ihr“, ließ Kurt Hermann den Vater wissen.

„Wie könnt ihr so etwas behaupten? Ich bin seine Frau, ich hätte es doch bemerkt, wenn da etwas nicht stimmte. Wir haben eine ganz normale ...“ Die Worte erstarben auf ihren Lippen. Erschreckt schlug sie sich mit der Hand vor den Mund. „Ich habe mir die ganze Zeit etwas vorgemacht.“ Selbst die Tränen waren unter der Erkenntnis versiegt. „Ich habe immer noch daran geglaubt, dass wir unsere Ehe wieder hinkriegen. Aber ...“, sie zögerte erneut, versuchte die wilden Gedanken zu sortieren, die ihr durch den Kopf schossen. „Nein, ich glaube es einfach nicht. Es muss so gewesen sein, wie Klaus es gesagt hat. Eine Affäre mit einer anderen Frau", sie zuckte mit den Schultern, „okay, ja, das kann, war so, das habe ich gesehen. Aber pervers?" Erneut schüttelte sie den Kopf, als würden ihre Worte dadurch mit mehr Wahrheit versehen. „Es ist ganz schön unfair, was ihr hier betreibt. Klaus kann sich nicht mehr wehren. Ihr könnt über ihn erzählen, was ihr wollt. Ich möchte, dass ihr sofort geht. Verschwindet hier aus meinem Haus."

Unter anderen Umständen hätte Jens Buchmann die Frau in ihrem Kummer nicht alleine gelassen. Jetzt war er beinahe dankbar für ihren Gefühlsausbruch. Er war immer noch besorgt um seinen Sohn. Und der Diakon hatte ihn keineswegs beruhigt. Es war immer noch die Möglichkeit offen, dass auch Malte missbraucht wurde.

Hektisch verließ er das Haus.

Obwohl der Rauswurf auch ihm gegolten hatte, ignorierte Kurt Hermann ihre Wünsche. Stattdessen nahm er sie in den Arm, um ihr Trost zu spenden.

Das Display hatte Celias Nummer angezeigt. Bevor es zum zweiten Mal läuten konnte, hatte ihr Freund das Gespräch angenommen. Sie ließ ihm jedoch keine Zeit für eine Frage nach ihrem Gesundheitszustand.

„Jaron, ich glaube, du solltest dabei sein. Familie Peters und Heitmann sitzen mit den Jungs zusammen und es gibt neue Hinweise auf Jens Buchmann als möglichen Täter. Es wäre mir recht, wenn du auch kommen könntest."

Er erkannte, dass Celia auf seine vordringliche Frage nicht antworten würde und versuchte gar nicht erst, sie zu stellen.

„Ich bin gleich da. Wir treffen uns dort."

„Ich warte vor der Tür auf dich!"

Als sie sich nun gegenüber standen, verzichteten sie auf eine zärtliche Begrüßung. Um seiner Frage zuvorzukommen, hob Celia abwehrend die Hände. „Frag mich nicht, ich weiß eigentlich auch nicht mehr als das, was ich dir gesagt habe. Wir werden uns wohl überraschen lassen müssen." Sie drückte den Klingelknopf. Bevor ihnen die Tür geöffnet werden konnte, hörten sie ein Fahrzeug vorfahren. Carsten Peters hatte es durch den Elbtunnel, der ihm an diesem Tag viele Nerven abverlangt hatte, nach Hause geschafft. Er kam nicht dazu, sein Erstaunen über die Anwesenheit der Polizisten zu äußern. Seine Frau öffnete die Tür. Die Erleichterung, die sie bei seinem Anblick empfand, stand ihr deutlich ins Gesicht geschrieben. Nur mit Mühe unterdrückte sie die aufkommenden Tränen. Ohne Umschweife führte sie die beiden Neuankömmlinge und ihren Mann in die Küche. Thorsten hob nur kurz die Hand zur Begrüßung. Dann übernahm er die Führung.

„Ich glaube, es ist nicht verkehrt, wenn Sie zuerst alleine mit Ihrem Mann reden. Ich setze meine Chefin und den Staatsanwalt in Kenntnis und dann treffen wir uns wieder." Mit dem Kopf wies er Celia und Jaron in die Diele zurück. Sie folgten ihm kommentarlos.

Nachdem er mit seinen Ausführungen abgeschlossen hatte, herrschte für einen Moment betretenes Schweigen. Celia fand als erste die Sprache wieder. „Es gibt Situationen, da wäre ich lieber Müllmann, das könnt ihr mir glauben. Und das hier ist so eine." Keiner der Männer widersprach. „Hast du die Nummer von Buchmann?" Ohne die Antwort abzuwarten, fragte sie in der Zentrale nach. Auch bei ihr läutete das Telefon ins leere Haus. Erneut wählte sie die Zentrale an. Diesmal war sie geistesgegenwärtig genug, sich nicht nur seine Handynummer, sondern auch gleich die Nummer seiner Schwiegereltern geben zu lassen.

Die Antwort, die sie schließlich von Meta Hauschildt erhielt, gefiel ihr keineswegs.

„Scheiße", fluchte sie laut und unfein. „Ist doch komisch, dass er immer dann seinen Sohn sucht, wenn irgendetwas im Busch ist."

„Gib eine Fahndung nach ihm raus." Jarons Worte waren noch nicht ausgesprochen, da hatte sie sie bereits umgesetzt.

Entschlossen betrat sie nun die Küche.

Kurt Hermann hatte nicht damit gerechnet, dass Susanne Merz sich ausgerechnet von ihm trösten ließe. Dass sie es doch getan hatte, schmeichelte ihm. Es hatte eine ganze Weile gedauert, bis sie die letzten Tränen geweint hatte. Jetzt schniefte sie nur noch verhalten.

„Mochtest du Klaus?", wollte sie nun von seinem ehemaligen Kollegen wissen.

Der Diakon brauchte nicht darüber nachzudenken, ob er die Wahrheit sagen wollte – es gab nichts zu beschönigen.

„Weiß ich nicht. Um ehrlich zu sein, war ich viel zu sehr mit mir selbst beschäftigt, um irgendjemanden wahrzunehmen. Es hat mich insgeheim gefreut, als ich gehört habe, dass er Ärger mit den Kids hat", er überlegte die nächsten Worte. „Dabei habe ich mir allerdings nicht die Mühe gemacht, darüber nachzudenken, ob er oder die Kinder die Wahrheit sagen." Bei seinem Geständnis wurde er rot wie ein Schuljunge.

Trotz ihrer eigenen Situation bemerkte Susanne Merz

es. Betreten schaute sie zur Seite, um es ihm leichter zu machen.

„Du musst nicht wegsehen. Ich bin froh, dass ich überhaupt wieder in der Lage bin, so etwas wie Scham zu empfinden."

„Ich hätte Jens nicht wegschicken dürfen. Er war so verzweifelt. Wenn etwas an der Sache dran ist, muss es für ihn furchtbar sein. Ausgerechnet für ihn."

Kurt Hermann schwieg. Susanne deutete es falsch.

„Du magst ihn nicht?"

„Ich fand ihn bisher immer ganz nett. Aber die Nummer eben fand ich rücksichtslos. Du kannst ja schließlich nichts dafür. Und außerdem war es seine Frau, mit der dein Mann dich betrogen hat. Da kann man doch ein wenig mehr Feingespür erwarten, finde ich."

Susanne Merz' empörter Blick hätte ihm Antwort genug sein sollen. Aber sie beließ es nicht dabei.

„Ich kann mir kaum vorstellen, dass Jens seine Frau hergeschickt hat, um mit Klaus eine Affäre anzufangen. Du müsstest doch am besten wissen, wie man sich als Betrogener oder Verlassener fühlt."

Der Diakon war wieder peinlich berührt. „Erwischt, oder?" Er wagte sogar ein kleines Lächeln.

„Wir müssen Jens suchen und mit ihm reden. Wo könnte er hin sein?"

Ihre Ernsthaftigkeit spornte nun auch ihn an. „Na ja, wenn ich er wäre, würde ich auch versuchen, mehr herauszufinden. Vielleicht ist er zu Stechmann. Der ist derjenige, der alle Informationen hat."

„Ich rufe ihn an!"

Der Schock über das, was seine Frau und ihr gemeinsamer Sohn ihm in den letzten Minuten erzählt hatten, stand Carsten Peters deutlich im Gesicht, aber er machte einen gefassten Eindruck.

„Haben Sie Jens gefunden?“, er benutzte die kürzere Form.

Celia schüttelte den Kopf. „Nein, habe ich nicht. Seine Schwiegermutter behauptet, er sei unterwegs, um seinen Sohn zu suchen. Das hat er angeblich auch in der Mordnacht getan. Wir haben ihn jetzt in die Fahndung gegeben.“

„Oh nein.“ Jan-Phillip schaute entsetzt von einem zum anderen. Alle Augenpaare richteten sich fragend auf ihn. Er wich den Blicken aus.

Die Kommissarin ließ ihn damit nicht durchkommen. „Die Situation ist für euch beide beschissen, ich kann es mir nicht mal im Ansatz vorstellen, wie ... Aber trotzdem musst du jetzt mit offenen Karten spielen. Wenn du etwas weißt oder auch nur denkst zu ahnen, dann musst du uns das jetzt sagen.“

Mehr als alles andere imponierte Jan-Phillip, dass Celia nicht versucht hatte vorzugeben, sie wüsste, wie er sich fühlte.

„Wann hast du mit Malte gesprochen?“, schaltete seine Mutter.

Jan-Phillip klang kleinlaut: „Einen Tag vor dem Mord!“

„Niemand macht dir einen Vorwurf“, beschwichtigte Celia, um ihm die Befangenheit zu nehmen. „Hast du ihm auch erzählt, dass euch niemand geglaubt hat? Und wem ihr euch anvertraut habt?“

Als Jaron die Bedeutung dieser Frage zu Bewusstsein kam, hielt er die Luft an.

Jan-Phillip nickte, ohne die Erwachsenen anzusehen.

Auch Thorsten begriff: „Wir brauchen Ihre Hilfe. Wir werden uns aufteilen.“

Kapitel 23

Rund um den großen Tisch in Monas Kneipe war es andächtig still. Celia war zum Heulen zumute und niemand mochte es ihr verdenken.

„Ihr könnt euch dieses Bild nicht vorstellen!“, stieß sie hervor und rang immer noch um Fassung. „Da sitzt dieser arme Junge da, hat den toten Pastor im Arm und der Vater versucht, ihn zu schützen und will alles auf sich nehmen.“

Zärtlich nahm Jaron Celia in den Arm. Diesmal ließ sie es geschehen. Bisher hatte sie jeden Trost abgelehnt. Sie gab sich eine Teilschuld an den Entwicklungen, weil sie nicht schnell genug begriffen hatte, dass der Mord nicht zwingend von einem Erwachsenen verübt worden sein musste. Es kam so selten vor, es war so weit weg von allem, was man sich vorstellen mochte, dass sie in ihren Ermittlungen einfach nicht daraufgekommen war. Es hatte dazu geführt, dass ein zweiter Mord geschehen war, der hätte verhindert werden können.

Der Staatsanwalt beurteilte die Situation ein wenig sachlicher, aber auch ihm gelang es nur mühselig, seine Emotionen unter Kontrolle zu halten.

„Bei unserem Anblick wollte Jens Buchmann seinen Sohn von dem Toten wegziehen. Er hatte schon ewige Zeiten neben ihm gehockt und versucht, auf ihn einzureden. Aber er ist nicht an ihn rangekommen. Mit uns hat er wohl gar nicht gerechnet.“

Die Kommissarin richtete sich auf. „Wie auch? Er hatte nun weiß Gott genug andere Gedanken.“

Thorsten löste sich aus Seydas Umarmung. Er hatte sie angerufen und gefragt, ob sie auch zu Mona kommen wollte. Anders als ihre Vorgängerin ließ sie sich nicht zweimal bitten. Seine Stimme hatte so traurig geklungen, dass sie ihn gerne wieder aufrichten wollte.

„Ihr könnt ja sagen, was ihr wollt. Mich hat es sehr beeindruckt, wie der Junge beide Taten zugegeben hat und seinen Vater nicht für sich in die Bresche springen lassen wollte. Das war schon toll, so schrecklich es auch immer sein mag."

Keiner widersprach ihm. Seine Freundin drückte ihm anerkennend die Hand, wofür sie einen dankbaren Kuss bekam.

Mona ergriff zum ersten Mal das Wort: „Was passiert denn nun mit Malte?"

Alle Blicke richteten sich auf Jaron. Der zuckte mit den Schultern. „Oh Gott, Leute. Schwer zu sagen. Ich weiß es wirklich nicht. Wenn er einen guten Anwalt hat, dann wird er sicher relativ glimpflich davonkommen. Letztendlich fällt er noch unter das Jugendstrafrecht. Trotzdem – er wird sich für zweifachen Mord verantworten müssen. Es war ja kein Totschlag im Affekt oder etwas Vergleichbares." Es war ihm anzusehen, wie sehr es ihm widerstrebte, die Wahrheit zu äußern.

„Aber wie abartig. Wenn seine Mutter auch nur ein bisschen mehr Feingefühl besäße, hätte der Mord am Pastor gar nicht passieren brauchen." Celia konnte ihre Gefühle für Dörte Buchmann nicht unterdrücken. „Da kommt ihr Sohn zu ihr, damit sie dem Vater hilft und sie schubst ihn nur noch weiter in die Verzweiflung."

„Als er kapiert hat, dass sie seinem Vater nicht helfen wollte, aus dem Gefängnis zu kommen", erläuterte Thorsten für Mona und Alec, „meinte der Junge, er müsste noch einen Mord begehen, um zu zeigen, dass sein Vater Klaus Merz nicht umgebracht haben konnte." Die letzten

Worte brachte er nur noch mit Mühe hervor. Seyda nahm sein Gesicht in ihre Hände und küsste ihn sanft. Zum ersten Mal an diesem Abend, schlich sich wieder das typische Lächeln auf Celias Gesicht. Ihr Freund bemerkte es und drückte sie fest an sich.

„Die Quittung dafür hat die Buchmann aber schon bekommen." In kurzen Worten beschrieb der Staatsanwalt die Begegnung von Mutter und Sohn auf dem Gang des Präsidiums. „Er hat sie einfach ignoriert. Ist an ihr vorbeigegangen, als sei sie Luft."

Sie waren in ihren Gedanken so mit den jüngsten Ereignissen beschäftigt, dass alle einen Anruf der Einsatzzentrale vermuteten als Celias Handy klingelte. Sie schaltete den Lautsprecher ein.

„Frau Dörfer, das Ergebnis des Urintests ist da. Ich gratuliere. Sie sind schwanger!"

Krimis aus dem Norden

im MCE-Verlag

Wolfgang Röhl
Im Norden stürmische Winde

Aufruhr in Söderfleth, einem Dorf in Norddeutschland: Eine skrupellose Windenergie-Firma plant einen Windpark. Das Dorf ist gespalten. Eine Bürgerinitiative macht gegen den Windpark mobil, und bald geschehen merkwürdige Dinge. Mithilfe des legendären Wachtelkönigs wollen die Protestler das Windparkprojekt kippen …

Paperback, 192 S., ISBN 978-3-938097-11-3

Wolfgang Röhl
Inselkoller

Auf der Nordseeinsel Diekerum ist Krieg um die Feriengäste ausgebrochen. Ein Investor will das Eiland auf modernen Stand bringen. Bernhard Hamm, bekannt aus Röhls Krimikomödie „Im Norden stürmische Winde", findet die Leiche eines Mannes am Strand. Hamm versucht, das Rätsel um die Leiche aufzudröseln.

Paperback, 220 S., ISBN: 978-3-938097-16-8

Thorsten Beck
Tim Börne Trilogie

Der Anwalt Tim Börne, alleinerziehender Vater mit Kanzlei in Harburg, wird in spannende Kriminalgeschichten verstrickt. In der Trilogie Harburg Blues, Ausgestempelt und Der chinesische Pfeil geht es um korrupte Baufirmen, Mord in einem Fahrzeugwerk und um die chinesische Mafia.

Paperback, 255 S. ISBN: 978-3-938097-07-6

www.mce-verlag.de

MCE KRIMI

Krimis von Thomas B. Morgenstern

im MCE-Verlag

Thomas B. Morgenstern
Der Milchkontrolleur

Am Anfang geschieht der Mord: Else Weber, eine Frau mit zweifelhaftem Ruf, wird mit durchschnittener Kehle in einem Graben in der Nähe ihres einsam gelegenen Hauses gefunden. Die Ruhe in dem kleinen Dorf zwischen Elbmarsch und Moor ist dahin. Hans-Georg Allmers, der als Milchkontrolleur auf den Höfen aus und ein geht, hilft bei den Ermittlungen. Schließlich gerät er sogar selbst in Verdacht und wird verhaftet. Am Ende kommt es zu einer dramatischen Polizeiaktion, es gibt weitere Tote . . .

Paperback, 208 S., ISBN: 3-938097-03-5

Der Milchkontrolleur von Thomas B. Morgenstern als Hörbuch – gelesen von Peter Kühn

5 CDs (ungekürzte Fassung) 360 Minuten

ISBN: 978-3-938097-08-3

Thomas B. Morgenstern
Der Aufhörer

Eduard Rolke ist ein unbeliebter Mensch. Als er mit eingeschlagenem Schädel im Stall tot aufgefunden wird, trauert keiner um ihn. Hans-Georg Allmers, bekannt als ermittelnder Milchkontrolleur aus dem gleichnamigen Krimi-Erstling Morgensterns, steht vor schwierigen Ermittlungen. Dann geschieht ein weiterer Mord ...

Paperback, 270 S., ISBN: 978-3-938097-13-7

MCE KRIMI

www.mce-verlag.de